W0032280

KRIMINALROMAN

Franz Dobler

Ein Schlag ins Gesicht

TROPEN

Die Handlung und alle handelnden Personen sind frei erfunden.
Jegliche Ähnlichkeit mit lebenden oder realen Personen wäre rein zufällig.

Tropen
www.tropen.de

Printed in Germany
Cover: Herburg Weiland, München, unter Verwendung
eines Filmbildes aus »The Professionals«;

Gesetzt von Dörlemann Satz, Lemförde
Gedruckt und gebunden von CPI – Clausen & Bosse, Leck
ISBN 978-3-608-50216-9

Zweite Auflage, 2016

KÜMMERE DICH NICHT DARUM
WAS DEINE MUTTER VON DEINER SPRACHE HÄLT.
Elmore Leonard

Sie sollten hier in Ihrem eigenen Interesse wirklich besser nichts verschweigen

Die einzige Frau, mit der Fallner im letzten Jahr gerne geredet hatte, oft nicht erwarten konnte, endlich wieder mit ihr zu reden, hatte aus dem Fenster gesehen und nichts gesagt, obwohl er sie etwas gefragt hatte.

Mit einem verärgerten, vielleicht sogar verzweifelten Ausdruck im Gesicht sah seine Psychotherapeutin aus dem Fenster. Als wäre ihr an dem Punkt klar geworden, dass er ein hoffnungsloser Fall war.

Ein Kollege, der sich auskannte, hatte ihm erklärt, dass diese Psychos nur dafür bezahlt wurden, keine Fragen zu beantworten.

Die Frage, die er riskiert hatte, hatte nichts mit ihrem Auftrag zu tun, aber sie war nicht indiskret. Er wollte die Situation nur etwas auflockern, nachdem sie schon einige Minuten schweigend in die Luft gesehen hatte und er langsam Lust bekam, ihre Stimme wieder zu hören. Er fand, dass sie für eine Akademikerin ihres Alters eine interessante Stimme hatte. Wenn er die Augen schloss, dachte er nicht daran, dass sie seine Mutter sein könnte.

Er hatte bei einem Einsatz einen achtzehnjährigen Dealer in Notwehr erschossen und brauchte angeblich ihre Hilfe, und sie sah so genervt aus dem Fenster, dass er sich fragte, ob sie Polizisten mit Problemen prinzipiell nicht ausstehen konnte.

Im Fenster war nichts Spannendes zu erkennen. Nur die Fenster und Balkone eines Wohnblocks. In den Fenstern und auf den Balkonen war niemand zu sehen, der eine Flagge aufhängen, ein Liebeslied schmettern oder vom achten Stock abfliegen wollte. Auch die Vegetation hatte nichts zu bieten.

»Wo wohnen Sie eigentlich, wenn Sie nicht im Dienst sind, Frau Doktor?«, hatte Fallner sie gefragt.

Sie starrte ihn kurz an, als würde er etwas wahnsinnig Persönliches von ihr wissen wollen, und fing dann an, das Fenster zu erforschen. Frau Dr. Vehring eine harmlose Frage zu stellen, der sie auch mit einem freundlichen Lächeln hätte ausweichen können, war also verboten. Während man von ihr mit intimen Fragen bombardiert wurde.

Ob er ein besonderes Verhältnis zu seiner Waffe hatte.

Ob seine Frau ein besonderes Verhältnis zu ihrer Waffe hatte.

Was er empfunden hatte, als seine Frau einmal, wie er ihr dummerweise erzählt hatte, ihre Waffe im Bett mit ins Spiel brachte.

Welche Träume er hatte und was er zuletzt und was er als Kind am häufigsten geträumt hatte.

Ob er im Dunkeln Angst hatte.

Ob er in engen Räumen Angst hatte.

Ob er im Dunkeln und in engen Räumen Angst hatte seit dem Abend, an dem er diesen Gangster erschossen hatte. Nicht mal auf seine Frage, ob sie den Unterschied zwischen einem Kriminellen und einem Gangster kennen würde, hatte sie geantwortet, obwohl es eine sachliche Frage war.

Warum er den Beruf des Polizisten ergriffen hatte, den sein älterer Bruder vor ihm ergriffen hatte.

Ob seine Eltern damit einverstanden waren.

Ob er den Eindruck hatte, dass seine Eltern einen Unterschied zwischen ihm und seinem Bruder machten, und ob sein Eindruck heute ein anderer war als damals.

Sie fragte alles, und wenn auf eine Frage nichts kam, griff sie an dieser Stelle an.

»Hatten Sie mal den Wunsch, Ihren Bruder zu töten?«

»Nein. Also ja, tausendmal, aber nie ernsthaft.«

»Was soll das heißen, ja, aber nicht ernsthaft?«

»So ähnlich wie eine Mutter, die über ihr nervendes Kind sagt, sie könnte es an die Wand knallen. Sagt man eben so. Meint es aber nicht ernst.«

»Hat Ihre Mutter das gesagt?«

»Nein. Die hat nie was gesagt.«

»Hat sie nicht gute Nacht gesagt?«

»Die hat nichts geredet, nur wenn es absolut nicht zu vermeiden war.«

»Warum hat sie nicht geredet?«

»Sie war vom Planeten Jupiter, da reden die nicht.«

»Hat sie mit Ihrem Bruder geredet?«

»Das habe ich, wenn ich mir die Bemerkung erlauben darf, schon mit der letzten Antwort beantwortet.«

»Hat sie schon immer nichts geredet oder irgendwann damit angefangen?«

»Das können wir sie leider nicht mehr fragen.«

»Wie haben Sie das als Kind empfunden?«

»Keine Ahnung.«

»Haben Sie sich nicht mit Ihrem Bruder darüber unterhalten, was hat er dazu gesagt?«

»Kann ich mich nicht erinnern.«

»Und wie denken Sie heute darüber?«

Er zuckte mit den Schultern. Sie atmete tief aus und korrigierte den Sitz der Brille. Las, was auf ihrem Kugelschreiber stand, und als sie es, vermutlich mehrmals, gelesen hatte, sah sie ihn mit dem Ich-warte-immer-noch-auf-eine-Antwort-denn-das-ist-mein-Job-Blick an.

Ob er heute noch oft an seine Mutter dachte.

Ob er den Wunsch hatte, ihr etwas zu sagen, was er ihr nie gesagt hatte.

Ob er den Eindruck hatte, dass sie ihm etwas verschwiegen hatte.

Ob er mit seinem Vater über die Mutter redete.

Ob er seiner Mutter heute etwas vorwarf, beschimpfte er sie in Gedanken?

Fragen, die er nicht beantwortete oder manchmal mit Gegenfragen (ob denn ihre Mutter noch lebte und sie von ihr beschimpft wurde, weil sie für die Polizei arbeitete), auf die er natürlich ebenfalls keine Antwort bekam. Warum sollte er ihr auf irgendwas eine Antwort geben, wenn sie sich zu fein war, ihm irgendwas zu beantworten.

»Ich habe das Gefühl, dass Sie mir etwas verschweigen, kann das sein?«, sagte Dr. Vehring.

Er überlegte, ob das sein konnte, und kam nach sorgfältiger Abwägung zu dem Ergebnis, dass das nicht nur sein konnte, sondern tatsächlich so war. Er verschwieg ihr tausend Sachen, vielleicht auch ein paar mehr.

Anschließend überlegte er, ob er ihr Sachen verschwieg, weil er ihr misstraute oder weil er sich beim Auspacken komisch gefühlt hätte oder ob beides der Fall war und miteinander zu tun hatte.

Danach fragte er sich, wie er aus dieser dämlichen Nummer jemals wieder rauskommen würde. Zum Glück war er trainiert, eine Lösung zu finden, wenn es anscheinend keine Lösung gab.

»Wo wohnen Sie eigentlich, wenn Sie nicht im Dienst sind, Frau Doktor?«

Sie starrte ihn kurz an, als würde er etwas wahnsinnig Persönliches von ihr wissen wollen, und fing dann an, das Fenster zu erforschen. Und wie immer, wenn jemand seinen Job ernst nahm, hatte das eine Weile gedauert.

Und dann hatte sie ihn streng angesehen und diesen Satz gesagt: »Sie sollten hier in Ihrem eigenen Interesse wirklich besser nichts verschweigen.«

Und er musste laut lachen.

Denn er hatte diesen Satz selber so oft gesagt wie ein Pfarrer Amen.

Glück

Er hatte damals kein gutes Gefühl gehabt, schon als er die beiden auf sich zukommen sah, daran konnte sich Fallner genau erinnern. Sie grinsten so komisch, als sie ihn kommen sahen. Ihre Ellenbogen berührten sich und sie machten kurze Bemerkungen zueinander.

Und sie machten so ein Gesicht.

Wahrscheinlich würden sie ihm nur ein paar dreckige Wörter an den Kopf werfen. Geh heim und fick deine Hure von Mutter. Oder sowas Ähnliches, das einen nicht umbrachte, wenn man es nicht zum ersten Mal hörte.

Der Gehsteig war schmal. Er wurde auf der einen Seite von einer Mauer begrenzt, und die enge Straße machte an der Stelle, wo sie sich begegnen würden, eine scharfe Kurve, weshalb er nicht auf die Straße ausweichen konnte, und auf der anderen Straßenseite gab es keinen Gehweg.

Er hatte kein gutes Gefühl, aber umdrehen und abhauen kam nicht in Frage.

Ein paar Schritte bevor sie sich trafen, ging der Jüngere, den er noch nie gesehen hatte, langsamer und ließ den Älteren vorgehen, den er nur vom Sehen kannte. Er war drei Klassen über ihm, wohnte in einer anderen Ecke des Viertels und gehörte zu einer anderen Bande.

Robert Fallner sah ihm ins Gesicht und nickte, und er nickte ebenfalls und zog die Augenbrauen hoch.

Als er dachte, er hätte sich getäuscht und es würde doch nichts passieren, bekam er seine Faust voll in den Bauch. Er klappte zusammen, und im nächsten Moment schlug ihm der Jüngere voll in die Seite.

Er lag auf dem Asphalt, bekam keine Luft mehr und sah ihnen nach. Ob sie es sich überlegten und ihm noch einen Nachschlag verpassen wollten. Aber sie gingen weiter, ohne sich umzudrehen und ohne schneller zu werden.

Einer von ihnen sagte: »Das wird der Schwanzkopf nie vergessen.« Dann lachten beide.

Er konnte sich dreißig Jahre später genau daran erinnern, dass er genau das gehört und sogar in diesem Zustand registriert hatte, dass das Wort *Schwanzkopf* neu für ihn war und er es nicht genau kapierte.

Er fand es unheimlich, dass er sich dreißig Jahre später so genau daran erinnerte wie am Tag danach.

Weit und breit kein Christenmensch auf der Straße. Er lag da und würgte und heulte. Hatte einen riesigen Kieselstein vor der Nase. Fragte sich, was der große dunkelbraune Berg dahinter zu bedeuten hatte, der, als der Schwindel nachließ, langsam zu einem Hundehaufen wurde.

Er hatte also noch Glück gehabt. Sie hätten seinen Kopf auch in die Hundescheiße drücken können. Er lag in der scharfen Kurve mit einem Bein auf der Straße, aber es kam kein Auto. Jede Menge Glück. Nur ein bisschen Heulen und Würgen und Kotzen.

Zu Hause erzählte er seinem fünf Jahre älteren Bruder Hans, was ihm passiert war. Dass er den Älteren der beiden Schläger vom Sehen kannte und dass er in den Ostblocks wohnte. Er fragte den Bruder, ob er sich eine feigere Tat vorstellen könnte.

»Ist dir noch schlecht?«, fragte sein Bruder.

»Richtig gut ist mir nicht.«

»Was soll das heißen?«

»Dass mir nicht besonders gut ist.«

»Also nicht schlecht. Dann mach dir nicht ins Hemd wegen dem Kinderkram.«

»Du blöder Arsch.«

»Pass auf, du fängst gleich noch eine.«

Er war schon erfahren genug, um zu wissen, dass jede Glückssträhne ein Ende hatte.

»Heulsuse.«

»Fick dich.«

Es war nur eine kurze Glückssträhne gewesen, sie hätte länger dauern können und wäre immer noch ziemlich kurz gewesen. So eine Glückssträhne konnte man fast schon Pech nennen. Auf so eine mickrige Glückssträhne konnte man eigentlich auch verzichten. Das war wieder typisch für ihn, dass er eine Glückssträhne hatte, die jeder andere nur als Pechsträhne angesehen hätte.

Wenn man es genau betrachtete, hatte er in seinem ganzen Leben noch keine Glückssträhne gehabt, die den Namen verdient hatte.

Warum sollte man eigentlich leben, wenn man so verflucht wenig Glück hatte?

Die Mutter kam herein, und sein Bruder erklärte ihr kurz, was passiert war, natürlich aus seiner Sicht. Eine kleine Sache, um die man sich nicht mehr kümmern musste. Die Mutter aber nahm den Jüngeren in den Arm, ohne etwas zu sagen, und hielt ihn fest.

»Mensch, stell dich nicht so an«, sagte sein Bruder, »du bist doch kein Mädchen, oder hab ich was übersehen?«

Kann man das so sagen? (1)

»Es gibt eine Menge Leute, die mich eine Schlampe nennen. Ich fange deswegen nicht zu flennen an. Wenn ich etwas darauf geben würde, was die Leute sagen, hätte ich mich schon lange aufgehängt. Oder ich würde immer noch in diesem dummen Nest sitzen, in dem ich aufgewachsen bin, und ich hätte wahrscheinlich nicht einmal genug Geld, um mir einen Strick zu kaufen.

Es gab wirklich eine Zeit, da habe ich mir jeden Tag überlegt, ob es nicht besser wäre, wenn ich mich gleich aufhänge.

Ich weiß nicht, ob ich dabei wirklich an aufhängen dachte. Vermutlich habe ich eher an runterstürzen gedacht. Das war so mit dreizehn oder vierzehn und ich war wirklich sehr unglücklich.

Das hatte vor allem mit meiner Mutter zu tun. Ich konnte ihr nie etwas recht machen, und ich hatte auch das Gefühl, dass es immer schlimmer wurde.

Etwa zu dieser Zeit musste ich erfahren, dass mich meine Eltern adoptiert hatten. Ich habe zuerst nicht genau verstanden, was das bedeutet, und hatte deshalb auch kein Problem damit.

Dann wurde mir langsam klar, dass es eine problematische Sache war, weil meine Mutter immer sagte, wenn ich etwas getan hatte, was ihr nicht passte: ›Wenn ich das gewusst hätte, dann hätten wir dich nicht geholt.‹

Mein Vater war es, der mich dann immer tröstete, wenn er es mitbekam, aber sein Trost war zu schwach, um gegen solche Sätze etwas ausrichten zu können. Mein Vater war zu schwach, um gegen diese Frau etwas ausrichten zu können. Sie hatte die Hosen an.

Ich kann mich erinnern, wie ich mit meiner besten Freundin Brigitte auf dem Bett lag und wir hörten ›Jumpin' Jack Flash‹ von den Rolling Stones. Das war gerade der neueste Hit, und wir haben es deshalb sicher wochenlang den ganzen Tag gehört. Und es wird schon etwas laut gewesen sein.

Und dann kam meine Mutter herein. Sie sagte keinen Ton, aber sie stürzte wie eine Furie auf mich zu und schlug mir rechts und links ins Gesicht, bevor wir überhaupt kapierten, was denn jetzt los war.

Sie schrie herum, wir wären dreckige Schlampen, und dann hat sie die Platte vom Plattenspieler gerissen und auf die Tischkante gedonnert.

Man schrieb das Jahr 1968 und sie hat mich immer noch geschlagen, das muss man sich vorstellen.

Dabei war eher sie die Schlampe. Ich denke, da ist der Ausdruck gerechtfertigt. Obwohl ich betonen möchte, dass Schlampe für mich eigentlich kein Schimpfwort ist, bis heute nicht.

Ich war etwa sieben Jahre alt, als ich sie das erste Mal mit den Beinen in der Luft strampeln sah. Außerdem konnte ich zwischen ihren Beinen den nackten Arsch von Onkel Reinhard bewundern und wie er heftig auf und ab ging. Onkel Reinhard war unser Nachbar. Ich mochte ihn gern. Das war ein schönes Quietschen und Stöhnen!

Ich verstand natürlich nicht, was die beiden auf dem Sofa im Wohnzimmer machten, aber ich hatte den Eindruck, dass es eine lustige Sache sein musste, denn meine Mutter rief immer: ›Ja, oh, ja!‹

Irgendwie habe ich in dem Moment auch kapiert, dass ich mich besser nicht bemerkbar machen sollte. Kinder verstehen ja immer etwas mehr, als man denkt.

Am selben Abend ging es dann auch noch lustig weiter. Meine

Mutter rief wieder ›Ja, oh, ja‹, nur dass sie es jetzt im Schlafzimmer mit dem Vater trieb. Auch bei diesem zweiten Abenteuer an diesem Tag dachte sie, ich würde schlafen.

Am nächsten Tag kam ich auf die tolle Idee, meiner Mutter zu zeigen, dass ich sie nachmachen konnte. Ich legte mich auf das Sofa im Wohnzimmer, strampelte mit den Beinen und krähte: ›Ja, oh, ja!‹

Das fand sie natürlich nicht so lustig und hat mir auch sofort eine Ohrfeige verpasst. Und gesagt, sie würde mich in den Keller sperren und nie wieder herauslassen, wenn ich irgendjemandem erzählte, dass sie das mit Onkel Reinhard auf dem Sofa gespielt hatte.

Wenn es ein Spiel war, warum durfte ich es dann nicht erzählen?

Von heute aus betrachtet, könnte man denken, dass sie in diesem verschlafenen Nest eine emanzipierte Frau war, als so etwas damals noch eine Seltenheit war. Aber das war sie nicht wirklich. Sie war vor allem eine falsche Schlange. Es gab nichts, was sie ohne berechnende Hintergedanken getan hätte.

Deswegen bin ich der Meinung, dass man noch lange keine Schlampe ist, wenn man von einer Schlampe Schlampe genannt wird.«

Eine Sekunde Pause.

»Kann man das so sagen?«

Bananen und Kanonen

»Die haben mich grundlos zusammengeschlagen, und mein älterer Bruder sagt zu mir, Mensch, stell dich nicht so an, du bist doch kein Mädchen, oder hab ich was übersehen? Kannst du dir das vorstellen? Das baut dich in dem Alter echt nicht auf«, sagte Fallner.

Der alte Punk Armin nickte und sagte, das wäre verständlich.

»Und jedes Mal, wenn ich in der Heimat bin, hoffe ich, diesem Schlägertypen wieder zu begegnen, also dem Älteren der beiden, der hat das Kommando gegeben. Zweiunddreißig Jahre danach. Das ist doch krank.«

Obwohl ihm natürlich klar wäre, dass er den Schläger kaum noch erkennen würde und der womöglich schon seit Jahrzehnten in Salzgitter lebte oder in Kolumbien im Knast dämmerte oder an seinem achtzehnten Geburtstag, wie er es verdient hatte, von einem Krankenwagen überfahren worden war und, während er im Dreck der Straße krepierte, in seinen letzten Sekunden mitansehen musste, wie auf der anderen Straßenseite seine Mutter sich von einem fremden Mann befummeln ließ und den sterbenden Sohn anglotzte, ohne ihm zu Hilfe zu kommen.

»Ich weiß, es ist vollkommen absurd, aber ich kann einfach nichts dagegen machen.«

»Seit acht Tagen bei ihrer Schwester, das ist auch vollkommen absurd«, sagte Armin, »dass ich nicht lache. Du solltest die beiden mal zusammen sehen, die streiten sich schon beim ersten Bier.«

»Aber was würde ich denn dann tun, wenn ich ihm begegnen würde? Das frage ich dich, was würdest du tun?«

»Ich würde sie zuerst fragen, was Sache ist. Dann würde ich ihr die Haare abschneiden. Dann würde ich sagen, das war's, die Sache ist vergeben und vergessen. Dann würde ich sie fragen, ob das früher die Nazis oder die Befreier gemacht haben, weil ich mir das nie merken kann. Oder haben die alle die Haare abgeschnitten? Sie kennt sich mit diesen Feinheiten aus, meine Marilyn hat eine Ahnung von Geschichte, da können wir alle einpacken.«

Punkarmin winkte mit zwei Fingern zur Theke.

Zwei Stunden vor Mitternacht war Fallner, umgeben von permanent jaulenden und explodierenden Raketen, vom Hauptbahnhof direkt zu seiner Sozialstation gegangen, ohne seine Wohnung im Haus gegenüber zu betreten.

Dort war niemand mehr, mit dem er seine schlechte Laune teilen konnte. Seine langjährige Lebensabschnittsgefährtin Jaqueline tobte sich jetzt bei einer Freundin aus, behauptete sie, und er musste mit jemandem reden. Ob mit oder ohne Sinn und Verstand.

»Ich würde dem die Haare ausreißen, verstehst du? Ich kann heute noch spüren, wie er mir seine Faust in den Bauch rammt. Ohne jeden Grund. Und dann die zweite Faust. Eine Spiel-mir-das-Lied-vom-Tod-Nummer würde mir gefallen«, sagte Fallner.

»Ich kann dir ein Lied von Frauen singen, die plötzlich geschlagene acht Tage bei ihrer Schwester bleiben müssen. Aber von ihr hätte ich diese bescheuerte Nummer nicht erwartet«, sagte Armin.

Man wusste nie, was einen im Bertls Eck an Silvester erwartete. Veteranen berichteten von einer Straßenschlacht; auch von Abenteuern, die man weder bestellen noch bezahlen konnte. Fallner hatte keine dieser Legenden jemals miterlebt oder überprüft. Sicher war nur, dass das Eck an diesem Abend traditionell geöffnet hatte. Ohne die Ankündigung, es würde zu einer Party kommen. Man legte hier keinen Wert auf Party. Man war schon zufrieden, wenn das Haus nicht abgerissen wurde. An Abenden mit erhöhter Selbstmordgefahr war bis drei Uhr geöffnet, selbst wenn Bertl allein mit zwei am Tisch eingeschlafenen Betrunkenen durchhalten musste.

Fallner hatte sich den Status eines Veteranen noch lange nicht erarbeitet, aber es war seit einigen Jahren klar, dass er an diesem Abend auf mindestens ein Glas vorbeikam. Auch wenn er Dienst oder zu Hause Gäste hatte. Natürlich ohne seine Verlobte (wie man das hier nannte), jeder wusste, dass seine Jaqueline eine andere Sorte Lokal bevorzugte, und wenn sie manchmal auftauchte, dann nur, um etwas mit ihm zu besprechen. Bekam von Bertl ein Getränk aufs Haus – es war gut, wenn ein Stammgast Polizist war, und es war noch besser, dass er mit einer Polizistin verlobt war.

Als Fallner reinkam und seine Reisetasche unter den ersten Tisch stellte, wusste niemand von den Anwesenden, dass er seit einigen Tagen Ex-Polizist war.

Ein Ex-Polizist, der nur noch eine Ex-Verlobte hatte, die bei der Polizei arbeitete.

Ein Ex-Polizist, der es selbst noch nicht glauben konnte.

Ein Ex-Polizist, der Angst vor seiner Zukunft als Ex-Polizist hatte.

Ein Ex-Polizist, der sich das Leben ohne seine Ex-Braut, die ihre Sachen noch nicht komplett aus der Wohnung geholt hatte, nicht vorstellen konnte.

Ein Ex-Polizist, den das draußen stärker werdende Raketenfeuer wahnsinnig machte.

Ein Ex-Polizist, der zwei Handfeuerwaffen in seiner Reisetasche hatte, eine Glock28, die ein Beweisstück war, das er möglichst schnell auf seiner Ex-Dienststelle abgeben musste, und eine Makarow, die ihm 1991 ein (angeblicher) Ex-Mitarbeiter der Staatssicherheit verkauft hatte.

Ein Ex-Polizist, der sich immer noch für ihre Sicherheit verantwortlich fühlte.

Es waren nur vier Männer anwesend, die über sein neues Leben Witze reißen konnten. In der Ecke hinten neben der Tür zum Klo saßen zwei Rentner und ein kleiner Hund, am Fenstertisch saß der alte Punk Armin. Auf einem der drei anderen Tische stand ein halbleeres Glas Bier.

Ein Ölgemälde: *Überstürzte Flucht aus der letzten Bar vor dem Friedhof.* Fünfhundert mal zwölfhundert Zentimeter, Kaufpreis auf Anfrage.

Hinter der Theke stand der Enkel des Besitzers Bertl, was die Hoffnungslosigkeit nur verstärkte. Wenn der Enkel arbeitete, gab er der Musikbox keinen Strom, quälte die Gäste mit den Gesängen deutscher Gangster, die tausend Worte pro Minute ausstießen und nicht wussten, dass es dumm war, eine Pistole vertikal zu halten, und dass es besser war, auch seine zweite Hand an die Waffe zu legen, falls man sie frei und nicht in der Bluse seiner Braut alias Bitch hatte, und außerdem hatte Bertls Enkel die miese Eigenschaft, sich zweimal bitten zu lassen, die Musikbox einzuschalten.

Jeder wusste, dass der Enkel diese Gaststube eher früher als später erben und sie dann sofort in eine futuristische Raumstation umgestalten würde.

Fallner und der Punk hatten sich eine Viertelstunde angeschwiegen, ehe sie sich von der Silvesterstimmung mitreißen ließen und sich was erzählten, und sogar vom Rentnertisch konnte man jetzt gelegentlich ein Geräusch hören, das nicht wie Husten klang.

»Er bekommt meine Faust in den Bauch, und wenn er am Boden liegt, die Mundharmonika in die Fresse. Dann sage ich zu ihm: Du hast recht behalten: *Das wird der Schwanzkopf nie vergessen*«, sagte Fallner.

»Aber dass sie nicht ans Telefon geht, das ist sowas von mies, das werde ich ihr nie vergessen, sie kann doch wenigstens kurz sagen, dass alles okay ist, das sind doch minimale menschliche Manieren«, sagte Armin.

»An das Gesicht von dem anderen Drecksack kann ich mich einfach nicht erinnern. Das geht mir am meisten auf die Nerven, ich glaube, der war die noch größere Ratte.«

Jetzt winkte Fallner mit zwei gespreizten Fingern zur Theke, und der Punk meinte, er würde sich von niemandem wie irgendein verblödeter Drecksack behandeln lassen, auch von seiner Liebsten nicht.

»Wobei das eigentliche Problem bei dieser Sache mein Bruder ist«, sagte Fallner.

»Hörst du mir eigentlich auch mal zu, falls der Herr Beamte die Güte hat?«, fragte Armin.

»Aber selbstverständlich«, sagte Fallner, »mein Bruder ist nicht ihre Schwester, die verhindert, dass deine Braut an ihr Telefon geht.«

»Du willst Mitgefühl und machst dich über andere lustig, damit kommst du an Silvester bei mir nicht durch.«

Fallner wurde klar, dass der Freund größere Probleme als er hatte und dass er verhindern musste, dass er in seine Wohnung flüchtete. Deshalb erzählte er ihm die Geschichte, wie letztes Jahr in der Silvesternacht einige besoffene Bullen im Dienst den Aufenthaltsraum ihres Reviers, zum Teil mit Maschinenpistolen, vollkommen zerschossen hatten. Er schlug mit der offenen Hand auf den Tisch, um den Irrsinn zu verdeutlichen, und der alte

Punk meinte, dabei müsste es sich um die vernünftigsten Polizisten gehandelt haben, von denen er seit langem gehört hätte, und Fallner sollte sich ein Beispiel an diesen anständigen Beamten nehmen.

»Habe ich getan«, sagte Fallner.

Armin riss die Augen auf.

»Du hast richtig gehört«, sagte Fallner, »ich habe die Kündigung eingereicht, ich bin draußen, du redest ab jetzt mit einem Ex-Bullen, du kannst mir ab jetzt jeden Scheiß erzählen, also mehr als sonst.«

Er stand auf und hielt sich die Hand ans Herz: »Vor dir steht ein normaler deutscher Bürger, der nicht mehr Tassen im Schrank hat als die anderen.«

»Du verarschst mich doch.«

»Jetzt nicht mehr.«

»Du bist total betrunken.«

»Noch nicht.«

Das Raketenfeuer draußen wurde stärker. Wenn man den deutschen Gangsterrap tatsächlich einmal brauchte, war er zu leise und säuselte vor sich hin wie eine demenzkranke Katze; was immerhin auch ein Zeichen war, dass der Enkel Respekt vor ihnen hatte.

Sie sahen beide aus dem Fenster. Es hatte heftig zu schneien angefangen und die Straßenbeleuchtung schien ein Unwetter daraus zu machen.

»Silvester in Stalingrad«, sagte Armin, »der Tag der Abrechnung ist gekommen und ich kann meine Frau nicht erreichen, und dich haben sie unehrenhaft entlassen.«

»Bist du sicher, dass du immer noch Punk bist?«

»Auch als Punk wirst du nicht jünger. Aber wenn du das kapiert hast, ist es meistens schon zu spät.« Er faltete einen Bierdeckel zusammen. »Deswegen ist es für die meisten besser, wenn sie das nie kapieren. Wenn du noch mehr Fragen zu diesem Blödsinn hast, wende dich an meinen Anwalt.«

Er stemmte sich mit seinem schweren Silvesterblues stöhnend auf und ging zur Theke. Er sagte tatsächlich einen vollständigen Satz zum Enkel, ehe er einige Münzen in die Musikbox steckte.

Fallner versuchte mit drei Zigaretten ein Mahnmal zu errichten. Das Gerüst eines Indianerzelts, das nicht stehen bleiben wollte. Training auf dem Weg zum Ex-Raucher. Fallner war ein ehemaliger Ex-Raucher.

Armin kam mit großen und kleinen Gläsern zurück, und als er sich setzte, erklangen die Clash. Mit dem toten Joe Strummer – die Toten waren also doch nicht so tot! Gelobt sei Jesus Christus! Er hielt sich den Klaren an die Nase und trank auf alle Ex-Bullen und alle Bullen, die den Mumm hatten, einen ehrbaren Beruf zu ergreifen.

»Ich glaube, deine Braut hat den Akku vergessen, das ist alles«, sagte Fallner. »Diese Sachen haben fast immer einen völlig harmlosen Hintergrund, das kannst du mir glauben.«

»Jetzt mal ernsthaft, ich glaube, du machst einen Fehler«, sagte Armin.

»Glauben heißt nicht wissen.«

Fallner hatte zwanzig Jahre Polizei hinter sich, und er hatte im ersten und im letzten Jahr seiner Karriere jemanden erschossen. Was nicht viele von sich behaupten konnten. Obwohl er bei diesen Tötungen keine andere Möglichkeit gehabt hatte, hatte ihn in den letzten Monaten das Gefühl überwältigt, nicht mehr einsteigen und weitermachen zu können. Und wenn diese Tür einmal geschlossen war, konnte man nie wieder zurück, sagten die Weisen. Wieso sollte es also ein Fehler sein, wenn er vor der verschlossenen Tür nicht stehen bleiben wollte, bis eines Tages jemand zu ihm sagte, er hätte an der falschen Tür gestanden und solle sich endlich zum Teufel scheren.

»Du solltest erstens an deine Pension denken«, sagte der Punk, »und zweitens an Leute wie mich, die gute Polizeikontakte brauchen.«

»Jetzt pass mal auf«, sagte Fallner. »Ich habe einen Job in der Security-Firma meines Bruders, und das heißt ruhigere Kugel und mehr Geld. Aber jetzt kommt's: Ab übermorgen habe ich meinen Spezialfall, ihr Name ist Simone Thomas, sagt dir das was? Hast du in deinen jungen Jahren vor Punk vielleicht mal ein Oben-ohne-Filmchen gesehen oder war das unter deiner Würde?«

»Das glaub ich jetzt nicht«, sagte Punkarmin.

»Dann geht das auf dich«, sagte Fallner. In Raketengewittern.

Der Punk von fünfundfünfzig Jahren war perplex: »›Die Satansmädels von Titting‹, Mann, das war der Grundstock meiner nicht unerheblichen sexuellen Bildung. Simone Thomas, für eine Viertelstunde die späte deutsche Antwort auf Jayne Mansfield. Und die lebt noch?«

»Das tut sie, und sie hat einen beschissenen Stalker, der ihr das Leben schwermacht, und ich werde dafür sorgen, dass sie wieder glücklich wird, so sieht das aus mit meinem neuen Leben, mein Freund, und du willst mir erzählen, das ist ein Fehler?«

Armin nannte es trotzdem Silvesterlabern mit Extremschönreden. Das Problem war, dass ihm niemand beweisen konnte, dass er mit seiner Einschätzung auf dem falschen Dampfer lag. Im Grunde gab es überhaupt keine Einschätzung, von der man einen Punk, der dieses hohe Alter erreicht hatte, abbringen konnte.

»Und warum eigentlich deine Paranoia?«, fragte Fallner.

»Sie hat gesagt, ich würde sie nicht mehr so beachten wie am ersten Tag.«

Sie waren sich einig, dass Frauen das immer behaupteten, wenn ihnen nichts mehr einfiel, und bestellten noch mal dasselbe. Man musste die Zeit totschlagen und dabei aufpassen, dass man sich nicht selbst aufs Ohr haute. Und man musste gelassen bleiben. Zwei einsame Männer an einem Tisch mussten unbedingt gelassen bleiben. Zwei einsame Männer an einem Tisch, die bereit waren, sich über Privates zu unterhalten, mussten unter allen Umständen gelassen bleiben und immer wieder dasselbe bestellen. Besonders an so einem Abend. Wo das Raketenfeuer draußen von Minute zu Minute stärker wurde. Jaulende, zischende, explodierende Raketen. Die eine kleine, schmale, schmutzige, vernachlässigte und so gut wie vergessene Straße im Visier zu haben schienen.

»Kannst du dich nicht um diese Pest da draußen kümmern, ich dachte, ihr Bullen seid immer im Dienst?«

»Könnte ich. Ich könnte mich sogar wie Chow Yun-Fat darum kümmern, wenn er in Not ist und sehr viel zu erledigen hat, wenn du weißt, was ich meine.«

»Das kannst du mir nicht erzählen, dass ein Angeber wie du seinen Polizeiausweis freiwillig abgibt. Das kannst du deiner Oma erzählen.«

»Sie liebt dich, das kann ich dir schriftlich geben, das sieht ein blinder Krüppel, der taub und nicht …«

»Deine Oma?«

»Ich hab keine Oma mehr, ich hab ja nicht mal mehr eine Mutter, wie oft soll ich dir das noch sagen?«

»Nennst du das Logik?«

Die Tür schepperte, und dann ging eine Frau in einem roten Plastikmantel an ihnen vorbei.

Sie sahen ihr nach.

Die Zeit hielt den Atem an – und am anderen Ende der Galaxie ertönte ein heller Glockenschlag.

Sie ging langsam nach hinten bis zur Musikbox, blieb dort stehen und drehte sich um. Stand da, als müsste sie den Abtransport der Maschine verhindern. Zog an jedem Finger ihrer schwarzen Lederhandschuhe.

Sogar die Rentner erwachten aus ihren Albträumen. Der kleine Hund, der einem der beiden gehörte, sprang auf einen freien Stuhl und winselte die Erscheinung an, die sich die Schneeflocken aus den Haaren schüttelte.

Die große Uhr über ihr stand auf 23:23.

Der missratene Wirtsenkel war plötzlich ein anderer Mensch und stellte lächelnd ein großes Glas mit klarer Flüssigkeit für sie auf den Tresen, obwohl sie ihn nicht beachtete.

Der Ex-Polizist schwor dem Punk bei der Heiligen Jungfrau, dass er ihm keine fremde Substanz in eines seiner Gläser gegeben hatte, und verlangte von ihm dasselbe. Keiner konnte es dem anderen glauben.

Es war außerdem verwirrend, dass die unbekannte Besucherin im Stil von Armins abgetauchter Verlobten Marilyn gekleidet war und ihr auf den ersten Blick ein wenig ähnlich sah. Aber sie war sicher mehr als zwanzig Jahre jünger und hatte ein paar Kilo weniger – es sei denn, die Frau, die nicht an ihr Telefon ging und wegen ihres Aussehens Marilyn genannt wurde, hatte etwas an sich machen lassen, um ihrem Idol wieder näherzukommen.

»Man vergisst immer, dass an Silvester schon Fasching ist«, sagte Armin.

»Und dass man das Jahr noch nicht überstanden hat.«

»Ich glaube dennoch, du machst einen Fehler.«

»Ich glaube, es wäre nicht der erste.«

»Meinst du, sie wartet auf sowas wie James Bond?«

»Sie wartet auf deinen Anruf, aber ihr Handy ist kaputt.«

Fallners Vermutung bestätigte sich, dass der Punkveteran sich zwar viele Szenarien überlegt, es aber nicht geschafft hatte, die Schwester seiner Freundin anzurufen; er wollte sich eher vor einen Zug werfen, als diese dumme Kuh zu fragen, ob sie seine So-gut-wie-Ehefrau ans Telefon holen könnte. Denn sie hatte zwei Jahre lang nur intrigiert, ihn schlechtgemacht, verleumdet, diese miese Spießerkuh, die glaubte, weil er Metall im Gesicht hatte und bis zum Hals tätowiert war, dass er ihre Schwester ausnehmen und mit Punkmusik quälen und manchmal auch ein bisschen verprügeln würde. Fallner forderte die Telefonnummer der Schwester. Armin zögerte, ehe er den Zeigefinger unters Kinn legte und nach vorn zog.

Die Plastikdame hatte sich in der Zwischenzeit nicht viel bewegt, nur das Glas zum Mund geführt. Bertls Enkel bewunderte sie, ohne den Flirtversuch zu verstärken. Er war sogar zu dumm, über die Theke zu springen oder seinen Bereich auf andere Art zu verlassen, um ihr näherzukommen.

Es war ein schlechtes Zeichen, dass der alte Bertl, der das Eck seit über vierzig Jahren betrieb, sich an diesem Abend vertreten ließ. Er war vierundsiebzig. Das war für einen Wirt ein härterer Weg als für einen Staatsangestellten im Innendienst. Ein Wirt war eine Art Elitekämpfer im Innendienst. Falls er nicht durch ein Restaurant für die Oberschicht stolzierte und Konversationsschnittchen verteilte.

»Ich schließe aus deinen Ausführungen, dass du jetzt also anfängst, für deinen Bruder zu arbeiten«, sagte Armin.

»Zieh lieber andere Schlüsse, du Depp«, sagte Fallner.

»Du sitzt also im Auto und beobachtest einen Mann, den deine Ex-Sexbombe Simone loswerden will, und wenn du diesen Fall gelöst hast, beobachtest du Frauen wie meine Marilyn, bis endlich ein fremder Mann ohne Zulassungsbescheinigung sein Ding in sie reinsteckt. Hast du dafür studiert?«

»Jetzt pass mal auf, deine tolle Frau war siebenundfünfzig, als sie sich in einen Gepierct-und-Ledermann wie dich verliebt hat und in seine Wohnung …«

»Was soll das mit dem Ledermann? Lederjackenmann, von mir aus, aber *Ledermann?*«

»Du glaubst doch nicht im Ernst, dass sie dich verlassen hat. Ich weiß, dass du sie …«

»Du weißt ja nicht mal, dass du einen unfassbaren Fehler machst, wenn du jetzt für deinen Bruder arbeitest, du hast doch keine Ahnung, anscheinend hast du bei den Bullen dein Gehirn gleich mit abgegeben, neunzig Prozent beim Einstieg und die traurigen Überreste jetzt beim Ausstieg. Ich möchte behaupten, du bist ein medizinisches Wunder, wie du hier scheinbar normal herumsitzt.«

»Ich kenne Marilyn gut genug. Wenn sie dich verlassen wollte, hätte sie dir eine klare Ansage gemacht.«

»Die Ansage ist, dass du als Angestellter deines großen Bruders wieder den dummen kleinen Bruder spielen wirst. Du wirst wieder dieses Mädchen spielen, das du mal warst, ohne es bemerkt zu haben. Du warst doch jetzt monatelang bei deiner Psychotherapeutin, sie hat dir sicher einiges über Geschwisterdynamik erzählt, aber du hast natürlich nicht zugehört, weil Bullen nicht zuhören. Die Ansage ist, hör gut zu, wenn dir ältere Leute mit Erfahrung was sagen.«

Fallner winkte ab. Mit betrunkenen Seniorenpunks konnte man nicht diskutieren. Seine Therapeutin hatte ihm immer nur Fragen gestellt, und auf die meisten Fragen hatte er keine Antwort gehabt. Oder keine, die er geben wollte. Er schwieg und dachte an sie. Ob sie jetzt allein in ihrem Einfamilienhaus in der Einfamilienhausgegend saß, in das er schließlich eingebrochen war und ihr den Lauf seiner Makarow in den Mund geschoben hatte, um eine lebenswichtige Information von ihr zu bekommen, worauf sie natürlich zu Recht ihre Beziehung abgebrochen hatte, und sich fragte, was Fallner jetzt machte. Ob er seine Probleme beseitigt hatte oder immer noch in seinen Träumen von dem Jungen verfolgt wurde, den er erschossen hatte, obwohl er behauptete, er hätte der Welt einen großen Gefallen getan, als er diesen miesen Arsch auf eine andere Ebene verlagerte. Ob er neue Probleme hatte und mehr neue als alte … Mann, vielleicht sollten sie versuchen, ein Taxi zu bekommen, und zu ihr fahren, um sie an diesem emotional schwierigen Abend nicht allein zu lassen. Und um sie nach ihrer Einschätzung zum Fall Marilyn alias Maria Linder zu fragen, die den Ledermann nicht mehr anrief.

Er wusste, mit welcher Frage die Therapeutin Frau Dr. Vehring zuerst antworten würde, hm, also diese Frau Marilyn, war das ihre eigene Idee, dass sie Marilyn genannt werden möchte?

Die Tür schepperte, und dann ging eine Frau in einem roten Plastikmantel an ihnen vorbei.

Sie sahen ihr nach.

Die Zeit hielt den Atem an – und am anderen Ende der Galaxie ertönte ein heller Glockenschlag.

Sie ging langsam nach hinten bis zur Musikbox, blieb dort neben der Frau im roten Plastikmantel stehen und drehte sich um. Stand da, als hätte man sie zur Verstärkung gerufen, um den Abtransport der Maschine zu verhindern. Zog an jedem Finger ihrer schwarzen Lederhandschuhe.

Die große Uhr über den beiden stand auf 23:32, und das Raketenfeuer draußen wurde stärker.

»Ich habe damit nichts zu tun«, sagte Fallner.

»Sieht nach Gentrifizierung aus«, sagte Armin.

»Wusste ich nicht, dass Gentrifizierung so gut aussieht.«

Ein deutlicheres Symbol für feindliche Übernahme konnte es in diesem Lokal mit integrierter Sozialstation nicht geben. Allein schon das Alter der Damen musste Verdacht erregen, irgendwas zwischen Ende zwanzig und vierzig, das konnten sie auf diese Entfernung nicht genauer einschätzen, die beiden waren stark geschminkt, rote Lippen, schwarze Augen.

»Nur für Leute wie dich, die ihre Unterschicht verraten und verkauft haben, sieht das gut aus«, sagte Armin.

»Das siehst du falsch – unberechenbar bleiben ist das Leitmotiv meines Lebens.«

»Johannes der Täufer.«

»John Lydon, früher auch als Johnny Rotten bei dir und deinen Freunden ohne Zukunft bekannt.«

Die beiden Frauen in schwarzen Stiefeln und geschlossenen roten Plastikmänteln drehten sich um und fingen an, das Angebot der Musikbox zu studieren.

Die Rentner und der Hund sahen ihnen zu. Der Enkel lehnte sich über die Theke und erklärte, dass man für einen Euro vier Lieder bekam. Armin rief, dass man die Clash soeben gehört hatte, aber sie könnten natürlich tun, was sie wollten. Die Rentner bestellten zwei neue Gläser Wein. Etwas schien ihnen Hoffnung zu machen.

Die Damen ließen sich nicht stören und drückten die Taste, mit der man das CD-Angebot durchgehen konnte. Und dann kam die alte Schnulze »Wie ein Schlag ins Gesicht« über sie, und Armin fragte den Ex-Polizisten, ob er glaubte, sich mit seiner Jaqueline wieder versöhnen zu können.

»Na toll«, sagte Fallner.

»Erstens dein Bruder, zweitens deine Frau. Du kannst nicht innerhalb von wenigen Tagen zwei riesige Dummheiten begehen.

Das haut den stärksten Bullen um, falls ich mir die Bemerkung erlauben darf, so kannst du Zwotausendvierzehn nicht angehen, das geht nicht gut, das kann ich dir sagen.«

»Vergiss es«, sagte Fallner, »wir waren an dem Punkt, dass du mir die Telefonnummer ihrer Schwester gibst und ich jetzt sofort anrufen werde.«

»Jetzt weiß ich, woran sie mich erinnern«, sagte Armin, »an einen Blaxploitation-Film, in dem es die bösen weißen Chicks nicht lange machen.«

Fallner sagte nichts. Er war bereit aufzugeben, seine Hilfe war unerwünscht. Und jetzt auch noch über Blaxploitation-Filme zu diskutieren, überforderte ihn.

»Und wenn's ein neuer Film wäre, würde ich sagen, die Damen verkörpern eine neue Taktik des Islamischen Staats.« Der seine zukünftigen Ziele in Europa dort auswählen würde, wo man sie nicht vermutete, weil sie sich unterhalb des Radars befanden, das nur bedeutende gesellschaftliche Orte registrierte. Bertls Eck wäre demnach ein ideales Ziel. Eine unscheinbare Straße in der Nähe des Hauptbahnhofs einer deutschen Millionenstadt, eine Kneipe, in der es noch keinen WLAN-Anschluss gab, aber eine der wenigen überlebenden Musikboxen, ein leuchtendes Symbol der Sünde … Wenn er Armin nicht stoppte, würde er auf den Tisch klettern.

»Blödsinn«, sagte Fallner, »Selbstmordattentäter sind fast immer Einzeltäter und tragen keine roten Plastikmäntel.«

»Pussy Riot waren drei«, sagte Armin.

Fallner hob die Hand, aber Bertls Enkel beachtete sie nicht mehr. Ihre Zeit war vorbei, und am Ende des Jahres würde man sie über die Klippen werfen.

»Du hast doch deine Süße bei einem Nashville-Pussy-Konzert kennengelernt, Fallner. Du kannst doch so eine Frau nicht einfach so gehen lassen.«

»Ich kann nicht, aber du kannst.«

Armin weigerte sich, den Vergleich anzuerkennen. Fallner weigerte sich, die Nashville-Pussy-Geschichte zu wiederholen. Der Punk weigerte sich weiterhin, die Telefonnummer herauszugeben. Fallner weigerte sich, die Andeutung zu bestätigen, er hätte zwei Schusswaffen (wie Chow Yun-Fat in den frühen John Woo-Filmen) in seiner Reisetasche. Beide weigerten sich, die Plastikmantelfrauen an ihren Tisch zu bitten. Beide weigerten sich, die Probleme mit ihren Frauen noch länger zu diskutieren. Beide weigerten sich, diese Probleme mit sich selbst zu verbinden.

Die Uhr stand auf 23:44, als die Tür schepperte und vier Frauen in schwarzen Stiefeln, roten Plastikmänteln und schwarzen Lederhandschuhen an ihnen vorbeigingen und ihre Schwestern an der Musikbox mit großem Hallo begrüßten.

»Wie ich gesagt habe«, sagte Fallner.

Der Rest ging im Sturm unter, der jetzt im Raum ausbrach – die Rentner gingen unter, der Hund bellte, rote Flecken schleuderten hin und her, die Theke füllte sich klirrend mit Flaschen und Gläsern, die Frauen lachten, die Musikbox heulte, ein kalter Windstoß stürzte zur Tür herein und brachte ein paar laute Männer mit, der Enkel hinter der Bar strahlte, umarmte einen der Männer heftig, Tische wurden zusammengerückt, »Für mich soll's rote Rosen regnen« schmetterte die von sechs roten Plastikmänteln belagerte Musikbox, Fotos wurden geschossen, und auch die Raketen machten weiter, Wiesen im Winter und warme Asphaltstraßen machten weiter, die Straßenecke machte weiter, die Wetterberichte machten weiter, die Bücher machten weiter, Pistolen, Schultaschen, Turnschuhe machten weiter, die Nachrichtensprecher machten weiter und die Zeiger der Uhr, auch Armin machte weiter, weil mit neuen Getränken nichts weiterging, Fallner machte wieder mit der Telefonnummer weiter, und die Arbeiter machten weiter, die Regierungen machten weiter, die Rock-n-Roll-Sänger machten weiter, die Preise machten weiter, das Papier machte weiter, die Tiere und die Bäume machten weiter, auch die Straße, der Hunger, die Beichtväter, die Knaller und die Stalker machten weiter, und für jeden Stalker, der aus dem Verkehr gezogen wurde, machten fünf neue Stalker weiter, und auch die roten Damen machten weiter mit ihren Formationen.

Drei von ihnen setzten sich oben auf die Musikbox und alle hatten jetzt Bananen in der Hand, die sie wie Pistolen hielten, lässig an die Schulter gelegt oder an den Busen gedrückt oder zum Einsatz bereit an der Hüfte, weil die Fotos immer weitermachten.

Als die Stadt zu explodieren schien und in der Kneipe das große Geschrei losging, stießen sie an.

»Du wirst aber jetzt nicht damit anfangen, die einzige Heimat, die wir haben, kaputt zu ballern, nur weil du gute Laune hast«, sagte Armin.

»So gut ist sie auch wieder nicht.«

Wenige Minuten nach Mitternacht wurden sie schlagartig umringt und angesungen und mussten mit allen anstoßen auf das neue Jahr. Höflich standen sie auf und freuten sich über jedes Küsschen und über das Knistern der roten Plastikmäntel bei heftiger Umarmung. Die Männer, die alle viel jünger waren als sie, schlugen ihnen auf die Schultern und sagten, ganz schön verdammt cool hier. Sie ließen sie in dem Glauben.

Sie wurden nach hinten mitgezogen. Alle mussten an einem großen Tisch neben der Musikbox sitzen. Eine große Neujahrsfamilie – eine gute Familie, denn schon morgen war sie zerstreut und alle alten Geschichten waren vergessen.

Fallner achtete wie immer darauf, dass er an einer Ecke saß und verschwinden konnte, ohne dass er jemanden bitten musste, ihn rauszulassen. Eine Wand im Rücken und Armin neben ihm. Sie wussten nicht, was sie von dieser Party halten sollten, aber es gab keine andere, und sie machte keinen schlechten Eindruck. Alles war etwas seltsam, aber mit seltsamen Angelegenheiten hatten sie Erfahrung. Abwartende Männer in einem flackernden Strauß von rotem Plastik.

Auffällig seltsam war jedoch, dass außer den Rentnern mit dem Hund niemand von den Stammgästen an diesem bedeutenden Abend anwesend war. Als hätten alle außer ihnen gewusst, dass der Wirt Bertl nicht da war und sein Enkel eine Bande junger Leute anlocken würde. Die beiden alten Männer in ihren nach Armut (vielleicht auch cool) riechenden Klamotten gehörten zum Inventar, ohne dass sie ihnen je näher gekommen wären, Kneipenbrüder, denen sie zunickten und, wenn nötig, was zu trinken spendierten – mit egoistischer Freundlichkeit: Sie waren selber schon alt genug, um den Feind vor Augen zu haben.

Denn wer gegeben hat, dem wird gegeben werden.

Die sechs Frauen am Tisch hatten das Kommando. Die drei Männer waren Anhängsel, die mit ihrer Position und dieser irregulären Frauenquote zufrieden schienen. Einer war mit den Fotos beschäftigt, einer mit den Frauen, und der Wirtsenkel vernachlässigte seine Aufgabe.

Der bis zum Hals tätowierte und an Händen und sonst wo einiges Metall tragende Armin weckte langsam ihr Interesse und wurde befragt. Name, Alter, Beruf, und war er Punk oder Rocker? Er versprach, ernsthaft darüber nachzudenken. Seinen Beruf zu erklären, würde ihn jedoch im Moment überfordern.

»Aber vielleicht bin ich nur ein Polizist«, sagte er und hatte einen großen Heiterkeitserfolg damit.

Aus der Nähe war klar geworden, dass die Damen alle schulterlange glatte Haare hatten, weil sie Perücken trugen. Hellblond oder pechschwarz. Und sie waren nicht alle im gleichen Alter, von einer hätte der echte Wirt sicher den Ausweis gefordert, andere waren nicht viel jünger als Fallner, etwa Mitte dreißig wie seine Jaqueline.

Das Rätsel, warum sie ausgerechnet hier irgendwas in roten Plastikmänteln veranstalteten, war weniger kompliziert als die Jungfrauengeburt: eine Band, die neue Fotos brauchte. Sie kannten Bertls Eck, weil der Freund des Fotografen mit dem Enkel des Wirts befreundet war, und fanden den Laden »angenehm jenseits der neoliberalen motherfucking Mittelklasseclubs für Dubstep-Ärsche«.

Die Rentner nickten verständnisvoll, Fallner dachte darüber nach, und als Armin meinte, sie wären ja eine sympathische Girlgroup, war das Protestgeschrei groß. Der Punk sollte mal lieber auf seine Wortwahl achten.

»Die Wahrheit muss erlaubt sein«, sagte Armin, »gerade unter uns Pfarrerstöchtern.«

Sie verziehen ihm, weil er einem so gut wie ausgestorbenen Spruch neues Leben geschenkt hatte. Die Idee mit den Pfarrerstöchtern gefiel ihnen. Weil für Pfarrerstöchter jede Sünde mehr Gewicht hatte.

Es war nicht leicht, sich ein Bild von dieser attraktiven Sünderinnentruppe zu machen. Ob sie vielleicht nur von der Macht der Fotos und Perücken angefeuert wurden. Wie diese Leute, die ohne Uniform unsichtbar waren.

Fallner musste an Jaqueline denken. Weil es ihr hier am Tisch gefallen hätte. Sie mochte Frauen, die lieber auf den Tisch hauten, als süß und stumm vor sich hin zu lächeln. Sie hätte zu ihnen gepasst und sich dafür keine Perücke aufsetzen müssen. Vielleicht war ein Copgirl unter ihnen – das war nicht so absurd, es gab tausend Polizistinnen in der Stadt, und eine von ihnen tobte sich garantiert mit Perücke in einer Girlgroup aus und hatte den heimlichen Hit »Copgirl in a Girlgroup« geschrieben.

War es nicht wundervoll, was man sich am Anfang eines neuen Jahres immer für Hoffnungen machte?

Privat sagte Jaqueline tatsächlich *Copgirl* – Mann, was denn sonst, sagte sie. Bei *Polizistin* verrenkte man sich den Arsch und bei *Bullenfrau* wurde man zu Recht verhaftet und sollte Sicherungsverwahrung bekommen. Aber wieso sagte sie denn nicht *Coplady* für Beamtinnen wie sie, die über dreißig waren? Sonst noch Wünsche, *Copmadame* vielleicht oder *Flicmadame*!?

Sie hatte eben nichts gegen den verstärkten Einsatz von Pfefferspray und Anglizismen (»Pfefferspray ist besser als Prügel, und mit Anglizismen kannste gut Nazis identifizieren«).

Fallner hatte keine Ahnung, wo sie heute Abend war. Garantiert putzmunter unter dem Tisch, auf den sie gehauen hatte. Sollte der Satan diese miese Ossibullenschlampe holen. Falls er dumm genug war, sie haben zu wollen; falls er sie abwies, würde er sie nicht zurücknehmen. Copmadame hatte was gegen Ex-Bullen. Das würde nur Ärger geben. Mehr als früher. Viel mehr. Sie würden aufeinander schießen und dann Händchen haltend verbluten.

»Woran denkst du? Was vorgenommen fürs neue Jahr?«

»Nichts«, sagte er, nachdem er von links einen Ellenbogen in die Seite bekommen hatte, »gar nichts. Ich glaube, das bringt nur Unglück.«

»Das glaub ich dir überhaupt nicht, mein Süßer, und wenn, dann musst du's jetzt tun, jetzt sofort, keine Ausreden, für mich, nein, für uns alle.«

»Du willst mir doch nicht erzählen, dass du dir ernsthaft was vorgenommen hast.«

»Du denkst, ich lüge dich hier an?« Sie schwenkte beide Arme über den Tisch und übertönte alle: »Wir vier haben uns richtig was vorgenommen fürs neue Jahr!« Starker Widerspruch von allen Seiten, sie sollte die Klappe halten. »Das wird man doch noch sagen dürfen! Das ist doch praktisch eine Familienfeier!«

Protest und Gelächter. Und mehr Gelächter, als sich auch noch die Musikbox mit »Stand by your Man« einmischte. Alle sangen mit – auch, um sie von ihrem Plan abzubringen. Aber sie ließ sich nicht stoppen.

»Wir wollen dieses Jahr Kinder kriegen! Hoch die Tassen!«, schrie sie.

Dann schrien alle durcheinander. Nur der Ex-Bulle und der Punk, der schon lange im Zweitberuf Rocker war, blieben ruhig. Armin eher erstarrt als ruhig.

»Was ist los?«, fragte ihn Fallner.

Armin suchte die richtigen Worte zusammen. Und schien dann auch noch zu überprüfen, ob er die richtigen gefunden hatte.

»Marilyn hat in letzter Zeit öfter gesagt, dass sie eigentlich doch noch gern ein Kind hätte.«

»Ah-Um«, kam es aus Fallner.

In ihrem Alter war diese Idee über sie gekommen? Das war ein Hammer. Und dass sie eine Frau war, bei der man nicht so schnell an Mutter dachte, verstärkte den Hammer. Fallner fiel nichts dazu ein, was er zu sagen gewagt hätte, und Armin musste nicht erwähnen, dass ihn ebenfalls der Schlag getroffen hatte.

Das gab der Tatsache, dass er nichts von ihr hörte, einen anderen Dreh. Es war eine ernste Sache, deren Ausmaß er zu spät erkannt hatte. Sie hatte sich informiert, dass es heute unter Umständen gut möglich war, in diesem Alter ein Kind zu bekommen, und nach einer Untersuchung bestätigte ihr ein Arzt, dass sie es mit guten Chancen versuchen könnte.

»Diese beknackten Ärzte«, sagte Armin. »Sie ist sechzig – okay, sie sieht locker zehn Jahre jünger aus, ist sie aber nicht, das ist doch totaler Quatsch.«

»Ist das für dich ausgeschlossen?«

»Eigentlich absolut total vollkommen ausgeschlossen.« Armin schüttelte ratlos den Kopf. »Aber ich denk dabei eigentlich mehr an sie.«

Fallner verstand, was er meinte. Es war eigentlich vollkommen ausgeschlossen, aber weil er ihr nichts abschlagen konnte, würde er sich dazu überreden lassen, wenn ihm nichts anderes übrig blieb. Und genau das hatte er ihr jedoch noch nicht signalisiert.

»Warum ist dieser Kinderkriegenscheiß für euch Männer immer so kompliziert?«, sagte die Frau neben Fallner, jetzt in der Lautstärke, in der die beiden Männer sich unterhielten.

»It ain't me, Babe«, sagte die Musikbox.

»Da sagst du was«, sagte Fallner zu ihr.

»Hast du Kinder?«

»Nein.«

»Denkst du drüber nach?«

»Nein.«

»Glaub ich dir nicht. Alle denken drüber nach.«

»Ich denk drüber nach, aber nicht anders als ich drüber nachdenke, wie du heißt oder warum Israel nicht endlich von den Arschlöchern in Frieden gelassen wird.«

»Ah-Um«, sagte sie und grinste ihn an.

Und er grinste zurück und gab ihr damit recht, man konnte in diesen emotional aufgeladenen Stunden nicht über alles diskutieren. Sie nahmen Gläser von einem weiteren Tablett, das auf den Tisch kam, und Fallner stellte Armin ein Glas hin.

»Prost, Scheißjahr!«, sagte der mürrisch. Und fügte hinzu: »Dein Problem mit deinem Bruder möchte ich aber auch nicht haben.«

»Nichts gegen die Probleme in ’ner Girlgroup«, sagte sie.

»Das ist klar. Wenn ihr dann vier Kinder habt, wird’s natürlich nicht einfacher.«

»Schwieriger kann’s nicht werden!«

»Aber hallo, es kann immer schwieriger werden, lass dir das mal von einem alten Mann gesagt sein.«

»Seid mal still – die Musikbox! Seid doch mal still! Die Box ist der Wahnsinn! Hör dir das an!«

»Deine Box ist auch der Wahnsinn.«

»Zeig mal das Foto.«

»Stimmt das eigentlich, dass man hier ’ne Waffe kaufen kann?«

»Du Schlampenbox, deine Schlampenbox hat doch schon Alzheimer!«

»Kenn ich nicht, wasch ich nicht.«

»Das darfst du mich nicht fragen, dafür sind andere zuständig, was soll das, spinnst du?«

»Und dein Bett stinkt.«

»Ich brauch echt ein neues Bett, hat jemand eins?«

»Aber nicht nach dir.«

»Kinderbettchen, oder was?«

»Sehr witzig.«

»She’s my Sweetie Pie«, sagte die Musikbox.

»Vielleicht könntest du sie wenigstens zu einer Adoption überreden«, sagte Fallner.

»Hab ich dann auch mal angesprochen, will sie aber nicht. Das ist total ausgeschlossen für uns, sagt sie.« Wieso war das total ausgeschlossen für sie? »Sie hat nur gesagt, ich soll mir *Der Einzelgänger* von Michael Mann ansehen.«

»Schon klar«, sagte sie, »aber totaler Schwachsinn, weil der überhaupt kein Einzelgänger ist, du bist ja auch kein Einzelgänger, du tust nur so, das seh ich ganz genau, mein Süßer, also hör jetzt auf damit.«

Wie hieß diese Frau neben ihm eigentlich? Man hatte sich schon ans Herz gedrückt und dann die wichtigsten Dinge vergessen. Anita? Ein schöner Name, ganz ehrlich, und so selten, er hatte in seinem Leben noch keine Anita kennengelernt. Danke, sagte sie, ganz ehrlich. Und er hatte doch sicher auch einen ehrlichen Namen.

»Robert. Aber was sagt denn jetzt der Film zu diesem Problem, Frau Anita?«

»Dass ich nicht lache«, sagte der Punk viel zu laut, »Robert!? Was soll denn der Scheiß, bei uns heißt der Fallner oder auch Dirty Harry, lass dir von dem bloß keinen Unsinn erzählen.«

»Das führt jetzt viel zu weit und noch weiter«, sagte sie.

Ach ja? Oder war sie vielleicht nur unfähig, den Sachverhalt verständlich wiederzugeben? Oder hielt sie ihn vielleicht für einen dieser unterbelichteten Staatsdiener, die den Miami-Vice-Michael-»Baller«-Mann nicht kannten? Und keine Ahnung hatten, dass er für *Heat* den echten Ex-Kriminellen Edward Bunker als Berater engagierte, der im Gefängnis irgendwann angefangen hatte, Bücher zu schreiben?

»Mehr als hundert Punkte gibt's dafür nicht«, sagte sie.

»Hundert sind besser als nichts«, sagte er.

»Für die nächste richtige Antwort gibt's aber schon tausend: Wie heißt die megaprominente Supermuschi, deren Papa in *Heat* dabei ist?«

»Das ist extrem unfair, das ist eine Promifrage, ganz andere Baustelle.«

»Ich weiß, welchen Typ sie meint«, sagte Armin, »aber mir fällt der Name nicht ein.«

»Kleine Hilfe – sie hat sich ihre Titten nicht renovieren, sondern abmachen lassen.«

»Brangelina!«, brüllte der Punk.

»So viel zur Frage, warum Punk gestorben ist«, sagte Fallner.

»Das Beste an Brangelina war doch nur Billy Bob Thornton!«, tönte es vom anderen Tischende.

»Du hast doch keine Ahnung«, sagte Punkarmin.

»Kennt jemand die Platten von Billy Bob Thornton?«

»Ist das der Arsch aus *Monster's Ball*?«

»Er ist eben kein Arsch!«

»Wie heißt denn die Afrofrau, in die er sich verliebt, obwohl er ein ziemlicher Rassist ist, mir fällt der Name nicht ein, das gibt's doch nicht!«

»Trink noch einen, dann geht's wieder, du Möchtegern-Afrotussi.«

»Du hast doch keine Ahnung«, sagte Armin, »Polizei – SA – SS!«

»Du bist also der Bulle«, sagte Anita, »und warum jetzt Ex?«

»Das führt jetzt viel zu weit und noch viel weiter.«

»Weil er lieber das kleine Mädchen für alles in der Firma seines Bruders spielt«, sagte Armin, »er passt auf, dass man älteren Damen nicht ihr Hündchen klaut, und dafür schickt der deutsche Steuerzahler diese Leute auf die Polizeihochschule.«

Es war eins:zwanzig, als er den Eindruck hatte, dass das Raketenfeuer schwächer wurde. Anita wurde von ihrer Gruppe in Beschlag genommen, ehe er herausgefunden hatte, welche Art Musik sie machten, und Armin wurde nun von dem Girlgroupmitglied neben ihm genauestens befragt. Keine anderen Gäste waren dazugestoßen. Keine Betrunkenen, die nur in irgendein Licht taumelten. Als hätte jemand die Tür versperrt. Als hätten sich Investoren schon an die Arbeit gemacht, die Betrunkenen zu verjagen. Er spürte die Müdigkeit. Die letzten Monate hatten seine Energie verbraucht, und die letzten Wochen hatten ihm keine neue gegeben, und er brauchte zu viel Alkohol, um etwas besser dazustehen.

Er ging auf die Toilette. Fragte sich, warum einer der zurückhaltenden Jungs gesagt hatte, ob es eigentlich stimmte, dass man hier 'ne Waffe kaufen könnte. Woher sollte das Gequatsche kommen, wenn nicht von diesem Enkel? Der in der Kneipe – das war kein Wunder, jeder wusste seit ewigen Zeiten, dass er Polizist war und eines besonders schönen Tages ein Kriminalhauptkommissar mit massiven Problemen – irgendwas gehört und sich dann irgendwie ausgemalt hatte. Er würde ihn demnächst dazu befragen. Er würde ihn so dazu befragen, dass er sich wünschte, nicht dazu befragt worden zu sein.

Er dachte an das, was sein Bruder immer dazu gesagt hatte, warum ihre Mutter nie geredet hatte, außer wenn es sich nicht vermeiden ließ ... Sehr witzig, du Blödmann ... Hätte er doch seiner Therapeutin sagen können, was sein Bruder dazu gesagt hatte. Hätte er ihr doch besser alles genau schildern sollen. Aber nein. Er hatte sie ohne irgendein Ergebnis verlassen, und das Resultat war, dass er seinen Job aufgegeben hatte, ohne dazu gezwungen und ohne sich sicher zu sein, dass es besser war. Und er hatte eine große Rechnung bei ihr offen, die ihm zu schaffen machte, er musste sich entschuldigen, er hatte sich unglaublich mies verhalten, obwohl sie in den letzten Monaten die einzige Frau gewesen war, mit der er sich gern unterhalten hatte, nein, der einzige Mensch. Vielleicht sollte er Armin dazu bringen, sie aufzusuchen. Würde er natürlich ablehnen. So wie er selbst es abgelehnt hätte, wenn er nicht dazu verpflichtet gewesen wäre, und genau deswegen war er der richtige Mann, der Armin dazu bringen konnte. Und dann würden sie sich zusammen diesen

Film ansehen, der irgendwas mit Adoption zu tun hatte, und dann würde er ihm helfen, seine Probleme zu lösen, und dann waren sie wieder frisiert, und am Ende saßen sie alle in den verdammten Wartezimmern der Therapeuten, und alle Arbeiten, die erledigt werden mussten, blieben liegen.

»I shot a man in Reno, just to watch him die«, sagte die Musikbox, als er zurückkam.

Der Tumult am Tisch hatte sich gesteigert und die Girlgroup machte sich noch besser. Er warf einen Blick ans andere Ende der Kneipe, unter den Tisch neben der Tür. Seine Tasche war noch da, mit den beiden Kanonen, die nicht zu verkaufen waren, falls nicht alles zu verkaufen war, wenn der Preis stimmte.

Einer der Rentner war am Tisch eingeschlafen und man hatte ihm ein kleines Kissen unters Kinn geschoben; der andere saß weggetreten aufrecht und streichelte den Hund, der auf seinem Schoß lag und schlief. Während Armins Tischnachbarin ihren roten Plastikmantel ausgezogen hatte und auf seinem Schoß saß, ohne eingeschlafen zu sein.

Als er sich setzte, drehte Armin sich von ihr weg und sah ihn an. Fallner wusste, was er sagen würde, weil er selber die ganze Zeit daran gedacht hatte.

»Meinst du, sie könnte sich was antun, also, verstehst du, sie hat in letzter Zeit immer vom Alter und so, das hat sie sonst nie, weil sie denkt, ich könnte sie vielleicht, weil sie so'n Kind?«

»Jeder kann sich was antun.«

»Mann, du weises Arschgesicht.«

»Glaub ich nicht, wirklich, ich hab's dir schon hundertmal erklärt, für diese Geschichten gibt es fast immer eine ganz einfache Erklärung, wieso glaubst du mir das nicht, glaubst du, ich habe keine Ahnung von meinem Job? Glaubst du, ich bin verblödet, weil ich jetzt ex bin? Gib mir jetzt endlich die Telefonnummer von ihrer Schwester.«

Ein Tablett mit frischen Gläsern knallte zwischen ihnen auf den Tisch und man musste wieder mit allen anstoßen. Die Raketen machten nicht mehr weiter oder man konnte sie nicht mehr hören. Anita fragte Fallner, ob er in Ordnung wäre, und er fragte sie, ob ihr schlecht wäre. Absolut, sagte er, und auf keinen Fallner, sagte sie. Sein Telefon meldete sich, und sie sagte, er hätte da einen wahnsinnig originellen Klingelton. Er stellte auf stumm und versprach, sich einen neuen Ton zuzulegen.

Armin stand auf, hielt ohne jede Anstrengung die Frau, die sich auf seinen Schoß gesetzt hatte, in den Armen wie die Braut und stimmte »We are the Champions« an, und alle sangen mit.

Der Hund bellte und alle bellten mit, und der junge Mann, der die Fotos gemacht hatte, streckte den Arm über den malerisch eingemüllten Tisch und schlug Fallner auf die Hand.

»Sag doch mal, stimmt das vielleicht, dass man bei dir was kaufen kann?«

Armin setzte sich umständlich und vorsichtig, um mit der Frau in den Armen nicht umzukippen, und Fallner hatte ihr Dekolleté für einen Moment so nah vor Augen, dass es wie etwas vollkommen anderes aussah.

»Wieso, was denn kaufen? Meinst du sowas wie Haschisch?« Gelächter. »Bei mir kannst du nichts kaufen. Spar dein Geld für schlechte Zeiten. Der war umsonst.«

»Nein, es ist so, ich beschäftige mich, ich mach ja Fotos, hast du vielleicht mitbekommen, ich hab da so ein Projekt, es geht um Krieg und Frieden, also wie sehen die aus, da der Kriegmacher, da der Friedensstifter, der Peacemaker, verstehst du?«

Fallner und Armin schauten sich an.

»Ich weiß, was er meint«, sagte Armin.

»Und was meinst du?«

Sie redeten so leise, dass sie der Fotomann fast nicht verstehen konnte.

»Dass wir für eine Panzerfaust mindestens eine Woche einkalkulieren müssen. Und dass er das nicht in seinem Facebook erzählen sollte. Und was meinst du?«

»Panzerfaust ist aber kein Peacemaker«, sagte der Fotomann.

»Dass Bargeld schon vorher lacht.«

Fallner sah den Enkel an, der im selben Moment wegsah. Man musste damit rechnen, dass er Prozente haben wollte, und sich daran erinnern, dass man sich ausführlich mit ihm unterhalten musste.

»Danke, dass du das erwähnst, das hätte ich jetzt fast vergessen«, sagte Armin.

»Kann doch jedem passieren.«

»Man muss immer an alles denken, auf einer Arschbacke geht heutzutage gar nichts mehr.«

Es war ein großartiges Gefühl, wenn man sich auf einen Freund verlassen konnte.

Genau genommen

Es war ein großartiges Gefühl, wenn man sich auch auf einen Freund verlassen konnte, den man kaum kannte.

Besonders wenn man, genau genommen, keine Freunde mehr hatte, die man gut kannte.

Die Aufgeregten Killerbienen

Es musste sehr viel passieren, dass Fallner nicht um sieben:zehn aufwachte. Man musste ihn praktisch erschießen, um seine innere Uhr auszuschalten. Nach drei Stunden Schlaf und zu viel Alkohol stand er um sieben:zwölf zu jedem Einsatz bereit neben dem Bett.

Nicht auf der Höhe, aber fit genug.

Der Fittomat muss funktionieren, hatte der Leiter der Zugriffseinheit gebrüllt, wenn er es für angebracht hielt. Was ihr in der Nacht damit getrieben habt, geht mich nichts an.

Der Fittomat? War das die kleine Maschine, die gegen den Denkapparat arbeitete?

Diese Anita und das jüngste Mitglied der Girlgroup lagen eng umschlungen in der Mitte seines Betts. Beide in den Stiefeln und die Jüngere immer noch im geschlossenen roten Plastikmantel. Es sah aus, als hätte der Mantel sie gefangen genommen. Ihre blonde Langhaarperücke war verrutscht, ein paar braune Locken schauten heraus.

Anita hatte Mantel und Perücke abgeworfen, als sie in die Wohnung gekommen waren, und mit einer schlingernden Umdrehung und elegant erhobenen Armen ihre echte Erscheinung mit kurzen roten Haaren präsentiert.

Mit Betreten der Wohnung fing sie zu reden an und ließ ihre Sprechmaschine durchlaufen. Es hatte Fallner nicht gestört, denn für eine Betrunkene war sie angenehm ruhig geblieben. Hatte sich auch von plötzlich losdonnernden und immer sinnlosen Kommentaren von Armin nicht aus dem Rhythmus bringen lassen.

Ihren eigenen Angaben zufolge war sie die Wiedergeburt einer morphiumsüchtigen bisexuellen Tänzerin und Schauspielerin, die im Berlin der Zwanzigerjahre ein Feuerwerk nach dem anderen abgebrannt hatte, aber obwohl sie jetzt schon einige Jahre älter als die früh Verstorbene war, hatte sie immer noch keinen einzigen Skandal hinbekommen, was sich jedoch heute, in einer völlig anderen Zeit, auch weil sich das gefühlte Alter von Frauen, wie jeder bemerkt haben dürfte und so weiter. Dagegen konnte Fallner sich weder an den Namen der Band noch an den der jungen Frau im Bett erinnern. Soweit er sich erinnern konnte, hatte sie in der Wohnung nicht mehr gesprochen. Sie hatten sich an den Küchentisch gesetzt und er hatte nur noch kurz seine Gastfreundschaft bewiesen, Getränke und Gläser aufgestellt und sich nach einem Schluck von irgendwas ins Bett gelegt, sollte doch Armin auf sie aufpassen oder alle auf jeden.

Stimmte es, dass sie zu viert waren, oder hatte er jemanden vergessen? Hatte sich womöglich der Fotomann an sie gehängt?! Das durfte nicht sein, so betrunken war er nur allein.

Und wo hatte er seine Tasche abgestellt? Hier im Schlafzimmer sah er sie nicht. Auch nicht unterm Bett. Nicht im Schrank. Nicht unter der am Boden liegenden Decke. Das durfte nicht sein, so betrunken war er nicht mal allein.

Er rannte zuerst nach links in den langen Flur, konnte die Tasche in Küche, Bad, Toilette und Gästezimmer nicht entdecken. Er war verblüfft, dass das Gästezimmer so leer war. Er blieb in der Tür stehen und starrte hinein wie in ein fremdes Zimmer. Nur zwei Kisten in einer Ecke und ein kleiner Haufen Müll. Er war zwei Wochen weg gewesen, und inzwischen war die Wohnung doppelt so groß geworden. In Küche und Bad war ihm das nicht aufgefallen.

Er ging durch den Flur zurück – unveränderte Situation im Schlafzimmer – und weiter ins große Wohnzimmer, das sich nach Abnahme aller Bilder und Abbau eines Regals ebenfalls erheblich vergrößert hatte. In einer Ecke einige Stapel Bücher und Akten. In der Mitte ein Haufen mit dem Müll, der sich bei einem Auszug ansammelte. Den Tisch und die Stühle hatte sie mitgehen lassen. Das Sofa unter dem schlafenden Armin sah traurig aus.

Die Tür neben Armins Kopf stand weit offen und Fallner konnte erkennen, dass Jaqueline nicht voller Hass gewesen war, als sie die Wohnung verlassen hatte. Sie liebte diese Wohnung, aber es war seine, er hatte vor ihr schon zehn Jahre hier gelebt; er hatte eines Tages einen Deal herausgeholt, und wenn dieser Deal mit der über achtzigjährigen Besitzerin mit ihrem Tod endete, würde er wohl aufgrund einer Mieterhöhung ausziehen müssen und sich nie wieder eine vergleichbare Wohnung leisten können. Es sei denn, es gab Probleme im Haus und er konnte irgendeinen Erben davon überzeugen, dass es keine Probleme gab, wenn er weiterhin hier wohnte.

Im Türausschnitt sah seine Grabkammer unverändert aus. Sie hatte die beiden gerahmten Fotos – der Jazztrompeter Lee Morgan, der, wenige Tage bevor er von seiner Frau erschossen wurde, in dieser Profilansicht sein Instrument in einem 45°-Winkel nach oben hielt, und Romy Schneider in einem Pelzmantel mit kreischend roten Lippen und weit aufgerissenen Augen, in denen sich die Lust auf ein Verbrechen spiegelte – nicht auf den Boden geworfen und zertreten.

Er ging langsam durchs Zimmer und blieb in der Tür zu seiner Kammer stehen, in der ein Dienstmädchen vor hundert Jahren nur so viel Platz gehabt hatte, um sich neben dem schmalen Bett zur Balkontür durchquetschen zu können. Na was macht denn mein Dienstmädchen? Mit diesen Worten hatte Jaqueline manchmal sein Zimmer betreten. Er hatte Angst vor dem Zettel, den sie auf seinem Schreibtisch hinterlassen hatte, und Angst, dass sie keinen Zettel hinterlassen hatte.

Was er sehen konnte, sah in Ordnung aus, aber er konnte seinen Schreibtisch nicht sehen. Beim Anblick des Safes erinnerte er sich an das eigentliche Problem und ging rein. Zerrte seinen Schlüsselbund aus der Hose. Versprach dem Heiligen Geist irgendeinen Unsinn. Sperrte auf, riss die Safetür auf.

Nichts. Alles andere lag drin wie immer. Nur keine Glock28 neben einer Makarow.

Es war undenkbar, dass er diesem Fotoclown irgendwas verkauft hatte, außer falsche Hoffnungen. Es war undenkbar, und dennoch, er hatte die Tasche unterm Tisch im Bertls Eck vergessen. Blödsinn. Kein Blödsinn. Totaler Blödsinn. Er konzentrierte sich – ganz klar, es war folgendermaßen abgelaufen: Er hatte sich im Schlaf daran erinnert, dass er die Tasche dort vergessen hatte, war im Halbschlaf sechs Treppen runter- und über die Straße getaumelt, hatte sich mit den üblichen Methoden Zutritt verschafft und die Tasche geholt. Ganz klar.

Aber wo hatte er die Tasche dann in der Wohnung abgestellt? Auf welche verdrehte Idee war er in seinem Zustand gekommen? Klare Sache. Auf dem Balkon natürlich. Er öffnete ganz ruhig die Balkontür.

Nichts. Nur der Mist, der sich nach einem Auszug auf dem Balkon neben dem üblichen Mist ansammelte.

Zum Glück war er trainiert, selbst dann ruhig zu bleiben, wenn jeder normale Mensch durchgedreht wäre. Er ging völlig gelassen ein paar Schritte im Kopf zurück – er hatte also im Schlaf und betrunken die Tasche aus der abgesperrten Kneipe geholt, hatte die Tasche in seine Wohnung geschafft und den Balkon betreten. Klare Sache bis dahin.

Wenn man sich nicht erinnern konnte, musste man sich vom

letzten sicheren Punkt aus die einfachste logische Fortsetzung vorstellen: Er hatte die Tasche mit den Waffen also schon auf dem Balkon zwischen Mülltüten abgestellt, als ihm klar wurde, dass sich drei Besucher in seiner Wohnung aufhielten und sich eine dumme Geschichte daraus ergeben könnte. Alles schon passiert. Was tun? Der Safe, logisch, hatte er ganz vergessen. Pech nur, dass er den Schlüssel in seiner Hose in dem Moment nicht finden konnte. Was hatte er sich dann in seinem alkoholisierten Halbschlaf ausgedacht? Fallner lehnte sich an die Brüstung. Und hatte die Lösung: der Hinterhof. Denn im Hinterhof war nichts, nur Schneereste und Matsch und ein paar eklige Gebüsche, und kein Mieter ging in diesen Tagen in den Hinterhof – nirgendwo war die Tasche so sicher wie im Hinterhof, also hatte er sie runtergeworfen. Er sah hinunter und suchte sorgfältig alles ab.

Nichts. Keine Tasche.

Zum Glück war er trainiert, auch dann ruhig zu bleiben, wenn selbst ein eiskalter normaler Mensch durchgedreht wäre.

Er legte die Arme aufs Geländer und betrachtete das nahe, scheinbar endlose Bahngelände mit seinem verwirrenden Schienennetz und den Masten und Oberleitungen und wartenden Waggons. Ein Anblick, dem er sich stundenlang hingeben konnte und der ihn friedlich stimmte; und diese Stille am Neujahrstag morgens war geradezu außerirdisch.

Nach wenigen Minuten hatte er das Rätsel endlich so gut wie gelöst: Entweder war jemand ausnahmsweise doch in den Hinterhof gegangen, hatte die Tasche entdeckt und sie an sich genommen, oder sie lag immer noch unterm Tisch, wo er sie gestern beim Betreten der Kneipe abgestellt hatte. Er musste sich nur entscheiden, was ihn aller Wahrscheinlichkeit nach zuerst ans Ziel führte … Die verdammte Tasche lag unterm Tisch. Keine Frage.

Er ging in sein Zimmer zurück, das Jaqueline schon beim ersten Anblick Grabkammer getauft hatte, und holte aus dem Safe alles, was nötig war, um schnell in Bertls Eck zu kommen, ohne die Scheibe einschlagen zu müssen.

Als er den Safe abgeschlossen hatte und sich umdrehte, sah er ihren Abschiedsgruß. Der Schreibtischstuhl stand verkehrt herum. Auf der Sitzfläche ein heller Fleck. Wie ein Stück Papier. Es war noch zu dunkel im Zimmer, um es auf die Entfernung identifizieren zu können.

Sie hatte eines seiner Lieblingsalben auf die Sitzfläche gelegt. In der Mitte ein paar Blatt nur leicht geknülltes Klopapier. Das Cover hatte sich stark gewellt.

Typisch für die Ossibullenschlampe; aus der ohne die deutsche Wiedervereinigung garantiert eine Stasihyäne geworden wäre, die beim Verprügeln von Dissidenten besondere Lustgefühle gehabt hätte. Andererseits war es keine so bösartige Geste, sondern auch komisch, ja – fifty-fifty, dass es eine Aufforderung war, sich bald wieder auf nette Art zu treffen.

Er zog sich im Schlafzimmer – die Lage hatte sich verändert, Anita lag auf der Seite und hatte ein Bein über ihre rot verpackte Freundin gelegt – ein frisches Unterhemd und Hemd an und ging in die Küche.

Sein Mantel lag auf dem Herd, sein Telefon auf dem Tisch. Er hatte um 00:44 einen anonymen Anruf und um 02:04 einen von seinem Bruder auf den Beantworter bekommen. Er hörte es sich an. Er wünschte ihm ein gutes Neues und bat ihn, schon morgen in der Firma zu erscheinen, obwohl ihm klar wäre, dass sie als Arbeitsbeginn den vierten vereinbart hatten. Das konnte er vergessen. Der kleine Bruder lag mit einer äußerst bösartigen Grippe noch mindestens drei Tage im Bett. Fallner sah sich in der Küche um. Es gab nichts, womit er seinen Gästen den Start ins neue Jahr erleichtern würde. Nichts Passendes im Kühlschrank, kaum noch Kaffee. Er sah aus dem Fenster. Wenn das kein starker Neujahrsanfang war … Er würde die Tasche rausholen und anschließend zum Bahnhof gehen, um zu frühstücken, und wenn er in seine Wohnung zurückkam, waren sie schon auf dem Weg zur nächsten Party und er musste nur noch ein paar hübsche Erinnerungen beseitigen.

Er nahm den Flyer in die Hand, der auf dem Tisch lag. Ankündigung für ein Konzert:

DIE AUFGEREGTEN
KILLERBIENEN
KOMMEN AUCH
IN DEINER STADT!

Das mussten sie ohne ihn schaffen. Die Truppe war ihm viel zu chaotisch. Und er war auch viel zu alt für Girlgroups, die sich verkleideten.

Es war nicht seine Art, die Schuld bei anderen Leuten zu suchen, aber sein Problem mit der Tasche ging hauptsächlich auf ihr Konto. Er würde es ihnen nicht nachtragen und wünschte ihnen alles Glück der Welt. Sie würden es gebrauchen können.

Er war schon an der Tür, als ihm einfiel, dass es draußen kalt war. War das nicht typisch für das ganze Leben? Man war nah dran, endlich raus- und weiterzukommen, und dann fiel einem ein, dass man etwas vergessen hatte, und ging zurück.

Er zog sich im Schlafzimmer – die Lage dort hatte sich verändert, Anitas Kopf befand sich jetzt unter dem Po ihrer Freundin, der nicht mehr vom roten Mantel bedeckt wurde, und sie zwinkerte ihm zu, war jedoch zu beschäftigt, um sprechen zu können – eine dicke Wollmütze an und sagte, er habe nur eine Bitte, sie sollten darauf achten, die Nachbarn nicht zu wecken.

Er ging raus und wieder den Gang runter und fragte sich, als er die Hand an den Griff der Wohnungstür legte, ob er zurückgehen und den Versuch riskieren sollte, sie zu fragen, ob er mitmachen könnte.

Er war dreiundvierzig Jahre alt und hatte noch nie zwei Frauen live in Aktion gesehen. Er war ein kleiner Ex-Beamter mit Provinzvergangenheit, der keine Ahnung hatte, und wenn sich endlich die Gelegenheit bot, an einem echten Abenteuer teilzunehmen, zog er sich schüchtern zurück, nicht ohne die Mahnung auszusprechen, die Geschlechtsverkehrspartner sollten sich im Rausch der Sinne wenigstens akustisch anständig benehmen.

Wenn er jetzt wieder reinkam, waren sie gerade fertig, und er würde dastehen wie ein Idiot. Wie ein Vollidiot, der so dumm war, zu glauben, sie könnten einen Mann gebrauchen. Wie ein erbärmlicher Vollidiot, der zu spät kam, als er endlich einmal bereit war, etwas zu riskieren.

Als er die Wohnungstür zugezogen hatte und den ersten Schritt Richtung Treppe machte, stolperte er.

Was zum … da lag seine Tasche!

Er hob sie auf. Das Gewicht stimmte. Alles war noch drin. Gelobt sei Jesus Christus!

Wenn es ihm gelungen wäre, bei den beiden Frauen einzusteigen, wäre er anschließend womöglich eingeschlafen und dann wäre die Tasche vielleicht doch … man durfte nicht daran denken.

Auf einen Schlag war alles wieder gut. Der Rest war keine große Sache – er musste nur noch eine banale Frage klären: Sollte er die Tasche jetzt in der Wohnung deponieren oder mitnehmen?

Die Gesetze

Fallner betrat den Hauptbahnhof vom Eingang an der Nordseite. An der kurzen Treppe zu den Gleisen, die immer dicht belagert war, außer gelegentlich um die Zeit, wenn die einen doch noch verschwanden und die anderen noch nicht auftraten, war nichts los.

Als er den Platz mit den fünfunddreißig Gleisen vor sich hatte, blieb er stehen – weil er den Anblick kaum glauben konnte. Da war niemand, keine einzige Person. Er konnte sich nicht erinnern, das jemals gesehen zu haben.

Es sah unheimlich aus – als hätte er am Ende der Welt den letzten Zug verpasst.

Ein Anblick, der ihm nur ein paar Sekunden vergönnt war. Dann kam ein Betrunkener an der Wand links hereingetorkelt. Er schlingerte und konnte weder bremsen noch die Richtung bestimmen. Entweder er stürzte jeden Moment oder prallte gegen ein Hindernis. Fallner musste nur die Hand ausstrecken, um ihn anzuhalten. Er passte auf, dass er von dem Betrunkenen nicht angefasst wurde.

Der Mann war fünfzig plus und sah für seine Verfassung verblüffend passabel aus. Er studierte zuerst die neue Hand auf seiner Brust, ehe er anfing die Spur bis zum dazugehörigen Kopf zu verfolgen.

»Aarkk Jossssttt«, sagte er.

»Oktoberfest«, sagte Fallner, »da raus und gleich rechts, ist nicht weit, das können Sie schaffen.«

Der Mann zog singend weiter.

Und als hätte es mit seinem Verschwinden zu tun, sah er jetzt einige Personen, die aus einem unheimlich leeren Bahnhof einen gottverlassenen machten. Er stieg die schmale Treppe zum Balkon hoch und wünschte sich, im Café eine Frau zu treffen, die er vermisst hatte, obwohl er sie nur flüchtig kannte. Als er sie sah, fühlte er sich besser.

»Das freut mich jetzt aber schon ganz besonders, dass Sie am Neujahrstag endlich wieder einmal bei mir sand, Herr Fallner, ein gutes Neues.«

»Das wünsch ich Ihnen auch, Frau Hallinger. Ich habe gehofft, dass wir zwei endlich einmal ganz für uns sand.«

Sie lächelte ihn an, als hätten sie draußen den schönsten Sommertag. Obwohl es auch im Café über den Gleisen wie nach einer erfolgreichen Räumung aussah.

Sie kam mit zwei Tassen Kaffee aus ihrem Sektor und sie setzten sich an einen Tisch auf dem Balkon. Sie waren sich im letzten Jahr nähergekommen, als sich Fallner wochenlang jeden Tag im Bahnhof aufhielt, nach seinem Unfall (wie es seine Therapeutin so charmant nannte) dienstunfähig war, nicht wusste, was er tun sollte, um in sein altes Leben zurückzukommen, und hier bei ihr Kaffee um Kaffee bestellt und sie dabei irgendwann angefangen hatten, ein paar nette Sätze auszutauschen.

Sie waren sich jedoch nicht so nah gekommen, dass er ihren Vornamen, ihr Alter, ihren Familienstand, ihre Herkunft, ihre Krankengeschichte und ihre Träume erfahren hätte. Er stellte sich vor, dass alle, die im Bahnhof an einer Theke arbeiteten, Träume hatten. So wie alle anderen.

Sie waren sich einmal etwas nähergekommen, als sie einen heftigen Streit zwischen Jaqueline und ihm mitbekam. Jaqueline war brüllend abgehauen, und Frau Hallinger hatte ihn wieder aufgebaut, und er hatte ihr, am tiefsten Punkt angekommen, erzählt, dass Johnnie Tos *Mad Detective* auf seinem Weg durchs Leben von seiner verstorbenen Frau begleitet wird.

Er konnte sich genau erinnern, was sie dazu gesagt hatte: »Ja, die Toten begleiten uns. Aber nur wann's einer möchte, wird er begleitet.«

Dann hatte sie vorgeschlagen, sich in einem Café in der Nähe zu treffen, aber dort war sie plötzlich furchtbar schweigsam. Auf eine Art, die er nicht zu durchbrechen gewagt hatte. Obwohl er sich vorgenommen hatte, ihr viel näher zu kommen.

»Wie geht es Ihnen?«, sagte Fallner. »Ihr Anblick ist wie immer eine Wohltat. Das blühende Leben ist dagegen ein Putzlumpen.«

»Ich könnte klagen, aber ich mag nicht.«

»Bitte klagen Sie, was ist los?«

»Wie geht's denn Ihnen? Das ist doch schon eher die Frage, nach allem, was passiert ist.«

»Ich kann mich nicht beschweren. Die Kurzfassung lautet, dass sich alles zum Guten entwickelt hat. Mit einem Haken muss ich zugeben, meine Freundin ist abgehauen, aber damit habe ich, ehrlich gesagt, gerechnet, das hat sich schon länger abgezeichnet, Sie wissen ja, wie's ist.«

»Ich weiß nicht, wie's ist.«

»Das glaube ich Ihnen nicht, so jung sind Sie auch wieder nicht, wie alt sind Sie eigentlich? Sagen Sie nicht, ich soll raten.«

Sie fummelte am Namensschild an ihrer Uniformbluse herum und sah runter auf den Platz vor den Gleisen, über den nur ein alter Mann ging, der sich an einem Einkaufswagen festhielt. Der Neujahrstag war ein guter Tag, um Flaschen zu sammeln.

»Ich weiß schon auch, wie's ist, aber ich will oft gar nicht genau wissen, wie's ist.«

»Das kenne ich auch.«

»Das glaub ich Ihnen gern. Und was schleppen Sie in Ihrer Tasche rum, haben Sie ein Geschenk für mich?«

»Zwei Pistolen. Eine muss ich jetzt ganz offiziell bei meiner ehemaligen Dienststelle abgeben, die andere können Sie haben. Aber Sie sollten halt verantwortungsbewusst damit umgehen, nicht nur, weil sie nicht registriert ist.«

»Sie sand mir schon so einer. Haben Sie einen neuen Job?«

»In der Firma meines Bruders. Früher hätte man Privatdetektiv gesagt, aber ich finde, der Ausdruck klingt heute seltsam.«

»Oje«, sagte sie. »Also ich würde eher auf den Strich gehen als für meinen Bruder arbeiten, das kann ich Ihnen sagen.«

»Das tut mir leid«, sagte er.

»Wissen Sie, was? Heute ist mein letzter Tag hier, da kann ich mich wirklich nicht beklagen, und morgen geht's in einem anderen Café gleich weiter, darauf freu ich mich schon. Heute war eigentlich frei, aber ich muss für eine Kollegin einspringen, die Kinder, Sie wissen ja, wie's ist.«

»Ich weiß nicht, wie's ist. Und wo arbeiten Sie ab morgen?«

»Das werden Sie dann schon sehen.«

»Immer noch im Bahnhof?«

»Eine Frau muss ein Geheimnis haben. So sand die Gesetze. Ich hab sie nicht gemacht.«

Kann man das so sagen? (2)

»Zuerst passierte nicht viel, und niemand von uns hat erwartet, dass mit dem Film jemals viel passieren würde. Wir hatten eine Menge Spaß beim Drehen gehabt, aber es war nur so ein Filmchen, das wirklich niemand ernst nehmen konnte.

1975 war sowas doch keine Sensation mehr! Dachten wir. Zu dem Zeitpunkt waren schon acht Teile von *Schulmädchen-Report* draußen. Warum sollte das also einen Skandal geben?

Von den Sachen, was man sich dann so vorgestellt hat, ist absolut nichts beim Drehen passiert. Wir Satansmädels waren natürlich ziemlich leicht oder gar nicht bekleidet, das war die Hauptsache, aber was mich betrifft, so kann ich versichern, dass ich mein Höschen kein einziges Mal ausziehen musste. Was mir natürlich niemand geglaubt hat, weil es in gewissen Szenen so aussah.

Ich war immer noch ziemlich unerfahren, möchte ich behaupten, obwohl ich einundzwanzig war. Und obwohl ich schon mit siebzehn eine Krankenschwester und bald darauf passenderweise auch noch ein neugieriges Lehrmädchen gespielt habe, dachte ich nicht an eine Filmkarriere. Nur in meinen Träumen. Ich wollte mir nur das Geld schnappen und abdüsen.

Aber nach diesem Zeitungsartikel brach plötzlich ein solcher Orkan los, dass ich nicht mehr vom Fleck kam.«

Eine Sekunde Pause.

»Kann man das so sagen?«

Ehrliche Arbeit

Die Belegschaft starrte Fallner an, als hätte er dem Chef den Vortrag diktiert, den sie sich anhören mussten. Eine Kombination aus Einstimmung auf das neue Jahr und Bedenkenswertes in wirtschaftlich schwierigen Zeiten und anderes Gerede, das keinen anderen Sinn zu haben schien, als das Zeitfenster zu vernageln.

Oder starrten sie ihn an, weil er als Einziger einen Anzug trug, dunkelgrau, dazu ein schwarzes Hemd und schwarze Stiefel? Er wusste nicht, warum sie ihn so anstarrten, und hatte nicht vor, sie zu fragen. Es war ein freies Land, sie konnten ihn anstarren, wie sie wollten.

Sie standen den beiden Fallnerbrüdern schweigend in einer lockeren Reihe gegenüber, ohne dass es eine Anweisung dafür gegeben hätte. Das Gruppenfoto von einem Treffen, das alle bereuen sollten.

Einige von ihnen hatte er irgendwann kennengelernt, die meisten noch nie gesehen. Er hatte den Abstand zum Unternehmen seines Bruders selten verringert. Sein letzter Besuch hier lag fast ein Jahr zurück. Er überlegte, ob ein unbeteiligter Beobachter erraten könnte, um was für eine Art von Firma es sich handelte. Das Team, das auf einem riesigen Rummelplatz die neue, riesige Hightech-Geisterbahn betrieb. Wäre sein Tipp gewesen.

Und wie passte der junge Rollstuhlfahrer ins Bild? Betreute wahrscheinlich die Facebookseite, ohne die kein Unternehmen mehr existieren konnte, und die Facebookseiten, die auf irgendeine Art gefälscht waren, um der Firma ein ultraeffektives Arbeiten zu ermöglichen.

»Und ich darf euch außerdem einen neuen Mitarbeiter vorstellen«, sagte der Chef, »zumindest aus dubiosen Quellen wissen die meisten von euch, der Mann ist mein Bruder, er war zwanzig Jahre ein guter Polizist, Führerscheine hat er dabei eher selten kontrolliert …«

Und was machten die beiden alten Leute hier, die auf den ersten Blick so aussahen, als könnten sie es kaum ohne fremde Hilfe schaffen, in ihr Altersheim zurückzukommen? Aus dem sie, meldete der zweite Blick, abgehauen waren. Mussten wahrscheinlich für eine Facebookseite fotografiert werden, bei der es scheinbar um eine Seniorenaktion ging. Und mussten die beiden Männer, die er für Lateinamerikaner hielt, auf sie aufpassen? Er hatte sie noch nie gesehen, und Weihnachten zuhause, beim Schwafeln im Angesicht des Christbaums, hatte ihm sein Bruder nichts von neuen Mitarbeitern aus fernen Ländern erzählt.

»… und möchte betonen, dass ich mich sehr glücklich schätze, dass es mir endlich gelungen ist, ihn dazu zu überreden, bei uns einzusteigen und es endlich mal mit ehrlicher Arbeit zu versuchen. Wenn er Ärger macht, kann ich euch nicht helfen, wenn er Scheiße baut, kommt ihr zu mir.«

»Und wozu eigentlich?«, sagte eine männliche Stimme.

Fallner konnte nicht erkennen, wer da eine berechtigte Frage gestellt hatte. In einem Oh-my-God-das-auch-noch-Tonfall.

»Erst mal kümmert er sich um unsere geschätzte Madame Simone Thomas und ihren Stalker, nachdem wir's endlich fast geschafft haben, den Auftrag an die Wand zu fahren. Und dann vor allem Logistik und Planung«, sagte sein Bruder.

»Aquaplanung«, sagte eine andere männliche Stimme.

»Wenn wir dich morgen nach Madagaskar schicken, wird er dir alles liefern, was du wissen musst. Außerdem verstärkt er die Wissenschaft. Und er wird überall einspringen, wenn es nötig ist.

Was nicht alle von uns können, falls du das bisher nicht bemerkt hast. Sonst noch Fragen?«

Fallner hatte inzwischen seine beiden neuen Freunde identifiziert, sie waren etwa in seinem Alter und, das war keine Vermutung, ebenfalls Ex-Polizisten. Er hatte sie in seinem anderen Leben bei einem Einsatz für diese Firma begleitet, zu dem ihn sein Bruder – es hatte sich natürlich um einen Notfall gehandelt – überredet hatte. Er hatte bei diesem Einsatz zum ersten Mal illegal gehandelt; eine persönliche Katastrophe, mit der er auf die Schnelle mehr Geld als jemals zuvor verdient hatte. Geld, das er nicht verdient, sondern gemacht hatte. Ohne Jaqueline jemals davon zu erzählen.

»Ein Wahnsinn«, sagte jetzt einer der beiden, und sein Tonfall erinnerte daran, dass sie sich damals nicht ausstehen konnten.

»War das eine Frage?«, sagte der Chef.

»Das musst du deinen neuen Planungsdirektor fragen.«

Fallner verstand den Ärger. Sein Bruder hatte behauptet, er hätte alles mit seinen Mitarbeitern sorgfältig abgesprochen und alle hätten den Einstieg seines jüngeren Bruders befürwortet. Neues Jahr, alte Probleme – neues Jahr plus neue Probleme. Zum Glück keine Überraschungen.

Im Moment, als sich die Versammlung aufzulösen schien, sagte der Chef: »Ach ja, fast hätte ich's vergessen, ehe ihr euch den Kopf zerbrecht, unser ehemaliger Kriminalhauptkommissar Fallner wird in wenigen Tagen auch offiziell vollkommen rehabilitiert sein. In diesem Sinne: Frohes neues Schaffen!«

Es war ein misslungenes chemisches Experiment: Man warf ein neues Molekül in ein funktionierendes System, und die Reaktion war, dass alle bereits vorhandenen Moleküle sternenförmig vor dem Neuling wegrannten.

Nur eine Molekülversammlung hatte Lust, in seiner Nähe zu bleiben und ihn anzusprechen. Sie hatten sich auch bei Fallners letztem Besuch unterhalten, und weil der Versuch so gut funktioniert hatte, wiederholten sie ihn.

»Kommen Sie, ich mach uns einen Kaffee«, sagte sie, »Ihr Bruder muss noch ein wichtiges Telefonat führen, das kann dauern.«

»Glaube ich nicht«, sagte Fallner.

»Wollen Sie damit sagen, dass ich Sie belüge?«

»Alle Frauen, die für meinen Bruder arbeiten, lügen.«

»Die Arbeitsbedingungen für Frauen sind immer noch schwer genug. Eine Frau muss sich zu helfen wissen. Sie können mir glauben, dass Sie einen guten Kaffee bekommen und genug Zeit haben, mir etwas zu erzählen.«

Und ausgerechnet ihren Namen hatte er vergessen. Sie hakte sich bei ihm ein und lenkte ihn zum Aufenthaltsraum. Die anderen hatten sich im Großraumbüro verteilt oder das Gebäude verlassen, um fehlerhafte Molekülansammlungen zu reparieren oder eliminieren.

»Wer hier anfängt, muss mir einiges erzählen«, sagte sie, »und ich rate keinem, mich zu belügen. Könnte aber sein, dass Sie 'ne Ausnahme sind. Also machen Sie, was Sie wollen.«

»Ich bin keine Ausnahme. Dachten Sie, ich bin hier, weil ich eine Ausnahme sein will?«

»Warum nicht? Ich weiß, dass Sie 'ne schwierige Zeit hatten, da darf man schon mal 'ne Ausnahme machen. Und den Joker ziehen.« Sie wartete ab, ob er was sagen würde, aber er sagte nichts. Dann wollte sie wissen, wie es ihm ging, »nach dieser Geschichte.«

War ein netter Ausdruck, ein sensationell gutgemeint positiver Ausdruck – *Geschichte.* Ein Journalist hatte den *Unfall*, wie seine Therapeutin das *Desaster* beziehungsweise diesen unfassbaren

Scheiß, den er durchgezogen und zu verantworten hatte, *Abschuss* genannt. Was, auch sachlich gesehen, korrekt war.

»Nicht schlecht, und schlecht genug, dass mein Bruder mich nicht mehr in Ruhe gelassen hat, den Dienst hinzuschmeißen und hier anzuheuern«, sagte er. »Aber jetzt geht's wieder ganz gut. Ich bin froh, dass der ganze Mist vorbei ist. Endlich wieder durchatmen. Was Neues anpacken und so.«

Er war sich sicher, dass sie die ganze Geschichte – oder warum eigentlich nicht *Moritat*? – bis in die Details mitbekommen hatte und er sich eine Theatervorstellung sparen konnte.

»Es hat so ausgesehen, als würde ich's nicht mehr schaffen, und es war auch knapp. Wenn sie jetzt noch meinen ehemaligen Partner durch den Fleischwolf drehen, bin ich richtig glücklich, können Sie das verstehen? Ein Polizist lässt die Waffe, die der Täter benutzen wollte, verschwinden, damit sein Partner, also ich, nicht mit Notwehr rauskommt, sondern wegen fahrlässiger Tötung im Dienst fliegt und einfährt. Und warum? Weil er meine Frau mal in Ruhe knallen will. Ich glaube, Sie haben recht, es ist eine Geschichte. Und das Happyend geht so: Unschuld erwiesen, Frau abgehauen. Unentschieden könnte man sagen.«

Sie musterte Fallner kritisch, und er fragte sich, wieso sie ihn so kritisch musterte. Weil er *knallen* gesagt hatte? Dachte sie von ihm, er würde knallen sagen, wenn er vögeln meinte? Hatte sie nicht kapiert, dass er knallen gesagt hatte, um seinen ehemaligen Partner, dieses psychopathische Verräterschwein, zu charakterisieren? Das waren die Fakten: Sein Ex-bester-Freund und Partner Eric hatte seine Frau Jaqueline knallen und ihn zugleich abknallen wollen – sollte man das vielleicht mit *Vögeln* beschreiben?

Er erinnerte sich, dass er vor einigen Tagen die Eingebung gehabt hatte, seinen Exfreund noch einmal treffen zu müssen, nicht um sich zu rächen, sondern um sowas Ähnliches wie einen

Abschluss zu finden. War eine dumme Idee. Was würde passieren, wenn er während des Treffens auf die Idee kam, dass dieses Stück Dreck von einem Exfreund sein Leben zerstört hatte? Würde er ihm dann einen ausgeben oder ihm ein paar zu viel einschenken?

Er hatte den Eindruck, dass sie ihn ziemlich lange kritisch musterte, ehe sie endlich sagte, sie könnte das sehr gut verstehen.

Und dann hinzufügte, er solle sich besser keine großen Hoffnungen machen, dass man seinen Ex-Partner durch den Fleischwolf drehte, weil es weniger Dreck und Lärm machte, etwas unter den Teppich zu kehren, als den Fleischwolf anzuwerfen und zu füttern.

»Mach ich auch nicht«, sagte er, »keine großen Hoffnungen, nur ganz kleine. Wenn ihm jemand die Eier abschneidet, bin ich schon zufrieden. Ich will nicht mal dabei zusehen, ehrlich, ich bin einer der wenigen Polizeibeamten, denen sowas nicht gefällt.«

Fand sie nicht komisch, sondern analysierte weiter: »Wenn ich Ihr Chef wäre, würde ich es so sehen, dass die Geschichte besser ausgegangen ist, als man erhoffen konnte. Es ist nichts passiert. Wenn man Ihren Kollegen durch den Fleischwolf dreht, könnte es so laut werden, dass sich das jemand genauer ansieht und entdeckt, dass intern ziemlich viel passiert ist. Als Sie Ihren Freund bearbeitet haben, musste er danach seine Hose entsorgen, habe ich gehört.«

Sie hatte also viel mehr gehört, als er vermutet hatte. Sein Bruder hatte sie in eine Bar ausgeführt und sie auch noch mit den intimsten Familiengeheimnissen gefüttert. Vielleicht hatte sie sogar mehr gehört, als er selbst gehört hatte. Und wenn sein ehemaliger Polizeichef ihre Einschätzung hören könnte, würde er den Fall exakt so abwickeln.

»Wie lange waren Sie denn dabei?«, fragte er.

»Zwei Jahre.«

»Warum so kurz?«

»Zu viel Langeweile, zu viele Besoffene, zu viel Uniform hier und Dienstanweisung da, zu wenig Geld, was weiß ich, und zu viele Männer, die außer ihrem Ausweis nichts in der Hose hatten, aber mich ständig knallen wollten.«

Er fragte sich, ob außer den Geldproblemen irgendwas davon stimmte, und sagte: »Kann man ihnen doch nicht verdenken, dass sie in ihrer Freizeit auch mal was Schönes erleben möchten.«

Sie lachte. Und endlich blinkte ihr Name in seinem Gehirn auf: Theresa. Er ging ihr nach zu ihrem Arbeitsplatz vor dem Chefbüro, und er hätte ihr ein paar Kilometer folgen mögen.

»Ich weiß nicht, wie detailliert Sie bereits informiert sind«, sagte sie, »aber es gibt hier zurzeit ein sehr großes Problem und ein kleines, das auch nicht ganz normal ist, die Filmtusse und ihr Stalker. Jedenfalls gut, dass Sie das übernehmen.«

Das große Problem interessierte ihn. Er war Spezialist für große Probleme. Sie konnten nicht groß genug sein. Für kleine Probleme – egal, ob ganz oder nicht ganz normal – war er nicht gut ausgebildet; entweder er machte sie sofort kaputt oder er brauchte zu lange, um sie fassen zu können.

Das Problem mit kleinen Problemen war, dass sie so ähnlich wie eine Fata Morgana funktionierten – sie sahen klein und harmlos aus, und wenn man ihnen nahe kam, waren sie plötzlich bedrohlich; sie kamen in der Nacht ins Bett gekrochen und spielten ganz zart mit einem herum, und wenn man am nächsten Morgen wach wurde, lag man unter einem Berg begraben. Bei einem großen Problem wusste man, woran man war, und es konnte nur besser werden. Was war ihr großes Problem?

»Wenn Sie nichts davon wissen, darf ich es Ihnen nicht sagen. Da wissen nur die Leute Bescheid, die damit zu tun haben. Fragen

Sie Ihren Bruder, das heißt, nein, Sie dürfen ihn natürlich nicht danach fragen, sonst heißt es wieder, ich quatsche zu viel.«

»Der Einzige, der hier zu viel quatscht, ist mein Bruder Hansen, und das war schon immer so. Und was ist das mit diesem kleinen Stalker und seinem nicht ganz normalen Problem? Wie lange geht das schon? Mit diesen Typen hatte ich so gut wie nie was zu tun.«

»Lassen Sie sich mal vom Chef vollquatschen und danach zeige ich Ihnen Ihren neuen Arbeitsplatz.«

»Und wer sind diese Mexikaner oder Kolumbianer? Sind die neu hier? Wofür sind die zuständig?«

Sie machte nur ein Geräusch: »Pffhh.« Und verdrehte die Augen. Schien gleich kotzen zu wollen und suchte nach Worten, während sie wütend zu ihnen hinübersah.

»Diese Scheißmexikaner, denen sollte man mal ...«

Sein Bruder brüllte seinen Namen, und er trank seinen Kaffee aus, und – »richtig eine knallen!« – war bereit für ein großes Problem und eines, das auch nicht ganz normal war.

»Danke, Theresa«, sagte er.

»Ich habe übrigens um siebzehn Uhr eine Stunde im Bunker reserviert«, sagte sie. »Wenn Sie möchten, können Sie mitmachen. Aber ... ich weiß nicht, ob das jetzt das Richtige für Sie ist.«

»Was spricht dagegen?«

»Nach dieser Geschichte, meine ich. Vielleicht ist es noch zu früh dafür.«

»Ich habe kein Problem mit Schusswaffen«, sagte er, »falls das Ihre Frage war.«

Fallner sah sich das Foto an, das ihm sein Bruder und neuer Chef Hans Fallner, den er Hansen nannte, über den Tisch geworfen hatte. Es lag verkehrt herum vor ihm. Er konnte nicht genau erkennen, um was es sich handelte, es sah irgendwie nach etwas Fleischlichem aus und er hatte keine Lust, es anzufassen.

»War heute in der Post.«

Fallner hatte keine Lust auf den Job, den Winter, seine ausgeplünderte Wohnung, die Stadt, die Probleme der anderen, die Nachrichten am unteren Bildrand des stummen Fernsehers (»NSA: Unsere Dienste müssen besser werden bei der Ermittlung eigener Informationen«), auf den Donnerstag und diese Firma.

Sein Leben war eine Kette von Fehlern – er saß hier drei Tage früher als geplant, überredet von Hansen, weil in der Firma ein »irrer Stress« tobte. Er hatte dem Bruder sein Wort geben müssen, ihn nicht hängenzulassen. Eine Dummheit; und dummerweise war Sein-Wort-geben eine Dummheit, die man nicht löschen konnte.

Niemals. Nirgendwo. Nie.

Darüber waren sie sich einig, so verschieden sie waren: Wenn man jemandem sein Wort gegeben hatte, dann wurde es gehalten. Es musste gehalten werden, auch wenn man deswegen zum Teufel gehen musste, und auch wenn die Ausgangssituation nicht mehr existierte, wenn der Zeitpunkt gekommen war, das Wort in die Tat umzusetzen.

Gedankenspiele von Provinzjungs, die zu viele Western ohne Frauen gesehen haben, hatte das Jaqueline genannt. Fast ein Wunder, dass sie ihn nicht früher verlassen hatte. Während er sich das Foto nicht richtig ansah, fragte er sich, wie er aus der Nummer rauskommen könnte, ohne sich eines Wortbruchs schuldig zu machen. Ohne sich mit einem Hammer ein Bein zu brechen. Warum sollte man sein Wort halten müssen, wenn man bei Vertragsabschluss alkoholisiert war?

Sein Bruder hatte, als sie sich an Weihnachten bei ihrem Vater getroffen hatten, auf Fallner nicht nur eingeredet, dass ihn seine

Arbeit als Kriminalbeamter langsam in ein Monster verwandeln würde, sondern dass er außerdem seine Hilfe in seiner Firma Safety International Security dringend benötigte. Weil er den richtigen Mann für den Job im Moment nicht in der Firma hätte; weil er selbst sich mit einigen Angestellten, die für den Job geeignet wären, um eine andere Sache kümmern müsste; weil es sich bei diesem Auftrag um keine gefährliche Aktion handelte.

Während Fallner dachte, dass mit einer Firma, die sich Safety International Security nannte und deren Existenz ohne die Hilfe eines einzelnen Mannes gefährdet war, irgendwas nicht stimmte. Und ihn sein Bruder an Weihnachten und Geburtstagen immer anzuwerben versuchte und auch diese Ich-brauche-dringend-deine-Hilfe-Bitte nicht zum ersten Mal kam. Diesmal schien es sich jedoch um einen echten Notfall zu handeln.

Was aber wäre ein Mann, der seinem Bruder in der Not keine Hilfe gewährte?

»Ich muss dir doch nicht erklären, wer Simone Thomas ist, was du übrigens mir zu verdanken hast, falls du das vergessen hast. Außerdem wirst du garantiert nichts finden, was so gut bezahlt ist, Mensch, und für dich leichte Arbeit.«

Fallner hatte nur mit den Schultern gezuckt. Prophezeiungen mit *garantiert* machten ihn misstrauisch; wenn nicht mal Punkanarchist Armin garantieren konnte, dass Jesus nicht nach drei Tagen wieder von den Toten auferstanden war und die Welt gerettet hatte, sollte man vorsichtig mit garantierenden Voraussagen sein.

»Ich suche nichts und finde irgendwas«, sagte er, »das kann *ich* dir garantieren.«

»Weiß ich doch.«

Dann hatte Hans seinem Bruder Robert die Hand hingestreckt und Robert Fallner hatte eingeschlagen.

Was jedoch wäre ein Mann, der seinem Bruder in der Not

Hilfe gewährte, obwohl er aus Erfahrung wusste, dass sein Bruder eine Not vortäuschen könnte, um bei einer einfachen Sache Hilfe zu bekommen, für deren Erledigung er nur einen Dummen brauchte?

Er beugte sich vor, nahm das Foto und drehte es.

Eine Frau von hinten. Stehend, nach vorn gebeugt. Kopf abgeschnitten. Sie trug lange schwarze Strümpfe und einen weißen Pelzmantel, den sie bis über die Hüften hochgezogen hatte. Hübsche Beine, High Heels. Auf ihren nackten Po waren dick und rot die Ziffern 4 und 9 gepinselt. Raum und Hintergrund diffus. Wie ein Schnappschuss im Schlafzimmer.

Es war die Einladung zu einer Geburtstagsparty. Auf der Rückseite ihr Name. War sie das auf dem Foto? Dazu die Angaben von Zeit und Ort, in drei Monaten in einer Bar, die er nicht kannte, in einem Viertel, dessen Straßen mit Geld asphaltiert waren. Und der Hinweis, dass nur eine Person unter Vorlage dieses Fotos eingelassen wurde. Als letzte Zeile, wie schnell hingekritzelt, die Behauptung *good taste is timeless!*

»Wie sieht ihr Problem denn detailliert aus?«

»Es sieht so aus, dass sie viele Probleme hat. Punkt eins: Sie ist eine bekannte Schauspielerin. Punkt zwei: Sie ist – oder war, das wage ich bei Gott nicht zu beurteilen – ein Star. Punkt drei: Sie ist Schauspielerin. Punkt vier: Sie hat einen Stalker. Punkt fünf: Vielleicht sogar zwei-plus-x-Stalker. Punkt sechs: Sie hat so lange nichts unternommen, dass sie jetzt, man könnte sagen, ein wenig nervös ist.«

»Das seh ich«, sagte Fallner und tippte sich mit dem Foto an die Stirn.

»Punkt sieben: Sie hat Angst, dass sie jemand töten will. Punkt acht: Könnte sein, dass sie zwei Stalker an der Backe hat plus jemanden, der sie töten will. Punkt neun: Ihr Agent kümmert sich ganz besonders toll um alles. Punkt zehn: Sie ist Schauspielerin. Mehr fällt mir im Moment nicht ein. Doch, Punkt elf: Sie hat einen Sohn, der sich ebenfalls ganz besonders toll um alles kümmert. Punkt zwölf: Der Agent hat mein Wort, dass es eine glückliche große Börsdaypaadiii wird.«

»Ich wüsste nicht, warum das drei Monate dauern sollte. Außer der Stalker ist einer von deinen korrupten mexikanischen Drogenbullen.«

»Sei dir mal nicht so sicher.«

Was meinte er damit?

»Wie viele von deinen Leuten hat sie schon rausgeworfen?«

»Zwei. Aber sie konnten kaum richtig anfangen. Madame ist schwierig, um es vorsichtig auszudrücken.«

»Und warum geht der Auftrag weiter?«

»Weil es für sie verschärft weitergeht und ihr Agent den Eindruck hat, dass wir die Besten dafür sind. Nichts dagegen. Ist gutes Geld für uns, von mir aus kann sie noch zehn Leute rauswerfen und wieder bestellen.«

»Alle sind genervt, und ich bin der gute Hirte.«

»Du bist der, dem ich zutraue, damit klarzukommen. Ich weiß, was du jetzt sagen willst.«

»Ich nicht.«

»Mehr Details kann ich dir nicht geben, weil ich mich nicht genauer damit beschäftigt habe. Nico, unser Mann im Rollstuhl, gibt dir alles, was wir haben. Am liebsten würde ich mich selbst drum kümmern. *Die Satansmädels von Titting* – ich dachte, mich tritt ein Pferd. Aber ich kann einfach nicht.«

Fallner sah sich die Einladung genauer an, um eventuell eine Auffälligkeit zu entdecken. Sein Bruder hatte ihn schon mal benutzt, um eine Affäre abzusichern, ohne dass er es rechtzeitig durchschaut hatte. Und er hatte schon mal drei Tage für ihn gearbeitet. Hatte mit den beiden Ex-Polizisten, die sich freuten, dass er jetzt hier war, einen Typen beschützt, der keine Lust hatte, das Geld denen zurückzugeben, denen er es abgenommen hatte. Ziemlich legal natürlich und ein absoluter Notfall. Was er zu spät durchschaut hatte. So fastlegal, dass er zehntausend bekommen und sich geschworen hatte, sich nie wieder in derartigen Dreck verwickeln zu lassen.

Und jetzt? Saß er da und sah sich den nackten Hintern auf dem Geburtstagseinladungsfoto einer Schauspielerin an. Mit so einem komischen Gefühl. Vielleicht lag die Frau des angeblichen Stalkers in der Gefriertruhe der Schauspielerin und der Stalker wollte nur mal einen letzten Blick auf sie werfen. Und Hansen Fallner machte einen Haufen Geld, wenn sein Ex-Bullen-Bruder dem angeblichen Stalker freundlich erklärte, er sollte in Zukunft nie wieder an diese Schauspielerin und ihre Gefriertruhe auch nur denken.

Hansen Fallner war extrem schlau und moralisch flexibel. Musste er sein, wenn er eine zwanzig Leute starke Firma dieser Art (mit dem Namen Safety International Security) im hochwertigen Bereich halten wollte, zur Hölle, es war ein verfickter Eiertanz an der messerscharfen Grenze zwischen Pleite, Betrug und Bundesverdienstkreuz, behauptete er, wie alle Unternehmer und Vorsitzenden und Aufsichtsräte. Die Vorschriften, die Sozialversicherung, die neuen EU-Gesetze, die schon nächste Woche von neueren EU-Sonderbestimmungen, die noch absurder waren, ergänzt wurden, waren nur noch der Wahnsinn. Man wollte das Land voranbringen und in Schuss halten und wurde nur noch bestraft. Und wenn man sich an alle Gesetze mit geradezu menschenverachtender Sorgfalt gehalten hatte, kam die Steuerfahndung!

Das Leben war zum Kotzen, wie schon Léo Malet gesagt hatte.

Und dann kam der kleine Bruder, dem man nur ein bisschen unter die Arme greifen wollte und dessen Wort man schon bekommen hatte, und laberte: »Ich bin verpflichtet, dich darüber zu belehren, dass ich von diesem Stalkingscheiß nicht die geringste Ahnung habe. Guter Rat von deinem Bruder: Hol dir jemanden, der sich damit auskennt.«

Sein Bruder nickte wie ein Affe, der im Rückfenster eines alten Autos saß, und sagte: »Aber das ist doch großartig! Ich will dir helfen, du willst mir helfen, und zusammen helfen wir einer Frau, die verdammt arm dran ist. Kann's vielleicht einen scheißedleren Auftrag für uns geben?«

»Eine Frau, die nur psychisch arm dran ist.«

Davon ging der Chef aus, obwohl er es nicht präzise wusste. Andernfalls hätte sich ihr Agent nicht an genau diese Firma gewandt. Die Mitglieder der Promiklasse gaben diese Art von Informationen gerne weiter. Und sie gingen nicht zu einer Detektivfirma, die ihre Dienste »schon ab 39,90 Euro pro Tag!« anbot. Sie kamen zu Safety International Security, nicht nur weil sie eine Schwäche für englische militärische Fachausdrücke hatten, sondern weil sie hören wollten, dass sie hier für 39,90 nicht mal einen beruhigenden Händedruck bekamen.

»Mein Problem ist außerdem«, sagte Fallner, »ich bin müde, und damit meine ich nicht, dass ich mal eine Stunde länger schlafen sollte, verstehst du?«

Sein Bruder sagte nichts mehr. Sie standen jetzt an der äußersten Grenze, und es war klar, dass er nichts mehr sagen würde. Er war kein Arsch, der keine Selbstachtung hatte.

Der Junge, den Fallner erschossen hatte, geisterte nicht mehr klagend durch seine Träume. Aber er hatte vor wenigen Tagen geträumt, dass er mit zu vielen Menschen in einem Raum steckte und genau wusste, dass der Junge unter ihnen war. Er brauchte etwas zu tun. Je schneller, desto besser. Außerdem wollte er wissen, ob sie eine interessante Frau war. Und ob sie das auf dem Foto war. Er steckte es in die Innentasche und stand auf.

»Zuerst werde ich ihr klarmachen, dass sie keine dämlichen Fotos mehr verbreiten soll.«

»Du schaffst das«, sagte sein Chef und grinste, »und eine kleine Information hab ich noch für dich, diese Zahlen stimmen nicht, links müsste 'ne 6 und rechts 'ne 0 stehen.«

»Du meinst, jemand hat ihr falsche rote Zahlen auf den Hintern gemalt?«

»Genau das meine ich.«

»Ganz schön fies.«

»Absolut. Und ich glaube, das ist unser Mann.«

»Du glaubst, das ist ein Mann?«

»Garantiert.«

Vergessen

Von diesem großen Problem hatte ihm der Chef jedoch nichts erzählt. Und er hatte vergessen, ihn darauf anzusprechen. Fiel ihm ein, als er draußen war.

»Es gibt hier zurzeit ein sehr großes Problem und ein kleines, das auch nicht ganz normal ist.«

Oder hatte er doch das große Problem übernommen?

Nein. Das war unmöglich. Obwohl das Problem mit kleinen Problemen bekanntlich war, dass sie eine explosive Schnelligkeit entwickeln konnten – sie kamen in der Nacht zu einem ins Bett gekrochen und spielten ganz zart mit einem herum, und wenn man sie nicht sofort rauswarf, lag man im nächsten Moment unter einem Berg begraben.

Und es gab Leute wie Hansen, die erkennen konnten, dass ein kleines Problem bald mit einer großen Show explodieren würde. Was man manchmal besser verschwieg.

Auch so ein kleines Problem: Erst wenn man das Chefzimmer verlassen hatte, fiel einem ein, was man alles sagen wollte, sollte, musste. Und zu Hause wurde man von der Gattin wieder ausgelacht. Und musste sie endlich mit dem Hammer ausschalten.

Kann man das so sagen? (3)

»Dann hieß es nur noch, die kann ja sonst nichts. Die kann sich doch nur ausziehen und mit ihren Glocken bimmeln. Aber einen ganzen Satz bringt die nicht heraus. Die ist keine Schauspielerin, sondern nur so ein Blickfang in Schmuddelfilmchen.

Über den Regisseur hat man natürlich nicht so geredet. Als der Film viele Jahre später wiederentdeckt wurde, war der Regisseur plötzlich ein Genie, ein ganz wilder Hund, der gegen die herrschenden Konventionen aufgestanden ist. Plötzlich durfte er sogar am Theater inszenieren, um dort etwas Rabazz zu machen.

Es stimmte, dass er einer war, der sich etwas traute: Vor allem hatte er sich getraut, sein mangelndes Können als wagemutiges Experiment zu verkaufen. Und diese Spießer ein wenig aufzuregen, war damals keine Kunst.

Als ich meine Schallplatte gemacht habe, bekam ich wieder dieses gemeine Geschwätz zu hören. Eine Rothaarige, die nicht singen kann, sollte es auch mit dieser Oberweite nicht versuchen. Dass mich die besten Rockmusiker begleiteten, interessierte sie nicht. Als wären die so blöd gewesen, nur eine Oberweite zu begleiten. David Weissman, der musikalische Leiter, war schwul. Und er hatte Angebote ohne Ende. Alex Bauer, der später mit Volksmusik einen Haufen Geld machte, hat mich förmlich bekniet, wir sollten eine Platte zusammen machen.

Und die anderen Musiker mussten nicht mit mir spielen, wenn sie mein Händchen halten wollten. Ich habe sie alle angehimmelt. Ich stand bei ihren Konzerten immer ganz vorn. Sie machten das, was mich am meisten glücklich machte.

Ich weiß nicht, warum, aber bei der Platte haben mich diese gemeinen Kommentare mehr verletzt als bei den Filmen. Ich saß zu Hause und fühlte mich ohnmächtig wütend. Ich habe geheult.

Als ich später einen dieser Journalisten traf, den ich mir gemerkt hatte, schüttete ich ihm ein Glas Rotwein ins Gesicht. Ich wünschte, ich hätte mehr tun können. Aber leider haben sie mich festgehalten. Und leider war er sogar zu feige, mich zu verklagen.

Mit den Filmen war ich glücklich. Mit den Filmen konnte ich meine enge Welt verlassen. Es beschäftigte mich nicht besonders, ob sie mehr oder weniger schlecht waren. Ich verdiente mein eigenes Geld. Leute, die sich solche Sorgen niemals machen mussten, können das nicht verstehen. Und mit den Betschwestern und Moralpredigern, die in diesen Schmuddelfilmchen, wie sie das gerne nannten, das Ende der Welt sahen, wollte man doch sowieso nichts zu tun haben.

Ich bin der Meinung, dass die Schlampe in Schmuddelfilmchen auch nicht schlimmer ist als ein Heinz Rühmann in Nazifilmchen.«

Eine Sekunde Pause.

»Kann man das so sagen?«

Ein bisschen Geschichte

»… können Sie Ihrem debilen Blockwart sagen, und wenn ich noch ein Wort von ihm höre, dann – lassen Sie mich ausreden, nein, Sie hören mir zu, nein, Sie lassen mich – sollte ich noch ein Wort in dieser Angelegenheit von diesem verblödeten Nazischwein zu hören bekommen …«

Theresa sah Fallner an, hörte sich am Telefon einen Satz an, der sie nicht ruhiger stimmte, und gab ihm dabei mit der Hand zu verstehen, dass er nicht den geringsten Ton von sich geben sollte.

Dann sagte sie: »Ich freue mich darauf. Wissen Sie, warum? Weil das mein Job ist, mit Arschaufreißen kenne ich mich aus.«

Und wieder eine Volksweisheit, die man vergessen konnte: Die wütende Frau sieht besonders reizvoll aus. Theresa sah einfach nur aus, als würde sie jetzt ihre teure Computerinstallation aus dem Fenster werfen und dann versuchen, vor ihr unten anzukommen.

»Probleme mit der Wohnung?«, fragte Fallner.

»Ach was«, sagte sie. Zeigte auf seinen Arbeitsplatz am anderen Ende des Großraumbüros und brüllte Nicos Namen, stand auf und stapfte davon. Wenn sie später im Bunker immer noch in dieser Stimmung war, konnte es lebensgefährlich werden.

Er machte sich auf den Weg und bemerkte, dass die meisten Mitarbeiter inzwischen das Gebäude verlassen hatten. Nur ein Bodybuilder Mitte dreißig, der ihn beobachtete, einen Kopfhörer abnahm, als er sich ihm näherte, überlegte, ob er ihn etwas fragen sollte, und ihn lieber wieder aufsetzte.

Als Fallner in seiner neuen Ecke ankam, setzte er sich in den

Drehstuhl und fing zu drehen an. Am Platz neben ihm saß Nico in seinem Rollstuhl; ein lächerliches Wort für diese Maschine. Nico beachtete ihn nicht, er war mit der ebenfalls imposanten Anlage auf seinem Schreibtisch beschäftigt, um ihm irgendwas zu liefern.

Fallner stand auf und sah aus dem Fenster. Er war der Neue, er würde sich nicht vordrängen. Er hatte einen guten Platz bekommen, hinter seinem Bildschirm war die Wand, links das Fenster. Gegenüber ein neuer Büroblock zwischen den Blocks, die nach Fünfzigerjahre aussahen. Der neue Block war ein Vorbote, die alten Häuser würden es nicht mehr lange machen. Für jedes alte Haus, das draufging, kam ein neuer Block.

Auf der viel zu engen zweispurigen Straße dichter Verkehr, dessen Strömung von einer Straßenbahn behindert wurde. Vielleicht sollte man die Blocks zu beiden Seiten der Straße abreißen, damit die Autofahrer schöner mit ihren Blechkisten spielen konnten.

Die Firma befand sich (im Gegensatz zu seiner Wohnung) auf der ruhigeren und besseren Seite des Hauptbahnhofs, aber die Lage war nicht schlecht, falls man die Gegend um den Bahnhof mochte. Für Fallner war es der beste Teil der Stadt. Es war ihre internationale Zone; die ganze Welt schien sich hier zu versammeln und nicht nur ein kleiner Ausschnitt wie in Berlin Kreuzberg.

Er brauchte etwa eine halbe Stunde zu Fuß, um sich am Abend zu entscheiden, ob er zuerst Bertls Eck oder seine Wohnung betreten wollte. Falls er nicht in der Mitte der Strecke im Bahnhof hängenblieb. Die Gefahr war groß. Falls man es als Gefahr betrachten wollte. Angeblich mieden immer mehr Deutsche die Gegend. Die jedoch eine andere Gefahr zu fühlen glaubten.

»Das ist Simone Thomas«, sagte Nico und deutete auf den größten seiner Bildschirme.

Fallner stellte sich neben ihn, um diese unglaubliche Neuigkeit zu begutachten, und sagte: »Das Satansmädel.« Und holte aus, als

Nico fragend zu ihm hochsah: »Die hat in einem legendären Film mitgespielt, *Die Satansmädels von Titting*, aber das ist schon eine Weile her, da war noch nicht mal ich auf der Welt, Roaring-Sixties-Style, 1969 oder so, da war einiges in der Richtung los, viele interessante kranke Sachen, verstehen Sie?«

»Ich habe Ihnen hier auf die Schnelle alles Mögliche zusammengestellt, was wir schon haben, nicht nur persönliche Daten. Mit dem Inhalt hab ich nichts zu tun, war nicht mein Fall. Ich zeig's Ihnen kurz, bevor ich's Ihnen rüberschicke.«

Es ging ihm auf die Nerven, dass Fallner neben ihm stand, aber er hatte keine Lust, sich neben ihn zu setzen. Wieso zeigte er ihm das Zeug, wenn er's ihm rüberschickte?

Nico hatte drei Plakate an der Wand hinter seiner Anlage hängen, und jemand hatte sie so gehängt, dass sie gut aussahen. Der Anblick würde ihn beruhigen, wenn er es nicht mehr aushielt.

In der Mitte des blau-schwarzen Plakats links waren drei Köpfe platziert, die über einem Revolver schwebten, eine klassische 38er mit kurzem Lauf, die in einer kleinen Blutlache lag. Über diesem Motiv in weißer Schrift *un film di Jean-Luc Godard*; darüber in einer blassgelben Schrift: »Una donna. due uomini. una storia d'amore. un morto. un match di boxe. la mafia ...« Unter dem Bild in großen blauen Buchstaben wie eine Neonschrift in der Nacht

DÉTECTIVE

»Ich bin ganz Ihrer Meinung«, sagte Fallner, »was für ein Film. Aber wieso italienisch?«.

Nico brach mitten im Satz ab, sah ihn aber nicht an, starrte nur auf den Bildschirm. Fallner entschuldigte sich, er habe ihn nicht unterbrechen wollen. Nico vollendete den Satz – und Fallners Telefon spielte das alte Lied. Er entschuldigte sich, jetzt müsste er ihn leider unterbrechen, denn er musste rangehen. Es war Armin, auf den er gewartet hatte.

Nico schlug verärgert mit der flachen Hand auf den Tisch und rollte davon. Fallner sah ihm nach und fragte sich, ob er das als Belastungstest bewerten sollte.

Die ganze Situation hier, die Stimmung, die Fluktuation, das Aussehen der Arbeitsplätze, kam ihm bekannt vor. Sein Bruder, der Ex-Bulle, hatte sich in vertrautes Terrain begeben, als er vor fünf Jahren seine eigene Firma gründete. Falls es einen Grund gab, länger als bis zu dieser Geburtstagsparty der Frau, die er wieder glücklich machen sollte, zu bleiben, konnte er ihn nicht entdecken.

»Sie ist wieder da«, sagte Armin.

»Gott sei Dank«, sagte Fallner.

»Sie sagt, es tut ihr leid, sie war durcheinander, ich soll den ganzen Quatsch vergessen, den sie erzählt hat.«

»Scheiße«, sagte Fallner.

»Ja. Das kannst du laut sagen.«

»Ich muss Schluss machen, vielleicht sehn wir uns später, aber lass sie erst mal in Ruhe, hörst du?«

»Ich bin ja nicht taub.«

»Aber nicht immer ganz bei Trost.«

»Schieß doch, Bulle.«

Das Plakat in der Mitte kannte er. Es war kein Plakat, sondern das November-Bild aus einem Fotokalender, das zu A1-Plakatgröße aufgeblasen war. Auf dem Foto war der Oberkörper einer Blondine mit langen Haaren abgebildet, die eine Polizeikappe und eine blaue Uniformjacke trug. Die Uniformjacke war offen, darunter war sie nackt und man sah einiges von ihren Brüsten. Knapp unterhalb der Brüste war das Foto abgeschnitten, man konnte noch ein wenig von ihrer rechten Hand erkennen, ohne erkennen zu können, ob sie die Uniformjacke im nächsten Moment schließen oder öffnen würde. In der linken Hand hielt sie eine zur Hälfte geschälte Banane, deren Fruchtfleisch leuchtend weiß war und deren Spitze ihre roten Lippen umschlossen. Mit ihren blauen Augen sah die blonde Schönheit von Mitte zwanzig den Betrachter direkt an.

Zwischen dem Foto und den Tagen im November stand: »Als Mann – ich ginge zur Polizei: das würde mir schmecken …« Links davon ein Comicmännchen, ein uniformierter Polizist, der auf einer Bananenschale ausrutschte.

Als Nico mit einem Becher Kaffee zurückkam, sagte Fallner: »Mensch, Herr … wie heißen Sie eigentlich? Sie sind übrigens der erste Nico, der mir in dreiundvierzig Jahren über den Weg läuft … jedenfalls ist das eine gute Idee, ich kann auch einen gebrauchen.«

Nach ein paar Schritten drehte er sich um und ging rückwärts weiter und rief: »Soll ich Ihnen noch einen mitbringen? Bis ich wieder da bin, haben Sie vielleicht ausgetrunken und möchten noch einen.«

Nico sah in den Bildschirm und sagte nichts. Als Fallner zurückkam, sah er in den Bildschirm und schien auf ein Signal von ihm zu warten.

»Das Plakat in der Mitte kenne ich«, sagte Fallner, »der Kalender hing auf meiner ersten Dienststelle, der war von 1970, da sammelte einer so lustigen und seltsamen Polizeikram, kennen Sie die ganze Serie? Sensationell. An den Oktober kann ich mich auch noch genau erinnern, da war die Dame in einem kleinen Bikini und hatte in der erhobenen Hand einen Schlagstock und vor sich ein Plexiglasschild, also durchsichtig, und einen weißen Helm auf, aber so ein kleines Ding, nicht wie diese intergalaktischen Trümmer von heute, und der lustige Text dazu war: *Als Mann – ich ginge zur Polizei: schon wegen meiner Energie …* Diese Zweizeiler fingen immer mit *Als Mann …* an, das muss man sich mal vorstellen. In vier Jahren haben insgesamt sechs Kollegen versucht, das Objekt zu entfernen. Glauben Sie, dass damals ein Mann deswegen zur Polizei gegangen ist? Bei mir war's jedenfalls ganz banal, mein Bruder war Bulle, und der hat mich dann irgendwie reingezogen. Irres Dokument jedenfalls, wie die damals drauf waren. Aber ein Jahr später war der Spaß vorbei, Prinzregentenstraße, der erste Banküberfall mit Geiselnahme in Deutschland, also Bundesrepublik natürlich, eine Lektion, was unfähige Polizisten alles anrichten können. Vierhundert Beamte im Einsatz, dazu eine Menschenmenge, aus der Applaus kam, als ein Geiselnehmer mit einer Geisel rauskam. Entgegen zunächst anderslautender Meldungen war er es, der die Geisel erschossen hat, nachdem ihn die Scharfschützen nicht ausschalten konnten. Außerdem hier erstmals aufgetreten das erst später so genannte Stockholm-Syndrom. Aufgrund dieser neuartigen Form des Überfalls wurde der Paragraph 239 noch im selben Jahr in a) erpresserischer Menschenraub und b) Geiselnahme aufgeteilt. Interessieren Sie sich auch ein bisschen für Geschichte? Ich finde, es kann nichts schaden, aber ich bin auch etwas altmodisch, muss ich gestehen.«

Nico sagte nichts, beobachtete seinen Bildschirm und trommelte leise an seinem Pappbecher herum. Für einen jungen Mann im Rollstuhl war er erstaunlich brutal. Er gab sich keine Mühe zu verbergen, dass er ihn mit seinem Rollstuhlarsch nicht angesehen hätte, wenn er nicht der Bruder vom Chef wäre.

Fallner widmete sich dem dritten Plakat. Es war das interessanteste, wenn man beachtete, an wessen Arbeitsplatz es hing. Er lief gegen die Wand, als er sich mit Nico darüber unterhalten wollte – er ignorierte ihn wie einen Trottel und gab ihm einen dieser selbstklebenden gelben Zettel, auf den er etwas notiert hatte, und fragte ihn, ob er ihm einen guten Rat geben dürfte, und Fallner sagte, natürlich, ich bitte darum.

»Fahren Sie zu dieser Adresse und schauen Sie sich die Dame mal in echt an. Am besten gestern. Ich schätze, dass sie zu Hause ist. Da war gestern Stress, mit Polizeieinsatz, ihr Agent tobt, aber die sind selbst schuld, ich habe keine genaueren Informationen. Passen Sie auf, die Alte ist scheiße drauf, aber ich bin mir sicher, dass Sie damit gut klarkommen. In Ihrem Schreibtisch finden Sie so Sachen wie Handy. Wenn Sie noch Fragen haben, bitte.«

Fallner verschärfte den Tonfall ein wenig: »Im Moment keine weiteren Fragen!« Obwohl er sich langsam ein wenig zu fragen anfing, wen die Schauspielerin warum rausgeworfen hatte und welche Informationen sich bis dahin ergeben hatten.

»Das ist eine gute Nachricht«, sagte Nico, »aber wissen Sie, was ich gar nicht gebrauchen kann? Mitleid. Da hört der Spaß bei mir echt auf.«

Fallner wusste nicht, was er getan hatte, das als Mitleid ausgelegt werden könnte. Er war es, der gelitten hatte. Er war es, der wie immer eine Glückssträhne bekommen hatte.

Aktenordner Nachstellung

»Am besten gestern« war interpretierbar. Er war für Nummer sicher und nahm sich eine Stunde Zeit, vor seinem Besuch ein paar Kapitel aus dem Aktenordner zu lesen, den ihm Nico auf seinen Computer geschickt hatte.

Am Anfang war das Gesetz, Paragraph 238 des Strafgesetzbuchs zum Delikt Nachstellung: »Wer einem Menschen unbefugt nachstellt, indem er beharrlich 1. seine räumliche Nähe aufsucht, 2. unter Verwendung von Telekommunikationsmitteln oder sonstigen Mitteln der Kommunikation oder über Dritte Kontakt zu ihm herzustellen versucht, 3. unter missbräuchlicher Verwendung von dessen personenbezogenen Daten Bestellungen von Waren oder Dienstleistungen für ihn aufgibt oder Dritte veranlasst, mit diesem Kontakt aufzunehmen, 4. ihn mit der Verletzung von Leben, körperlicher Unversehrtheit, Gesundheit oder Freiheit seiner selbst oder einer ihm nahe stehenden Person bedroht oder 5. eine andere vergleichbare Handlung vornimmt und dadurch seine Lebensgestaltung schwerwiegend beeinträchtigt, wird mit Freiheitsstrafe bis zu drei Jahren oder mit Geldstrafe bestraft.«

Die Absätze zwei und drei markierten härtere Strafen für härtere Delikte. Für »schwere Gesundheitsschädigung« konnte der Stalker bis zu fünf Jahren bekommen, und bis zu zehn, wenn er einen Tod verursachte, beim Objekt seiner Begierde oder in dessen Umfeld.

Der vierte Absatz war auch eine Erklärung dafür, dass die sogenannte Dunkelziffer bei Stalking so hoch war: »In den Fällen des Absatzes 1 wird die Tat nur auf Antrag verfolgt, es sei denn, dass die Strafverfolgungsbehörde wegen des besonderen öffentlichen Interesses an der Strafverfolgung ein Einschreiten von Amts wegen für geboten hält.« Das war eine Art Notausgang für jeden Stalker, der bis drei zählen konnte (»Hör mal, Schätzchen, du machst keine Anzeige, ich lass dich in Ruhe, dafür hab ich aber doch mal ein Küsschen verdient, du miese Schlampe …«).

Von einer Homepage der Polizei die gängigsten Stalkertypologien, mit dem Hinweis, dass die Grenzen manchmal verschwimmen konnten.

Der zurückgewiesene Stalker: Rejected Stalker.

Der ärgerliche/wütende Stalker: Resentful Stalker.

Der Intimität begehrende Stalker: Intimacy Seeker.

Der inkompetente Verehrer: Incompetent Suitor.

Der räuberische/habgierige Stalker: Predatory Stalker.

Gab es also keinen Stalker, Seeker oder Suitor, der einfach nur ein wenig Spaß haben wollte, wie ein, falls man es so nennen wollte, normaler Psycho, dem es gut ging, wenn er jemanden fertigmachen konnte? War er selbst ein inkompetenter Verehrer? Und wer sagte heute noch *Verehrer*, konservative Adelige (gab es auch andere?), die ihre Tochter auf ein deutsches Internat in Argentinien schickten, nachdem sie eine marokkanische Lesbe an den Gutshof geschleppt hatte?

Ein deutsches Kriminologisches Forschungsinstitut, informierte ihn der nächste Ordner, hatte kürzlich erstmals anhand von über fünftausend Personen repräsentative Zahlen ermittelt: Zwei Drittel der Opfer sind der Studie zufolge weiblich. (Nicht mehr?) Zwanzig Prozent aller Frauen werden irgendwann in ihrem Leben gestalkt (Männer: elf Prozent).

Zu den Risikofaktoren: besonders häufig werden Menschen gestalkt, die getrennt oder geschieden von einem früheren Partner leben oder verwitwet sind: 26 Prozent. Singles: 16 Prozent. Personen, die in einem Haushalt leben: 11 Prozent.

Zum Profil der Stalker: zu 40 Prozent ist der Stalker ein Ex-Partner oder jemand, mit dem man zumindest eine Verabredung hatte. Freunde und Nachbarn: 22 Prozent. Stalker ohne Beziehung zum Opfer: 14 Prozent. (Und die restlichen 24 Prozent?) Stalker sind in zwei Dritteln aller Fälle männlich. (Glaube ich nicht, dachte Fallner, es sind mehr, oder ist das nur ein Vorurteil?)

Für 81 Prozent der Opfer endet die Verfolgung nach spätestens einem Jahr. Im Schnitt dauert es vier bis sechs Monate, bis der Stalker aufgibt oder durch die Polizei davon abgehalten wird, sein Opfer weiter zu belästigen. Vier bis sechs Monate, eine lange Zeit, wenn einen jemand fertigmachte; ein paar Monate, die den Rest des Lebens in den Schatten stellen konnten.

Er dachte an Jaqueline – alles, was letztes Jahr passiert war, würde den Rest seines und ihres Lebens in den Schatten stellen. Er wusste nicht, wo sie untergetaucht war, sie ging nicht ans Telefon. Armins Frau Marilyn war nicht ans Telefon gegangen, Jaqueline ging nicht ans Telefon, und beide riefen nie zurück, wenn es ernst wurde.

Jaqueline war nicht der Typ, der lange allein blieb. Wahrscheinlich war sie bei einer Freundin, aber es lag deutlich im Bereich des Möglichen, dass sie schon einen neuen Typ hatte. Wenn ihr morgen etwas zustieß, würde man sie im Polizeibericht als »lebenslustig« bezeichnen, und das war der Grund, warum er sich in sie verliebt hatte und acht Jahre mit ihr zusammen war und sie wieder zurückhaben wollte, weil ihm eine Zukunft ohne sie nicht so vielversprechend zu sein schien wie eine mit ihr.

Was dachte sie denn? Dass er sie, wenn sie bei ihm blieb, jeden Abend daran erinnern würde, dass sie es zugelassen hatte, von seinem besten Ex-Freund geknallt zu werden? Er würde sie doch nicht mal fragen, wie sich das genau gestaltet hatte. Vielleicht in ein paar Monaten könnte er das mal fragen, das war nicht ausgeschlossen.

Oder sie hatte einen Typ, der wenigstens eine Chance hatte, ihr neuer Typ zu werden … oder einen Typ, mit dem sie die Zeit bis zum nächsten Typen stressfrei überbrücken konnte … oder einen Typ, der einfach nur … oder einen Typ, der kein Typ war?

War er eigentlich schon die Vorform eines Stalkers, ein Softstalker sozusagen, wenn er herausfinden wollte, wo sie jetzt war? Wenn er sie beschattete, nachdem ihm keine ihrer Freundinnen eine Information gegeben hatte, und sie dann an der Tür ihrer neuen Unterkunft nur kurz fragte, wie es ihr ging? War das vielleicht schon irgendwas? Vielleicht hatte sie sich nur nicht getraut, mit ihm zu sprechen, und war plötzlich doch froh, dass er die Initiative ergriffen hatte. Und wenn nicht, würde er sie selbstverständlich keine Minute länger aufhalten. Kein Thema. Keine Diskussion. Kein Problem. Wenn sie ihn bitten würde wegzugehen, würde er weggehen und nicht nach wenigen Schritten zurückkommen und sagen, nur eine kleine Frage noch, eine kleine Frage wird doch wohl noch erlaubt sein, verfickte Hurenscheiße noch mal!

Er hatte nicht den Eindruck, übermäßig oder krankhaft eifersüchtig zu sein. Er hatte sie nie verfolgt, wenn sie behauptete, sich mit Freundinnen zu treffen, und sie um zwei Uhr immer noch nicht zu Hause war. Er hatte sie nie verfolgt, wenn sie sich mit einem Freund oder Bekannten traf, und wenn sie um drei ins Bett fiel und nach einem gemurmelten »Total betrunken« sofort einschlief, hatte er nicht zwischen ihren Beinen herumgeschnüffelt.

Und mit diesem Aktenordner würde er sich ebenfalls keine Minute länger aufhalten. Er präsentierte ihm nur Material, das er in zehn Minuten selbst hätte einsammeln können. Selbst einen

Praktikanten mit einem IQ von 99 hätte man dafür feuern müssen. Es gab zum Opfer nur ein paar Daten, Adressen und einen Stadtplan mit einem roten Kreuz auf ihrem Haus.

Sein Bruder hatte recht damit gehabt, dass an diesem Fall bisher nur unfähige Leute gearbeitet hatten. Oder es war ein Zeichen, dass es allen vollkommen egal war. Was zu Hansen jedoch nicht passte. Die Dame auszunehmen passte zu ihm – sie dabei hängenzulassen nicht. Falls der Chef von seinen Angestellten verarscht wurde, musste er sich früher oder später verpflichtet fühlen, es dem Chef mitzuteilen. Sein Chef war seine Familie. Wenn nötig würde er sich mit nacktem Oberkörper und nichts als zwei Handfeuerwaffen einer Armee entgegenstellen, um ihn zu verteidigen. Sein Chef sah das nicht anders, und sie hatten beide in der Vergangenheit bewiesen, dass sie dazu fähig waren (sein Bruder hatte ihn nie wieder so hängenlassen wie damals, als er ihn als Mädchen bezeichnete, nachdem er zusammengeschlagen worden war). Es gab genug Menschen, die über diese Einstellung lachten oder Fallner für einen Angeber hielten, der seinen Kopf unter den Rock seiner Frau steckte, wenn die Situation tatsächlich eintreten sollte. Leute, mit denen er nichts zu tun haben wollte.

Dieser Nico hatte nur mit den Schultern gezuckt, als er ihn fragte, ob das alles an Informationen wäre. Der sollte nicht glauben, dass er sich alles erlauben konnte, nur weil er in einem schicken Rollstuhl durch die Gegend kurvte und *Détective* von Godard kannte. Es reichte nicht, *Détective* zu kennen. Und falls dieser Nico einer dieser Helden war, die in Filmen nicht genug rauchende Colts bekommen konnten, aber umkippten, wenn sie selbst eine Waffe abfeuern mussten, hatte er ein Problem.

Zugegeben, das war übertrieben – umkippen würde er nicht.

Das dritte Plakat

Er nahm eines der Firmenautos, einen roten Mercedes-Lieferwagen. Auf drei Seiten stand *SIS Transport & Logistik*. Der Laderaum war zu einer Art Küche mit auffallend viel Technik ausgebaut, die er im Halbdunkel nicht identifizieren konnte.

Es roch nach Rauch. Er zündete sich zuerst eine Zigarette an und sah sich das Cockpit sorgfältig an, ehe er aus der Tiefgarage fuhr, die allein der Firma gehörte. Ein großes Areal, das auf den ersten Augenschein abenteuerlich wirkte. Als benötigte man für einige Bereiche einen speziellen Zugangscode. Er nahm sich vor, es in den nächsten Tagen zu untersuchen.

Nach seiner Berechnung musste der Bunker darunter sein, aber er war sich nicht sicher; sicher war nur, dass der Aufzug nicht bis zum Bunker fuhr, in dem er mit seinem Bruder ein paarmal neue Waffen getestet hatte. Er war sich auch nicht sicher, ob er am Schießstand mit Theresa eine gute Figur machen würde – oder ob seine Hand zittern und er umkippen würde (er konnte umkippen).

Fallner fuhr so selten Auto, dass er fast vergessen hatte, dass jede Ampel, der man sich näherte, rot wurde. Das hatte mit diesem neuen Trend Entschleunigung zu tun – die rote Ampel als Teil eines staatlichen Gesundheitsprogramms. Und der gute alte Airbag tat seine Arbeit, falls man zu radikal entschleunigt wurde. Lebten wir in Mitteleuropa nicht in einer todsicheren Welt? Konnte es jemals sicher genug sein?

Es war kurz vor elf, und er würde mindestens eine Stunde brauchen. Im Joggingmodus könnte er es schneller schaffen. Wäre bei Ankunft jedoch außer Atem.

Die Zeit spielte keine Rolle – er würde die Firma heute so oder so nicht mehr betreten. Sein Bedarf an Satansmädels war für heute gedeckt (und der Tag war noch nicht erledigt). Diese Theresa musste sich allein im Bunker amüsieren. Vielleicht nahm sie diesen Nico mit, um ihm eine Freude zu machen. Er stellte sich den jungen Mann im Rollstuhl mit einer Pumpgun vor. Er würde herausfinden, ob das Bild berechtigt war; sein Bruder stellte niemanden aus Mitleid ein, das war klar.

Er stand an der Ampel an Position fünf und suchte nach einem Nachrichtensender. Dann stand er an Position eins und bekam zu sehen, wie ein Dutzend Nordic Walker die Straße überquerte. Es sah seltsam aus, wie hüpfende Buntstifte aus einem Kinderbuch, irgendwie geistesgestört, aber es war keine Sensation.

Einmal hatte er etwa fünfzig Nonnen in Ordenstracht die Straße überqueren sehen, und eine Oberin hatte sie dabei mit heftigen Armbewegungen angetrieben und sie angebrüllt. Leute blieben stehen und machten sich auf die Erscheinung aufmerksam, zeigten mit den Fingern auf diese schwarze Schlange mit den weißen und grauen Flecken. Wie sie furchtsam über die Straße wackelten, als würden sie gegen ihren Willen abtransportiert. Als sollte der Satan eine neue Lieferung bekommen. Das war eine Sensation. Ein sensationell trauriges Bild, das einem den Atem verschlug, falls man ein Herz für Menschen hatte.

»Auch in Leipzig kamen Menschen zusammen, um zu feiern«, sagte die Nachrichtensprecherin, »allerdings kam es bei einer unangemeldeten Demonstration zu Auseinandersetzungen. Einzelne Demonstranten attackierten Polizeibeamte mit Flaschen und Silvesterraketen.«

Er dachte an Jaqueline. Er hatte sie in den letzten Tagen mehrmals angerufen. Sie hatte weder angenommen noch zurückgerufen. Machte er sich zum Affen, wenn er damit weitermachte?

»Fast die Hälfte aller Deutschen sind gegen eine Erhöhung des Verteidigungsetats. Trotz massiver Ausrüstungsmängel lehnen achtundvierzig Prozent zusätzliche Mittel für die Bundeswehr ab.«

Was machte ein Mann, der sich zum Affen machte?

»... dürfen Frauen in der Bundeswehr dienen. Ein Jubiläum: am zweiten Januar 2001 begannen 244 Soldatinnen auf freiwilliger Basis ihre Militärlaufbahn. Bis dahin durften nur Männer ...«

Wann hatte er sich zum Affen gemacht? Und was hatte er dabei gemacht? Als Nonne hatte er sich nicht verkleidet, das nun doch nicht – aber sich auf den Verkehr zu konzentrieren war eine sehr viel angenehmere Beschäftigung, als nach alten Bildern zu suchen und sofort einige eingespielt zu bekommen; ein Tumult aus verblassten und frischen Bildern, auf denen er sich zum Affen machte; selten mit voller Absicht.

Erst vor wenigen Minuten hatte er sich wieder zum Affen gemacht. Mit dem Gefühl, es tun zu müssen.

Er hatte sich sein drittes Plakat angesehen und darüber nachgedacht, während Nico ihm mit so gut wie unverständlicher Schnelligkeit etwas über den digitalen Aktenordner erzählte, den er sich selbst ohnehin genau ansehen musste. Anscheinend dachte der gute Mann, dass er nicht wusste, wie man einen digitalen Aktenordner öffnete.

Es war eine Landschaftsaufnahme, die einen Himmel mit Wolken zeigte und nur am unteren Rand einen Horizont und den Erdboden andeutete. Vor diesem Hintergrund der Schattenriss einer Läuferin in Sportkleidung. Über ihr stand in großer Schrift: Running is the greatest metaphor for life because you get out of it what you put into it.

»Starker Spruch«, sagte Fallner.

Nico redete unverständlich weiter.

»Finden Sie, dass der Spruch stimmt?«

Er hatte einfach weitergeredet.

»Wer hat das denn gesagt?«

Nico hatte einfach nur immer weitergeredet. Und Fallner hatte gedacht, vielleicht war da doch was dran, dass er nicht existierte und nur eine Idee war, wie er einmal geträumt hatte.

»Kommt mir ein bisschen einfach vor, wenn man glaubt, dass es im Leben so läuft. Hat was Biblisches – der Sünder wird irgendwann für seine Taten bezahlen. Oder die gute Tat wird belohnt werden. Aber wir wissen leider, dass es oft genug anders läuft. Da sollte man sich nichts vormachen, oder? Anders gesagt, wenn du deinen Bruder nicht tötest, heißt das noch lange nicht, dass du für ihn irgendwann die Drecksarbeit machen musst. Haben Sie einen Bruder, Nico? Stimmt mein Eindruck, dass Sie keine Polizeiausbildung haben? Glauben Sie, dass alle Cops Bastarde sind? Was haben Sie getan, dass mein Bruder Sie eingestellt hat?«

»Gut«, hatte Nico daraufhin gesagt, sich seinen Block geschnappt und ihm die Adresse aufgeschrieben. Immerhin, der Mann konnte Gedanken lesen. Vielleicht war da doch was dran, dass Krüppel besondere Fähigkeiten entwickelten.

Wenigstens das Wetter wurde besser. Vom vielen Schnee von gestern war nicht mehr viel übrig. Der Sturm hatte sich verzogen und es war zehn Grad wärmer und es sollte in den nächsten Tagen noch wärmer werden.

Wenigstens war es möglich, dass es der wärmste Januar seit Erfindung der Wettermessung wurde.

Wenigstens zeigte sein Navigator jetzt an, dass er sich an der letzten Ampel vor dem Ziel befand. Er hatte fünfzig Minuten für achtzehn Kilometer gebraucht. Und er hatte noch keine Garantie, dass er tatsächlich ankommen würde.

Wenigstens hatte er sich nicht die Finger schmutzig gemacht.

Wenigstens hatte er wieder eine Aufgabe.

Wenigstens war er nicht arbeitslos.

Wenigstens war er nicht unten, nicht draußen, nicht kaputt.

Wenigstens nicht ohne Hoffnung.

Wenigstens war er bei Ankunft nicht außer Atem.

Ein Star in der Nacht

Simone Thomas präsentierte sich ihrem neuen Retter vollkommen angemessen – womit er nicht gerechnet hatte, denn der Flur sah nach einer Familie mit vier Kindern zwischen drei und fünfzehn aus, und neben einem großen Spiegel hing das nächste Plakat, diesmal Blondie-Sängerin Deborah Harry in T-Shirt und Jeans mit einem dicken *Bitch* auf dem Hintern.

In einem großen, hellen Wohnzimmer saß sie zurückgelehnt in einem großen, roten Sofa. Sie trug einen dunkelblau strahlenden Morgenmantel, der mit kleinen gelben Zeichen bestickt war, die Fallner auf die Entfernung nicht erkennen konnte, und der blaugelbe Stoff schien zu flimmern, obwohl sie sich nicht bewegte. Aus dem Blau leuchtete ein leicht gebräuntes Bein bis knapp übers Knie.

Aus ihrem blonden, hochgesteckten Haarberg hingen nach allen Seiten Strähnen heraus. Ihre nackten Füße standen auf einem weißen Teppich, und mit einem Bein wippte sie heftig auf und ab.

Sie sah schlecht aus, verstört, aber auch wütend. Auf dem Tisch vor ihr stand eines dieser klobigen Gläser aus dickem Glas mit einer hellbraunen Flüssigkeit. Betrunken kam sie Fallner jedoch nicht vor.

Sie sah immer noch ziemlich gut aus. Obwohl man sehen konnte, dass sie ihr Leben nicht damit verbracht hatte aufzupassen, dass sie keine Falten bekam. Wie lange war das her, dass sie endlich ihre Heroinsucht besiegt hatte, oder verwechselte er sie?

Er war zwanzig Jahre jünger, hatte erhebliche Erinnerungslücken und keine Falte weniger. Vielleicht war er geistig schneller. Vielleicht aber auch nicht.

Sie sagte nichts, nachdem ihr Agent ihn vorgestellt hatte, und er blieb in der Tür stehen und wartete ab, beide Hände in den Taschen.

Sah sich um. Sah sie an. Bemühte sich sachlich zu bleiben, sie nicht anzuglotzen. Bloß kein dummes Wort.

Er musterte den jungen Mann, der in einem Sessel hing und seine schwarzen Cowboystiefel auf den niedrigen Tisch gelegt hatte. Ihr Sohn, von dem er Fotos gesehen hatte. Er schüttelte sein iPhone hin und her, als könnte man es auch als Salzstreuer verwenden. Er war genervt, aggressiv und nicht so jung, wie man auf den ersten Blick dachte.

Der Agent, dessen Namen Fallner schon wieder vergessen hatte, saß im Sessel gegenüber dem Cowboy und schien etwas auszubrüten. Versuchte einzuschätzen, was Fallner auf dem Kasten hatte.

Das war sie, die ewige Nummer Eins der Hitparade der Wohnzimmereinrichtungen: Sessel-Sofa-Sessel und in der Mitte der niedrige Tisch mit kugelsicherer Glasplatte. Die beiden Männer flankierten die Frau. Sah so aus, als würden sie sie beschützen, aber das taten sie nicht.

Zum zweiten Mal an dem Tag wurde Fallner von allen angestarrt und eingeschätzt. Hier mit der zusätzlichen Schwierigkeit, dass alle darauf warteten, dass er etwas von sich gab. Womit sollte er einsteigen? *Darf ich mich setzen?* Mit so einem Quatsch durften sie nicht rechnen. Dass er Simone Thomas mit sechzehn in dem berüchtigten Spielfilm *Die Satansmädels von Titting* gesehen und an sich herumgespielt hatte? Dafür schien ihm die Zeit noch nicht gekommen.

Er ging ein paar Schritte auf sie zu, um klarzustellen, dass er vor allem mit ihr sprechen wollte, und sagte: »Was ist denn gestern passiert, Frau Thomas, bitte informieren Sie mich, ich bin hier, um Ihnen zu helfen.«

Sie sah ihn an, sagte aber nichts.

Zum zweiten Mal an diesem Tag hatte er es mit jemandem zu tun, der nicht auf das einging, was er sagte. Jetzt reichte es. Er würde sich heute nicht mehr den Mund fusselig reden.

Ihr Agent schaltete sich ein: »Weswegen sollten Sie sonst hier sein, glauben Sie, wir warten auf Pizza?«

Und ihr Sohn stieg ein: »Warum waren Sie gestern nicht hier, wir hätten Sie gestern gebraucht, so ein Scheiß, ihr habt doch gar nichts drauf außer abkassieren für nichts!«

Fallner war auf der falschen Seite, um seinen Verdacht zu bestätigen. Er blieb sachlich und fragte ihn, in welcher Funktion er hier wäre.

»Ich bin ihr Sohn, wenn Sie in Ihrer Funktion nichts dagegen haben, Jonas Bürger. Sie heißt nicht Thomas, sondern Bürger, wenn Sie's genau wissen wollen.«

Fallner kannte die Frau und den Fall noch nicht gut genug, um zu entscheiden, ob er sie zuerst von dieser Plage befreien sollte. Wäre auch ein interessanter Test, um zu erfahren, ob damit bereits alle Probleme gelöst wären, schließlich war Stalking ein Delikt, das vor allem von Bezugspersonen jeder Sorte gepflegt wurde, und war es nicht so, dass viele Söhne ihre Mutter auf die eine oder andere Art stalkten? Und dass sich Mütter dessen oft nicht bewusst waren? Er wandte sich wieder an das Opfer. Sie schien die beiden Männer nicht gehört zu haben. Oder sie ignorierte sie.

»Mein Chef hat mir mitgeteilt, dass ich ab heute für Ihren Fall zuständig bin, Frau Bürger, von gestern wusste ich nichts, tut mir leid. Was ist gestern passiert?«

»Dieses Schwein war hier, das ist passiert«, sagte der Sohn, »und von euch war niemand zu erreichen.«

»Du warst auch nicht zu erreichen«, sagte seine Mutter, »wo warst du, was war denn so wichtig, dass du dein Telefon ausgeschalten hast?«

»Es war eben wichtig.«

»Was war denn bitte so wichtig, sag mir das endlich mal! Warum warst du nicht in deiner Wohnung, gestern war nicht mehr Silvester, soweit ich weiß, hast du wieder Nonstop-Party gemacht, hast den Hals mal wieder nicht vollbekommen, hab ich recht?«

»Was ist denn genau passiert?«, fragte Fallner.

»Er war auch nicht zu erreichen.«

»Mich interessiert aber, warum du nicht zu erreichen warst.«

»Wir waren bei der Schwester von Natascha, und sie hat darauf bestanden, dass mein Telefon aus ist.«

»Jetzt ist es wieder Natascha. Wenn jemand nicht weiß, dass man ein Telefon ausschalten kann, dann ist das deine Natascha, erzähl mir doch nichts.«

Fallner beschloss, die Zeit zu nutzen und sich das Regal mit ihrer Filmesammlung anzusehen, um seinen neuen Star besser kennenzulernen.

Sie ging sorgfältig mit ihrer großen Sammlung um, VHS-Cassetten und DVDs waren alphabetisch geordnet, wobei sie den Namen des Regisseurs, eines Schauspielers oder den Filmtitel als Ordnungspunkt benutzte, das persönliche und nicht unkomplizierte System eines Fans, er entdeckte bei A wie Allen unter anderem *Manhattan* und *Blue Jasmine* … einige *Angélique*-Filme … viele Stunden mit Fanny Ardant … *Bilitis* … *Bodyguard* … Brando … Chabrol … Coppola mit *Apocalypse Now* (auch *Redux*), allen *Paten* und *Cotton Club*, gefolgt von Tochter Sophia … bei D blickte er plötzlich nicht mehr durch, warum standen nebeneinander *Hairspray, Anamorph – Die Kunst zu töten, Copland, Videodrome,* ah, jetzt ahnte er was und überprüfte es, genau, D wie Deborah Harry, anscheinend hatte sie alle Filme, in denen die Blondie-Sängerin mitspielte! … von Fassbinder *Die Sehnsucht der Veronika Voss* und die anderen Frauenfilme … *Frauen für Zellenblock 9* – war sie ein wenig auf Frauenfilme spezialisiert?

»Wieso gehst du immer auf mich los, er war doch auch nicht zu erreichen.«

»Das kann leider vorkommen, dass ich mitten in der Nacht nicht zu erreichen bin, Jonas, was soll das denn?«

»Er ist dein Agent, er muss in so einer Situation zu erreichen sein.«

»Du hättest mir sagen können, wo du hingehst, das ist ja wohl nicht zu viel verlangt.«

»Du hast sie doch nicht mehr alle, Jonas, bin ich jetzt vielleicht auch noch ihr Bodyguard, geht's noch?«

… verblüffend (immer diese Vorurteile) viel Godard … *Die Halbstarken* … Menge Herzog … Menge Jarmusch … *Jackie Brown* (nicht bei Tarantino) … Hildegard Knef in *Die Sünderin* und hundert weiteren … alles mit Marilyn … *Das Mädchen Rosemarie* … aber hallo, dachte er bei *Ms.45*, Abel Ferraras früher feministischer Killer-und-Rache-Film … in einem hochgradig flexiblen System Oskar Roehler bei O … ein Romy-Berg bei R … alle *Shaft*-Teile … *Ein Star in der Nacht* klang vielversprechend.

»Das werden wir schon sehen.«

»Das wirst du dann schon sehen.«

»Da will man dir helfen, und was machst du?«

»Du kannst mich mal, das kannst du machen, falls du das hinbekommst.«

»Jetzt beruhig dich doch mal.«

»Einen Scheiß tu ich, wenn's dir nicht passt, dann verzieh dich doch.«

… da war ja *The Thief* alias *Der Einzelgänger*, den er sich ansehen sollte, um die aktuellen Lebensumstände von Armin und Marilyn besser zu verstehen, und er zog ihn heraus … gegen Ende *Der Verlorene* … paar Wenders … *Zombie-Nutten in Sin City* … *Zur Sache, Schätzchen.*

Er war außer Atem – diese Masse und diese Auswahl und der riesige Fernsehschirm an der Wand gegenüber dem Sofa schien ihn einsaugen zu wollen.

Als er sich fragte, ob sie ihre eigenen Filme in einem Giftschrank verwahrte, entdeckte er die Abteilung, diesmal chronologisch geordnet. Nach den ordentlich selbstbeschrifteten Plastikhüllen *Süße Krankenschwestern* und *Lehrmädchen-Report* kamen schon *Die Satansmädels von Titting*, die dreißig Jahre später legendär geworden und in einer aufgedonnerten Ausgabe als Doppel-DVD mit Bonusmaterial erschienen waren. *Schulmädchenreport VI: Was Eltern gern vertuschen möchten* … dann tauchten in der Reihe immer mal wieder *Der Kommissar* und *Derrick* auf … *Autostop-Lustreport* … *Witwenreport* … *Liebesgrüße aus der Lederhose III* … viele Titel, die ihm nichts sagten, seine Fernsehbildung war mangelhaft … *Hausfrauen-Report VI* … *Drei Lederhosen in Lillehammer* … *Sunshine Reggae auf Mallorca*, 1983 war es inzwischen … Serien, die er verpasst hatte … dann etwa tausend Folgen von *Die Damen vom Knast* … und am vorläufigen Endpunkt ihrer Karriere *Omi ist der Gangsterboss.* Erschienen vor drei Jahren, das hatte er recherchiert, und da hatte sie nur die unwichtige von Omis besten drei Freundinnen gespielt.

Was hatte sie in den letzten drei Jahren gemacht? War der Stalker verärgert, weil sie nichts mehr machte? Oder weil sie jetzt endlich mehr Zeit hatte, nur nicht für ihn? Und wieso wurde von seinem Bruder in Erwägung gezogen, dass es nicht nur einer war? Machte sie noch irgendwas anderes?

»Aber du warst doch immer gerne in Paris.«

»Ich scheiß auf Paris.«

»Ist doch auch ganz egal, wohin du fährst, Hauptsache, du bist ein paar Wochen woanders, das wird dir guttun«, sagte ihr Sohn Jonas.

»Das ist eine gute Idee«, sagte Fallner, aber niemand beachtete ihn.

»Einen feuchten Dreck wird das tun, mir würde mal guttun, wenn ich wüsste, warum ihr plötzlich beide nicht zu erreichen wart, was für ein Zufall, oder, Herr Fallner? Seid ihr zusammen im Bett gewesen? Seid ihr jetzt nicht nur schwul, sondern richtig schwul? Könnt ihr beim Ficken nicht ans Telefon gehen, ist das so schwierig? Habt ihr noch nie was von Multitasking gehört?«

»Jetzt reicht's, Simone, jetzt ist Schluss!«

Sie hörte auf ihren Agenten – und hielt die Klappe, weil sie zu weinen anfing. Ihr Sohn erhob sich (bei mittlerem Tempo), stellte sich hinter sie, umarmte sie. Sagte, sie solle nicht immer dagegen sein, sie solle sich helfen lassen.

Fallner setzte sich neben sie, nahm ihr Glas, trank einen Schluck und zündete sich eine Zigarette an (obwohl er keinen Aschenbecher entdeckte), noch ehe er riechen konnte, dass sie eine Dusche nötig hatte.

»Frau Thomas, ich kenne einige Filme von Ihnen, die ich großartig finde, und ich freue mich sehr, dass ich Ihnen helfen kann«, sagte er. »Ich werde nicht zulassen, dass Sie von irgendjemandem schlecht behandelt werden, das verspreche ich Ihnen.«

Sie sah ihn an, als hätte ihr jemand erzählt, sie könnte mit ihrem Blick herausfinden, ob jemand die Wahrheit sagte. Es gefiel ihr, was er zu ihr gesagt hatte, und er hatte den Eindruck, als hätte ihr das schon lange niemand mehr gesagt.

»Erzählen Sie bitte, dann kann ich Ihnen helfen.«

Und weil die beiden Männer in dem Moment Schwung holten, drehte er die Lautstärke etwas auf: »Jetzt reicht's, ihr habt jetzt Pause, Frau Thomas erzählt mir, was passiert ist, und sonst niemand.«

»Sie haben doch überhaupt keine ...«

»Ruhe, oder Sie verlassen den Raum.«

Wobei es ihn auch interessierte, wie die Schauspielerin diese Aufforderung aufnahm. Ob ihre Mutterinstinkte ausbrachen. Sie protestierte nicht. Sondern stand auf, um eines dieser kugelsicheren Gläser für ihn zu holen. Sie schenkte ihm etwas von diesem ekelhaften Cognac ein und stieß mit ihm an.

Sie bemühte sich um Contenance. Ihre Hände zitterten und sie sprach unsicher, als würde sie jeden Moment abbrechen und zu schreien anfangen.

Sie hatte am Vorabend gegen zweiundzwanzig:dreißig das Gefühl bekommen, jemand sei irgendwo draußen an ihrem Haus. Sie schaltete alle Lichter in der Wohnung aus und ging an alle Fenster, deren Jalousien alle geschlossen waren.

Sie glaubte, ein Geräusch auf ihrer Terrasse zu hören. Der Bewegungsmelder hatte die Außenbeleuchtung aktiviert, mehr konnte sie jedoch nicht erkennen und ging deshalb in die Wohnung ihres Sohns in die erste Etage. Ihr Sohn und seine Frau waren nicht da.

Vom Balkon über der Terrasse beobachtete sie die Rückseite des Hauses und den Garten. Nach einigen Minuten wollte sie schon wieder in ihre Wohnung, als sie in einem Gebüsch eine Person zu erkennen glaubte. Aber sie war sich nicht sicher, und auf den Zuruf, ob da jemand wäre, kam keine Antwort.

Sie ging nach unten, als sie das Telefon hörte. Am Telefon atmete jemand, der sich nicht meldete. Sie blieb in ihrem dunklen Wohnzimmer sitzen und hatte Angst.

Sie fing dann wieder an, von einem Fenster zum anderen zu gehen, eine Runde nach der anderen. Sie wusste nicht mehr, wie viele Runden sie gedreht hatte, als es an ihrer Tür läutete. Als sie fragte, wer da sei, bekam sie keine Antwort, hatte aber den Eindruck, dass da jemand war. Unmittelbar danach glaubte sie, auf ihrer Terrasse wieder ein Geräusch zu hören.

Sie rief den Notruf der Polizei und meldete, dass sie von einem Stalker verfolgt wurde, der jetzt in ihrem Garten stand und sie bedrohte. Sie hatte im letzten Jahr schon mehrmals die Polizei gerufen. Es hatte nie ein Ergebnis gegeben. Sie meinte, sie habe wahrscheinlich hysterisch und wirr gesprochen und sei auch schon etwas betrunken gewesen. Man habe ihr die üblichen Anweisungen erteilt und versichert, eine Streife würde sie so schnell wie möglich aufsuchen.

Sie lachte: »So schnell wie möglich! Die waren noch nie unter zwanzig Minuten! Und dann fällt mir auch noch ein: heute ist Neujahr. Bis die mal da sind, bin ich schon halb verfault.«

Agent und Sohn waren nicht zu erreichen, die erste Freundin sagte, sie hätte schon zu viel getrunken, um noch fahren zu können, und ein Taxi an Neujahr, war das nicht problematisch? Die zweite Freundin versprach, sich sofort auf den Weg zu machen, hatte es jedoch immer noch nicht geschafft.

Sie wollte die Nachbarn alarmieren, aber plötzlich konnte sie sich an keinen Namen erinnern, und sie hatte keine Nummer gespeichert oder aufgeschrieben. Dann hatte sie ihre Musikanlage voll aufgedreht und alle Fenster geöffnet und die Jalousien nur ein wenig gelockert. Sie hatte sich auf dem Sofa verkrochen und sich die Ohren zugehalten und zur Musik gebrüllt.

Irgendwann hörte sie die Polizei, es waren zwei Streifenwagen, und inzwischen war sie so betrunken, dass sie über den Stalker, den sie nicht gesehen hatte, nicht mehr viel erzählen und sich gegen den Vorwurf der Ruhestörung nicht mehr gut verteidigen konnte. Wie die meisten Betrunkenen war sie jedoch nicht so betrunken, dass sie die Bullen nicht beschimpft hätte.

Diese Arschlochnachbarn interessierten sich doch sowieso immer nur für Ruhestörung, und sie wollte nicht ausschließen, dass die sich zusammengetan und einen Stalker engagiert hatten, ganz genau, um sie zu verjagen, diese verdammten Spießer in ihren dummen Spießerhäusern, das konnte sie sich gut vorstellen, sogar sehr gut konnte sie sich das vorstellen.

»Sie haben absolut richtig gehandelt«, sagte Fallner, »sehr gute Idee mit der Musik.«

Er entschuldigte sich, er musste telefonieren. Es dauerte nur eine Minute, um an einen Ex-Kollegen zu kommen, der bereit war, ein neues Feld auf seinem Bildschirm zu öffnen und ihn zu informieren.

»Das Problem ist«, sagte er zu ihr, »dass die Polizei inzwischen den Eindruck hat, dass es keinen Stalker gibt. Das liegt daran, dass Sie bisher nichts Entsprechendes unternommen haben. Sie hätten sich mal bei der zuständigen Abteilung melden müssen, denen das genau schildern, Dokumente vorlegen und so weiter, damit die was unternehmen können. Sie haben dort mehrmals Hilfe angefordert, aber es gab dann nie einen Stalker oder einen Beweis, dass der hier war oder in Ihrer Nähe, deshalb nehmen die das inzwischen nicht mehr besonders ernst, verstehen Sie, denen sind in der Situation die Hände gebunden. Sie müssen was unternehmen, damit die was unternehmen können, verstehen Sie?«

»Diese Scheißbullen können mich mal!«

»Die kapieren doch überhaupt nichts«, sagte ihr Agent, »die verstehen nicht, dass Simone ein spezieller Fall ist, die denken, da geht's um irgendeinen Ex-Mann, mit dem man nur ein vernünftiges Wort reden muss.«

»Deswegen sind wir doch zu euch gekommen«, sagte der Sohn, »und ihr baut auch nur Scheiße, der Typ und die Frau, das waren totale Nullen, wie sieht das denn mit Ihnen eigentlich aus, was haben Sie denn für Qualifikationen vorzuweisen, darf man das mal erfahren, haben Sie noch was anderes als 'nen Führerschein gemacht?«

Simone Bürger alias Thomas holte ein zerknülltes Papier aus ihrem Hausmantel, der sich mittlerweile so verschoben hatte, dass beide nackten Beine das Dunkelblau zerteilten, und glättete es auf dem Tisch.

»Das hat mein Sohn heute im Garten gefunden, an einem Ast aufgespießt, an dem Gebüsch, wo ich gestern dachte, da ist jemand.«

»Ich habe Sie was gefragt, ich erwarte eine Antwort«, sagte der Sohn streng.

Ein Blatt Papier, Größe DIN-A5, aus einem Block gerissen, liniert, beschrieben mit krakeliger Kinderschrift, blauer Kugelschreiber mit starkem Druck, drei Worte: *bis morgen Votze!*

»Ich war bis vor kurzem zwanzig Jahre Scheißbulle«, sagte Fallner, »und deshalb sage ich Ihnen, wie's läuft, Frau Bürger. Ich fahre jetzt nach Hause, und Sie trinken keinen Schluck mehr außer Kaffee und Wasser. Wenn's dunkel ist, setzen Sie sich in Ihr Auto und holen mich am Bahnhof ab, Ecke Lessing neunzehn:dreißig, wir fahren hierher zurück, Sie fahren direkt in die Garage, damit mich niemand sieht. Und (er klopfte mit *The Thief* auf den Tisch) die beiden Herren halten sich bitte von hier fern. Wir machen uns einen netten Abend, schaun uns was Lustiges an und dann kauf ich mir Ihren Stalker. Haben Sie das verstanden?

Schaffen Sie das, ohne dass jemand die Polizei ruft? Gibt's noch Fragen?«

Es gab jede Menge Fragen. Niemand, selbst der Heilige Geist hätte nichts sagen können, ohne dass diese Männer der Meinung waren, etwas dazu sagen zu müssen.

»Sie glauben doch nicht im Ernst, dass der heute wieder auftauchen wird, was für ein Quatsch ist das denn?«

»Haben Sie keine Unterstützung? Sie wollen doch nicht behaupten, dass Sie der Einzige sind, den Ihr Verein da drauf angesetzt hat? Das darf doch nicht wahr sein!«

»Machen Sie sich keine Sorgen«, sagte Fallner, »da draußen werden heute Nacht acht bis zehn von unseren Leuten im Einsatz sein, und der Arsch wird nichts davon mitkriegen, das kann ich Ihnen versprechen.«

Nur das ehemalige Satansmädel schien mit der Entwicklung zufrieden zu sein und langsam wieder einen kühleren Kopf zu bekommen. Sie hatte keine Frage, nur eine Anweisung.

»Stellen Sie meine DVD wieder zurück. An die richtige Stelle.«

Notfall

In seiner Wohnung wurde er überfallen, als er Licht machte, ein Schlag in den Bauch, ein Tritt in die Eier. Er konnte nicht feststellen, wie viele es waren, aber er hatte keine Chance.

Es hatte nichts mit der Kälte zu tun, an der er selbst schuld war, weil er nicht an die Heizung gedacht hatte. Es war etwas, gegen das er auch machtlos gewesen wäre, wenn er damit gerechnet hätte. Er hatte diese Wohnung vom ersten Tag an geliebt, aber jetzt fühlte sie sich wie die Wohnung eines anderen an, den er nicht ausstehen konnte.

Es war körperlich – er schlug auf den Lichtschalter, starrte in den Flur, und im selben Moment schlug die Einsamkeit zurück.

Es war primitive Rache – weil er eigentlich nicht der Typ war, der sich einsam fühlte.

Ohne den Mantel abzulegen, ging er langsam den Flur runter, blieb an jeder Tür kurz stehen und fragte sich, was das sollte. Die Zimmer sahen aus, als hätte man sie in der Mitte einer Aktion im Stich gelassen. Sie sahen so trostlos aus, dass man sie abfackeln sollte. Wenn man zu alt war, um alle Wände und Decken schwarz zu streichen und geduldig auf bessere Zeiten zu warten, blieb einem nichts anderes übrig.

Wenn das so weiterging, würde er sich eine neue Wohnung suchen müssen. Das war ausgeschlossen. In dieser Stadt gab es für ihn keine andere Wohnung. Allein die Suche nach einer Wohnung war in dieser reichen und begehrten Stadt eine Art Häuserkampf. Und bei einem Sieg würde er womöglich in einem anderen Stadtteil landen. Nicht mit ihm.

Er setzte sich mit Mantel und Wollmütze vor den Fernseher, um sich den Film anzusehen, und wechselte hektisch zwischen Lauf und Vorlauf, bis er die Stelle gefunden hatte.

Der schwerkriminelle Einzelgänger Frank sitzt mit seiner Freundin Jill im Büro der Dame, die für Adoptionen zuständig ist. Die Dame blättert ihren Antrag durch und hakt an dem Punkt ein, wo Frank eingetragen hat, dass sein Arbeitgeber neun Jahre lang ein Staatsgefängnis war. Die Dame vermutet, dass der Staat sein Arbeitgeber war und will wissen, was er dort gemacht hat.

Tische, sagt Frank.

Die Dame lässt jedoch nicht locker, bis er schließlich gestehen muss, dass er dort als Strafgefangener Tische gebaut hat. Da macht die Dame Augen, und Jill versucht Frank vorsichtig klarzumachen, dass sie jetzt gehen sollten. Frank lässt jedoch nicht locker.

Die Dame sagt, er müsse verstehen, dass sie mehr Antragsteller hätten als Kinder, äh, also. Sie windet sich, sie redet um den heißen Brei herum, und Frank, zunehmend geladen, bleibt dran, bis sie endlich klar zugibt, dass die Behörde Prioritäten habe und die Wünsche von Normalbürgern gegenüber Ex-Knackis bevorzugen müsse.

Kein Problem, sagt Frank, dann würden sie eben ein Kind nehmen, das niemand adoptieren wolle, ein schwarzes oder ein Chinesenkind, oder ein älteres, ja, wenn sie ein achtjähriges schwarzes Chinesenkind hätten, würden sie es nehmen!

Frank ist in Rage und zieht jetzt auch noch seinen Brillantring vom Finger und legt ihn der Dame hin. Als sie entrüstet die Annahme verweigert, meint Frank, sie hätte wohl keine Ahnung von ihrem Job, hier würden doch Kinder auf Eltern warten. Als aus ihrem Mund erneut das Wort Prioritäten kommt, sagt er, sie solle sich ihre Prioritäten in den Arsch schieben, denn dort könne man sie nicht sehen.

Frank steht auf, um mit Jill, der alles furchtbar peinlich ist, abzuziehen – und hat einen Sicherheitsmann vor der Nase. Er blafft ihn an und geht so nah an ihn ran, dass sich fast ihre Nasen berühren, und kann sich nur knapp beherrschen.

Fallner steckte die DVD wieder in seinen Mantel (erfuhr also nicht, dass Frank und Jill auf dreckigen Umwegen doch noch zu ihrem Kind kamen) und fragte sich, warum Leute die irrsten Dinger auf sich nahmen, um zu einem Kind zu kommen, und dachte, dass Marilyn übertrieb, wenn sie ihre und Armins Situation, genauer gesagt ihre Geschichte und gesellschaftliche Position, mit der von Frank und Jill gleichsetzte.

Oder sagte man zu Leuten wie ihnen, die mit über fünfzig ein Kind adoptieren wollten und es auch mit sorgfältiger Verkleidung nicht schafften, als durchschnittlich bürgerliches Paar durchzugehen, sie sollten sich verpissen und ein Kind in Uganda besorgen?

Er hatte keine Ahnung davon. Und auch keine Lust, sich Kenntnisse zu beschaffen. Es gab Grenzen. Mit ihrem Kinderkram mussten sie allein klarkommen. Er würde sie in den nächsten Tagen besuchen, um nach dem Rechten zu sehen und aufzupassen, dass sie sich nicht die Schädel einschlugen, eine Arbeit, die innerhalb seiner Grenzen lag.

Jede Arbeit würde ihn im Kampf gegen seine Wohnung unterstützen. Arbeit hatte schon Millionen von Männern davor bewahrt, ihre Frau auseinanderzunehmen wie eine Puppe oder in der Dunkelheit das Schlafzimmerfenster der Frau ihrer Träume bis zum Morgengrauen zu beobachten und den Sabber, der aus dem Mund lief, auf den Schwanz tropfen zu lassen.

Er hatte noch nie was gegen Arbeit gehabt, und wenn es keine gab, war eine schlechte besser als nichts. Wenn er nicht genug zu tun hatte, halfen auch seine Lee-Morgan-Platten nichts, Lee Morgan war in dieser Situation nur ein Verstärker der in der Wohnung herrschenden Atmosphäre.

Er musste arbeiten und so schnell wie möglich wieder raus, also setzte er sich an den Laptop, um sich eine weitere Stunde an Simone Thomas abzuarbeiten. Sie war im weltweiten Netz sozusagen unter einem Berg von Verweisen begraben, die zu ihren Filmen führten; ein Berg aus unwichtigem Kleinkram. Aber er fand auch eine umfangreiche Filmografie, die sachlich kommentiert zu sein schien. Interviews mit Yellow-Press-Magazinen, die er markierte, um sie bei Gelegenheit sorgfältig zu lesen; in die großen, wichtigen Blätter hatte sie es nie geschafft. Unüberschaubar viele Sexy-und/oder-Nacktfotos, von denen die Mehrzahl vermutlich keine Fotos, sondern aus den Filmen herauskopiert waren; heute nur noch süß und harmlos, aber einige für Jugendliche nicht geeignet. Hatte sie keinen Anwalt oder konnte er nichts machen?

In ihrem Vorstrafenregister fanden sich außerdem zwei Ehemänner, die sie zum Teufel gejagt hatte, und beide hatten sich auch medizinisch um sie gekümmert: »Schmuddel-Sternchen – Heroin! Ihr Dealer – der Ehemann!«, lautete eine Schlagzeile von 1979. Und »Sexy Schmuddel-Simone: Neuer Lover befreit sie vom Heroin!«, eine von 1984. Lokalnachrichten, die in einer Stadt mit allein fünf Tageszeitungen etwas Wind machten. Der einem Probleme bereiten konnte. Zum Beispiel, wenn man sich um eine Stelle als Nachrichtensprecherin bewarb.

Ausgerechnet die Schmuddelpresse schlug den großen und kleinen Stars mit Vorliebe die Bezeichnung Schmuddel über den Schädel. Wo kam dieses dämliche, heute kaum noch benutzte *Schmuddel* her? Es war an der Zeit, es endlich herauszufinden.

Sein erster Verdacht war das Jiddische und er holte sich die Enzyklopädie von Leo Rosten. Falsche Spur. An der Stelle, wo es stehen müsste, kam nur dies: »Gelett Burgess, der Erfinder des Wortes *blurb* (»Waschzettel«), hat eine Zeit lang versucht, das von ihm geprägte Wort *huzzlecoo* in die englische Sprache zu schmuggeln. Das hat nicht geklappt, vielleicht deshalb nicht, weil es ein Doppelgänger von *shmooz* war.«

Wie so oft schien das zufällig gefundene Falsche irgendwie doch passend: Das mit *shmooz* synonyme *huzzlecoo* bedeutete nämlich: »I shmoozed her up until she was ready to believe anything.«

Warum sollte *huzzlecoo* nicht das passende Wort für das sein, was jemand mit ihr machte? Jemand wickelte sie dermaßen ein, bis sie so weichgekocht war, dass man alles mit ihr anstellen konnte – heiraten, ausnehmen, vorschieben oder ihr einfach nur dabei zusehen, wie sie nackt in einem feuchten Keller kniete und wimmerte, und bei der Gelegenheit ein paar nette Fotos machen.

Und wie er im »Aktenordner Nachstellung« gelesen hatte: »Manchmal verschwimmen die Grenzen aber auch.« Jemand konnte Spaß beim Fotografieren haben und sie dann ausnehmen. Aber konnte es noch Fotos geben, mit denen man Simone Thomas ausnehmen konnte? Mit Nacktfotos kaum; andererseits gab es keine aktuellen Fotos von ihr. Oder benötigte jemand eine Unterschrift von ihr, um keine Probleme zu bekommen, hatte sie jedoch noch nicht so weit?

Der Schmuddel war jedenfalls ein »an etwas haftender, bedeckender unangenehmer (klebriger, schmieriger) Schmutz«, erklärte der Duden, und kam vom mittelniederdeutschen Verb smudden – an Simone haftete ein Schmuddel. Das war richtig. Und nicht nur einer.

Er fand eine Fanseite für deutsche Trashfilme, auf der sie ausführlich und wie eine Göttliche behandelt wurde. Viele Oben-ohne-Bilder, aber keine miese Bemerkung. Auch nicht bei Frauenim-Knast-Filmen, von denen er nur *Private House of the SS Girls* kannte und als mies einstufen konnte. Ein Zeichen dafür, dass sie viel mehr war als nur eine schöne Frau, die sich in halbvergessenen Siebziger-D-Movies mal ausgezogen hatte; er las, dass sie eine der wenigen war, die es geschafft hatten, darauf eine lange Karriere aufzubauen, und sie habe, auch ohne jemals einen Filmpreis bekommen zu haben, das Verhängnisvolle besser als jede andere dargestellt und es nie nötig gehabt, »zur mütterlichen Milf mit sozialem Engagement zu mutieren«.

Vielleicht weigerte sie sich seit Jahren, dem Vorsitzenden ihres Fanclubs ein Interview zu geben, und der war inzwischen etwas in seinem Stolz verletzt – warum sollte es mit ihrem Stalker keine einfache Geschichte sein?

Der letzte Skandalbericht lag vier Jahre zurück, als sie sich ein paar Monate mit einem dreißig Jahre jüngeren Mann in der Öffentlichkeit präsentierte. Mit einem Mann, der jünger als ihr Sohn war und den sie, das zeigten die Fotos unmissverständlich, nicht mütterlich behandelte. Am Ende wurde sie von ihrem Liebhaber, dem Schlagzeuger einer Rockband, im Verlauf einer alkoholisierten Auseinandersetzung verprügelt. Es gab Fotos von ihrem misshandelten Gesicht, und es gab sogar amtliche Fotos von ihrem misshandelten Gesicht, für die Polizisten oder Krankenhausleute abkassiert hatten.

Um herauszufinden, ob Simone Thomas etwas von dem, was man von ihr erwarten konnte, ausgelassen hatte, war eine Stunde zu wenig – sie war in drei sozialen Medien vertreten, und er benötigte professionelle Hilfe bei der Durchleuchtung. Er überflog ihre Facebookseite. Der Publikumsverkehr war nicht allzu hektisch, deshalb entdeckte er schnell jemanden mit einem Männernamen, der ihr mindestens wöchentlich versicherte, dass er sie anbete, verehre, bewundere oder vor ihr auf die Knie gehe und so weiter. Eine andere Person fragte, ob das Gerücht stimmte, dass sie bei dieser Fernsehshow mitmachen würde, bei der Promis wochenlang dabei gefilmt wurden, wie sie sich auf einer einsamen Berghütte die Zeit vertrieben. Hatte jedoch keine Antwort bekommen.

Allein was er im Netz bei seiner bisher nur flüchtigen Recherche gefunden hatte, machte ihm klar, dass nach vierzig Jahren im Showgeschäft jede Menge potentielle Stalker durch ihr Leben liefen. Selbst ein Blinder würde es schaffen, sich einen von den Typen zu schnappen.

Er rief Theresa an, um sie über den Stand der Dinge zu informieren. Er sprach sachlich, vielleicht sogar sachlicher als nötig, dachte er, während er redete, jedoch nicht weil er sauer auf sie war, sondern um ihr zu versichern, dass er seinen Job ernst nahm und nicht auf dem Ticket des Bruders schlafen würde.

Er hätte noch keine Gelegenheit gehabt, um sich einzuarbeiten, aber wäre an der Auftraggeberin dran und so weiter. Er schilderte ihr, wie sich ihm die Situation bei der Schauspielerin zu Hause dargestellt habe, seinen Plan für den Abend und die Nacht und fragte sie (das war das Wichtigste), was sie davon halte oder ob sie eine andere Idee habe.

Fallner konnte sie davon überzeugen, dass es besser war, wenn er dort allein im Einsatz war. Aber sie teilte sich selbst und zwei Mitarbeiter ein, sich in Bereitschaft zu halten, falls er Probleme bekommen würde. Die Telefonnummern hatte er auf seinem Handy. Sie erklärte ihm, wie der Notfallplan funktionierte.

»Sind Sie sicher, dass ich Sie nicht zu dieser Filmschlampe begleiten soll?«, sagte sie.

»Sicher ist sicher«, sagte er.

Er holte die Makarow aus dem Safe, klinkte das Magazin aus,

überprüfte es, schlug es wieder hinein und küsste den Lauf. Was er nur machte, wenn er allein war. Es war zu peinlich, einen Westernhelden mit einer lächerlichen Geste von gestern zu imitieren. Aber es machte Spaß, und er musste sich eingestehen, dass es ihm zu Herzen ging.

Auch Waffenträger brauchten große Gesten, die außer ihnen niemand verstehen musste.

Er ging mit der Pistole in der Hand langsam aus der Wohnung. An der Küchentür blieb er stehen und sah hinein, als könnte sich jeden Moment etwas ergeben. Der Flyer der Aufgeregten Killerbienen lag immer noch auf dem Küchentisch, und er bedauerte es, dass die beiden Frauen, die sich in seinem Bett wohlgefühlt hatten, nicht länger geblieben waren. Auch Waffenträger, die nur noch ein nichtregistriertes altes Modell hatten, brauchten Streicheleinheiten.

Dann hob er den Arm, zielte auf den Toaster und sagte: Halts Maul, du bist an allem schuld, ich weiß es genau.

Bahnhof Ecke Lessing

Um siebzehn:dreißig saß er am Bahnhof Ecke Lessing im Lessing. Der Marsch durch die Kälte hatte ihn aufgemuntert. Das Lessing war fast leer, wie immer um diese Zeit. Abgesehen von tausend Boxern und anderen Sportlern und Prominenten, die an den Wänden hingen, die einen vergessen, die anderen Helden für immer, saßen nur zwei Veteranen an der Theke, die durch die großen Fenster die Straße betrachteten.

Die Discohits aus alter Glamourzeit kamen leise aus den Boxen. Die Fußballspiele auf den Bildschirmen waren Wiederholungen. Skirennen wurden im Lessing nicht gezeigt.

Das Lessing war auch ein Museum mit Plakaten, Fotos, Dokumenten, Briefen, Insignien und sonstigem Kram hinter Glas. Außerdem naturgemäß Spielautomaten für jeden Geschmack, und überall blinkte und spiegelte es. Ein Alptraum für die Freunde des spartanischen Designs.

Die Frau hinter der quadratischen Theke hatte in ihrer Jugend wahrscheinlich Basketball gespielt und später im Jugoslawienkrieg an einer Front gekämpft. Sie konnte es kaum erwarten, dass der Schichtwechsel endlich vollzogen wurde. Der Frontkampf gegen die Langeweile hatte seine eigenen Gesetze, und nicht wenige behaupteten, dass es der härtere Kampf war.

Fallner setzte sich an einen Fenstertisch mit dem Rücken an die Wand, wo er das Bahnhofsende an der Ecke Lessing im Blick hatte, und arbeitete mit seinem Telefon, das mit den Telefonen von früher nur wenig zu tun hatte, weiter am Lebensbild von Simone Thomas. Die in einem stattlichen Zweifamilienhaus mit

Garten an einem der begehrten Außenbezirke der Innenstadt der reichen Landeshauptstadt residierte, das heute vier bis sechs Millionen wert war.

Hatte sie es erworben bevor oder nachdem sie angefangen hatte, ihr Geld in Heroin anzulegen? Hatte sie es erworben oder bekommen? War sie ein Vollzeitjunkie gewesen oder hatten die Drecksblätter sie nur dazu gemacht, weil es eine schwache Story war, wenn ein Mädchen einen Hit ausprobierte, ohne sich darauf einzulassen? Kontrollierte Junkies waren selten. Ex-Junkies, die in ihrem Alter so gut aussahen, waren noch viel seltener.

Und was war aus ihren Ehemännern geworden? Im weltweiten Netz konnte er sie nicht finden, außer veraltete Kurzmeldungen mit ihrem Namen. Während ihr prügelnder junger Rockschlagzeuger heute Diskjockey bei einem größeren Privatsender war und – er hatte sich da echt was überlegt, um ein besserer Mensch zu werden – Classic Rock spielte. Einen Mann mit fünfunddreißig, der mit diesem Zeug sein Leben verdiente, durfte man jedes billigen, fiesen Verbrechens verdächtigen. Und wie viele Männer waren mit ihr zusammen gewesen und dann unter Protest von ihr abgestoßen worden?

Während er dann bei ihr wäre, um auf einen Stalker zu warten, der garantiert nicht kommen würde, musste jemand diese nicht mehr als flüchtigen Recherchen vorantreiben. Jemand, der nichts als einen Namen hatte und einen Tag später Adresse, Kontostand und Cholesterinwerte.

Sein Chefbruder ging ans Telefon, erklärte ihm jedoch knapp, dass dafür im Moment niemand zur Verfügung stünde und dass er Theresa (die gute Seele der Firma) »zur Schnecke« gemacht habe, weil sie für ihn drei Leute für heute Nacht in Bereitschaft versetzt hatte, falls er Probleme bekäme.

»Für derartigen Kleinkram haben wir im Moment einfach nicht die Kapazitäten, verstehst du? Welche Probleme willst du denn mit deinem Scheißstalker bekommen?«, sagte er.

»Kein Problem«, sagte Fallner, »ich wollte dich nur informieren, natürlich komme ich auch allein klar, mach dir keine Sorgen.«

»Auf ein paar mehr oder weniger kommt's jetzt nicht an.«

»Was ist los?«

»Erzähl ich dir bei Gelegenheit, es ist kompliziert. Ganz unter uns, ich glaube, ich geh wieder zur Polizei.«

»Du mich auch.«

»Das ist deine Antwort, wenn ich dir erzähle, dass ich echte Probleme habe.«

»Ich habe schon zu oft das gemacht, was du gemacht hast, aber wenn du wieder zur Polizei gehst, dann geh ich zurück nach Hause, um dem Alten den Arsch zu putzen.«

Fallner tippte sofort die Nummer von Jaqueline ein. Auch deswegen hatte ihm sein Bruder einen lukrativen Job gegeben, weil er Polizeikontakte hatte, die sein Bruder nicht hatte. Obwohl er einige hatte, die Fallner nicht hatte; inklusive einiger, die nicht einmal existierten; und das waren die wichtigsten.

Zwei Brüder – und beide waren Bullen ... Als er es zum ersten Mal seiner Therapeutin erzählte, hatte sie in sehenswerter Weise ihre Augenbrauen nach oben verzogen.

Jetzt waren beide Ex-Bullen. Beide hassten ihren Vater, beide hatten in ihrem Leben immense Anstrengungen unternommen, um die Merkmale ihrer Unterschichtherkunft aus dem Weg zu räumen, und beide hatten es nicht ganz geschafft. Beide konnten in einer Sekunde von einem friedlichen in einen gewaltbereiten Zustand umschalten. Beide waren heterosexuell und derselben Art Frau zugetan. Was beide abgestritten hätten. Wie beide abgestritten hätten, ihren Bruder zu lieben, wie ein Mann seinen Bruder lieben und beschützen sollte. War es wirklich so? Blödsinn, so war es nicht. Sein Bruder war ein hinterhältiges Miststück. Blödsinn, er war eine verdammte Ratte.

Natürlich ging Jaqueline nicht ans Telefon, natürlich hatte sie etwas Besseres zu tun, natürlich hatte sie einen dicken Schwanz im Mund, der beim Klingelton

JANE BIRKIN: JE T'AIME

natürlich … Würde sie jemals wieder mit ihm sprechen? Er wusste, dass es nicht einfach werden würde, damit klarzukommen. Er vermisste sie. Er vermisste seine Wohnung, die ihm ohne sie feindlich gesinnt war. Diese verdammten Wohnungen schlugen sich doch immer auf die Seite der Frau. Die nicht ans Telefon gehen konnte.

Aber sie setzte sich genau jetzt ihm gegenüber.

Er war so verwirrt von der aktuellen Gefühlslage, dass er sie schon projizierte. Er konnte nicht mal mehr in einer friedlichen Boxer- und Sportsbar sitzen, die spätnachts auch von den Tänzerinnen der umliegenden Tabledancelokale besucht wurde, ohne von ihr verfolgt zu werden. Was waren das für Perspektiven? Würde er jemals wieder ein normales Leben führen können? Ohne von ihr verfolgt zu werden?

Sie saß an seinem Tisch und sagte: »Wieso rufst du mich ständig an? Hast du nichts zu tun? Hier gibt's doch Nutten, die sind doch viel netter zu dir als ich, oder gibt's hier keine Nutten mehr? Willste mir vielleicht erzählen, dass diese Balkanhexe an der Bar nur für Getränke zuständig ist? Wie war denn Weihnachten beim Papa, haste wieder deine Schulfreundin gevögelt? Obwohl ich dir schon oft gesagt habe, du sollst keine besoffene Frau vögeln, das tut man nicht, egal, wie toll die Gelegenheit ist. Was haste denn an

Silvester gemacht? Komasaufen mit deinem Punkfreund Armin? Kann man den Kaffee hier trinken?«

Das gab ihm Zeit genug, um wieder auf der Erde zu landen. Wenigstens mit einem Bein. Und zu bemerken, dass sie ebenfalls nicht in bestem Zustand war. Und nervös, nicht, weil sie ihn mit Fragen eindeckte, das war normal, sondern weil ihre Hände sich permanent bewegten. Als wollten sie sich vom Körper lösen. Und das machte sie nur, wenn sich ein Erdbeben ankündigte.

»Was soll ich zuerst beantworten? Hier gibt's keine Nutten, die im Dienst sind, und der Kaffee ist nicht schlechter als dein Kaffee. Darf ich jetzt fragen, wie's dir geht? Gut, ganz klar. Und woher weißt du, dass ich hier bin?«

»Weil ich deine Hilfe brauche.«

»Aus demselben Grund habe ich dich gerade angerufen.«

Sie wollte wissen, weshalb, und er erklärte ihr knapp, weshalb er ein wenig technische Unterstützung benötigte. Sie schüttelte den Kopf, noch während er redete. Sie war ungeduldig. Der Boden, auf dem sie wandelte, glühte, und sie ließ ihm mit seinem Problem nur den Vortritt, weil sie nicht wusste, wie sie ihres erklären sollte.

Dann zischte sie ihn an, er hätte den Polizeidienst also quittiert, um sich mit so einem Blödsinn zu beschäftigen. Eine Filmtussi, die wie alle diese Tussis krank wurde, wenn sie den Eindruck hatte, dass sie von niemandem mehr verfolgt wurde, glaubte einen Stalker zu haben, gegen den sie seit Monaten nichts unternommen hatte.

»Mann, ich kann nicht glauben, dass du deine Fähigkeiten dermaßen in den Wind …«

»Jetzt pass mal …«

»… schießt, das macht mich wirklich traurig, das kannst du mir glauben«, sagte sie.

Fallner verteidigte sich kaum. Im Hintergrund ihrer Ansprache stand deutlich ihr Problem. Und sie tue Simone Thomas unrecht, die sei etwas exzentrisch, aber nicht komplett ballaballa und habe es nicht nötig, einen Stalker zu erfinden.

»So schnell kann's gehen«, sagte sie.

Ihr Telefon fing mit dem französischen Hit an, sie sah sich nur die Nummer an und sagte ja-ja-ja, ich komme, verdammter Mist, sie musste los, das war nicht zu ändern.

»Wie kann ich dir helfen?«, sagte er.

Sie holte tief Luft, wütend, stand auf, überlegte, meinte, dass sie es in einer Minute nicht erklären könnte. Und überlegte, ob sie es doch versuchen sollte.

»Lass mich raten«, sagte Fallner, »du hast was Internes am Hals, sonst würdest du nicht zu mir kommen, und es ist was richtig Gemeines.«

»Da kannst du aber noch einiges drauflegen«, sagte sie.

»Wir können uns später treffen (ihr Telefon wieder), ich ruf dich an«, sagte er.

Jetzt ging sie ran und brüllte: »Ja-ja-ja, ich komme!«

Und die Bardame brüllte sie an: »Aber kommst du leiser, du bist hier nich in dein Puff!«

Jaqueline rannte raus. Hatte keine Zeit, dieser Balkanhexe irgendwas zurückzugeben, das tat ihr weh.

»Bei der du musst aufpassen, das kannst du glauben«, sagte die Bardame zu Fallner.

Wer war er, dass er einer Frau, die gefühlte zwei Meter in die Luft ragte und deren Haare schwärzer waren als der tote Winkel der Nacht, keinen Glauben geschenkt hätte?

Jaqueline hupte, als er rauskam, um eine Zigarette zu rauchen. Nicht um ihm Hoffnungen zu machen, sondern weil im Straßenverkehr keine Fortschritte gemacht wurden.

Vor dem Block rechts stand ein Mann in einem langen schwarzen Mantel und überlegte, ob er sich auf die Abenteuer in einem modernen *SexCenter* einlassen sollte. Von links hörte Fallner ein Akkordeon und entdeckte dann den Sänger ein paar Häuser weiter. Vor etwa zwei Jahren hatte er ihn oft in der Gegend um den Bahnhof gesehen, irgendwann war er verschwunden und er hatte ihn vergessen.

Zwei Jungs in sportlicher Kleidung hatten sich vor ihm aufgestellt, und als er näher gekommen war, hörte er, dass sie ihn begleiteten.

»Nach der Heimat, nach der Heimat möcht ich wieder gehen«, sang der Sänger. Er hatte kaputte Zähne und eine riesige Fellmütze auf.

Die Sechzehnjährigen machten den Refrain: »Dann geh doch« oder »Hau ab in deine Heimat« oder »Jetzt geht's gleich los« riefen sie dazwischen. Sie waren dabei näher an dem Sänger dran, als einem Straßensänger lieb sein konnte. Auf die Art würde er von den Passanten nichts bekommen. Als Fallner bei ihnen war, sah er, dass sich in seiner Kiste etwas Geld angesammelt hatte. Die einen würden sich deswegen nicht bücken, die anderen dafür kämpfen.

Er stellte sich so nah an die Jungs ran, dass er den ersten an der Schulter berührte, und begrüßte den Sänger: »Hey, lange nicht gesehen, wie geht's denn so?«

Der Junge gab seiner Schulter nicht nach und brüllte »Hau ab in die Heimat!«, wobei er jetzt Fallner ansah.

»Sind das deine neuen Freunde?«, fragte er den Sänger, dessen Namen er vergessen hatte – und weil er keine Lust hatte abzuwarten, bis er im Nachteil war, rammte er seine Schulter gegen den Jungen, der gegen seinen Freund knallte, packte ihn mit beiden Armen und riss ihn zurück, umklammerte ihn so von hinten, dass er seine Arme nicht benutzen konnte, schob ihn vor gegen den Freund, riss ihn wieder zurück, hin und her, damit er keinen Halt bekommen konnte, und spuckte ihm ins Ohr: »Verpisst euch, und wenn ihr meinen Kumpel noch einmal scheiße anmacht, könnt ihr euch im Krankenhaus gegenseitig einen runterholen.«

Er stieß ihn seinem Freund in die Arme, und sie folgten seinem guten Rat.

Niemand hatte sie beachtet, sie hatten nicht viel Platz benötigt, und auch der Sänger hatte unbeeindruckt weitergemacht mit seinem sehnsüchtigen Heimatlied. In sicherem Abstand blieben die Jungs stehen und schrien ihm etwas zu, sie würden ihn kriegen oder so ähnlich.

Fallner warf zwei Euro in die Kiste und ging zurück in die Heimat, von der er dachte, dass sie ihm genügte. Mit dem Vorteil, dass es dort wärmer war als draußen auf der Straße.

Heiße Girls, coole Drinks, echte Männer

Im Lessing, das in den Siebzigerjahren des letzten Jahrhunderts vom obersten Zuhälter der Stadt, der in seiner Freizeit ein beachtlicher Mittelgewichtsboxer gewesen war, übernommen und als Sportsbar neu gestaltet worden war, arbeiteten hinter der Theke nur Frauen. Das war angeblich schon immer so gewesen – eine Tradition, über die eine Menge Spekulationen im Umlauf waren. Eine wasserdichte Zeugenaussage zu diesem Punkt hatte Fallner jedoch nie gehört. Er war einerseits zu jung, andererseits weder Stammgast noch Mitglied der Familie. In seiner Zeit als Polizist hatte er nie gehört, dass man sich für das Lessing genauer als für andere Lokale im Bahnhofsbereich interessieren sollte.

Es war ein friedlicher Ort, für einen derartigen Ort war es erstaunlich friedlich. Die vielen signierten Fotos von Prominenten an den Wänden waren eine Erklärung dafür. Sie hatten alle unterschrieben, von Muhammad Ali bis zu Dolly Dollar, Tom Jones, Tina Turner, Udo Jürgens, Rosy Rosy, Giorgio Moroder, Amanda Lear, Jörg Fauser, Wolf Wondratschek, Uschi Glas, Axel Schulz, Senta Berger, Iris Berben, Horst Tappert und den noch sehr jungen Klitschko-Brüdern. Glorreiche Zeiten, Geschichte. Und keine Erklärung dafür, warum es immer noch friedlich war, obwohl sie oder ihre Nachfolger nicht mehr ins Lessing kamen.

Ob unter der Oberfläche die Wölfe heulten und danach gierten, ihre Zähne in alles zu schlagen, was sich bewegte, wusste Fallner nicht. Es war nicht ausgeschlossen; aber so gut wie; weil er die Atmosphäre von Orten kannte, wo im Untergrund die Wölfe so furchtbar heulten, dass man spüren konnte, wie die Oberfläche zitterte.

Er hätte lieber eine Filiale der Deutschen Bank in einem x-beliebigen Kaff durchsucht als das Lessing. Obwohl es natürlich auch interessant gewesen wäre, das Lessing zu durchsuchen.

Wenn Jaqueline ein Problem hatte, das sie dermaßen aus der Spur schleuderte, musste es sich um eine Sache handeln, vor der man Angst haben musste. Daran hatte er nicht den geringsten Zweifel. Und er war bereit sich um sie zu kümmern und Simone Thomas mit ihrem Verfolger, der heute garantiert nicht auftauchen würde, hängenzulassen.

Sie hatten ihn lange genug trainiert, Prioritäten schnell zu erkennen und danach zu handeln; diese Prioritäten, die man sich nicht in den Arsch schieben konnte – außer die Priorität ging nicht an ihr Telefon.

Wenn man keine Information hatte, war es schwierig, eine Sache zur Priorität zu machen. Es war schwierig, sich für eine Person einzusetzen, deren Problem man nicht kannte und von der man nicht wusste, wo sie war.

Es war Abend geworden, und erst am Abend kamen Männer, um die Lessingdamen bei der Arbeit zu unterstützen. Ein alter Mann, der gemächlich die Tische abräumte und mit den Gästen redete, und unter der Woche ein Mann, der in der Nähe der Tür blieb und vorne und hinten auf der Leuchtjacke *Security* stehen hatte, groß genug, dass es auch Besoffene kapierten. Am Wochenende wurde die Security verdoppelt, und sie wurde verstärkt, wenn ein besonders heißes Fußballspiel stattfand oder wenn im September das Oktoberfest fast in Hörweite tobte und besoffene Super-Laune-Massen das Bahnhofsviertel überschwemmten und so viel Geld reinpumpten, dass man sie mögen musste.

Genauer gesagt arbeiteten im Lessing hinter der Theke nur Frauen, die – im Gegensatz zu den Bars, in denen man sich der üblichen gastronomischen Tricks bediente (deren Vollendung nur scheinbar die Toplessbar war, weil durch diese Übertreibung der Publikumsverkehr eingeschränkt wurde) – nicht mehr ganz jung waren. War es das, was man Euphemismus nannte? Er vergaß es immer wieder.

Jedenfalls bedeutete das noch lange nicht, dass die nicht mehr ganz jungen Bardamen nicht mehr zu sehenswerter Eurhythmie fähig waren.

Jedenfalls waren sie gut in ihrem Job, im Gegensatz zu hübschen studentischen Hilfskräften, die bei besonders schlauen Gastronomen nur als Köder fungierten.

Jedenfalls war das eine Tatsache, über die eine Menge Spekulationen im Umlauf waren.

Jedenfalls war es immer besser, wenn man sich um seinen eigenen Dreck kümmerte, als Spekulationen in Umlauf zu bringen.

Jedenfalls hatte er in seinem neuen Job keine Möglichkeit, an Jaqueline ranzukommen, und um neunzehn:fünfzehn machte sich Fallner langsam fertig und ging auf die Toilette.

Auf dem Rückweg sah er sich wie immer Fotos und Plakate an. Die Wände des Sportmuseums Lessing waren so voll, dass es immer wieder Neues zu entdecken gab, und weil er sie heute gesehen hatte und auf sie konzentriert war, sah er sie jetzt zum ersten Mal: Simone Thomas. Schwarzes Kleidchen, rote Lippen, Kette mit dicken weißen Perlen, Champagner in der Hand und drei hingerissene Männer fast auf ihrem Schoß.

Gepflegtes Nachtleben in den Siebzigern von seiner schönsten Seite. Heiße Girls, coole Drinks, echte Männer. Die ganz große

Sause, der ganz große Auftritt – die Nacht gehört uns und wir zeigen's der Stadt!

Die lässigen Kerle in ihren schicken Anzügen waren alle älter als die junge Frau in ihrer Mitte, und sie hatten auf eine Wir-lassen-fünfe-grade-sein-Art beste Laune. Die Laune der schönen Simone war jedoch nicht so überschäumend. Sie lächelte eindeutig etwas sparsam und unsicher. Sie schien sich zu fragen, ob sie am richtigen Ort war. Sie hatte gedacht, an den richtigen Ort zu kommen, aber jetzt war sie sich nicht mehr so sicher und sang das alte Lied.

Soll ich bleiben, soll ich gehn?
Wohin komm ich, wenn ich geh?
Geh ich unter, wenn ich bleib?

Man bekam das Gefühl, sie aus dieser Drei-zu-eins-Situation rausholen und ihr den guten Rat geben zu müssen, sie sollte besser allein in ihrem eigenen Bett schlafen – Kindchen, morgen ist doch auch noch ein Tag und du hast das ganze Leben noch vor dir.

Wer waren diese beiden scharfen Kerle in Begleitung des schon lange verstorbenen Museumsgründers, der auf den meisten Fotos zu sehen war? Und wer war der, der nicht in die Kamera schaute, sondern fasziniert auf die Perlenkette des Filmsternchens?

»Solche Frauen werden heute überhaupt nicht mehr gebaut, Herr Fallner«, sagte eine Stimme neben ihm. »Oder sand Sie anderer Meinung?«

»Das glaub ich nicht, Frau Hallinger. Was machen Sie hier?«

»Ich kümmer mich drum, dass alle das kriegen, was sie haben wollen. Was haben Sie denn wieder gedacht?«

»Sie haben jetzt die Spätschicht angefangen?«

»Ich komm halt vom Bahnhof einfach nicht mehr weg, Sie wissen doch selber, wie das ist.«

»Das ist eine echte Überraschung.«

»Ja, das haben jetzt schon einige gesagt. Sie sand doch viel zu jung. Aber ich sag Ihnen jetzt was, ganz unter uns, ich werd halt auch nicht jünger.«

»Ich muss leider zu einem Termin«, sagte Fallner, »aber wenn's irgendein Problem gibt, rufen Sie mich an, ich geb Ihnen meine Nummer.«

»Das ist wirklich sehr nett von Ihnen, aber …«

»Ich meine das ernst.«

»… das haben jetzt schon einige gesagt.«

Kann man das so sagen? (4)

»Ich hatte mir schon einige große Träume abgeschminkt, als ich Marie Mayer bei einem Dreh kennenlernte. Marie war ein Star, der einzige echte Star, der dabei war. Sie war mit einer kleinen Serie berühmt geworden, so eine Schmonzette, die zu Weihnachten kommt und alle müssen weinen. Marie kannten alle. Es standen immer Leute da, wenn wir auf der Straße drehten, die ein Autogramm von ihr wollten, selbst wenn es regnete und kein Hund draußen war. Leider waren es immer nur Kinder und Rentner, ist mir irgendwann aufgefallen, die natürlich auch keine Ahnung hatten, dass ihre süße Marie bei den Innenaufnahmen nicht die süße Marie machen musste.

Es war eine deutsch-italienische Produktion mit dem unverfänglichen Titel *Auch Engel brauchen Liebe*, und der italienische Regisseur quatschte immer davon, dass wir nach Cannes kommen würden. Marie ließ sich von diesem Quatsch bereitwillig einwickeln, aber ich hatte genug von diesen Produktionen mitbekommen, um zu wissen, dass man zwar mit viel nackter Haut nach Cannes kommen konnte, aber nicht mit Dialogen aus nacktem Schwachsinn. Zu mir sagte er, du bist die deutsche Virginia Madsen, um mich bei der Stange zu halten. Wir hatten uns alle zusammen auf seinen Befehl den neuen Film von Dennis Hopper angesehen, *The Hot Spot* mit Don Johnson und Virginia Madsen.

Er sagte, außer koksen kann der Dennis doch nichts mehr, wir machen die verschärfte Version, die er machen wollte, wenn er sich getraut hätte.

Ich sagte zu ihm, vielleicht bin ich die deutsche Sharon Stone, aber du bist nicht mal der Schatten eines zugekoksten Dennis Hopper. Das fand er natürlich sehr lustig.

Man schrieb das Jahr 1990, und obwohl ich wusste, dass der kleine Römer allenfalls von Titten eine Ahnung hatte, machte ich mir doch Hoffnungen, die zum Teil dann ja auch wirklich in Erfüllung gingen, weil es mein letzter Film sein sollte, in dem ich meine präsentierte. Für viele Jahre jedenfalls.

Aber ich wollte von Marie erzählen ... also ihr gefiel es natürlich, die Nummer eins zu sein. So konnte sie manchmal vergessen, dass es da ein Problem gab. Ihre Weihnachtsgeschichte war nämlich nun doch schon eine Weile her, und diese Weile dauerte inzwischen über zehn Jahre. Das kann eine lange Zeit sein, wenn sich nicht viel tut. Vor allem, wenn man vorher überall herumposaunt hat, dass man nach Hollywood geht, und dann so schnell wieder da ist. Vorher die Nase weit oben, jetzt der Arsch ganz unten. Da kommt Schadenfreude auf, und das macht es nicht leichter. Die Marie war etwas älter als ich, und deshalb schaute ich es mir genau an, wie es ist, wenn man so lange nur so lala Jobs bekommt. Und ich dachte mir, nein, das tut dir nicht gut. Ich nahm mir fest vor, das nie zu vergessen, und ich habe es nie vergessen. Ich habe etwas sehr Wichtiges von Marie Mayer gelernt: Wenn du nichts Gescheites hast, nimm alles, was du kriegen kannst! Arbeiten ist immer besser, als auf bessere Zeiten zu warten! Das mag wie einer dieser dummen Sprüche klingen, die wir von den Alten immer zu hören bekamen, aber in dem Fall stimmt es, habe ich für mich entschieden. Und damit bin ich gut gefahren.

Entgegen den üblichen blöden Gerüchten haben wir uns von Anfang an gut leiden können. Die anderen haben sie bewundert, aber leiden konnte sie niemand außer mir. Ich konnte schon immer gut mit Zicken umgehen, weil ich nicht zimperlich bin und selbst zickig sein kann. Ich finde, eine Frau sollte rumzicken können, wenn es die Situation erfordert.

Ich will nur einfach mal eine neue Erfahrung machen, hat die Marie als Erstes zu mir gesagt, mit so einem gewissen Du-hast-doch-eh-keine-Ahnung-du-dumme-Nutte-Tonfall. Eine Tante, die wie ich für solche Filme eigentlich schon zu alt war!

Hätte ich nicht gedacht, dass Sie noch Jungfrau sind, lautete meine Retourkutsche.

Sie wollte mir sofort übers Maul fahren, aber bevor ihr etwas dazu einfiel, mussten wir beide total lachen. Ich glaube, das hat ihr gefallen. Sie hat gemerkt, dass ich nichts gegen sie habe und dass sie auch von mir was lernen kann. Obwohl sie (Überraschung!) nicht das Weihnachtsmäuschen war, wie sich das die Leute dachten. Nach dem Film war sie nur noch der gefallene Weihnachtsengel. Dass man sie in gewissen Szenen gedoubelt hatte, interessierte die Geier nicht, und ebenso wenig, dass die Spritzer in ihrem Gesicht nur ein Gemisch mit Babybrei waren. Diese miesen Geier haben geschrieben, dass sie wohl keine anderen Rollen mehr bekommt. Dummerweise lagen sie richtig. Mich kümmerte sowas meistens nicht, aber ich bin mir sicher, dass sie sehr darunter gelitten hat. Und es sollte noch schlimmer kommen, als sich später herausstellte, dass diese Drecksäcke von der Produktion für einige andere Länder eine andere Fassung hergestellt hatten, was übrigens nicht so selten vorkam. In dieser Fassung sah man deutlich, dass das Marie-Double richtig gevögelt wurde, und diese Fassung war so geschnitten, dass jeder glauben musste, dass es die echte Marie war. Ich weiß nicht, ob jemals eine von uns einen Prozess angestrengt hat. Ich muss gestehen, dass ich an diese Möglichkeit nicht einmal gedacht habe. In diesem Bereich der Filmkunst war es so, dass man schnell fliegen lernte, wenn man nicht so mitspielte, wie es diesen Herren gefiel.

Leider haben wir uns danach aus den Augen verloren. Nur einmal haben wir uns noch gesehen. Zehn Jahre später, rein zufällig in einer Kneipe, in der ich nur schnell Zigaretten ziehen wollte. Ich ging bis ganz nach hinten, und dort tanzte sie allein auf einer kleinen Tanzfläche neben dem Zigarettenautomat. Selbstversunken, mit ihrem Engelslächeln, leider auch sehr betrunken. Nachmittags um vier. Es sah so furchtbar traurig aus, ich war wirklich den Tränen nahe. Und es machte mir Angst. Es war wie eine Mahnung: Pass auf, dass es dir nicht auch so ergeht!

Um sie herum standen einige Männer und glotzten sie an. Sie waren alle viel älter als sie. Nachmittagstrinker. Unansehnliche Kerle mit Bauch und Halbglatze und ekligen Hemden, die wussten, wer sie ist. Einer von ihnen tänzelte sich an sie ran. Komm mal her, mein süßes Engelchen, krähte er und schlang seine Arme um sie. War auch noch kleiner als sie. Eine Engtanznummer mit einer Frau, die es kaum noch raffte. Mit beiden Händen begrapschte er ihren Hintern. Ich dachte, jetzt muss ich gleich kotzen.

Als ich vor ihr stand, glotzte mich Marie ein paar Sekunden lang an. Befreite sich endlich mühsam von diesem klebrigen Kotzbrocken, kreischte meinen Namen und umschlang jetzt mich. Am Rande ihrer Parfümwolke war ein übler Geruch. Sie redete wirres Zeug. Ein Wunder, dass sie mich überhaupt erkannte. Aber ich schaffte es nicht, sie mitzunehmen. Ich hätte sie niederschlagen und raustragen müssen. Als ich es irgendwann aufgab, grinsten mich diese alten Ärsche an, die darauf warteten, dass sie endlich zu ihrem Stich kamen. Und diese beschissene Bardame grinste mich an wie eine Puffmutter, die eine Zehnjährige verkauft hat. Ganz ehrlich, ich hätte jedem gratuliert, der diesen Laden abgefackelt hätte.

Ein paar Wochen später las ich in der Zeitung, dass sich der einstige Fernsehstar Marie Mayer umgebracht hatte. Im stolzen

Alter von vierundfünfzig Jahren. Eine Woche lag sie tot in ihrer Wohnung. Sie war so abgebrannt, dass sie ihre Miete nicht mehr bezahlen konnte. Ein Lover hat sie verlassen. Sie hat schon länger unter Depressionen gelitten. Sie stand immer, auch in den guten Zeiten, unter der Fuchtel ihres Vaters, der sich zu ihrem Manager aufschwang und dann das Geld in den Sand setzte. Mit ihren Männern hatte sie ähnlich viel Glück. Von alledem hat sie mir nie was erzählt. Ich dachte, Marie, du blöde Kuh, warum hast du nicht mal dein Maul aufgemacht? Du hast doch gesagt, du willst neue Erfahrungen machen!

Einer dieser dreckigen Geier schrieb dann, sie hätte eben nur diese eine Rolle des süßen Weihnachtsengels spielen können, und als sie das erledigt hatte, stand sie in einer Sackgasse, in der sie jede Orientierung, angeblich sogar mit äußerst bedauerlichen Begleiterscheinungen, verlor.

Was ich mit diesen Geiern am liebsten machen würde? Das ist kein Geheimnis. Ich erzähle Ihnen, was ich eines Tages mit einem von diesen Drecksäcken gemacht habe, und nicht nur angeblich.«

Eine Sekunde Pause.

»Kann man das so sagen?«

Die Beschützer

Auf dem kurzen Weg zum Treffpunkt mit der Frau, die es im Lessing auf die Fotowand geschafft hatte, wurde Fallner von einem Berg von Problemen gestoppt. Vor dem teuersten Hotel der Bahnhofsgegend stand ein Sport Utility Vehicle in extralanger Ausführung in Schwarz mit verdunkelten Scheiben, und ein Bodyguard blockierte den grell bestrahlten Gehweg vor dem Eingangsbereich. Die Leute, die von der anderen Seite zwischen dem Stadtpanzer und dem Hotel durchgehen wollten, waren ebenfalls mit einem Bodyguard konfrontiert, der die Aufgabe hatte, niemanden durchzulassen.

Angesichts von drei massiven Problemen blieb Fallner stehen: a) sah der Bodyguard aus, als würde er auch einer Mossad-Einheit nicht ausweichen, b) hatte der SUV ein Diplomatenkennzeichen, und c) standen in der Zone zwischen den Bodyguards drei vollverschleierte Frauen, die in beiden Händen Einkaufstaschen hielten, die nach Edelboutiquen aussahen.

Erst dann entdeckte Fallner das vierte Problem: ein Haufen kleiner Kinder, die um die Verschleierten herum- und zwischen ihnen hindurchliefen und anscheinend nicht bereit waren, den Panzer zu betreten.

Das fünfte Problem war, dass sich ihre Mütter – oder was immer sie waren, religiöse Erzieherinnen? – anscheinend entschieden hatten abzuwarten, bis die Kinder es sich anders überlegten. Fallner hatte mit Kindern wenig Erfahrung, konnte sich jedoch erinnern, dass sie manchmal zu unfassbarer Ausdauer fähig waren.

Auf der anderen SUV-Seite konnte er ein Beispiel für unkomplizierte Deeskalation beobachten: Passanten wechselten die Straßenseite. Keine schlechte Lösung. Er überlegte ernsthaft, ob er sich das Beispiel zu Herzen nehmen sollte. Der für ihn zuständige Bodyguard dachte in eine ähnliche Richtung.

»Go the other side!«, kommandierte er.

»Oh, well«, sagte Fallner. Das Problem war, dass er auf der richtigen Straßenseite war, um gleich sein Zielfahrzeug zu treffen, und es herrschte so dichter Verkehr, dass er auf der anderen SUV-Seite nicht vorbeikam. Er sollte vier Spuren überqueren, ein paar Meter weitergehen, um dann wieder vier Spuren zu überqueren?

»Excuse me, Sir, but I am on the right side«, sagte er.

»No, you go the other side!«, sagte der Bodyguard und breitete seine Arme aus.

Fallner nickte, ohne weiterzugehen, betrachtete den Schutzmann und entdeckte noch ein Problem: der Mann hatte Angst. Und das hieß, dass diese Frauen, die sich einen Dreck um die Probleme ihrer Bodyguards scherten, nicht für religiöse Erziehungsmaßnahmen zuständig, sondern die Chefinnen waren, solange ihre Chefs nicht auftauchten.

»Where do you come from?«, fragte er ihn, wie er es in der ersten Deeskalation-für-Anfänger-Stunde gelernt hatte.

»You not can go here!«

»Excuse me, Sir, but that is not true. I can go. But I should not. That is a great difference. Can you understand me? Do you speak German? Sie sind hier gottverflucht nicht berechtigt, diesen öffentlichen Weg zu sperren. I can't translate that fuckin' shit. Where do you come from?«

»I tell you: No!«

»No problem. I just want to know, where you come from. Saudi

Arabia? Oder welche verfluchte Mörderbande bezahlt dich? What's the problem, Sir, I just want to know, where you come from, that's all.«

Ein Stück hinter dem Bodyguard hielt ein SUV in zweiter Reihe, der halb so groß war wie der SUV, in den die Kinder nicht einsteigen wollten. Fallner hob die Hand, und die Scheinwerfer blitzten auf.

»I have to go there«, sagte Fallner, »do you want to kill me? Do you think that I am a homosexual atheist, who does not believe in capitalism? Willst du wissen, was ich hier in meiner Tasche habe? Ich sag's dir, mein Freund, ein Stück Stahl, dem es vollkommen egal ist, zu wem du wann betest und ob dabei deine Mutter auf deinem Gesicht sitzt, verstehst du? That was a joke, my friend, we all want not more than love and peace, don't we?«

Der kleine Billig-SUV von Simone Thomas blitzte wieder, diesmal mit Hupe.

»If you want we can call the police. Ich kenne ein paar Leute, denen ist eure Diplomatennummer scheißegal, das kannst du mir glauben. I was a policeman myself, you know. But I am no longer, so don't panic, give peace a chance. Wenn ich noch Polizist wäre, würde ich euch jetzt auseinandernehmen, aber es war mir schon klar, dass es auch Nachteile hat, wenn man aufhört, ein Polizist zu sein.«

»Welche Nachteile?«, sagte der Bodyguard.

Simone Thomas wollte herausbekommen, warum er diese Show veranstaltet hatte. Prügelte er sich vielleicht gern? Es schien ihr zu gefallen, dass er so leicht dazu fähig war. Die Situation kapiert hatte sie offensichtlich nicht.

Fallner lag auf der Rückbank und ignorierte ihre Bemühungen. Erzählte ihr, dass er im Lessing war, und fragte sie nach dem Foto.

Sie wusste nichts von einem Foto, er musste sich getäuscht haben. Er beschrieb es ihr genau.

Ach du lieber Himmel, das darf doch nicht … sie konnte sich ganz vage erinnern, nein, dass das Lessing noch existierte. Sie hatte nie im Lessing verkehrt, das war nicht ihre Marke, aber einmal anscheinend doch. Vermutlich war sie damals, es müsste siebenundsiebzig gewesen sein, irgendwann in jedem Lokal, in dem hübsche Frauen verkehrten und Männer, die in der Lage waren, eine zweite Flasche Champagner zu kaufen.

Sie konnte sich nicht erinnern, wer diese Männer in ihrer Begleitung waren. Außer der Chef vom Lessing, der sie, wenn sie sich richtig erinnerte, alle eingeladen hatte. Es hatte einen Anlass gegeben, an den sie sich jedoch nicht erinnerte. War durchaus möglich, dass es eine Party nach einer großen Boxveranstaltung war, das hätte sicher gepasst, sie müsste allerdings zugeben, dass sie zu der Zeit oft zugedröhnt war und deshalb erhebliche Gedächtnislücken hatte. Andererseits konnte sie Boxen nicht ausstehen und hatte noch nie zwei Dumpfbacken dabei zugesehen, wie sie sich die Fressen polierten, auf keinen Fall.

»Der gute Mann war damals der Oberzuhälter der Stadt«, sagte Fallner.

»Ach«, sagte sie, »da hab ich ja noch mal Glück gehabt. In meinem Album ist das Foto sicher nicht, das wüsste ich aber.« Er sollte nicht auf die Idee kommen, sie könnte sich an alle Männer erinnern, mit denen sie jemals an einem Tisch gesessen hatte.

»Sie wurden von einem der damals gefährlichsten Männer der Stadt eingeladen, ohne Bescheid zu wissen?«

»Was wollen Sie denn damit sagen? Falls ich eine von seinen Nutten war, habe ich das jedenfalls vergessen. Wer sich an die Zeiten genau erinnern kann, war nicht dabei. Und Sie haben zu der Zeit in der Nase gebohrt und sich gefragt, warum die Mädchen für das Pipimachen nur einen Schlitz haben – Mami, Mami, zeig mir, wo dein Pipi rauskommt!«

Sie hielt an, um in ihrer Handtasche nach Zigaretten zu suchen, zündete sich eine an, blieb stehen.

»Ich möchte Sie auch was fragen, stimmt es, dass Sie ausgestiegen sind, weil Sie jemanden erschossen haben?« Ihr vollkommen schwarzer Kopf tauchte zwischen den Kopfstützen auf. Sie trug ein Kopftuch. Ein seltsamer Schattenriss, wie aus einem Horrorfilm. »Obwohl Sie keine Schuld hatten? Weil Ihre Frau mit Ihrem Partner geflirtet hat?«

Er spürte, dass sie grinste. Er sagte nichts dazu, war zu perplex, dass sie davon wusste. Dass jemand geredet hatte.

»Sagen Sie es mir, bitte sprechen Sie mit mir«, flüsterte sie. »Ich verrate es auch niemandem, ich kann schweigen wie ein Grab, das müssen Sie mir bitte glauben.«

»Nicht jetzt«, sagte er.

Sie lachte laut auf und fuhr weiter. Sie machte pch-pch-pch und pustete den imaginierten Rauch vom Lauf der Pistole und sagte dann: »Können Sie meinen Stalker nicht auch erschießen? Natürlich nur in Notwehr. Was würde das denn kosten? Mein Sohn hat mir erzählt, dass man schon für zweitausend einen Balkankiller bekommt, stimmt das?« Sie bremste, hupte und brüllte, nicht nur ein Wort, sondern eine Tirade, die sie mit Motherfucker abschloss. »Also das kommt mir etwas billig vor, obwohl das da unten natürlich viel mehr wert ist. Dafür bekommt man doch keine gute Arbeit, oder? Sie sind nicht so billig, das ist mir klar.«

»Sehr witzig«, sagte Fallner. »Wo hat Ihr Sohn das denn her?«

»Das habe ich auch wieder vergessen. Können Sie mich nicht mal was fragen, woran ich mich erinnern kann?«

»Verarschen Sie mich nicht.«

»Wahrscheinlich von seiner Frau. Natascha ist Journalistin.«

»Die ist was? Die ist Journalistin?«

»Sie arbeitet für eines dieser Klatschblätter, ich kann diese Dinger wirklich nicht ausstehen, aber ich muss sagen, Natascha ist eine Gute, ich bin froh, dass sie im Haus ist, sie ist gut für meinen Jonas. Und auch für mich. Sie wird mir bei meinen Memoiren helfen. Ich glaube, ich habe einiges zu erzählen, finden Sie nicht?«

Es war für ihn wie ein Schlag ins Gesicht. Eine Katastrophe. Von der die Kollegen, die sich vor ihm damit beschäftigt hatten, anscheinend nichts mitbekommen hatten. Für diese Helden wären zweitausend zu viel. Sie würden jemanden erschießen, dann sich ins eigene Knie und glauben, damit durchzukommen.

»Womit kann ich Ihnen sonst noch eine Freude machen?«

Mit nichts, außer einer Flasche Jim Beam Devil's Cut, die er austrinken würde, ehe sie ankamen. Jede andere Flasche mit ähnlichem Inhalt war ebenso willkommen. Er hatte sich vorgenommen, weniger zu trinken, er hatte tausend Gründe gehabt, viel zu trinken, und weil er nun ein paar der Gründe erledigt hatte, konnte er auch wieder weniger trinken. Falls die Realität mitspielte. Was sie nicht im Sinn hatte.

»Fällt Ihnen nichts ein?«, sagte Simone Thomas. »Sie enttäuschen mich.«

»Sie machen mir eine Freude, wenn Sie mir sagen, ob das Gerücht stimmt, dass man Ihnen hundertfünfzigtausend geboten hat, wenn Sie mit diesen anderen Promis auf diese einsame Berghütte gehen.«

»Das stimmt nicht, mein Agent will mehr Geld rausholen. Falls ich mich richtig erinnere.«

»Wir müssen zusammen eine Liste mit allen für uns relevanten Ereignissen erstellen, die Sie vergessen haben.«

»Sehr witzig, Schätzchen.«

»Das ist kein Witz. Sie werden sich wundern, an wie viel Sie sich erinnern werden, wenn wir daran arbeiten.«

»Sie gefallen mir«, sagte sie, »Sie gefallen mir sogar sehr.«

»Deswegen wird es nicht billiger.«

Er stieg aus, als sie in der Garage waren und das Tor geschlossen. Neben ihrem glänzenden Sport Utility Vehicle von Volkswagen, das auf den abenteuerlichen Namen Touareg hörte, stand ein heruntergekommener roter Mercedes-Benz 200 D. Mit dem Touareg kannte Fallner sich aus, seit sein Bruder ihn im Angesicht des Christbaums mit allen Daten vollgequatscht hatte. Das war kein schlechter Geländewagen für eine Frau, von der er annahm, dass sie seit drei Jahren keinen Job mehr gehabt hatte.

»Dreiundfünfzigtausend«, sagte Fallner.

»Dreißig«, sagte sie. »Auf die Hand.«

Vorstellungen

Das riesige Wohnzimmerfenster zum Garten war erleuchtet wie eine Bühne, und Simone Thomas marschierte mit heftigen Gesten telefonierend hin und her. Sie war erregt und wütend. Sie hatte die Jalousien an allen Fenstern geschlossen, und dann war der Anruf gekommen und sie dachte nicht mehr daran, auch das Wohnzimmerfenster dichtzumachen.

Sie stritt sich mit jemandem und hatte den Rest der Welt vollkommen vergessen; und ob er sie dabei beobachtete. Mehr Anweisungen hatte er ihr nicht gegeben. Sie sollte es einfach nur glaubwürdig machen. Sie schrie so laut, dass man es weit in den Garten hinaus hören musste.

»MIR REICHT'S JETZT, ICH HABE ZWANZIG JAHRE LANG DIE KLAPPE GEHALTEN UND ICH HABE JETZT DIE SCHNAUZE ENDGÜLTIG VOLL UND ... DU HÖRST MIR ZU!«

Mit ihrer Kooperation hatte er nicht gerechnet. Sie führte jede seiner Anweisungen aus, ohne darüber zu diskutieren. Sie hatte den Sohn und seine Frau trotz ihrer Proteste dazu gebracht, zu verschwinden und die Nacht woanders zu verbringen. Sie bemühte sich, seine Fragen sinnvoll zu beantworten. Das alles mit einer gelassenen Selbstverständlichkeit, als hätte sie nichts anderes erwartet. Es dauerte, bis Fallner langsam klar wurde, dass das nur ein Zeichen ihrer Angst war und sie in der Rolle der Frau, die mit ihrem Problem umgehen konnte, eine sensationelle Vorstellung ablieferte.

»ES IST MIR SCHEISSEGAL, WAS DU DAZU SAGST, DU KANNST MICH MAL, DU HAST DOCH IMMER NUR GEDACHT, MIT DER DUMMEN KUH KANN MAN DOCH ALLES MACHEN, JETZT IST SCHLUSS, ES IST MIR GANZ EGAL, WAS MIT DIR PASSIERT, VON MIR AUS KANNST DU AUSM FENSTER SPRINGEN, FICK DICH.«

Sie blieb stehen, erstarrte, sah im Fenster nichts als ihr Spiegelbild, sah von draußen sicher gut aus, hörte zu, bis sie nicht mehr zuhören konnte, explodierte und rannte wieder los. Eine Frau voller Hass, die deshalb tausend Fehler machte, das kannte jeder, das war normal. In einer Hand hatte sie ständig eine brennende Zigarette und ein Glas mit einer goldenen Flüssigkeit, das immer wieder aufgefüllt werden musste. Sie ging manchmal in die Küche und in den Flur, wo man sie von draußen nicht sehen konnte – aber wenn, dann nur kurz, hatte er ihr eingeschärft, damit nicht der Eindruck entstand, sie wäre umgekippt und würde die Bühne nicht mehr betreten.

»ICH HABE EIN RECHT AUF DEINE HILFE, UND WAS ICH VON DIR BEKOMME, IST IMMER NUR NICHTS, NICHTS UND WIEDER NICHTS … IST JA WAHNSINNIG INTERESSANT … ENTWEDER DU HILFST MIR ODER DU BEKOMMST SO VIEL SCHEISS ÄRGER, DASS … DAS WIRST DU SCHON SEHEN.«

Fallner hatte sich auf einem Sessel im Flur eingerichtet, mit einem Laptop auf einem Beistelltisch. Von seinem Punkt konnte er sie im Wohnzimmer im Auge behalten. Außerdem konnte er die Küche, den Durchgang zur Garage, die Haustür und die erste Etage erreichen, ohne von jemandem, der das Wohnzimmer beobachtete, gesehen zu werden.

Das alles war unwichtig – es ging in erster Linie darum, möglichst viel von ihr zu erfahren und Vertrauen herzustellen.

Was machte sie da? Wiederholte sie ein Gespräch aus der Dunkelkammer ihrer Vergangenheit oder trainierte sie für ein Gespräch, nach dem nichts mehr sein würde wie vorher? Rief sie sich eine Rolle in Erinnerung, die sie mal gespielt hatte? Wer war am anderen Ende ihrer Leitung?

Er ging jede Viertelstunde mit der Kamera nach oben, mit der man in der Dunkelheit eine Menge erkennen konnte. Dazwischen telefonierte er, um sich davon zu überzeugen, dass seine zahlreichen Mitarbeiter auf dem Posten waren. Gab ihr das Gefühl, dass er trotz seiner Aktivitäten ihre Vorstellung aufmerksam verfolgte, hielt sie wach, stellte Fragen, rief sie zu sich, passte auf, dass sie sich wieder ans Fenster stellte und dass sie sich nicht aus Versehen was Richtiges zu trinken einschenkte, und während er versuchte, ihr Vertrauen zu gewinnen, fragte er sich, ob sie auf die Idee kommen könnte, dass er wie sie eine Vorstellung spielte.

»NEIN, NEIN UND NOCH MAL NEIN. DU HAST MICH BELOGEN, DU HAST MICH IMMER BELOGEN. DU HAST MICH AUSGENUTZT ... BLÖDSINN ... DU WIRST DICH WUNDERN, DU WIRST DEN TAG BEREUEN ... DAS KANNST DU GERN VERSUCHEN, WENN DU ...«

Sie stellte sich neben ihn und sah ihm über die Schulter, und er spürte ihren Atem an seinem Ohr und ihre Brüste am Rücken. Er las sich durch die Mails, die sie gesammelt hatte, weil sie ihr irgendwie verdächtig vorkamen, und machte sich Notizen.

»Glauben Sie, dass er heute wieder auftaucht?«

»Ich würde sagen fifty-fifty«, sagte Fallner, »ich hoffe, der hat ein bisschen Sportsgeist, verstehen Sie? Dann denkt er, dass die andere Seite denkt, der wird ja wohl nicht so blöd sein, sich an seine Ankündigung zu halten, das hat der nur angekündigt, damit man an ihn denkt. Aber für ihn ist der wahre Spaß, wenn er das macht, was man nicht von ihm erwartet. Wenn er auftaucht, hat er keine Fifty-fifty-Chance, das kann ich Ihnen versprechen.«

»Mein Sohn sagt, das ist völlig sinnlos. Ich will damit nicht sagen, dass ich viel drauf gebe, was mein Sohn sagt, aber …«

»Das ist nicht sinnlos, ich erkläre es Ihnen, passen Sie auf: Ich bin bei Ihnen, ich sehe mir die Dokumente an, die Sie gesammelt haben, wir besprechen uns, wir suchen nach Möglichkeiten, wir denken nach. Außerdem haben wir jetzt eine Chance, etwas über ihn zu erfahren. Egal, ob der Typ auftaucht oder nicht, dadurch wissen wir mehr über ihn. Ich bin bei Ihnen, draußen sind meine Leute, Sie können sich sicher fühlen – das alles würde ich nicht sinnlos nennen.«

»Ja, das finde ich auch«, sagte sie. »Ich fühle mich in Ihrer Gegenwart sicher.«

»Das ist gut. Machen Sie weiter. Sie machen das großartig. Wenn er heute nicht kommt, hat er was verpasst.« In dem Punkt sagte er die Wahrheit.

»ICH LASSE MICH VON DIR NICHT MEHR LÄNGER UNTER DRUCK SETZEN, ES IST MIR EGAL, WOMIT DU MIR DROHST … DANN TU'S DOCH, WENN DU DICH SO SICHER FÜHLST … DAS WIRST DU … AUF DEINE DUMME SCHLAMPE IST … KANNST DU GERNE MACHEN, ICH FREU MICH SCHON, ARSCHLOCH!«

Sie blieb stehen, stellte ihr Glas auf einem Lautsprecher ab und fing an, ihre Bluse aufzuknöpfen. Was hatte sie vor? Anscheinend nichts Besonderes, sie zog nur ihre Bluse aus. Fallner war gespannt, ob sie in der Hoffnung, den Stalker damit anzuspornen, noch weitergehen würde. »ICH WEISS, DASS ES GUT WAR«, schrie sie, zog mit einer Hand den Reißverschluss runter und ließ ihren Rock fallen. Sie trug weiße Unterwäsche, Strapse und Nylonstrümpfe.

Vielleicht eine gute Idee – vielleicht ein Fehler, den er schnell korrigieren sollte. Wenn *sie* heute Abend einen Fehler machte, hatte das wahrscheinlich keine Auswirkung; wenn *er* einen Fehler machte, würde es die Firma wahrscheinlich endgültig den Auftrag und eine Menge Geld kosten. Er hatte seinen Bruder gewarnt, dass er mit Stalkern keine Erfahrung hatte. Mit dem Resultat, dass er auf sich allein gestellt war.

»Was sehen Sie mich so an, Herr Fallner? Gefällt Ihnen die Farbe nicht?«

»Ich versuche nur, Sie mit den Augen des Stalkers zu sehen.«

»Ich weiß es zu schätzen, dass Sie Ihre Aufgabe ernst nehmen. Und was sehen Sie?«

»Dass Sie nicht mehr telefonieren und mit jemandem im anderen Zimmer sprechen, den ich nicht sehen soll.«

Sie imitierte mit den Augen einen Stalker, dem sie gleich rausfielen, und fing wieder an, in ihr Telefon zu sprechen. Mit einer neuen Taktik. Sie beugte sich vor und drückte ihre Stirn an die Scheibe. »WAS SOLL ICH BLOSS ANFANGEN? ICH WEISS NICHT, WAS ICH TUN SOLL«, sagte sie leise. Bewegte die Hüften und hörte zu und sah in eine Nacht hinaus, von der sie keinen Trost erwartete.

Sie richtete sich auf und schlug mit der Faust an die Scheibe: »KANNST DU MIR NICHT EINMAL IM LEBEN EINE EINFACHE ANTWORT GEBEN UND MIR NICHT IMMER EINEN BESCHISSENEN VORTRAG HALTEN, MIT DEM ICH NICHTS ANFANGEN KANN, IST DAS ZU VIEL VERLANGT? BIST DU IN MICH VERKNALLT ODER NICHT? … WAS IST DENN DARAN BITTE SO SCHEISS KOMPLIZIERT? … DAS HAST DU MIR NIE GESAGT … NIE NIE NIE!«

Diesmal war es eindeutig, dass sie sich in einer Rolle befand, die sie mal gespielt hatte. Es musste eine Traumrolle gewesen sein.

Falls sie es einem Partner ins Gesicht geschrien hatte, träumte er noch heute davon.

»PASS AUF, ICH BIN JETZT GANZ FREUNDLICH, NUR WEGEN DER ALTEN ZEITEN: LECK MICH UND FICK DEINE MUTTER, FALLS SIE BLÖD GENUG IST, EINEN WIE DICH RANZULASSEN ... ES IST MIR VOLLKOMMEN EGAL, WAS DEINE FRAU SAGT, FAHR MIT IHR ZUR HÖLLE!« Sie wirkte, als wären ihre Hände und der Mund blutverschmiert, ihre Haut glänzte vor Schweiß und sie war außer Atem.

Sie warf das Telefon auf das Sofa und setzte sich. Fallner nickte nur, als sie sagte, sie könnte nicht mehr.

Er sagte nichts, als sie sich eine Flasche mit was Echtem griff und sich einen kräftigen Schuss verpasste. Es war einundzwanzig:fünfzig. Sie hatte fast zwei Stunden durchgespielt. Sie hatte alles gegeben. Und sie hatte alles zurückgegeben, was sie jemals abbekommen hatte.

Sie streckte sich auf dem Sofa aus. Sie bedeckte ihr Gesicht mit beiden Händen und weinte.

Er wusste nicht, wie er sich verhalten sollte. Er zündete zwei Zigaretten an. Und tat das Richtige.

Nichts.

Das ist nicht fair

Es war einfach, mit Simone Thomas Kontakt aufzunehmen. Man konnte ihre Homepage benutzen, um ihr mitzuteilen, dass sie die geilste deutsche Schlampe aller Zeiten sei, und sie zu fragen, wann sie endlich wieder was tun wolle. Falls man keine Antwort bekam, konnte man über Facebook und Twitter nachhaken.

Sie anzurufen war jedoch schwierig. Fallner brauchte etwa fünf Minuten, um an ihre Telefonnummer im Festnetz zu kommen. Er dachte, sie wäre garantiert veraltet. Das war sie nicht. Und auch ihre Adresse war zu finden. Aber das dauerte ein paar Umwege und Minuten länger. Ohne sich erheben zu müssen, fand man innerhalb einer halben Stunde viele Informationen über sie, von der Körbchengröße bis zur Ansicht, wo in ihrem Garten Bäume und Büsche standen.

Wer sie treffen wollte, konnte einen der Termine wahrnehmen, die sie auf ihrer Facebookseite meldete. Die nächste Gelegenheit war in zwei Wochen, wenn sie sich bei einer Ausstellungseröffnung diese »wahnsinnig faszinierenden« Fotos ansehen würde; die Ausstellung präsentierte die Mädchen und die Moden der Siebziger, zeigte die Filme, in denen sie mitspielten, und den Sound der Discos, in denen sie tanzten, und sie gehörte zu den wichtigsten Objekten der Ausstellung.

Sie hatte nach eigenen Angaben vor vierzehn Monaten zum ersten Mal das Gefühl gehabt, möglicherweise verfolgt-bedroht-gestalkt zu werden, und seitdem hatte ihr niemand geraten, mit den sozialen Medien etwas vorsichtiger umzugehen. Ihr Sohn Jonas hatte zu Recht den Verdacht, sie könnte von der Firma Safety International Security (trotz des Namens) ausgenommen werden. Das sollte sich ändern – Fallner musste nur den richtigen Moment abwarten, um ihr klarzumachen, dass einige ihrer Probleme relativ einfach anzugreifen waren. Auch das Problem mit der Adresse war genau genommen leicht lösbar.

Sie erhob sich vom Sofa, zog sich wieder an und kam mit zwei Gläsern zu ihm. Sie stießen an. Es ging ihr besser. Er schilderte ihr die vorhandenen Probleme und wie einfach sie zu lösen waren, sie müsste sich keine Sorgen deswegen machen, Punkt a) musste man diverse öffentliche Eintragungen löschen oder ändern, und b) das Facebook schließen.

Sie starrte ihn an, als hätte er ihr verkündet, sie bekäme die Hauptrolle in einer neuen Vorabendserie als Sekretärin von Charlie Sheen. Sie starrte ihn ein paar Sekunden an und ging dann kopfschüttelnd ins Wohnzimmer zurück, und er versuchte sie zu beruhigen und sagte, sie müsste sich doch nicht für den Rest ihres Lebens von diesen sozialen Plattformen verabschieden, die doch ohnehin, wie er erst kürzlich gelesen hätte, auf dem absteigenden Ast wären, sondern nur bis auf weiteres.

Sie nahm ihr Telefon, tippte Zahlen ein und ging in ihre Rolle zurück. Das hatte er nicht erwartet. Sie keifte: »WOFÜR HÄLTST DU MICH, FÜR IRGENDEINE MUTTI, DIE SICH ÜBER NEUE BIOMÜSLIS AUSTAUSCHT? NUR WEIL ICH BIS AUF WEITERES EIN PAAR DELLEN AM ARSCH HABE? ICH BIN NICHT DEINE HAUSMUSCHI, MERK DIR DAS.«

»So redest du nicht mit mir«, sagte er. »Ich lasse mich deswegen nicht wie meine Kollegen rauswerfen, merk dir das.«

Das erste Anschreiben, das sie vor vierzehn Monaten in ihrem Stalkerordner im Computer gespeichert hatte, lautete: »Als ich dir vor drei Tagen im Einkaufszentrum behilflich war, hätte ich fast geweint. Diese angetrunkene Schlampe kann nicht meine Simone sein. Wie kannst du mich so unglücklich machen!!! Obwohl du nicht einmal danke sagtest, werde ich dir immer helfen. So sehr bin ich doch dein größter Fan. Das nächste Mal stecke ich dir aber schon zuerst ein Stück Seife in den Mund:)«

Fallner hatte den Eindruck, dass der Schreiber in diesem Stapel von Fanmails, der hauptsächlich aus Anmache und anzüglicher Bewunderung bestand (und weniger umfangreich als vermutet war, weil sie vieles gelöscht hatte), immer wieder auftauchte; und möglicherweise mit ihrem zähen Kommentator auf Facebook identisch war, der wöchentlich sein immer zweideutiges, schleimend freundliches und fieses Gelaber verspritzte. An den oder die Typen zu kommen, sollte kein Problem sein. Wie nannte man diese Säcke, die zu blöd waren, um ihre Zeit mit Computerspielen zu verbringen, und stattdessen überall ihre Meinungen auskotzten und das Netz vergifteten? Er fragte sie, ob sie sich an dieses Erlebnis im Einkaufszentrum erinnern könnte.

»Was weiß denn ich, was in einem blöden Einkaufszentrum vor einem Jahr war«, sagte sie ins Telefon. »Wusste ich schon damals nicht, das hat der doch nur erfunden.«

Den bislang letzten Angriff ordnete er ebenfalls dem Mann aus dem Supermarkt zu, mit dem die Dokumentation anfing. Er las ihr die Botschaft vor: »Ich freue mich sehr darauf, die Nutte, von der ich nicht lassen kann, in zwei Wochen bei deiner olala wahnsinnig fuckzinierenden Ausstellung zu sehen. Du kannst etwas für mich tun, das dich nichts kostet: trage dein giftiges grünes Luderkleid. – ›DA PASS ICH NICHT MEHR REIN, DU ARSCHLOCH, DAS WEISST DU GANZ GENAU.‹ – Wenn du mich glücklich machen willst. Das solltest du besser tun. Sonst kann ich nicht nett zu dir sein. Du magst es doch nicht, wenn ich nicht glücklich bin. Und ignoriere mich nicht, wie du es immer tust. Sei lieb zu denen, die lieb zu dir, dann ist glücklich dein Weg, das glaube mir!:)«

»Irgendwie habe ich den Eindruck«, sagte Fallner, »dass Sie dem Typ schon öfter begegnet sind. Kann das sein? Können Sie sich an irgendwas erinnern, das Ihnen komisch vorkam? Haben Sie jemanden schlecht behandelt? Vielleicht über einen längeren Zeitraum?«

Sie lachte ausgiebig und dreckig. Sie konnte auf zehn verschiedene Arten lachen, und das war die Lache für einen erfolglosen Verehrer, der danach aus dem Fenster sprang.

»Woher wollen Sie eigentlich wissen, dass das ein Kerl ist?«

»Das ist eine gute Frage. Was glauben Sie?«, sagte er.

»Warum soll das denn keine Frau sein, die mit so 'ner Macho-Nummer ein bisschen Spaß haben will? Seit meiner Knastserie mögen mich auch einige Frauen.«

»Das ist eine sehr gute Frage. Wir werden es herausfinden, darauf können Sie sich verlassen.«

»Ich verlasse mich schon lange auf gar nichts mehr. Darauf können *Sie* sich verlassen, Herr Wachtmeister.«

»Haben Sie so viele schlechte Erfahrungen gemacht?«, sagte er.

Es war schön, dachte er, endlich wieder seine Therapeutin sprechen zu hören, wenn auch nicht mit ihrer Stimme. Man musste sie vermissen, wenn man an eine Nervensäge dieses Kalibers gekettet war. Auch wenn man ausgebildet worden war, sich von Nervensägen jeden Kalibers nicht so leicht aus der Fassung bringen zu lassen, und in dem Moment fiel es ihm ein, man nannte diese Säcke, die zu blöd waren, um ihre Zeit mit Computerspielen zu verbringen, Trolle; wenn sie nicht vollkommen verblödet waren, machten sie mit ihren verbalen Angriffen an der äußersten Grenze halt, hinter der man die Bullen auf sie hetzen könnte, ja, es war mit Nachteilen verbunden, dass er kein Bulle mehr war, aber er hatte jetzt diesen Vorteil: er konnte diese Grenze verschieben.

»DU BIST MEINE SCHLECHTE ERFAHRUNG, WEIL DU KEINEN MEHR HOCHKRIEGST, AUSSER DU HAST SO EINE DICKE SECHZEHNJÄHRIGE INNER SCHULUNIFORM VOR DIR!«

»Nicht schlecht«, sagte er. »Aus welchem Film ist das? Ich dachte, ich kenne alle Ihre Filme.«

»WAS GLAUBEN SIE EIGENTLICH, WER SIE SIND!«

»Der, der Ihre schmutzige Wäsche erledigt.«

Sie führte ihn in den Keller, um ihm etwas echt Interessantes zu zeigen, und er rechnete mit allem …

»Da haben Sie Ihre Wäsche«, sagte sie.

Garantiert nicht gerechnet hatte er mit einem circa drei mal vier Meter großen Raum, der auf den ersten Blick so aussah, als wäre hier die Weihnachtsbescherung einer Großfamilie für die ganze und große Verwandtschaft versammelt. Ein Berg aus Paketen und Päckchen, gelbe Postpakete und bunt oder hellbraun Verpacktes, ausgepacktes Zeug und zerfetztes Verpackungspapier.

Er entdeckte nach und nach Kleidungsstücke, Bildbände, Sportschuhe, eine Hexenmaske, Tüten mit Süßigkeiten. Dazwischen beschriebene weiße Blätter, die wie Briefe aussahen. Sehr hohe schwarze Lackstiefel und weiße Stiefelchen. Ein Kochtopf und ein Schäferhund aus Porzellan. Eine Holztafel mit goldenen betenden Händen (so eine hatte auch bei ihnen zu Hause im Hausgang gehangen).

Eine nackte Plastikpuppe, die rote Flecken an den Brüsten und im Genitalbereich aufwies. Er ging so nah wie möglich ran, schob mit dem Fuß etwas weg, stützte sich mit einer Hand auf einem Paket ab und streckte sich, bis er die Puppe zu fassen bekam. Jemand hatte die Puppe mit einem roten Filzstift bemalt. Auf dem Bauch stand, nur aus der Nähe lesbar: fuck me.

Auf einem Blatt Papier stand, ausgedruckt mit so großen Buchstaben, dass das ganze Blatt voll war: Mach mal Sport bevor du ne fette Sau bist!!!

Die Stiefel hatten einen ziemlich guten Eindruck gemacht, aus der Nähe sah er, dass es gebrauchtes Zeug war, das man auf einem Flohmarkt für drei Euro bekam. Aus der Nähe entpuppte sich Kleidung als billige Sexwäsche. Der Kochtopf hatte innen braune Flecken, und außer Hartzvierempfängern und Rentnern, die Abfalleimer durchwühlten, hätte ihn kein Deutscher als Pisspott benutzt.

Die Bildbände waren Filmbücher, in denen Lesezeichen steckten, die zu Fotos führten, auf denen sie dabei war, die bemalt und mit Ausdrücken bekritzelt waren. Auf einem Foto aus dem Satansmädels-Film hatte sie einen Totenkopf auf den nackten Unterleib bekommen.

»Ist das die Fanpost aus vielen Jahren oder kam das alles in den letzten vierzehn Monaten?«

»Keine Ahnung«, sagte sie.

»Ich werde die Tage den Rest auspacken und mir alles ansehen«, sagte er. »Sie müssen nicht dabei sein.«

Sie drehte sich um und ging nach oben, und er folgte ihr sofort. Er fragte sie, ob sie das auch den Beamten gezeigt hatte, die hier waren.

»Den ersten, die da waren. Der eine hat ein Foto gemacht und gesagt, ich soll alles genau auflisten und beschreiben und mit den anderen Belegen einreichen.«

Sie fragte ihn, was sie nun tun sollte, und er wies sie an, das zu tun, was sie tun wollte, sie sollte sich doch einfach auf das Sofa legen und schlafen oder was auch immer ihr angenehm wäre. Bei weiterhin voller Beleuchtung allerdings.

Sie füllte sich noch ein halbes dickes Glas, machte Musik an und legte sich hin. Sie fragte ihn, ob er die Musik von Blondie und von Debbie Harry mögen würde, und er sagte, total.

»Ich auch«, sagte sie, »schon damals mit Blondie. Vom ersten Moment an. Sie hat mir schon einige Male das Leben gerettet. Sie ist so eine tolle Frau. Sie ist jetzt fast siebzig, sie ist zehn Jahre älter als ich, und sie ist immer noch so toll, es ist unglaublich, oder?«

»Ja, das ist es wirklich.«

»Ich habe schon damals immer gedacht, warum kann das, was ich mache, nicht so ankommen wie das, was Debbie macht. Warum haben sie von mir immer gedacht, dass ich ein bisschen blöd bin? Das ist nicht fair.«

Sie redete vor sich hin, und er dachte nach, und als er sie etwas fragte, war sie anscheinend eingeschlafen. Oder hatte keine Lust mehr, etwas zu sagen.

Fallner dachte nach und kämpfte gegen die Schläfrigkeit. Er schickte an Theresa eine Nachricht mit den zur Verfügung stehenden Verbindungsdaten des Stalkers, der ihm als guter Geist im Supermarkt zuerst aufgefallen war, mit der Bitte, ihn mit allen Mitteln ausfindig zu machen, weil er selbst von diesen Mitteln zu wenig Ahnung habe.

Um den Schlaf mit Kommunikation zu bekämpfen, war das zu wenig. Er rief Jaqueline an. Nur um sie zu fragen, was sie ihm über Stalker sagen könnte. Wie erwartet, keine Verbindung. Auch gut.

Denn es war nicht gut, sich von hier abzulenken.

Das war nicht gut, nein, das war es nicht.

Er musste hier und nur hier sein und auf sie aufpassen.

Und wenn ihn der Schlaf überwältigte, musste er immer noch auf sie aufpassen.

Da passt du aber lieber mal auf, sagte der Junge, den er erschossen hatte, zu ihm, dass da jemand auf dich aufpasst, damit du auch richtig aufpasst.

Er stand da und beobachtete ihn, und er versuchte ihm näher zu kommen, aber er konnte ihm nicht näher kommen. Er versuchte ihm näher zu kommen, aber der Junge wusste, dass er ihm nicht näher kommen konnte, und bewegte sich deshalb nicht.

Er sagte zu ihm, das ist nicht fair.

Der Junge zeigte auf etwas, aber er konnte das nicht erkennen, auf das der Junge zeigte. Und er spürte im Schlaf, dass ihn im Traum etwas quälte.

Wenn Sie eine Schublade aufmachen, dann geht die nächste nicht auf. Sie ist geblockt. Die Schränke sind so gebaut, dass nur eine Schublade auf einmal aufgeht, damit einem nicht der ganze Schrank entgegenkommt.

Das ist nicht fair.

Das macht mich wirklich traurig, das kannst du mir glauben.

Was denn?

Sie versuchte etwas zu sagen, aber er verstand nichts.

Was?

Was denn?

Seine Mutter sagte etwas, aber er konnte nichts verstehen.

Da war ein großer Krach.

Was denn?

Seine Mutter sagte wieder etwas, aber er konnte sie nicht verstehen.

Was ist nicht fair?

Er konnte sie nicht verstehen, weil der Krach zu groß war.

Makarow

Der Krach kam von einem zersplitternden, sieben mal drei Meter großen Wohnzimmerfenster, und Fallner brauchte viel zu lange, um zu kapieren und hochzukommen.

Der Schrei von Simone Thomas war schneller.

Sie fing zu schreien an, ehe alle Splitter auf dem Boden aufgekommen waren, und er sprang auf und warf dabei seinen Tisch um.

Als er bei ihr war, hatte er seine Makarow in der Hand und registrierte, dass ihr nichts passiert war und niemand am Fenster war und dass von der Scheibe nur noch kleine Teile im Rahmen steckten.

Durch ihr Schreien hindurch befahl er ihr, die Polizei zu rufen und sich nicht vom Fleck zu bewegen, rannte los, sprang durch das Fenster und rannte zu dem schmalen Weg, der zwischen Zaun und Garage zur Straße führte, während er rannte, spürte er, dass er die schwersten Stiefel, die er hatte, angezogen hatte, und fragte sich (instinktiv), ob er genau das Falsche machte, sie allein zu lassen, und rannte mit ausgestreckten Armen weiter, um in der Dunkelheit nicht gegen irgendwas Härteres als die Zweige von Büschen zu knallen.

Es waren nur ein paar Sekunden, aber er kam sich viel zu langsam vor und fluchte.

Als er den hellen Fleck sah, den die Straßenbeleuchtung in den Vorgarten machte, hörte er ein Motorrad starten.

Er setzte über das Gartentor – die Maschine hatte ein Stück weiter vor der Einfahrt gestanden. Der Fahrer gab jetzt Vollgas, und das Ding kreischte und schoss ab, und es war klar, dass er keine Chance hatte, ihn einzuholen.

Er nahm die Makarow in beide Hände und zielte auf das Nummernschild oder die Reifen. Ein Geschoss war immer noch schneller als diese Kreissäge auf Rädern.

In dem Moment, als er abdrücken wollte, machte es Klick in seinem Kopf.

Seine Hände zitterten.

Er ging den schmalen Weg zurück und blieb stehen, um zu kotzen. Er stieg durch das Fenster ein, und seine Hände zitterten noch stärker.

Er schaffte es nicht, die Makarow auf den kleinen Glastisch zu legen, ohne dass sie dabei ein furchtbares Geräusch machte, als wäre seine Hand mit der Waffe zwischen zwei Metallplatten eingeklemmt und würde hysterisch zucken, um sich zu befreien.

Simone Thomas saß geistesabwesend und wie gelähmt da. Das Geräusch und der Anblick seiner Hände weckten sie: »Was ist denn passiert?«

Sie stand auf und schob ihn in einen Sessel, sie schenkte ihm was zu trinken ein und forderte ihn auf, es zu trinken, und als er nicht reagierte, hielt sie ihm das Glas an den Mund. Nachdem er einen Schluck genommen hatte, packte sie seine Hände und hielt sie fest.

»Was ist mit Ihnen los? Reden Sie mit mir!«

»Ich hätte fast auf einen Typen geschossen, der eine Scheibe eingeschmissen hat. Verstehen Sie? Ich wollte auf einen Typen schießen, der eine Scheibe eingeschmissen hat.«

»Aber Sie haben es nicht getan, daran müssen Sie denken, Sie ha-ben-es-nicht-ge-tan.«

»Ja, das stimmt.« Es klang, als wäre er nicht sicher. »Haben Sie die Polizei verständigt?«

»Nein, habe ich nicht. Ich habe nicht dran gedacht. Ich kann hier keine Polizei mehr ertragen. Die können doch sowieso nichts mehr tun. Außerdem haben das schon irgendwelche Nachbarn erledigt.«

Sie nahm die Makarow und legte sie in eine Schublade unter dem Fernseher.

»Sie haben mich belogen mit Ihren acht bis zehn Leuten, die da draußen sind«, sagte sie.

Dann saßen sie schweigend da, waren erledigt und warteten.

Es war null:dreißig, als sie sagte, es reichte ihr, sie würde jetzt ins Bett gehen und er sollte mit in ihr Bett kommen, sonst könnte sie vor Angst nicht schlafen – sie könnte natürlich auch mit ihm neben ihr nicht schlafen, aber sie würde lieber ohne Angst nicht schlafen können.

»Sagen Sie bitte nicht nein«, sagte sie.

Kann man das so sagen? (5)

»Ich möchte gar nicht abstreiten, dass die Mädchen, die in solchen Filmen mitspielten, vielleicht ein bisschen moralisch verkommen waren. In einem Land, in dem alle so unglaublich moralisch gut waren, waren sie natürlich wahnsinnig verkommen, wir kamen gleich hinter dem Kinderficker. Dann kamen die RAF-Killer und die Olympia-Terroristen und weiter hinten irgendwann auch die Filmproduzenten, die oft ganz gern mit uns ins Bett wollten, um herauszufinden, ob wir auch genug Talent hatten, um in ihren Lederhosenfilmchen unsere Talente vorzuführen.

Das waren Dinge, über die ich nicht nachdachte, dazu hatte ich keine Zeit, und es war mir auch ganz egal. Ich war immer noch glücklich, dass ich mein eigenes Geld verdiente und dass mich kein Mann verprügelte, weil ich das Essen, das nicht wie bei seiner Mama schmeckte, auch noch anbrennen ließ.

Das hört sich heute etwas doof an, aber das war damals keine Selbstverständlichkeit. Außer in unseren Kreisen (und selbst da gab es genug Mädchen, die nach der Pfeife eines Mannes tanzten!) oder vielleicht im Popgeschäft. Es war nicht einfach für eine Frau, in dem Geschäft mehr als das Püppchen oder die Sekretärin zu werden, aber viel mehr Möglichkeiten gab es nicht. Ich hatte sicher mehr Glück als Verstand. Und ich hatte mehr Glück als einige andere.

Aber wenn es sein musste, machte ich eben auch einmal die Augen zu, um den Kerl nicht sehen zu müssen, der mir grade besonders tief in die Augen schaute … Wenn es nötig war, damit ich unabhängig bleiben konnte, na dann, von mir aus!

Wir wollten nicht wie diese Spießer sein, die Männer mit langen Haaren für das Ende der Welt hielten, und wir wollten auch nicht wie unsere Mütter sein. Und deswegen konnte man auch die Sache mit dem Sex manchmal etwas anders sehen. Ich möchte jedoch erwähnen, dass ich einige Angebote ausgeschlagen habe, weil es mir die Mühe doch nicht wert war. Davon später mehr …

Von Anfang an interessierte ich mich auch für viele andere Sachen. Mehr als die meisten anderen Mädchen, die mit den neuesten Hits und Stars zufrieden waren. Vor allem für andere Filme. Eine Woche, nachdem ich von zu Hause weggegangen und in der großen Stadt angekommen bin, habe ich *Händler der vier Jahreszeiten* von Rainer Werner Fassbinder gesehen und ein paar Tage später *Warnung vor einer heiligen Nutte*, der schon früher in diesem Jahr herausgekommen war. Ich habe mir sofort jeden neuen Film von Godard und Fellini angesehen. Aber das war nichts Besonderes, ich war kein Freak. Das war damals für uns nicht Kunst, sondern nur eine andere Art von Diskothek.

Auch an Popmusik war ich besonders interessiert. Ich wollte immer wissen, was es Neues gibt. In der Diskothek ging ich früher oder später zum DJ und sagte, spiel mir bitte mal das Neueste vor. Es war natürlich kein Nachteil, dass ich ein hübsches Mädchen war. Manchmal spielte mir sogar einer etwas vor, das er eigentlich nicht spielen durfte, weil es so neu und anders war, dass es vielleicht die Leute verschreckt hätte. Deshalb bin ich auch gerne ganz früh in eine Diskothek gegangen, wenn es noch ziemlich leer war.

So habe ich Blondie schon mit ihrer ersten Platte 1977 mitbekommen. Was ist das denn!, dachte ich und riss dem DJ das Cover aus der Hand. Ich war fasziniert, und vielleicht ahnte ich schon in diesem Moment, dass mich diese Sängerin, Debbie Harry, mein ganzes Leben begleiten würde, fast wie die Schwester, die ich nie hatte.

Am nächsten Tag kaufte ich mir natürlich sofort die Platte. Und dann immer alle Magazine, in denen ich etwas über sie finden konnte. Als ich las, dass sie zehn Jahre älter als ich war, dachte ich, das gibt es doch nicht, dass diese sexy singende Sexbombe schon über dreißig ist! Sie war nicht nur der Boss einer Band, sondern gehörte auch zur Punkszene (damit konnte ich nie was anfangen!), ohne sich so zu kleiden oder so zu singen.

Debbie Harry war für mich viel mehr als nur Musik. Sie hatte als Playboy-Bunny gearbeitet und als Stripperin! Sie war ebenfalls schon als junges Mädchen von zu Hause abgehauen, weil sie die Enge nicht mehr ertragen hatte. Und sie hatte sich durchgeboxt und jetzt machte sie endlich Karriere ... Es gibt nichts in meinem Leben, was mir jemals so viel Mut gemacht hätte.

Und als ich eines Tages las, dass sie wie ich ein Adoptivkind ist, fing ich zu heulen an. Ich kann mich genau daran erinnern: Ich saß in der Garderobe an einem Filmset, hatte nichts außer ein rotes Höschen an, wartete darauf, dass irgendein Idiot meine Titten durchknetet, blätterte in einer Illustrierten und fing zu heulen an.«

Eine Sekunde Pause.

»Kann man das so sagen?«

»Ich finde schon«, sagte Fallner im Halbschlaf. »Ich finde, das klingt ziemlich interessant.«

Sie lagen nebeneinander auf ihrem großen Bett, und sie hatten beide nichts von dem ausgezogen, was sie zuvor angehabt hatten.

»Ehrlich? Sie schlafen ja schon halb.«

»Aber die andere Hälfte ist hellwach.«

»Es ist noch nicht fertig, ich hab's einfach mal nur so aufgeschrieben.«

»Und haben Sie schon einen Titel?«

»Viele. Viel zu viele. Ich kann mich nicht entscheiden. Haben Sie einen Vorschlag?«

Er dachte nach. Sie stupste ihn mit dem Knie an. Dann hatte er endlich was: »I didn't have the nerve to say no.«

»Sehr witzig. Sie machen sich nur über mich lustig.«

»Auf keinen Fall.«

»Auf jeden Fallner, hey, *das* ist witzig.«

»Sie wissen genau, dass ich Sie sehr schätze. Darf ich Sie mal was anderes fragen?«

»Ich kann mich nicht daran erinnern.«

»Wovon leben Sie eigentlich?«

»Sonst noch Wünsche?«, sagte sie.

Und beugte sich so über ihn, dass er den Atem anhielt. Und dann außer Atem ja sagte.

Drei Männer und ein Baby

»Wer ist eigentlich der Vater?«

»Ich weiß es nicht genau.«

»Sie können sich nicht erinnern.«

»Ich kann mich genau erinnern. Aber ich weiß es nicht genau.«

»Verstehe.«

»Was wollen Sie verstehen?«

»Dass es ein Problem ist.«

»Das ist es«, sagte sie.

»Dachte ich mir.«

»Das überrascht mich nicht.«

»Das ist schön, dass Sie das nicht überrascht.«

»Das finde ich auch sehr schön.«

»Das freut mich, dass wir uns so gut verstehen, wirklich, ich kann's kaum fassen.«

»Mann. Einer von diesen drei Scheißtypen auf dem Foto hat mir mein Kind gemacht.«

Mit einem guten Herz

Und das war genau das, was Fallner unbedingt vermeiden wollte, und deshalb ging er auf Nummer sicher und bewegte seinen Hintern, nachdem sie genug Spaß gehabt hatte, rechtzeitig zurück – obwohl er in dem Moment nicht genau über *rechtzeitig* nachdachte – und spritzte auf ihren Po und Rücken.

Sie wartete ab, bis er sein Sperma auf ihrer Haut verstrichen hatte. Dann drehte sich Jaqueline um. Sie hatten sich weder begrüßt noch angesehen.

Sie stützte sich auf ihren Ellbogen auf und sah ihm nicht unfreundlich in die Augen, öffnete ihren Mund, streckte ihre Zunge aus, und er schob sich (außer Atem) auf den Knien vor. Sie leckte seinen Penis, ehe sie ihn in den Mund nahm und schmatzend lutschte. Die Frage, die er sich in diesen Minuten nicht stellte, ob sie ihn vermisste, war damit noch lange nicht beantwortet. Er hielt ihre Haare am Hinterkopf fest und streichelte sie mit der anderen Hand unterm Kinn. Dann legte sie sich stöhnend zurück, kippte ihn zur Seite und bestieg ihn. Diesmal machten sie es langsamer, und es dauerte länger, bis sie sich zum Abschluss auf den Knien (außer Atem) zu seinem Gesicht schob.

Sie waren vollkommen fertig, schliefen sofort ein und schliefen drei Stunden wie scheintot.

Anschließend trafen sie sich im Badezimmer, und Jaqueline redete endlich wieder mit ihm.

»Bilde dir bloß nichts ein.«

Als Fallner um sieben:dreizehn neben Simone Thomas aufgewacht war, lag ihr Kopf auf seiner Schulter. Ein Bein hatte sie über seine Knie gelegt, und er konnte sehen, wo ihr schwarzer Nylonstrumpf endete. Er überlegte, ob es sein konnte, dass er einen Fehler gemacht hatte, ehe ihm klar wurde, dass er immer noch vollständig angezogen war. Von seiner Erektion war nicht viel zu sehen, aber wenn das Satansmädel nicht geschlafen hätte, hätte sie sie spüren können, ihre rechte Hand lag auf der Wölbung.

Er rollte sich aus dem Bett, ehe sie womöglich aufwachen und ihre Hand einsetzen würde, und beeilte sich, den Tatort zu verlassen. Es wurde vielleicht der wärmste Januar seit der Zeit, als Jesus von seinem Vater zurückgepfiffen wurde, aber es war jetzt kälter in der Wohnung als am Arsch der Hölle. Er rief ein Taxi und schrieb ihr ein paar Worte auf: Rufen Sie Glaser und Polizei, melde mich später. Er ging den Weg zur Straße, den er in der Nacht gerannt war, ohne etwas zu entdecken.

Als er den Schlüssel gefühlvoll in das Schloss seiner Haustür steckte, kam ihr Anruf, und er erinnerte sich daran, dass er sich endlich einen anderen dummen Klingelton zulegen sollte. Sie flötete zuerst und brüllte dann ins Telefon, er solle sofort zu ihr zurückkommen, was er sich einbilde, sie allein zu lassen, ohne ein Wort zu verschwinden, ohne sich um das Chaos zu kümmern, sie habe die blöden Amateure dieser blöden Firma endgültig satt.

Er sagte mehrmals *Hören Sie, Frau Thomas* und zuletzt, einfach nur mitten in ihren Wortschwall hinein, dass er sich bald bei ihr melden würde, und schaltete das Telefon aus.

Als er in sein Schlafzimmer kam, lag Jaqueline schlafend auf dem Bauch auf seinem Bett. Sie hatte ein Hemd von ihm an, und ihr nackter Po hatte ihn geradezu angestrahlt. Wenn das keine Einladung war, konnte er sich auf sein Gefühl nicht mehr verlassen. Als sie seine Erektion spürte, hob sie ihren Po ein wenig, damit er sie besser ficken konnte.

Als er aus der Dusche kam, stand sie nackt vor ihm und ging in die Dusche ohne ein Wort. Als sie aus der Dusche kam, war er immer noch nackt und reichte ihr ein Handtuch. Während sie sich abtrocknete, sah sie ihm abwechselnd in die Augen (ohne zu lächeln) und auf seinen steifen Schwanz. Dann verknotete sie das Handtuch, das ihr bis zu den Knien reichte, unter den Brüsten.

Sie kam langsam auf ihn zu. Packte ihn mit einer Hand im Nacken, mit der anderen am Schwanz. Sah ihm in die Augen, während sie ihn wichste, so routiniert schnell und heftig, wie er selbst es gemacht hätte. Sie zuckte nicht mal mit den Lippen, als er mit den üblichen Zuckungen kam. Wischte sich die Hand ab und ließ das Handtuch fallen.

»Bilde dir bloß nichts ein«, sagte sie.

Sie fingen an, sich anzuziehen, und er überlegte, wie er mit ihr reden sollte, um seine Lage zu verbessern.

»Halt einfach die Klappe«, sagte sie.

Je länger er darüber nachdachte, desto schwieriger wurde es. Seine Lage verbessern … er hörte die Hühner lachen. Es waren viele Hühner.

»Ich wollte eigentlich nur mal fragen, wo du jetzt wohnst.«

»Das geht dich nichts an.«

»Ich wollte eigentlich nur sagen, wenn es da nicht so gut ist, kannst du auch unser Gästezimmer nehmen. Du kannst tun und lassen, was du willst. Wir müssen nichts reden oder sonst was. Wir warten nur ab, sonst nichts.«

»Was soll das werden, so 'ne Art Fortsetzung von *Letzter Tango in Paris*?«

»Schöne Idee. Ich meine …«

Er wurde wieder aufgefordert, die Klappe zu halten. Aber es war zu spät.

»… das war doch für den Vorspann nicht schlecht. Wir müssen leider trotzdem noch einen Take machen, die Beleuchtung war nicht optimal.«

Sie reagierte nicht – sie hatte ihren Slip, wie sie es nannte (»Wenn du noch einmal *Höschen* sagst wie so'n alter Sack, der sich selbst *Playboy* nennt, erwürge ich dich damit«, hatte sie ihn mal angeherrscht), und zwei dicke Wollstrümpfe, die bis weit übers Knie reichten, umständlich angezogen und eine Jeans, die so eng war, dass sie nur unter erheblichen Schwierigkeiten reinkam, und zwei Winterstiefel, die sie sorgfältig verschnürte, ehe sie endlich mit dem Versuch anfing, ihren BH anzulegen, was bekanntlich an gewissen Tagen ein unglaublich kompliziertes und langwieriges Unterfangen sein konnte, und glaubte, sie könnte ihn das ansehen und wie einen Idioten dastehen lassen und müsste nicht auf seine Bemerkung eingehen.

»Es reicht jetzt«, sagte Fallner.

Für wie bescheuert hielt sie ihn? Sie kam mitten in der Nacht bei ihm reingeschneit, legte sich in seinem Hemd in das Bett, das sie ein paar Jahre geteilt hatten, und präsentierte ihm ihren nackten Arsch, weil sie ihm irgendeine Polizeigeschichte erzählen wollte?

Sie hakte ihren BH zu und fummelte an ihren Titten herum, wie sie sie nannte (»Brrrüstää, so nennt das diese beschissene Nazinutte, die nie was sagt, weil sie denkt, dann müsste sie nicht in der Hölle verrotten, küss meine krrräftigän deutschän Brrrüsstää, deutscherrr Mann!«), bis sie in angenehmer Position verstaut waren.

»Ganz genau«, sagte sie. »Ich wollte dir nur irgendeine lustige Polizeigeschichte erzählen. Es gibt ernstzunehmende Hinweise, dass wir einen Ku-Klux-Klan-Verein haben, in dem einige Bullen mitspielen.«

Er sah sie an.

Wenn sie ihm gesagt hätte, sie sei schwanger, hätte er sie nicht so angesehen.

Wenn sie ihm gesagt hätte, sie sei schwanger und der Arzt hätte ihr eröffnet, sie habe drei Embryos im Bauch, hätte er sie nicht so angesehen.

Wenn sie ihm gesagt hätte, sie sei schwanger und der Arzt hätte ihr eröffnet, sie habe drei Embryos im Bauch, aber er müsse sich keine Sorgen machen, er sei nicht der Vater, hätte er sie nicht so angesehen.

»Das ist doch totaler Quatsch«, sagte er.

»Natürlich«, sagte sie. »Ich wollte nur sehen, ob du mir überhaupt irgendwann jemals zuhörst.«

»Pass auf«, sagte er, »du musst dich um nichts kümmern. Ich geh einkaufen, ich mach die Wäsche, ich mach alles, was ein Mann, der an Schusswaffen ausgebildet wurde, nicht tun sollte.«

»Und wer könnte sich da drum kümmern? Keine Ahnung – halt, logisch, Kriminalhauptkommissarin Jaqueline Hosnicz, siebenunddreißig, kennste doch, die Ossibraut von O.K., die Blonde mit den Glocken. Deinem Ex-Chef habe ich das zu verdanken.«

»Ich wasch deine Höschen mit der Hand, wie du's immer gewollt hast, und ich bügle alles, ich lerne ordentlich bügeln.«

»Das Problem ist, genau drei Leute wissen Bescheid, dass ich die dumme Kuh bin, die das untersuchen soll. Mit dir jetzt vier.«

»Du darfst auch Herrenbesuch kriegen.«

»Und dabei muss es bleiben. Und ich bin der einzige Arsch, der sich drum kümmert.«

»Tag und Nacht. Ich bin gar nicht da. Nur, wenn du willst.«

»Die Oberchefs werden keinen Finger krumm machen. Und dass ich diesen Traumjob ablehne, war natürlich nicht drin.«

»Ist doch ideal, ich kann permanent auf dich aufpassen, und du kriegst das überhaupt nicht mit.«

»Warum bin ich mal wieder die Dumme? Kannst du mir das sagen?«

»Ich finde, wir haben so eine kleine Chance verdient, findest du nicht?«

»Warum bin ich die einzige Frau Ende dreißig, die auf der Weihnachtsfeier nur von den letzten Pennern und Idioten angebaggert wird? Findest du, dass ich das herausfordere?«

»Du hast keine Chance, aber nutze sie.«

»Genau das meine ich.«

»Wenn irgendwas nicht rauskommen soll«, sagte Fallner, »dann ist das Schlimmste, was dir passieren kann, wenn drei Leute Bescheid wissen.«

»Genau das meine ich.«

»Wenn du hier bist, kann ich permanent auf dich aufpassen. Außer wenn ich …«

»Wenn ich hier bin, brauchen wir noch jemand, der auf uns beide aufpasst.«

»… auf die Filmtante aufpassen muss, die übrigens trotz ihres fortgeschrittenen Alters noch sehr nette …«

»Hast du dich über diese Ku-Klux-Klan-Sache vielleicht mal etwas genauer informiert?«

»… Titten hat, also rein äußerlich betrachtet, ohne dass ich mir das genauer angesehen hätte, habe ich auch nicht vor, ich glaube, ihr würdet euch gut verstehen.«

»Man geht davon aus, dass das Schnee von gestern ist«, sagte Jaqueline und erklärte, dass *man* in dem Fall eine präzise Gruppe war, nämlich Staatsschutz, Untersuchungsausschüsse, Polizei sowie die Innenministerien von Staat und Ländern. Eine präzise und vollkommen vernebelte Gruppe.

»Ich weiß nicht mehr als der einfache Mann von der Straße«, sagte Fallner, »aber ich kann mich erinnern, dass unser lieber alter Freund Günter Telling, den ich letztes Jahr in Berlin besucht habe, während du mit meinem besten Ex-Partner, aber lassen wir das, so 'ne Andeutung gemacht hat, die ich ...«

»Koksnase Telling, da lachen ja die Hühner.«

»... genau deshalb nicht ernst genommen habe. Er hat rumgetönt, er macht den Nazis innerhalb der Berliner Polizei Feuer, topsecret, mehr als topsecret, so topsecret, dass ich dich jetzt umlegen muss, weil ich so dämlich war, dir das zu sagen ... Mensch, Fallner, ich glaub's einfach nicht, du solltest dir mal deine dämliche Visage ankucken, ich lach mich tot ... das hat er gesagt, klingt das so ähnlich wie der Unsinn, den du mir erzählst?«

»Scheiße«, sagte Jaqueline.

»Schnee von gestern«, sagte Fallner.

»Garantiert«, sagte Jaqueline.

»Ja«, sagte Fallner, »absolut garantiert.«

Sie standen immer noch in ihrem Badezimmer. Als würden sie nie wieder rauskommen. Sie sahen sich die Bodenfliesen des Badezimmers genau an. Und hörten auf die seltsamen Geräusche, die das Haus machte. Es war ziemlich laut. Es war so laut, dass man sich kaum konzentrieren konnte – den Lärm, der ihnen auf die Nerven ging, machte die Lawine von morgen.

Jaqueline vergaß sogar zu meckern, weil er keinen Kaffee hatte. Die Lesben und der Altpunk hatten alles weggesoffen. Fallner vergaß sogar, Jaqueline zu erzählen, wie es die Lesben in ihrem Bett getrieben hatten. Sie tranken Tee, und Jaqueline vergaß sogar, ihn zu fragen, ob er auch einen Schuss Rum haben wollte, und kippte ihm einen rein. Sie drehte den Flyer auf dem Tisch im Kreis herum, ohne *Die Aufgeregten Killerbienen kommen auch in deiner Stadt* gelesen zu haben.

Ihre nächste Frage überraschte ihn nicht. Er hatte sie kommen sehen, und im Gegensatz zu den meisten Männern hatte er selten ein Problem damit.

»Woran denkst du?«

»Erstens, meine Makarow liegt noch bei Frau Simone, zweitens, ich muss dringend nachrüsten.«

»Wie wär's mit einer Glock achtundzwanzig. Du hättest die von dem Jungen nicht abgeben sollen, das war dumm.«

»Eher kauf ich mir eine Axt«, sagte Fallner.

Sie sah ihn an und lachte! Er konnte es nicht glauben – sie lachte endlich! Seit Stunden suchte er vergeblich nach dem Zauberwort, mit dem er sie zum Lachen bringen könnte. Und dann die Axt. Brachte sie inmitten dieser Ku-Klux-Klan-Geschichte zum Lachen. Auf die Idee musste man kommen – in einer Stadtwohnung lautete das Zauberwort Axt. Warum nicht Abseitsfalle oder huzzlecoo?

»Weißt du noch«, kicherte sie, »an dem Tag, als wir uns kennengelernt haben, der Axtmörder?«

»Stimmt, der Axtmörder. Acht Jahre. Erst der Axtmörder, dann Nashville Pussy, dann du. Was für ein Tag. Könnte mit etwas Glück sogar sein, dass dieses Schwein jetzt irgendwann rauskommt. Ich möchte dir wirklich nicht schon wieder zu nahe treten, aber wahrscheinlich holen ihn deine Kollegen Verfassungsschutzarschlöcher raus.«

»Das verbitte ich mir, leider sagen sowas nicht nur Ex-Bullen wie du. Der Schnee von gestern sieht so aus, dass die Organisation *European White Knights of the Ku-Klux-Klan* angeblich nur drei Jahre existiert hat und vor gut zehn Jahren aufgelöst wurde. Gegründet von einem mutmaßlichen LfV-V-Mann, übrigens auch ein talentierter Nazirockmusiker und als *Liedermacher Achim* bekannt. Unter den Mitgliedern erwiesenermaßen zwei Polizisten. Kam alles erst raus, nachdem sich die beiden NSU-Ärsche gegrillt haben. Klan-Bulle eins war am Tag der von den Nazis ermordeten Polizistin Michèle Kiesewetter der Gruppenführer ihrer Einheit, Klan-Bulle zwo war Mitglied dieser Einheit. Ein weiterer Beamter aus dieser Einheit war der Bruder eines Klan-Mitglieds, der allerdings, pass mal auf, Klan-Sicherheitsoffizier war. Jedoch: der V-Mann-Liedermacher hat ausgesagt, zehn bis zwanzig Bullen hätten damals am KKK Interesse gehabt. Kennen wir die Namen? Nein. Arbeiten von den Kollegen vielleicht heute acht bis fuffzehn in unserem Bereich? Keine Ahnung. Ausgeschlossen. Aber vielleicht zwo bis fünf? Schon möglich.«

»Ich bin's nicht, beim Grab meiner Mutter. Und ich habe alle meine Liedermacher-Achim-Platten auf Ebay verkauft, das musst du mir glauben.«

»In einem anderen Klan-Verein, der sich *International Knights of Ku-Klux-Klan* nannte, war ebenfalls so ein V-Mann, der manchmal zu viel Stress hatte, um das wirklich Wichtige zu berichten. Gibt ein Foto von ihm: mit einem im Amt befindlichen Polizeioberkommissar und seiner Ehefrau, einer im Amt befindlichen Polizeihauptmeisterin. Die gehörten wohl zu dieser Interessengruppe, beweiskräftig ist jedoch nichts. Alles in Baden-Württemberg. Nächstes Kapitel, anderes Land, anderer V-Mann und weiterhin der Klan als eine Art Spezialabteilung des NSU: Das ist jetzt der V-Mann, der unter Zitat ›rätselhaften Umständen‹ an einem unentdeckten Diabetes draufging. Unter seinen Klan-Kontakten zwei weitere Polizisten, die er benannt hat. Er war der wichtigste V-Mann, er wurde am härtesten und bis zum Letzten vom BfV gegen alle Untersuchungen geschützt. Man muss davon ausgehen, dass er in einem Zeugenschutzprogramm des BfV war, wofür es ebenfalls keinen Beweis gibt, als er, übrigens kurz vor einer BKA-Vernehmung, unter Zitat ›rätselhaften Umständen‹ starb. Und das ist nur ein Ausschnitt von dem relativ wenigen, über das ich mich bisher informiert habe. Alles öffentlich zugängliche Informationen. Wo krieg ich andere her? Wo krieg ich viel mehr und bessere her?«

Fallner brannte sich an seiner Zigarette die nächste an. »Könnte es einen Grund geben, dass man dich mit was vollkommen Sinnlosem beschäftigt?«

»Du meinst, man schickt mich in diese Richtung, damit ich nicht dort bin, wo ich etwas mitbekommen könnte, das ich nicht mitbekommen soll? Nicht, dass ich wüsste.«

»Das sagt nichts. Warum gerade du? Und wie soll das gehen, dass niemandem auffällt, womit du beschäftigt bist?«

»Keine Ahnung und keine Ahnung.«

»Keine Ahnung, ob du mal mit Telling reden solltest. Könnte auch sein, dass das genau das Falsche ist.«

»Du bist so 'ne Hilfe.«

Er füllte zwei Tassen Tee mit Schuss nach. Mit dem Gefühl, sofort die ganze Flasche Rum trinken zu müssen.

»Ich muss nachdenken«, sagte er und zog ihr endlich den Flyer weg, den sie sonst nie wieder zu drehen aufhören würde, bis sie es geschafft hätte, ihn wahnsinnig zu machen.

»Ich muss nachdenken«, sagte er und fing an, das Etikett von der Rumflasche in kleinen Fetzen abzumachen.

»Ich muss nachdenken«, sagte sie, »ich muss nachdenken, bis alles ausgedacht ist.«

»Punkt eins«, sagte er, »mit dir gibt's eigentlich immer nur Probleme, falls ich das kurz erwähnen darf. Punkt zwei, ich glaube, dass mein Ex-Chef in Ordnung ist, keiner, der so schnell den Schwanz einzieht, wenn sie von oben auf ihn losgehen. Punkt drei, ich kenne ihn viel zu wenig, um das garantieren zu können. Punkt vier, wir brauchen auch so einen V-Mann. Und Punkt fünf, ich liebe Probleme, aber ich bin total verwirrt, ich habe keinen Schimmer, was man tun könnte, ich muss nachdenken.«

»Tu das. Sag mir aber Bescheid, bevor du dich mit einem nichtentdeckten Diabetes verabschiedest.«

»Wenn du hier wärst, wäre alles viel einfacher, das musst du zugeben.«

Sie schnappte sich wieder den Flyer und fing an, ihn so zusammenzufalten, dass er am Ende etwa die Form eines Ohrstöpsels hätte.

»Darf ich dich mal was fragen?«, sagte sie.

»Meine Antwort lautet: Ja, ich habe dir genau zugehört, und deshalb möchte ich meine Bestellung ergänzen, ich brauche zur Glock achtundzwanzig eine AK-47 und außerdem eine Person, die das Ding bedienen und ebenfalls hier einziehen kann.«

»Gibst du denn nie auf? Glaubst du, du stirbst, wenn du es einfach mal gut sein lässt und aufgibst?«

»Das glaube ich nicht – also ich glaube nicht, dass ich das glaube, falls es das ist, was du glaubst.«

»Ich finde es anstrengend, dass du dich immer über alles lustig machen musst, immer alles drehen und wenden, bis alles total verdreht ist. Ich glaube, ich möchte damit nicht mehr ständig leben müssen.«

»Ehrlich, ich habe kein Problem damit aufzugeben, wenn ich aufgeben muss. Bei einer Frau, mit der ich innerhalb weniger Stunden fünfmal diverse Arten von Körperkontakt hatte, ohne Druck auf sie auszuüben, habe ich nicht das Gefühl, dass ich aufgeben muss.«

»Du und deine Gefühle. Das Problem ist, dass man sich auf deine Gefühle nicht verlassen kann.«

Was sollte man dazu sagen? Es gab nicht viele Möglichkeiten – er biss sich die Zunge ab, spuckte sie ins Klo und spülte sie runter. Es war immer noch die beste Methode, wenn man sicher sein wollte, dass man nichts sagte.

Sie machten sich auf den Weg, gingen dorthin, wo sie herkamen, auf die Straße, und sie verabschiedeten sich wie gute alte Kumpels.

Als sie in verschiedene Richtungen zu ihren Autos davongingen und schon ein paar Meter Sicherheitsabstand gewonnen hatten, drehte sich Jaqueline, nachdem sie ihren BMW 520d angeklickt hatte, noch mal um und machte einen großen Schritt auf ihn zu.

»Fast hätte ich's vergessen: wenn es von außen gut aussieht, dann musst du dir's nicht genauer ansehen, sie kann alles anlassen und macht nur das Röckchen hoch, weißt du, was ich meine?«

»Bilde dir bloß nichts ein, du bist nur eine versaute Ossibraut.«

»Aber mit einem guten Herz.«

Allein im Auto

Fallner konnte nicht sehen, was Jaqueline in ihrem Auto machte. Er schlug mit beiden Fäusten auf das Lenkrad und schrie eine Sekunde, so laut er konnte.

Es war außen nicht zu verstehen, was er in seinem Transporter schrie.

Noch was ganz anderes

In der Firma setzte sich Fallner zuerst an seinen Computer und schrieb das Protokoll. Der Chefassistentin hatte er nur kurz zugewunken und zu Nico am Schreibtisch nebenan hallo gesagt, ohne eine Reaktion zu bekommen. Er war fest entschlossen, ihn deswegen nicht zur Rede zu stellen oder sich beim Chef zu beschweren.

Die beiden mexikanischen Killer, von denen er nicht das Geringste wusste, saßen im Betriebscafé und schienen auf etwas zu warten. Sie sahen aus, als hätten sie harte Stunden hinter sich und würden im nächsten Moment vier Handfeuerwaffen auf ihn richten, um wieder etwas Spaß zu haben. Er erinnerte sich, wie heftig Theresa reagiert hatte, als er sie nach dem Sinn der mexikanischen Kollegen fragte. Sein Tipp lautete, dass sie korrupte Drogenbullen waren, die vor ihrer Verhaftung gerade noch fliehen konnten und über dubiose Verbindungen bei seinem Bruder gelandet waren, um in einer neuen Zukunft weiterhin das zu tun, was man von Männern ihres Kalibers erwarten konnte.

Er registrierte, dass im Büro eine gewisse Anspannung herrschte, und vermutete, dass es damit zu tun hatte, dass so viele Mitarbeiter draußen unterwegs waren. Man würde ihn darüber informieren oder nicht – er würde sich auf jeden Fall vorrangig um seinen eigenen Mist kümmern und so wenig Unterstützung wie möglich beantragen.

Als sein Bruder durch den Raum marschierte, um sich einen Kaffee zu holen, und ihm zurief, er wolle ihn um dreizehn Uhr in seinem Büro sehen, zeigte er ihm den Daumen nach oben.

Die Makarow und sein schwieriges Verhältnis zu ihr erwähnte er in seinem Bericht nicht.

Auf der Suche nach mehr Informationen über Stalker fand er keinen Hinweis, welchen Sinn es ergeben sollte, wenn ein Stalker ein großes Fenster zertrümmerte, um dann sofort zu verschwinden, ohne eine Art Genuss gehabt zu haben; er musste in dem Moment geflüchtet sein, als es krachte. Und das nach einer Vorarbeit von über einem Jahr? Falls Stalker ein Lehrberuf wäre, würde man das als Anfängerfehler einstufen. Und das nach über einem Jahr?

Und er fand keinen einzigen Fall, dass jemand nur vorgetäuscht hätte, ein Stalker zu sein. Ein Stalker, der keinen direkten körperlichen Angriff ausführte, wurde vor Gericht in der Regel niedrig eingestuft. Psychische Verletzungen wurden nicht als Körperverletzung eingestuft, selbst wenn sie einen erheblich massiveren Schaden anrichteten als ein Schlag ins Gesicht. Stalker mussten sich Mühe geben, wenn sie mehr kassieren wollten als eine Geldstrafe, die sie in der Regel nicht kratzte, oder ein paar Monate auf Bewährung. Es wäre also ein Vorteil, wenn man als Stalker behandelt wurde, während man, ohne damit aufzufliegen, ein schwerwiegenderes Delikt begangen hätte.

Sein Bruder hatte erwähnt, Simone Thomas glaube, jemand wolle sie töten. Er hatte vergessen, sie dazu zu befragen, und sie hatte nichts davon gesagt. Falls ihr Verdacht richtig war, warum passierte nichts? Wollte jemand nur den Eindruck erzeugen, sie sollte getötet werden?

Die gute alte Geld-oder-Leben-Geschichte? Die gute alte Wie-du-mir-so-ich-dir-Geschichte? Die gute alte Fick-mich-oder-dich-Geschichte?

Wenigstens stieß Fallner bei der Recherche auf eine Anzeige für ein neues Mixgetränk namens Murphy's Law. Was für eine verdammt lustige Idee. Wer würde dem Getränk vertrauen, wenn er das Gesetz kannte?

ALLES, WAS SCHIEFGEHEN KANN, WIRD SCHON SCHIEFGEHEN!

Deshalb hielt er es für besser, sich zu informieren. Vielleicht reimte man sich, wie bei vielen Gesetzen, einiges falsch zusammen, verführt vom beliebten Fata-Morgana-Gesetz, die Hoffnung würde zuletzt sterben.

Ingenieur Captain Murphy, erzählte das große Netzlexikon, habe 1949 an einer Versuchsreihe der US Air Force teilgenommen, mit der erforscht werden sollte, welche Beschleunigungen der menschliche Körper aushalten könne; dafür konnten am Körper der Testperson sechzehn Messsensoren auf zwei Arten befestigt werden, auf eine richtige und eine falsche. Das Experiment sei fehlgeschlagen, weil jemand alle Sensoren falsch angeschlossen hätte, und diese Erfahrung habe Murphy auf die Urfassung seines Gesetzes gebracht: »Wenn es mehrere Möglichkeiten gibt, eine Aufgabe zu erledigen, und eine davon zu einer Katastrophe oder anderen unerwünschten Konsequenzen führt, dann wird es jemand genau so machen.«

Dazu der Verweis auf das ähnliche *Finagles Gesetz* über Fehlerquellen in komplexen Systemen: »Anything that can go wrong, will – at the worst possible moment.« Es folgten die darauf basierenden Lebensweisheiten, von denen die meisten vermutlich in Kneipen herumhingen und die man mit einem Witz zusammenfassen konnte, den Jaqueline gerne erzählte: Was kann denn einem Mann noch passieren, der seinen Job verloren hat, dessen Hund überfahren wurde und dessen Frau, nachdem das Haus abgebrannt ist, mit seinem besten Freund abgehauen ist? Seine Frau kommt zurück.

Dann wurde es interessant mit der Behauptung, es gebe eine Wirtschaftsvariante, die man als *Finagles Informationsgesetz* bezeichne: a) Die Information, die du hast, ist nicht die Information, die du willst. b) Die Information, die du willst, ist nicht die Information, die du brauchst. c) Die Information, die du brauchst, ist für dich nicht erreichbar. d) Die Information, die du bekommen kannst, kostet mehr, als du zu zahlen bereit bist. Zuletzt der Hinweis *to finagle* bedeute mogeln und die Einordung des Eintrags zu *Finagles Gesetz* in die Kategorie Satire.

Die Tatsache, dass hier Satire anscheinend als Fake missverstanden wurde, führte ihn zu seiner ursprünglichen Frage zurück: Wurde Simone Thomas von jemandem attackiert, der Stalking vortäuschte? Oder von einem echten *und* einem Fake-Stalker? Und brachte es einen weiter, wenn man sich in einem Stalkingfall die Frage stellte, wer davon profitieren könnte? Warum hatte ihn sein Instinkt dazu verleitet, sich mit dem für Nichtwissenschaftler lustig klingenden Murphy'schen Gesetz, das eigentlich als Finagles Gesetz in Umlauf war, zu beschäftigen?

Er vertraute seinem Instinkt. Instinkt hatte nichts mit Glück oder Zufall zu tun, sondern mit Erfahrung und der Fähigkeit, Anzeichen wahrzunehmen und einzuschätzen.

Der Herr verfluche dich, sagte er zu seinem Instinkt.

Um dreizehn:eins druckte er seinen zwei Seiten langen Bericht aus und ging ins Büro des Chefs. Sein Bruder telefonierte und deutete auf einen Stuhl.

»Es muss funktionieren«, sagte sein Bruder, »nein … das ist keine Option … gut … ich muss jetzt.«

Als er auflegte, kam Theresa herein und setzte sich neben Fallner. Die Signale, die sie ausstrahlte, waren eindeutig, sie kannte ihn nicht und wollte ihn nicht kennenlernen, und an dem Ärger, der durch die Luft flog, war er schuld.

Fallner erstattete Bericht. Sein mündlicher Bericht war viel genauer als der schriftliche. Er schilderte die Sache mit der Makarow, ohne es zu beschönigen. Als er erwähnte, dass die Schwiegertochter Journalistin »bei so einem Drecksblatt« war, reagierten sie nicht anders als er. Von den gewagten Thesen, die er sich vorhin an seinem Platz überlegt hatte, sagte er jedoch nichts, und wie im schriftlichen Bericht verschwieg er die Hand, die am Morgen nach dem Anschlag auf seiner Erektion gelegen hatte. Er schloss damit, dass sie ihn mit einem Bodyguard verwechselte und zuletzt damit gedroht hatte, ihn ebenfalls rauszuwerfen, was er jedoch nicht ernst nahm.

Der Chef meinte, er habe sich einerseits zum Vorteil der Firma, andererseits unglaublich dumm verhalten, er hatte den Typ gehabt und dann tatsächlich abziehen lassen, es war nicht zu fassen, aber natürlich besser so.

»Und ich habe Sie für 'nen fähigen Mann gehalten«, sagte Theresa.

»Ich soll auf einen Typen schießen, der ein Fenster eingeworfen hat?«

»Nein, auf den Reifen eines Typen, der sie morgen vielleicht aufschlitzen will.«

»Ich war außer Atem, er war in einer schnellen Bewegung, und selbst wenn ich nur den Reifen getroffen hätte, hätte er sich schwer verletzen können.«

»Sie hatten Angst zu schießen, Sie haben ein Problem.«

»Ich habe viele Probleme, welches hätten Sie gern?«

»Schluss damit«, sagte der Chef, »ich habe trotzdem ein gutes Gefühl.«

»Sie müssen ein paar Stunden im Bunker trainieren«, sagte sie, »und falls das nichts hilft, sollten Sie vielleicht doch besser wieder zur Polizei gehen.« Schnaubte und stolzierte raus.

Wofür hielt sich diese kalte Schlange, für die Kommandantin einer KGB-Einheit, die offiziell nicht existierte?

»Glaub mir«, sagte der Chef, »sie ist unbezahlbar. Du musst dich mit ihr gutstellen, sonst geht's dir wie den Mexikanern, denen dämmert es langsam, dass hier ohne sie nichts geht. Die dachten, das ist irgendeine Tussi, der man auf den Hintern klopft, wenn man 'nen Kaffee von ihr will.«

»Wer sind die Mexikaner, was machen die?«

»Das sind Ex-Drogenbullen, die passen im Moment auf jemanden auf, und dummerweise wollen eine Menge Leute unbedingt auf ihn aufpassen. Sehr dumme Geschichte. Wenn du in dem Team dabei wärst, könnte dein Problem ein echtes Problem werden.«

»So wahnsinnig genau wollte ich's nicht wissen«, sagte Fallner.

»Ich glaube, du hast genug zu tun. Und ich hoffe, du nimmst das nicht auf die leichte Schulter.«

»Noch was, was ich vergessen habe, kannst du dir vorstellen, dass es hier einen sehr gut ausgebildeten Nazitrupp gibt, von dem wir nichts wissen?« Sein Bruder sah ihn mit einem Spinnst-du-total-Blick an. »Sie hat mal einen Drohbrief bekommen, dass sie eine Schande für die deutsche Frau ist und so Zeug, und sie soll sich besser ruhig verhalten, sonst würde sich der Clan um sie kümmern. Kam mit der Post, aber sie findet den Schrieb nicht mehr. Kann sich auch nicht erinnern, ob die Klan mit C oder K geschrieben haben.«

»Hältst du den Quatsch tatsächlich für glaubwürdig?«

»Meinst du mit C oder K?«

»Fuck mit beiden«, sagte Hansen. Er war mit dem Kopf woanders und machte sich bereit für das nächste Telefonat. Er pflegte zu sagen, der Chef seiner Firma wäre nicht mehr als ein besser bezahlter Call-Center-Fuzzi.

»Noch was ganz anderes«, sagte Fallner. »Du hast mal gesagt, unsere Mutter hätte deshalb so gut wie nie geredet, weil ich ihr die Sprache verschlagen habe. Was hast du damit gemeint?«

»Ich kann mich nicht erinnern, Kollege, und ich muss jetzt wieder, also hau rein.«

»Du kannst dich nicht erinnern?«

Hansen dachte nach. Er war ein aufmerksamer Gesprächspartner und bemerkte sofort, wenn es ernst wurde. Er trommelte mit einem Stift auf den Schreibtisch und interessierte sich brennend für das, was seinen Bruder beschäftigte.

»Jetzt erinnere ich mich«, sagte er, »ich meinte damit, du sollst dich ins Knie f-i-c-k-e-n!«

Fallner stand auf. »Eine Bitte noch, unter Brüdern, es ist mir wirklich wichtig, versprich mir, dass du dich darum kümmerst, obwohl du keine Zeit hast, was ich verstehen kann, aber es gibt ein paar Dinge, für die muss Zeit sein, unabhängig von Verpflichtungen und Stresssituationen, verstehst du?«

Seine Zeit war abgelaufen. Sein großer Bruder würde jeden Moment explodieren.

»Sag deinen Kindern einen schönen Gruß von ihrem Onkel. Er denkt jeden Tag an sie.«

Ihr Vater zeigte ihm den Finger.

Fallner beugte sich von hinten über Theresa, deren zehn Finger über die Tastatur hämmerten.

»Sie haben leider völlig recht«, flüsterte er ihr ins Ohr, »vielleicht könnten Sie mich in den Bunker begleiten, nach gestern Nacht muss ich mir eingestehen, dass ich das Problem unterschätzt habe.«

Sie hörte nicht auf, mit ihren irrsinnig schnellen Fingern die Tastatur zu bearbeiten. Sie sagte (mit normaler Stimme), sie würde ihm natürlich bei der Lösung des Problems helfen, aber das könnte etwas dauern, und ein Blick in sein Postfach würde ihm jetzt (sie schlug auf ihre Maus) klarmachen, dass auch sein Zeitfenster dicht war.

»Ein interessante Nachricht und eine, die Ihnen nicht gefallen wird«, sagte sie. »Ich wollte, dass man Sie raushält, aber auf die Sekretärin hört man ja nicht. Hat Sie Ihr Bruder nicht informiert?«

»Ich bin nur der Hausmeister«, sagte er.

Auf dem Weg zu seinem Arbeitsplatz bekam er eine Nachricht von Armin: Wir müssen reden.

Er blieb stehen und antwortete: Was sonstige jeder zeitansage.

Die interessante Nachricht in seinem Postfach überraschte ihn nicht. a) Theresa hatte das Vorstrafenregister von Simone Thomas' Sohn: Zweimal Körperverletzung bei besoffenen Schlägereien, zweimal Verstoß gegen das Betäubungsmittelgesetz, Führerscheinentzug, eine Anklage wegen Betrugs und eine wegen eines Verstoßes gegen das Urheberrechtsgesetz, jeweils folgenlos, ebenso wie die Anzeige einer Freundin wegen Vergewaltigung. b) Ihr Agent war »ein unbeschriebenes Blatt«.

Die Nachricht, die ihm nicht gefallen würde, gefiel ihm nicht. Um einundzwanzig:fünfundvierzig hatte er in der Innenstadt Nico zu treffen und stand ab dem Zeitpunkt für einen Einsatz unter seinem Kommando. Er las die Instruktionen durch. Was für ein Unsinn, ihn von seinem eigenen Auftrag abzuziehen. Selbst wenn es sich *voraussichtlich* nur um einige Stunden handelte.

»Was soll das denn«, sagte er zu Nico, »ich habe keine Zeit für diesen Quatsch.«

Nico observierte seinen Bildschirm und grinste so fröhlich in die Buchstabensuppe wie der Mann, der unerwartet die heiß ersehnte Chance bekommt, es endlich allen zeigen zu können.

»Es gibt ein paar Dinge, für die muss Zeit sein«, sagte er.

Frauenzimmer

Fallner hatte vergessen, Kaffee und andere Lebensmittel einzukaufen. Die schwere Haustür aus Holz krachte hinter ihm ins Schloss wie ein Schlag, um ihn daran zu erinnern. Es war nicht so wichtig. Falls Jaqueline ihre Meinung änderte, sollte er seinen Teil der Abmachung jedoch besser erledigt haben. Falls ein Neuanfang an fehlenden Lebensmitteln scheiterte, sollte man den Plan besser ändern.

Er blieb in der dunklen Einfahrt stehen und überlegte, ob er sofort umdrehen sollte, als er ein Lied hörte. Es schien vom Hinterhof zu kommen. Er ging durch den Gang, ohne das Licht anzuschalten. Als er die Tür im Tor öffnete, war es deutlich zu hören.

Dreißig Meter weiter stand ein Mann mit einem großen Akkordeon an der gegenüberliegenden Hauswand und sang ein Volkslied, das nach einem Weihnachtslied klang. Das Haus gegenüber war im Sommer renoviert worden, und der Mann war ein dicker dunkler Fleck auf dem sauberen hellen Gelb der Hauswand.

Fallner nahm den gepflasterten Weg durch die Mitte. Er ging sehr langsam, die Hände in den Manteltaschen. Es fing zu schneien an, dicke Flocken, die nicht allzu dicht wie in Zeitlupe herabsegelten. Sie hatten die Prognosen mitbekommen, dass es sie in diesem Januar nicht geben sollte, deshalb fielen sie vorsichtig ein.

Ein Fenster ging auf, vier Stockwerke über dem Sänger, und ein Mann in einem weißen Hemd brüllte, er solle verschwinden, sonst Polizei. Fallner kannte ihn nicht, er kannte niemanden aus dem Haus auf der anderen Seite des Hinterhofs, das zur Parallelstraße gehörte, die schon so gut wie durchrenoviert war. Der Mann wiederholte sich.

Fallner blieb stehen und sah hinauf, und der Mann sah auf ihn runter und verstummte. Er ging langsam weiter und sah dabei den Mann an.

Auch der Sänger verstummte und hörte zu spielen auf, als er vor ihm stand.

»Wie geht's denn so?«, sagte er.

»Der Bruno kann auch leise spielen«, sagte der Sänger mit den großen Kinderaugen. »Der Bruno kann auch nicht spielen, aber nur, wenn dette ausdrücklich gewünscht wird. Der Künstler soll sich nicht aufdrängen.«

»Der Bruno soll weiterspielen«, sagte Fallner, »es ist drei Uhr nachmittags, da kann man hier was singen und stört keinen.«

»Der Bruno will keinen Arbeiter stören. Und wenn er einen stört, dann hört er auf und macht sich dünne, dass kein Polizist ihn sieht, und wenn der ein Fernglas hätte.«

»Der Arsch da oben ist kein Arbeiter, und da kommt auch kein Polizist, das kannst du mir glauben, spiel ruhig weiter, sing ein Lied für mich.«

Bruno zog kräftig an seinem Akkordeon, um sich einzustimmen, und der Mann von oben protestierte wieder. Fallner ging ein paar Schritte zurück und zeigte ihm die Faust.

»Sabine war ein Frauenzimmer«, schmetterte Bruno, und Sprechgesang und Akkordeon liefen streitlustig nebeneinander her, »sie war auch tugendhaft, und deshalb war zufrieden immer mit ihr auch die Herrschaft.« Jedoch ein Schuhmacher machte sich eines Tages an das Frauenzimmer heran, und sie schenkte ihm ihre ganze Zuneigung. Und weil der Schuhmacher so traurig war wegen seiner Armut, gab sie ihm auch ihr ganzes Geld.

Das Lied, das mal langsam und dann wieder schneller dahintaumelte, erinnerte Fallner an etwas, das er nicht fassen konnte. Er wusste nicht, wohin er das Lied einordnen sollte, aber er kannte es. Er hatte das Frauenzimmer vergessen. Es tauchte langsam hinter den dicken Schneeflocken auf.

»Da tut er das Geld der Sabine sogleich verschwenden in Schnaps und auch in Bier!«, deklamierte der Bruno und fügte leiser hinzu: »Ja, man kennt doch die Männer.« Der Schuhmacher will natürlich noch mehr Geld, und weil das verliebte Frauenzimmer nichts mehr hat, klaut sie ihrer Herrschaft zwei Silberlöffel.

Der Diebstahl kam jedoch schnell heraus, und Sabine wurde fortgejagt. Als sie sich bei dem Kerl darüber beklagt, will er nichts mehr von ihr wissen. »Sie seufzt, du böser Pflichtvergessner, du rabenschwarze Seel! Da nimmt er schnell ein Tranchiermesser und schneidet Sabinen ab die Kehl.«

Zwei Münzen klirrten neben Bruno auf den Asphalt und sprangen auseinander. Fallner hob sie auf. Es waren ein Fünfzig- und ein Zwanzig-Cent-Stück. Es war doch irgendwie beruhigend, dass es in einer so reichen Stadt noch sparsame Leute gab.

Der Mann von oben forderte wieder Ruhe, vielleicht war er es gewesen und glaubte, dafür bezahlt zu haben, und Fallner ging ein paar Schritte in den Hof und schrie hoch, er solle sein Maul halten oder runterkommen, und so ging es ein paarmal hin und her, während die Schneeflocken wie in Zeitlupe herabsegelten und der Bruno mit seiner dicken Fellmütze abwartete und nur vorsichtig am Akkordeon zog.

Der Schuhmacher, der das Frauenzimmer ermordete, kommt nicht davon. Zwei Polizisten packen ihn, er wird bei Wasser und Brot in Ketten gelegt, bis er seine Tat gesteht und schließlich zum Galgen geführt wird.

»Und in diesem Falle ist die Moral von der Geschicht nicht allzu kompliziert«, kommentierte der Bruno, um das Finale zu singen:

»Drum soll man keine Kehl abschneiden, es tut kein Gut ja nicht. Der Krug, der geht so lang zu Wasser, bis ihm sein Henkel bricht.«

Ein tragischer Akkord beendete die Moritat.

Fallner klatschte und holte Geld aus der Hosentasche, suchte einen Zehner heraus und legte ihn auf das Akkordeon. Bruno neigte den Kopf ein bisschen und bedankte sich. Er sah sich nach seinen Sachen um, er würde nichts mehr spielen. Neben dem Akkordeonkasten standen eine Plastiktüte und eine braune Reisetasche.

»Wo wohnst du eigentlich, Bruno, hier in der Nähe vermute ich mal.«

»Der Bruno wohnt in seinem Zimmer, wie dette die meisten Menschen so tun.«

»Das ist gut. Ich wohne gegenüber, dritter Stock. Ich hatte das Lied vom Frauenzimmer schon ganz vergessen, ich weiß nicht mehr, woher ich das kenne. Woher hast du diese Lieder, die kein Mensch mehr kennt?«

»Der Bruno hat keine Lieder. Die Lieder kommen aus einer ganz alten Zeit, und die gehören jedem Proletarier, der sie zum Vortrag bringen möchte.«

»Da hast du recht. Also in der Schule hab ich das nicht gelernt, da bin ich mir ziemlich sicher. Aber beschwören kann ich das nicht. Vielleicht fällt's mir wieder ein.«

»Der Bruno hat es von den Schwestern.« Er packte sein Akkordeon in den Kasten. »Die haben dette gesungen, wenn es zur Nacht ging.«

»Von welchen Schwestern?«

Er schwang sich das Akkordeon auf den Rücken, klappte die Ohrenschützer seiner Fellmütze herunter, zog Fausthandschuhe aus dicker Wolle an und nahm seine Taschen.

»In der Besserungsanstalt. Wenn die Schwestern nicht geprügelt haben, dann haben die ganz schön gesungen. Wie dette oft so ist im Leben, die einen haben lieber geprügelt, die anderen haben lieber gesungen.«

»Wieso warst du in der Besserungsanstalt?«

»Zuerst wegen dem Krieg und dann wegen dem Frieden.«

Fallner nickte. Hielt ihm die Zigarettenschachtel hin.

»Oh, nein. Der Bruno sagt: Grüß Gott!«

»Ja, wir sehn uns, grüß Gott.«

»Wenn du ihn triffst.«

Disco in einer rauen Nacht

Zwei Minuten zu spät stieg Fallner in den teuersten Transporter des SIS-Fuhrparks, der direkt vor dem Eingang der Diskothek parkte, die, wenn alles nach Plan lief, gesprengt werden sollte. Mit seinen undurchdringlich dunklen Scheiben sah der Mercedes aus wie der Leichenwagen eines Bestattungsinstituts, das jetzt coole junge Leute übernommen hatten.

Nico saß am Steuer und sagte, als Fallner neben ihm Platz genommen hatte: »Ich habe vor einigen Jahren für Leute gearbeitet, die mich jeden Tag an einem bestimmten Treffpunkt zu einer bestimmten Zeit abholten, und eine Minute nach der vereinbarten Zeit sind die abgefahren. Als ich zum zweiten Mal zu spät kam, war ich gefeuert.«

»Kenne ich auch«, sagte Fallner, »bei mir war es so, dass die immer gewartet haben, wenn ich zu spät war. Aber ich musste mir dann jedes Mal minutenlang ihren Blödsinn anhören. War auch nicht lustig. Der Chef brüllte gern rum. Zum Glück war er froh, dass ich im Team war.«

Aus der Anlage kam leise Musik, man konnte den Sänger gerade noch verstehen: »They seen him out dressed in my clothes, patently unclear if it's New York or New Year.«

Es war eine Nobeldiskothek, die angeblich sogar die Nummer eins der Stadt war. Eine Branche, in der sich Fallner weder beruflich noch privat gut auskannte, im Gegensatz zu Jaqueline, die ihn einmal hier reingeschleppt hatte. Die Landeshauptstadt war erheblich kleiner als die Bundeshauptstadt, aber es war die reichste Landeshauptstadt des Landes, und da hatte es etwas zu bedeuten, wenn eine Nobeldiskothek die Spitzennobeldiskothek war. Da flog ein Haufen Geld durch die Luft.

Die edle Discoyacht (informierte der Bericht, den Fallner zur Vorbereitung bekommen hatte) gehörte einem Trio von gut aussehenden, seriösen, gepflegten, sportlichen, intelligenten, innovativen, gebildeten, unternehmungslustigen, risikofreudigen, tapferen Männern um die vierzig, die ihre Frauen und Kinder nicht verprügelten, ihre Angestellten nicht abwiesen, wenn sie mit Problemen zu ihnen kamen, und keine Molotow-Cocktails in Asylantenunterkünfte warfen. Natürlich tranken sie manchmal zu viel oder nahmen irgendwas, wenn sie hin und wieder – der eine öfter, der andere selten – eine lange und schöne Nacht auf ihrer Yacht genossen. Sie waren eben auch echte Männer. Die Fotos zeigten freundliche, patente Kerle – aber wer aus irgendwelchen Gründen den Eindruck gewonnen hatte, ihnen dummkommen zu können, musste sich auf einiges gefasst machen.

Während Fallner, es war nicht fair, nur einen Job zum Gähnen hatte. Er war nur die Beine von Nico, der mit seinen nichts tun konnte. Er musste neben ihm sitzen, bis er sagte, er sollte nicht mehr neben ihm sitzen, sondern irgendwas tun. Nur falls irgendwas schiefging, musste er das tun, was Nico tun würde, wenn er Beine gehabt hätte, um es zu tun. Es war unwahrscheinlich, dass Fallner den Transporter verlassen musste. Es waren ausreichend Mitarbeiter im Einsatz, die gute Beine hatten; man verschwendete einen Mann mit Nicos Fähigkeiten nicht an Beinarbeit, und sein Ersatzmann hing sozusagen an ihm fest.

Um zweiundzwanzig:fünf öffnete sich der Einlass. Der Schlange von etwa zwanzig Leuten wurde Hoffnung gemacht. Es war wie im normalen Durchschnittsleben, die einen warteten zitternd in der Schlange, die anderen gingen mit einem Gefühl absoluter

Sicherheit an der Schlange vorbei und kamen rein – Fallner war den Reichen und Schönen selten ganz nah; manchmal hatte er das Gefühl, in einer anderen Stadt als sie zu leben. Und dann waren da noch die, die abgewiesen wurden und nicht abzogen, sondern sich wieder ans Ende der Schlange stellten, weil sie auf ihre zweiten Chance hofften. War es nicht Winston Churchill, der gesagt hatte, wenn du durch die Hölle gehst, geh weiter?

»Nico«, sagte Fallner, »entweder Sie schicken mich jetzt mit einer Schrotflinte da rein oder Sie lassen mich gehen.«

»Du lässt dich gehn«, trällerte der Mann im Rückraum.

»Nehmen Sie die Schrotflinte, in Gottes Namen«, sagte Nico.

Der Eingangsbereich war so gleißend hell bestrahlt und sie waren so nah dran, dass sie einen gelblichen Schimmer auf einem weißen Slip erkannt hätten. Aber es war eine kalte Winternacht, und die Mäntel über den Kleidern waren lang, und die Frauen, die auf Mäntel und Hosen verzichtet hatten, würden sich eine Erkältung holen und ihren Freunden die Schuld geben.

»Restless by day and by night rants and rages at the stars, God help the beast in me«, sang Johnny Cash. Und dann tippte Nico wieder auf Repeat.

Der Countrysänger ging unter, als Fallner sein Fenster einen Spalt öffnete, weil sich draußen etwas bewegte. Ein junger Mann wollte nicht hinnehmen, dass sein Unterhaltungsspielraum eingeschränkt wurde. Er schrie die Schwarze der beiden Frauen an, die die Tür kontrollierten.

»Sag das deinem Chef, der kann seinen Scheißclub dichtmachen! Geh jetzt los und sag's ihm, ich werde dafür sorgen, dass er seinen Scheißclub dichtmachen kann, wenn du mich nicht reinlässt. Kannst du überhaupt Deutsch? Du verstehen dicht? Dicht heißt Ende, finito, the end, the end of his fuckin' club. Und sag ihm, dass er sich bei dir dafür bedanken kann. It's your fault!«

Fallner hatte große Achtung vor der Securityfrau, die den durchdrehenden Mann ganz nah am Gesicht hatte und ihre Hände nicht aus den Taschen nahm.

Die Türpolitik dieser Nobeldiskothek entsprach den üblichen Regeln, jedoch mit einem neoliberalen Einschlag: Zwei attraktive Frauen kontrollierten den Einlass, erst im Entrée standen zur Verstärkung zwei große Männer. Und weil es seit einigen Jahren nicht selten vorkam, dass man Diskotheken wegen Diskriminierung zu verklagen versuchte, war eine der beiden Frauen schwarz. Sie trug einen weinroten Lederanzug, eine schulterlange blonde Perücke und ließ sich jetzt von einem weißen Mittelklasseknaben beschimpfen, ohne sich zu vergessen. Diese Jackie-Brown-Version hätte nur ein Knie hochziehen müssen, um den dämlichen Deutschen abzuschieben. Fallner war kein Freund von Türstehern, egal, welches Geschlecht und welche Hautfarbe sie hatten, aber das bedeutete nicht, dass er für die anderen war.

»Man sollte Jackie Brown für die Firma anwerben«, sagte er, »gutes Personal ist heute selten.«

»Das sieht leider nur scheinbar so aus«, sagte Nico. »Ihr Jackie-Brown-Traum ist unzuverlässig. Glück für uns, dass sie ein Drogenproblem hat. Sie hat uns nette Geschichten erzählt und bringt unsere Leute rein.«

»Sieht man ihr gar nicht an«, sagte Fallner.

»Weil sie ein großes Drogenproblem hat.«

»Wieso stand davon nichts in meiner Information?«

»Weil wir Sie nicht mit Details überfordern wollten«, sagte Nico. »Wir haben auch zwei Zivilbullen drin. Juristische Rückendeckung. Auch nicht ganz billig.«

»Sind die nie«, sagte Fallner.

»Und nerven immer. Und ich trau den Typen nie.«

»Ich bin schockiert.«

»Gleich werden hier einige Leute schockiert sein.«

Die drei kleinen Discokönige hatten den Fehler begangen, die Ermittler von Safety International Security, die vor einigen Wochen höflich Fragen gestellt hatten, nicht ernst zu nehmen (vielleicht aufgrund des Firmennamens). Die Ansicht der Gastros, nur mit Polizei und Behörden zu sprechen, war verständlich, in diesem Fall jedoch ihr Pech, dass sich eine Firma, deren Mitarbeiter sich hauptsächlich aus Ex-Bullen rekrutierten, von dieser Art Ablehnung besonders betroffen fühlte. Zum Pech kam das Unglück, dass der Auftraggeber der Firma erheblich mehr Geld besaß als sie alle zusammen und ein Problem hatte, das er zu jedem Preis erledigt haben wollte: Jemand hatte seiner siebzehnjährigen Tochter K.o.-Tropfen in den Drink gekippt.

Unter männlichen Arschgeigen war das fast schon ein Freizeitspaß, bei dem man nicht viel riskierte (wenn man sich nicht völlig verblödet anstellte), weil die Polizei, ähnlich wie beim Stalkingsport, keine Möglichkeit hatte, diese Grauzone ohne belastbare Hinweise sorgfältig zu durchleuchten. Reiche Eltern konnten in so einem Fall mehr tun, als Polizisten anzubrüllen. Eltern, die in der reichen Stadt nur knapp über die Runden kamen, konnten sich eine derartige Aktion kaum leisten. Aber auch Eltern, die blank waren, konnten einiges für ihre Tochter tun, der man das angetan hatte, zum Beispiel täglich ein paar Gebete sprechen.

Der Verdacht fiel auf die Diskothek *Maintenant*, weil die Tochter Stammgast und auch am Abend des Anschlags dort und nirgendwo anders gewesen war. Wenn diese Chefs nicht geradezu darum gebeten hätten, wäre Nico nicht auf die Idee gekommen, sie so genau ins Visier zu nehmen. Weil es sich für die Firma um einen finanziellen Traumjob handelte, hatte er alle Zeit der Welt und fand zwei weitere mit netten Kreditkarten ausgerüstete Teenagermädchen, die dort bevorzugt verkehrten und denen sehr wahrscheinlich dasselbe passiert war. So war seine Theorie entstanden, dass man in der Überwachungsabteilung des *Maintenant* Bescheid wusste und man nach einer Schwachstelle suchen sollte. Und heute war D-Day. Heute würden sie die Männer, die ihnen Jackie Brown empfohlen hatte, bei ihrem Freizeitspaß unterbrechen und zum Gespräch bitten, wenn nötig befördern.

»Ich glaube nicht daran, dass die in dieser Liga was mit K.o.-Tropfen machen«, sagte Fallner.

»Ich bin auch sehr gespannt, was da rauskommt«, sagte Nico.

»Sind Sie sicher, dass Sie die Show nicht nur veranstalten, damit man dem reichen Mann was vorweisen kann und er sagt, bravo, Freunde, weiter so?«

Der Mann hinten, den Fallner nicht kannte und von dem er nicht mehr als einen hellen Schimmer auf dem Gesicht erkennen konnte, lachte. Und Nico lachte und schlug aufs Lenkrad und sagte, er würde jederzeit wetten.

»Gleich fängt die elfte Rauhnacht an, und die gehört dem Tod«, sagte der Mann von hinten. »Du lässt etwas los und siehst nach vorn, etwas ist vorbei und etwas Neues fängt an.«

»So geht der Plan«, sagte Nico.

»Sagt meine Oma«, sagte der Mann von hinten.

»Ich kannte keine einzige Oma«, sagte Fallner, »aber der Spruch kommt mir bekannt vor. Ich weiß nur, dass er nicht von meiner Mutter sein kann, weil die so gut wie nie geredet hat.«

»Die eine Oma ist zu weit weg und die andere kennt mich nicht mehr wegen dem scheiß Rollstuhl«, sagte Nico. »Wieso hat Ihre Mutter nie geredet?«

»Das würde mich langsam auch mal interessieren«, sagte Fallner.

»The beast in me has had to learn to live with pain and how to shelter from the rain«, sagte Johnny Cash.

»Meine Oma tickt nicht mehr richtig, aber sie sagt immer gute Sachen«, sagte der Mann von hinten.

»Halleluja«, sagte Fallner, »da kommt ja schon das Neue, das ich nicht auf der Rechnung hatte«, und zeigte auf den Mann, der jetzt Jackie Brown anging, weil sie ihm den Eintritt verweigerte. Er war nicht laut, aber der Zeigefinger seiner rechten Hand war schwer beschäftigt, und er stoppte immer nur knapp vor ihrem Oberkörper.

»Das ist Jonas Bürger, der Sohn von Simone Thomas. Hinter ihm seine Frau. Wir haben am frühen Abend telefoniert, ich habe ihm erklärt, dass ich heute Abend verhindert bin, und er hat mir sein Wort gegeben, seine Mutter nicht allein zu lassen.«

»Vielleicht hat er 'nen Babysitter engagiert.«

Fallner rief sie an, um sie zu fragen. Sie sagte nur einen Satz und legte auf. Niemand war bei ihr. Er zog seinen Mantel an und versprach, in Reichweite zu bleiben. Die Proteste seines Einsatzleiters ließ er, wie es entsprechend den Naturgewalten vorhergesagt worden war, in der Vergangenheit zurück.

Er stellte sich schräg hinter Jackie Brown, die ihn sofort bemerkte und einen Schritt beiseiteging und eine halbe Drehung machte.

»Was machen Sie hier?«, sagte Fallner zu Simone Thomas' Sohn.

Jonas Bürger sah ihn an und fragte sich, wer dieser Mann war. Er kannte ihn von irgendwoher. Er war etwas aufgeregt, weil ihn diese Tusse im weinroten Lederanzug nicht durchlassen wollte, obwohl er ihr erklärt hatte, dass seine Mutter, die Filmschauspielerin, mit den Chefs gut befreundet und er schon tausendmal hier gewesen war.

»Sie haben mir doch versprochen, bei Ihrer Mutter zu bleiben.«

Jetzt erkannte er ihn (diese Null schon wieder) und sagte: »Mann, sie hat uns rausgeworfen, was hätten wir tun sollen? Warum sind Sie denn nicht bei ihr, das ist Ihr Job.«

»Das is mein fuckin' Job«, sagte Jackie Brown, »und you won't come in und gehen jetzt Hause zu Mutter, wenn ich bitten darf.«

Fallner zog ihn aus der Schusslinie und sagte: »Ich kümmere mich darum, warten Sie ein paar Minuten, warum hat Sie Ihre Mutter rausgeworfen?«

»Weil sie vollkommen durchgedreht ist mit ihrem Stalkerscheiß, ich schlage ihr vor, wir sollten mal eine Woche irgendwohin, und sie bekommt 'nen Tobsuchtsanfall, sie macht uns alle wahnsinnig, sie lässt sich nicht helfen.«

»Ja, ich weiß. Sie hat sich bisher vorsichtig gesagt ungeschickt verhalten, und das macht's jetzt etwas schwierig. Sie können mir glauben, dass ich mein Bestes versuche, um das Problem möglichst schnell zu lösen und ...«

»Ja, das seh ich, was machen Sie hier?«

»Ich bin nur ein Angestellter der Firma und kriege meine Anweisungen, also was ich sagen wollte, das eigentliche Problem ist, dass Ihre Mutter eine bekannte Filmschauspielerin ist und nicht irgendeine Frau, die ein Problem mit ihrem Ex hat, wie das meistens der Fall ist, was natürlich auch nicht ausgeschlossen ist, verstehen Sie? Haben Sie nicht irgendeinen Hinweis für mich, Sie kennen sie doch am besten.«

»Ich habe keine Ahnung.«

»Vielleicht irgendwas, das Ihnen ganz unwichtig vorkommt«, sagte Fallner. Jonas' schicke Frau, die er bisher nur auf einem Foto gesehen hatte, lenkte ihn ab. Sie starrte ihn an.

»So Scheiß sagt ihr Bullen immer. Die Alte nervt jedenfalls, das kann ich Ihnen sagen.«

»Ich glaube, sie kennt den Typen, der jetzt anfängt massiv auf sie loszugehen. Aber ich habe den Eindruck, sie will sich nicht ernsthaft damit beschäftigen, was ist Ihr Eindruck?«

»Es macht ihr Spaß, dass sie jetzt so 'nen tollen Bodyguard wie Sie hat.«

»Ich bin nicht ihr Bodyguard«, sagte Fallner, »ich soll ihren Stalker ausschalten.«

»Dann fangen Sie doch endlich mal damit an«, sagte er – drehte sich um und ging wieder auf Jackie Brown los: »Ich will jetzt den Chef sprechen, verdammt noch mal, mir reicht's endgültig, das lasse ich mir nicht bieten, Sie haben doch keine Ahnung, holen Sie den Chef, sagen Sie ihm, Simone Thomas' Sohn will ihn sprechen, sofort.«

Es war die falsche Art, mit Bullen und Türstehern zu reden, wenn man erreichen wollte, dass sie ihre Meinung änderten; und wenn zu viele Leute in der Nähe waren, war es besonders schwierig, sie von ihrem eingeschlagenen Weg abzubringen. Das eigentliche Problem dabei war jedoch, dass kein Mensch wusste, was die richtige Art war, nur eines war sonnenklar, das war die falsche Art.

Seine Frau schaltete sich mit einer besseren Methode ein. Sie hielt der Türsteherin eine Plastikkarte hin, ohne sie ihr direkt an die Nase zu knallen.

»Ich bin Journalistin«, sagte sie, »das ist mein Presseausweis.«

»Ach, Schatzipussy«, sagte Jackie Brown, wie sie es schon tausendmal gehört hatte.

»Ich schreibe ein Porträt über diesen Mann, der Polizist ist und vor einem Jahr einen türkischen Jungen abgeknallt hat«, sagte die Journalistin und deutete auf Fallner.

Jackie sah Fallner an.

Die Journalistin sah Jackie an.

Der Sohn der Filmschauspielerin sah seine Frau an.

Und Fallner sah das Gesicht der Mutter des Jungen, den er erschossen hatte.

»Sie verwechseln mich«, sagte er.

»Dass ich nicht lache«, sagte die Journalistin.

»Du kannst lachen«, sagte Jackie Brown, »aber you won't get in, und wenn du vögelst den Mann, who shot Bin Laden, I don't give a shit.«

»Ich bin nicht der, für den Sie mich halten. Ich schwöre beim Grab meiner Mutter«, sagte Fallner.

»Und wer sind Sie dann?«

»Ich bin ein ehemaliger Polizist, der vor acht Monaten in Notwehr einen libanesischen Intensivtäter getötet hat.«

Kann man das so sagen? (6)

»Es waren andere Zeiten, es gab kein Handy und man konnte kein Aids bekommen, wenn man beim Warten auf den Märchenprinz etwas Spaß haben wollte. Es war fast schon ein Gesetz, dass man sich den Spaß holte, wie man wollte. Man hatte ja das Gefühl, dass man anders war als die anderen. Und dafür musste man etwas tun. Man ging nicht mit jemandem ins Bett, weil man ihn eines schönen Tages heiraten wollte, und man war auch nicht immer verliebt. Blablabla.

Damit soll nicht gesagt sein, dass in diesem Teil des Filmgewerbes, in dem ich mir einen Namen gemacht habe, nur lockere Mädchen unterwegs waren, die mit jedem in die Kiste sprangen und deshalb alle Schlampe hießen. Aber es war nicht die Regel, dass sie davon träumten, schnell eine Hausfrau zu werden.

Kurz und gut, ich bekam ein Baby, hatte aber keinen Mann dazu. Heute finde ich es erstaunlich, dass ich mir keine Sorgen deswegen machte, und noch erstaunlicher, dass ich nicht auf die Idee kam, ich könnte Jonas abtreiben. Obwohl ich wusste, dass es nicht einfach werden würde, und ich auch nicht der Meinung war, das sei eine Todsünde, weil ich mit dem lieben Gott nichts mehr am Hut hatte, sondern froh war, ihn endlich losgeworden zu sein.

Die Wahrheit ist nicht immer leicht zu ertragen. Als mein Sohn größer geworden war, wollte ich ihm jedoch keine Märchen erzählen und erklärte ihm, dass ich nicht wusste, wer ihn gezeugt hatte. Ich ließ mir auch von ihm deswegen kein schlechtes Gewissen machen, auch nicht, als es hin und wieder Probleme deswegen gab. Damals warst du als alleinerziehende Mutter genauso der Arsch wie heute. Umso wichtiger war es für mich, an meiner Arbeit dranzubleiben. Ich möchte mir nicht vorstellen, welche Probleme es mit einem Mann im Haus gegeben hätte.

Ich habe es bei einigen anderen Mädchen mitbekommen: Sie machten das Geld und daheim auf ihrem Bett lag ein totaler Versager, der nichts auf die Reihe bekam, aber die Hand aufhielt und sie dann auch noch als Nutte beschimpfte. Das sind keine Filmgeschichten. Wir hatten alle auch unsere Probleme mit dem, was wir machten.

Irgendwann hatte mein Sohn jedoch Verständnis für meine Position. Ich erinnere mich, dass er so vierzehn oder fünfzehn war, als er einmal aus der Schule kam und meinte: ›Mama, weißt du, was? Ich bin eigentlich schon froh, dass ich keinen Alten habe, meine Freunde haben immer nur Stress mit ihren Vätern, die sind alle total beschissen drauf!‹«

Eine Sekunde Pause.

»Kann man das so sagen?«

»Mir ging's ganz genauso«, sagte Fallner.

Reicher Mann

Er hatte fünf Ringe an zehn Fingern.

In vielen Städten der Welt wäre er in Gefahr gewesen, dass man ihm seine Hände abgehackt hätte.

Im Glauben, damit für den Rest des Lebens ein reicher Mann zu sein.

»Die Menschen sind nicht immer, was sie scheinen, aber selten etwas Besseres«, sagte er.

Als hätte er lange darüber nachgedacht.

Im Bewusstsein, dass niemand von ihm derartige Weisheiten erwartete.

Ein bisschen Bildung hat noch keinem Straßenköter geschadet

Falls man daran glaubte – und warum auch nicht, wenn andere glaubten, dass ein zu Tode Gefolterter wieder ins Leben zurückgekommen und in den Himmel aufgefahren war –, waren die Gespenster der elften rauen Nacht seit drei Stunden im nicht immer erkennbaren Einsatz, als Fallner ins Café Lessing ging, um den erfolgreichen Einsatz, bei dem er sich tödlich gelangweilt hatte, allein zu begießen.

Der alte Punk, Computerkriminelle und Schatzmeister eines Rockerclubs alter Schule Armin würde eventuell dazustoßen, wahrscheinlich mit dem Baby, das er inzwischen in den unüberschaubaren Weiten des Internets für seine durchgeknallte Braut Marylin für neunundneunzig Euro gekauft hatte. Fallner war zu dieser Stunde allerdings nicht mehr an Gesellschaft interessiert. Er hatte das Gefühl, in einer Dauerschlaflosigkeit gefangen zu sein. Seit Silvester schlug er sich die Nächte um die Ohren und haute sich nur noch nebenbei auf eines davon. Sein Körper schien zu vibrieren.

Die Geister, die hier zahlreich in vielen Verkleidungen mit ordentlichem Hully-Gully verkehrten, musterten ihn nur nachlässig, als er nach hinten zu den Spielautomaten durchging, wo es weniger voll war. Er entdeckte dabei den forschenden Blick seiner Bahnhofsbekanntschaft Frau Hallinger, von der er fast nichts wusste, außer dass sie Filme von Johnnie To kannte und hier den zweiten Abend im Dienst war und dabei so viele Heiratsanträge bekam wie ein Serienkiller im Knast.

Er setzte sich mit Sicherheitsabstand zu einem älteren Mann, der allein und halbwegs weggetreten vor seinem Bier saß. Die Jungs, die den Eingang des Lessing kontrollierten, hatten weniger strenge Kriterien als Jackie Brown. Viel hatte er von ihr nicht herausbekommen, nur dass sie aus Detroit kam, seit vierzehn Jahren in Europa lebte, Blues und »all that Macho-Funk-Shit« hasste und keinen Lee Morgan kannte. Er hatte gehofft, sie könnten sich intensiv darüber austauschen.

»Euer Glück heißt kein Job mehr für mich«, hatte sie zum Abschied gesagt.

»Sie finden doch überall Arbeit, und schlechter, als für diese Scheißtypen zu arbeiten, wird's nicht sein«, sagte er. »Kennen Sie den Spruch, wenn du solche Freunde hast, brauchst du keine Feinde?«

»Ich kenne ein andere Spruch, heißt: Go fuck your mother!«

»Okay, also ich würd's tun, wenn sie so aussehen würde wie Sie.« Er war sich nicht sicher, ob sie das verstanden hatte, und wollte es nicht erklären. »Abgesehen davon ist sie schon vor vielen Jahren gestorben. Manchmal kann ich mich nicht mehr erinnern, wie sie ausgesehen hat, das ist seltsam, oder?«

Sie nickte und schlenderte davon. Ihre Chefs würde sie vor Gericht wiedersehen. Falls nichts schiefging; falls nicht einer von ihnen mit einem lockeren Oberstaatsanwalt Tennis spielte und so weiter. Er rief ihr nach, sie sollte doch mal in der Firma vorbeikommen, »just for fun«.

Sie winkte, ohne sich umzudrehen – und schwenkte dabei den nach oben gestreckten Zeigefinger von links nach rechts.

Frau Hallinger, deren halben Namen er nur kannte, weil sie im Bahnhofscafé ein Namensschild an der linken Brust getragen hatte, erzählte ihrer Kollegin hinter der Bar ebenfalls eine interessante Geschichte … das Problem von Ex-Bullen war, dass sie immer noch wie Bullen aussahen und dass die meisten Leute dachten, sie würden immer noch wie Bullen denken; noch etwas, das Polizisten und Kriminelle gemeinsam hatten; das Lessing war nicht mehr das, was es mal gewesen war, aber dessen Echo war immer noch so stark, dass man die Leute, die der Berufsgruppe Polizei angehörten, eher nicht hier haben wollte … und ihre viel ältere Kollegin hinter der Bar, die eine Ahnung von den guten alten Zeiten hatte, würde diese Informationen nicht als Geheimsache behandeln.

Fallner winkte ihr zu, ohne von ihr beachtet zu werden – und dann ahnte er, dass er in dieser Nacht keine Atempause bekommen würde: Er hatte das Foto mit der jungen Simone Thomas genau im Blickfeld. Und das Lessing-Musikprogramm, das wie immer die Hits der Siebziger und Achtziger abfeierte, lieferte ihm jetzt als speziellen Bonus Blondie, ja, es war schön, dass die Gespenster an ihn dachten: »One way or another, I'm gonna find ya, I'm gonna get ya get ya get ya get ya.« Oh, warum soll denn die lebenslustige Simone nicht von einer Frau gestalkt werden, flüsterte die blonde Debbie in sein Ohr, Frauen sind wunderbare Stalker und nicht so dumm wie Männer, denen nichts einfällt, außer wroom-wroom eine Scheibe einzuwerfen … I'm gonna get ya get ya … Als wäre der Tag der Abrechnung gekommen, feuerte das Monster der psychedelischen Menschheitsphantasien eine Salve nach der anderen auf ihn ab und bot dabei dem Ungläubigen keine Angriffsfläche. Wahrscheinlich brauchte man ein in Anwesenheit eines Werwolfs und unter Marihuanaeinfluss geschmiedetes Laserschwert, um ihre zugedröhnten Schwachköpfe abschlagen zu können.

»Das ist schön, dass Sie um diese Uhrzeit hier sand«, begrüßte ihn Frau Hallinger, die mit Mitte zwanzig dachte, nie wieder aus der Bahnhofsgegend wegzukommen.

Er spürte ihre Hüfte an seiner Schulter. Sie hatte einen neuen

Geldgeber, bei dem es ihr gefiel, und sie hatte inzwischen loyal ausgeplaudert, was sie über ihn wusste. Was ziemlich viel war.

»Sie schaun schon etwas mitgenommen aus, Herr Fallner, was kann ich denn für Sie tun?«

Sie kam langsam auf die Landebahn einer langen Schicht und sah in tiefster Nacht so frisch und gesund aus, dass sie in einer Bar, die nicht wegen Softdrinks und Loungesounds besucht wurde, wie ein harter Sonnenaufgang ins Auge stach.

»Sand Sie schwer im Einsatz? Sand Sie nicht draußen, was machen Sie denn jetzt?«

»Vielleicht darf ich endlich Ihren Vornamen erfahren, ist das zu viel verlangt?«

»Weißer Tequila und ein kaltes Bier, sehr gern.«

Worauf er in seiner paranoiden Stimmung – woher hatte diese Journalistin ihre Informationen? – nichts zu sagen wusste. Sollte sie irgendwas bringen und ihm drüberkippen. Sollte sie über ihn lachen und erzählen, was sie wollte.

Sein Instinkt meldete ihm unter psychedelischem Wetterleuchten, dass sich ein Netz, das er nicht genau erkennen konnte, um Simone Thomas zusammenzog. Nicht weil er Bedeutendes herausgefunden hätte, sondern weil er neben ihr aufgetaucht war. Bewegung führte zu Bewegung, wie die Physikpolizei zu sagen pflegte.

Er ging zur Wand, um ein Foto von diesem Foto zu machen. Auf dem Foto war der Vater ihres Sohnes, und sie behauptete, nicht zu wissen, wer es war. Ein Punkt, den man vergrößern musste.

Es kam öfter vor, dass Gäste an den Wänden stehen blieben, um sich eines der Fotos genauer anzusehen, die Prominenz von gestern, die glorreichen Zeiten, Cassius Clay, Tom Jones, Elke Sommer, Anita Ekberg oder der Prinz von Homburg alias Norbert Grupe, der in einer legendären Fernsehsendung nach einem Boxkampf zu seiner Niederlage befragt worden war und nichts gesagt hatte, Minute um Minute live vor Millionen geschwiegen hatte, die scheinbar höflichen, tatsächlich hinterhältigen, herablassend nichts fragenden und nichtssagenden Fragen des Fernsehmenschen hinnehmend, müde und wahnsinnig gelangweilt lächelnd, ohne Abwehr oder Beschwerde, natürlich mit der auf andere Art irrsinnig arroganten, im Schweigen für jeden Zuschauer eindeutigen Botschaft »Go fuck your mother oder yourself«, um schließlich in Hollywood in Nebenrollen den harten Teutonen zu geben, nachdem er in Hamburg im Milieu als Aufpasser fungiert hatte oder auch, was man als Verbindung zum Foto mit Simone Thomas sehen konnte, in einem Film von Werner Herzog ... Verbindungen ... Fallner fühlte sich eigentlich nicht berechtigt, diesen Siebzigerjahren, in denen er nur ein Kind gewesen war, so nahe zu kommen ... die Nacht mit der vorlesenden Simone ... eine Nacht im Museum ... und der Tyrannosaurus Rex fängt zu klappern an ...

»Was machen Sie mit dem Foto?«, sagte jemand. »Da gibt's ein Copyright, falls Sie sowas schon mal gehört haben.«

»Keine Sorge, das ist rein privat«, sagte er, ohne sich umzudrehen. »Ich bin einfach ein Riesenfan von den Sachen, die hier hängen, es ist unglaublich, ich entdecke immer etwas Neues, wenn ich hier bin.«

Jetzt drehte er sich um. Hatte sich entspannt und ein freundliches Gesicht aufgelegt.

»Das ist doch schön«, sagte der Mann im eleganten dunkelgrünen Anzug, der etwa in Fallners Alter war.

»Sind Sie der Besitzer?«

»Das bin ich. Und Sie sind was? Retrofan, Promifan oder nur Boxen?«

»Eigentlich alles zusammen. Mir gefällt das ganze Ambiente, in jedem anderen Laden hängen vielleicht ein paar Fotos irgendwie an der Wand herum, aber hier, es ist wie im Museum, ein kleines Stück Graceland oder so. Ich meine, sowas wie die Handschuhe, signiert von Ali mit *Cassius Clay*, das ist was Besonderes. Haben Sie das alles gesammelt?«

»Mein Vater hat das zusammengetragen. Vor allem Boxen, wie man sieht. Er hat auch selber Kämpfe promotet. Und ist für einen Kampf schon mal nach Las Vegas geflogen.«

Die Hallinger brachte seine Getränke und den halbvollen Drink des Chefs von der Theke und sagte, da hätten sich jetzt aber die Richtigen gefunden. Sie blieben neben dem Tisch stehen.

»Danke dir, Juliane«, sagte der Chef.

»Wäre ich nicht draufgekommen«, sagte Fallner.

»Grad wollte ich's Ihnen sagen, Herr Fallner«, sagte sie und sah ihm in die Augen, als wollte sie ihm auch noch etwas anderes sagen.

Sie tätschelte dem Mann, der wie eingeschlafen am Tisch saß, an die Schulter und ging wieder. Er hielt sich an seinem Bierglas fest und schaute sich um. Er wusste, dass er knapp davor war rauszufliegen. Anders als im Bertls Eck herrschte im Lessing striktes Einschlafverbot.

»Wir kennen uns aus dem Café oben im Bahnhof«, sagte Fallner. »Ich wohne in der Nähe, seit gut zwanzig Jahren.«

»Dann wissen Sie sicher, dass mein Vater vor Ihrer Zeit viele Jahre der Boss des Viertels war. Zuhälterkönig hat er nicht so gern gehört. Der König hat ihm nicht gefallen. Er war Geschäftsmann. Was machen Ihre Geschäfte?«

Gut, dass ihm Juliane Hallinger – Fräulein oder Frau, das blieb die Frage – einen Hinweis gegeben hatte.

Er zeigte auf das Foto: »Im Moment ist diese Frau mein Geschäft. Sie hat Probleme mit einem Stalker, und sie hat mir den Auftrag gegeben, das Problem zu lösen. Ich war Polizist und bin jetzt in einer Sicherheitsfirma. Meine Frau sagt, Ex-Bullen sind die schlimmsten, aber ich bin die Ausnahme.«

»Da haben wir was gemeinsam.«

»Können Sie mir sagen, wer die beiden Männer neben Ihrem Vater sind? Sie kann sich nicht erinnern. Ich würde mich gerne mit denen unterhalten.«

»Ein Stalker? Sie erzählen mir aber keinen …«

Im Eingangsbereich der Bar wurde es laut. Man konnte die Ursache für das Geschrei nicht sehen, das anscheinend hinter den Männern, die an der Theke standen, ablief. Und sofort wieder vorbei war. Ein Stück neben dem Zentrum des Geschehens entdeckte Fallner Bruno, den Sänger mit dem Akkordeon. Er hatte seine Fellmütze nicht abgenommen und war schneebedeckt. Er wirkte hier wie jemand, der rein zufällig abgeworfen worden war und keinen Schimmer hatte, wie es dazu gekommen war. Bruno beobachtete etwas, das ihm Angst machte.

»Wieso hat denn der Bruno Angst«, sagte Fallner, mehr zu sich selbst.

»Weil der nicht hierhergehört«, sagte Walter Maurer, der Sohn des Zuhälterkönigs, der mit seinen unterschiedlichen Geschäftsmanngeschäften Millionen gemacht hatte. »Wir sind zwar nicht mehr die Bar von damals, aber das heißt nicht, dass man jetzt mit 'nem Sprung in der Schüssel reinkommt. Gut, um die Zeit ist es meistens ein bisschen wurst, und das weiß der Bruno natürlich genau. Trotzdem sollte er nicht hier sein. Wenn Bruno in der Nähe von Bier ist, trinkt er Bier, und das ist nicht gut, dann fängt er zu spinnen an.«

»Verstehe, aber ich glaube, der Bruno tut keinem was. Vielleicht quatscht er mal jemanden an.«

»Die Menschen sind nicht immer, was sie scheinen, aber selten etwas Besseres«, sagte er.

»Da sagen Sie was«, sagte Fallner.

»Gotthold Ephraim Lessing.«

Fallner sah ihn perplex an. Ein Held des Nachtlebens, der wie ein Held des Nachtlebens in Folge 500 einer Fernsehkrimiserie aussah, lieferte ihm eine Lessingweisheit aus dem achtzehnten Jahrhundert? Herr Nachtleben hatte Lessing gelesen, weil er von seinem Vater eine Bar geerbt hatte, die einst aufgrund des Straßennamens den Namen bekommen hatte? Und wo steckten die alten Millionen heute drin? Oder waren sie weg und die Überreste abgelagert in ein paar Immobilien und, für den täglichen Bedarf, im Lessing?

»Tja, ein bisschen Bildung hat noch keinem Straßenköter geschadet. Hat mein alter Herr gesagt.«

Fallner kannte eine ähnliche Weisheit, die er jedoch zu diesem Zeitpunkt nicht weitergeben wollte, Einbildung ist auch 'ne Bildung.

»Er konnte mit einem Boxer reden und mit dem guten Mann von der Baubehörde. Er wusste genau, wann's mal Zeit für einen Spruch von Lessing war. Könnte auch zu dem Foto passen. Keine Ahnung, wer die Herrschaften sind.« Er nahm das eingerahmte Foto ab, drehte es um, kein Hinweis. »Wer ist denn die Frau? Kommt mir irgendwie bekannt vor. Hat sie für meinen Vater gearbeitet?«

»Keine Ahnung.« Ein Gedanke, auf den Fallner nicht gekommen war. Er würde sie dazu befragen. Er musste nur auf einen guten Dreh kommen, mit dem er ihre entrüstete Ablehnung durchleuchten konnte.

Er erzählte ihm die kurze Version der Geschichte. Filmsternchen Simone Thomas war damals einige Jahre so bekannt wie berüchtigt, hatte bis heute in beiden Disziplinen erheblich eingebüßt, war jedoch nicht in Vergessenheit geraten und immer für eine Überraschung gut. Weil es eine statistische Tatsache war, dass Stalker zu einem hohen Prozentsatz aus der Umgebung ihres Opfers kamen, sah er sich in ihrer Umgebung um, zu der man auch die verblasste Vergangenheit zählen musste.

Und prompt erinnerte sich der Mann des Nachtlebens an ihren letzten Skandal vor einigen Jahren, auf dessen Höhepunkt sie der viel jüngere Liebhaber verprügelt hatte.

»Ich sag Ihnen was, der ist Stammgast. Sitzt da vorne an der Theke.«

»Wenn das kein Zufall ist.«

»Das Wort Zufall ist Gotteslästerung, nichts unter der Sonne ist Zufall.«

»Lessing«, sagte Fallner.

»Wenn Sie ihm den Kopf waschen, geb ich einen aus«, sagte das Nachtleben.

Der nicht mehr so junge ehemalige Lover des Satansmädels Simone T. saß an einer Ecke der quadratischen Theke nahe am Eingang, zwischen zwei Frauen, die ihm aufmerksam zuhörten.

Die Frauen hatten riesige Ansammlungen von schwarzen und dunkelbraunen Wuschelhaaren, die bis zur Hälfte des Rückens herabwucherten. Falls sie so an einer Stange tanzten, mussten sie aufpassen. Sie erinnerten Fallner in ihrer gesamten Erscheinung an die beiden Frauen der amerikanischen Hardrock-Band Nashville Pussy, bei deren Konzert er vor Jahren Jaqueline kennengelernt hatte.

Er hatte ewig nicht mehr an diese Band gedacht und plötzlich in diesen Tagen mehrmals. Was hatte das zu bedeuten, klebte noch nicht genug Schmuddel an ihm, über den nachzudenken er nicht vermeiden konnte? Schickte ihm die psychedelische Hardrockgöttin ein Signal, sich ein Album von ihnen zu kaufen, um dort einen

Hinweis zu finden? Unsinn, in dem Fall war ein Spaziergang im Netz ausreichend – Unsinn, er würde Armin um eine Aufnahme bitten – Unsinn, ein alter Punk wie er hasste diese Langhaarigen, die in den Neunzigern breitbeinig mit ihrem Schrott angekommen waren – Unsinn, er brauchte eine Bildplatte, man musste der Band bei der Arbeit zusehen, das war es, was sie wollten und wovon sie lebten, und auch diese beiden Frauen hier trugen ärmellose Jeanshemden und ließen ihre sexy Tätowierungen auf den Oberarmen tanzen, wenn sie Zigaretten und Rotweinkelche zum blutroten Mund hoben, wobei ihre wuchtigen Armreifen, Ringe und Ketten klirrten, als wären sie Prinzessinnen in einem der Mittelalterspektakel, die seit Jahren mit ebenso verheerenden Folgen über die Welt herfielen wie die große Pest über Europa im vierzehnten Jahrhundert.

Die Zeiten hatten sich geändert, wie es ihnen bestimmt war. Doch nicht zum Besseren: Damals hatte er seine zukünftige Ex-Frau in dem Moment getroffen, als Jaqueline seine Hilfe brauchte. Und heute? Glaubte jeder allein klarzukommen. Sie hockte allein und gefesselt in einem Keller und spuckte auf die weiße Kapuze eines weißen Rassisten, während er sich allein in einer museumsreifen Bar um drei:vierzig bereit machte, einen Schläger anzusprechen, der bei einem Privatradio den Classic Rock betreute.

Was bedeutete das für die Zukunft?

Irgendwas bedeutete es doch immer.

»Entschuldigen Sie«, sagte er, »aber könnte ich Sie bitte mal kurz sprechen?«

Der Classicrocker reagierte nicht, außer dass er seinen Augen ein Alarmsignal schickte. Die beiden Frauen wandten sich Fallner frontal zu. Wer war dieser Vogel im Anzug, und wusste er, wie er aussehen würde, wenn sie mit ihm fertig waren?

»Es geht um Simone Thomas beziehungsweise Bürger.«

Ihr Ex-Freund sagte irgendwas zu den Frauen, das er nicht verstehen konnte. Die beiden Frauen grinsten.

»Sie hat ein spezielles Problem, und ich habe den Auftrag, ihr zu helfen.« Er ließ ihm die Gelegenheit, etwas zu sagen. »Falls Ihnen die Uhrzeit nicht passt, wir können uns auch morgen in Ruhe treffen, kein Problem, schlagen Sie was vor.«

Die beiden Frauen grinsten ihn weiter an, und hinter ihnen, am Ende der Theke, in der letzten Ecke an der Tür zur Küche, machte Bruno große Augen und hatte immer noch oder schon wieder Angst. Er überlegte, ob er den Classicrocker an der Schulter berühren sollte, aber er hatte keine Lust, ihn zu berühren.

»Wenn's geht nicht vor zehn«, sagte er, »aber wenn's bei Ihnen nicht anders geht, wird es natürlich auch irgendwie gehen, ich will ja was von Ihnen, ganz klar, Entschuldigung, ich habe Ihren Namen vergessen, irgendwas mit Lindenberg? Udo war's nicht, das weiß ich noch.«

Hatte er sich schwieriger vorgestellt, den Classicrocker zu einer Hundertachtzig-Grad-Drehung zu veranlassen. Er war etwas betrunken und drehte sich etwas zu heftig. Er war ein massiger Mann, und falls er sich auch für andere Sachen als Rockmusik interessierte, konnte es Probleme geben. Er strich sich die Haare zurück und holte tief Luft – zur Hölle, was sollte ein Mann denn tun, wenn er nach einem harten Classicrocktag sogar noch in seiner Freizeit belästigt wurde? Seine Bräute Guns 'n' Roses auf ihn hetzen?

»Jetzt hör mir mal zu, du Honk, lass mich in Ruhe und verschwinde, kapiert?«

»Okay, kapiert. Aber was ist Honk, bitte?«

»Honk ist ein Vollarsch, der nervt.«

»Okay, aber ich habe Sie nur höflich gefragt, ob ich Sie was fragen kann. Finden Sie das nicht etwas heftig, mich deswegen als Vollarsch, der nervt, zu beschimpfen?«

So kurz war der Weg bis ans Ende seiner Geduld und er fauchte: »Verpiss dich endlich!«

Seine Freundinnen zuckten zusammen, und auch andere in ihrer Umgebung machten ihnen etwas Platz. Aber Fallner nickte nur und hob friedlich beide Hände. Und sah, dass Lessings Türsteher draußen standen, rauchten und nichts mitbekamen. Ihr Chef Walter Maurer stand auf der anderen Seite des Thekenquadrats und beobachtete die Szene neugierig. Im Gegensatz zu Bruno. Der sich viel zu nah an Fallner und den Ex-Lover drängte.

»Der Arbeiter Bruno würde den Herren …«

»Wer hat dich denn rausgelassen, du behinderter Judenarsch«, brüllte Iron Maiden, »verpiss dich oder du fängst eine, du beschissener Vollhonk!«

Fallner zog Bruno einen Schritt zurück. Er hatte nicht den Eindruck, dass Bruno die Situation einschätzen konnte, trotz seiner Lehrjahre in Besserungsanstalten.

Der Chef durchquerte langsam den Thekenbereich. Die Türsteher kamen endlich zurück und stellten sich sofort neben den Supertramp und nahmen Fallner ins Visier, der einen Arm vor Bruno hielt.

»Machst du den Gast an, oder was?«, sagte einer zu Fallner.

Er hob wieder beide Hände mit einer Aber-hallo-würde-ich-nie-wagen-Geste, ohne den Wütenden aus den Augen zu lassen. Wütende Drecksäcke wussten, dass es, wenn sich andere um eine Beruhigung der Situation kümmerten, ein guter Moment war, um einen Schlag abzufeuern, besonders wenn sich der Gegner auf die Vermittler einließ.

Als Bruno etwas sagen wollte, zerrte ihn Fallner weg, und sie stießen gegen einen Tisch an der großen Scheibe zur Straße, an dem zum Glück niemand mehr saß. Er zischte ihm leise zu, jetzt musst du wirklich die Klappe halten, mein Freund, sonst kriegen wir richtig Ärger, und als der Bruno »der Bruno« sagte, legte er ihm die Hand auf den Mund und blickte ihn so böse an wie die fieseste Sadoschwester in der Besserungsanstalt.

Die Türsteher blieben in Wartestellung, aber Deep Purple und seine Sklavinnen Black und Sabbath versuchten sie aufzuhetzen – und plötzlich war die Musik aus, wie ein Loch, in das sie alle hinabfahren sollten, und dann stoppten sie energische Zurufe von Frau Hallinger und ihrem schwere Ringe tragenden Chef.

»Es reicht, Jimmy«, befahl Walter Maurer, und seine Sicherheitsleute zogen sich zurück. »Du gehst jetzt mit deinen Mädels nach Hause.«

Fallner überlegte, was er diesem Jimmy noch mitgeben könnte, und schaffte es, den Mund zu halten. Ihm war klar, warum er damals Simone Thomas verprügelt hatte.

Das Café hatte sich fast geleert. An einem Tisch saßen noch drei Männer in Trainingsanzügen vor Wassergläsern und Kaffeetassen, die gelassen herübersahen. Sie hatten mehr erwartet. Bruno war verschwunden; der Volkssänger war gefährlich, wenn er nicht mit seinem Akkordeon beschäftigt war – nein, das stimmte nicht, er zog an gewissen Orten nur leicht Gefahr auf sich.

Frau Hallinger kassierte den wütenden Jimmy ab, dann ging sie in die Küche, während Fallner immer noch auf den sich verabschiedenden Jimmy aufpasste, denn angetrunkene Schläger (in Damenbegleitung) neigten dazu, in einer scheinbar geklärten Konfliktsituation und so weiter. Auch der Barbesitzer ließ ihn nicht aus den Augen, bis er draußen war.

»Tut mir leid, das habe ich nicht gewollt«, sagte Fallner.

»Kein Thema«, sagte Walter Maurer, »wenn's nicht so kompliziert geworden wäre, hätte ich Sie nicht aufgehalten. Obwohl ich sowas hier nicht dulde.« Kein Zweifel. »Und mit diesem Foto«, er gab ihm seine Karte, »ich zeige das morgen mal meiner Mutter. Wenn sie an dem Abend dabei war, kannte sie die Männer wahrscheinlich, könnte sein, dass sie sich erinnern kann.«

Fallner bedankte sich. Der Chef gab zu bedenken, dass das Gedächtnis seiner Mutter immer mehr Lücken aufwies. Sie wohnte in der Etage darüber, und die Beine machten ihr mehr zu schaffen als das Gedächtnis; sie konnte nur noch ein bis zwei Abende pro Woche in ihrem eigentlichen Wohnzimmer, der Bar, verbringen, und nur, wenn sie jemand von oben nach unten begleitete. Er besuchte sie täglich von vier bis fünf, und er würde ihm dann das Ergebnis mitteilen.

»Für alte Huren ist es besonders schwer, wenn sie nicht mehr laufen können«, sagte er.

Fallner verstand nicht, warum das für alte Huren besonders schwer sein sollte; oder war Nicht-mehr-laufen-können ein Fachausdruck für Beine-nicht-mehr-breitmachen-können? Er fragte, ob es möglich wäre, die alte Dame selbst und etwas früher zu befragen. Es war nicht möglich.

»Ich bin rücksichtsvoll, und Sie könnten dabei sein. Es ist wirklich wichtig.«

»Ich werde sie fragen, aber machen Sie sich keine Hoffnungen.«

»Ich mache mir schon lange keine Hoffnungen mehr.«

»Ich rufe Sie an.«

»Danke für Ihre Hilfe.«

Die Macht der Gewohnheit

Fallner öffnete die Tür und bekam von der Kälte einen Schlag ins Gesicht.

»Haben Sie eigentlich immer noch gute Kontakte?«, fragte Maurer.

»Kommt darauf an – haben Sie ein Problem?«

»Nur eine Routinefrage. Die Macht der Gewohnheit.«

Mit Routinefragen kannte sich Fallner aus und nickte, mit so einem Blick, der dem Lessingspezialisten signalisieren sollte, dass er ihn konsultieren konnte, wenn es eine Bedarfslage gab, aber dass es kein Versprechen war, irgendwas für ihn zu tun. Es war nur ein Routinenicken; das Problem dabei war wie immer, dass es beim Empfänger anders ankommen konnte, als vom Sender beabsichtigt.

Er ging draußen ein paar Schritte, um von der Beleuchtung der Bar wegzukommen, und hörte, wie sie verschlossen wurde. Er blieb stehen, zündete sich eine Zigarette an, zog den Mantel zusammen und den Kopf ein.

Das große *ErotiCenter* nebenan hatte seine leuchtende Einladung (die man zugleich als eine Weisheit verstehen konnte, die man auch als Drohung betrachten musste)

IT'S A MAN'S WORLD

noch eingeschaltet, obwohl schon geschlossen war ... die Männerwelt war geschlossen ... und brachte einen Satz in seinem Gehirn zum Leuchten, den Walter Maurer über seine alte Hure gesagt hatte: Man musste die Mutter auf dem Weg von oben nach unten begleiten. War sie tatsächlich eine Ex-Hure oder war es nur die Macht der Gewohnheit, dass er sie so bezeichnet hatte? Eine äußerst interessante Macht, die unterschätzt und immer wieder aus den Augen gelassen wurde und ebenfalls auch als Drohung verstanden werden konnte ... Ex-Bullen, die etwas von ihrer Macht behalten wollten, machten aus ihren Abenteuern gern ein Buch – vielleicht sollte *er* stattdessen seine Weisheiten und Erfahrungen mit den Mächten der Gewohnheit sammeln und an einen Agenten verticken? Denn wer mit dreiundvierzig noch keine Million hatte, musste sich etwas einfallen lassen ... Praktischer Ratgeber eines erfahrenen Topermittlers für den allgemeinen Alltagsgebrauch? War doch ein gutes Zeichen, dass er nicht anders konnte, als sofort damit anzufangen.

1) Stelle auch die wichtigste Frage so, als wäre es nur eine Routinefrage, die dich kaum interessiert.

2) Erwecke nie den Eindruck, als wärst du ein Motherfucker, besonders wenn du einer bist.

3) Kümmere dich in einer Paniksituation zuerst um deinen eigenen Arsch. Denn nur wenn du ihn behältst, kannst du dich um andere Ärsche kümmern.

Er sah die Straße rauf und runter, kein Mensch weit und breit, es war ekelhaft kalt, als wollten es die Götter der Wettervorhersage zeigen. Trotzdem seltsam in dieser Ecke, in der immer jemand etwas zu erledigen hatte. Und inspirierend.

4) Eine leere Straße ist nur eine scheinbar leere Straße.

Er überlegte, zu Simone Thomas zu fahren. Er war todmüde und hatte den Verdacht, dass er zu Hause dann wieder übermüdet hellwach war. Und sie hatte seit Stunden auf keinen Anruf reagiert. Und schlafen konnte er bei ihr auch ... Verdammt, was tun? Hatte sich schon Lenin gefragt, aber mehr wusste er von Lenin nicht mehr, außer dass er was mit Molotow gehabt hatte – (Jaqueline: »Das geht dich nichts an«) – Molotow, Kalaschnikow, Makarow – seine lag immer noch bei Simone, die laut Murphys Gesetz inzwischen mit ihr zu spielen angefangen hatte, oh ja, man konnte sich den Lauf in den Mund schieben ... er ging langsam weiter.

5) Denk daran, dass heute auch der letzte Idiot den Good-Cop-bad-Cop-Trick kennt.

6) Vertraue an Weihnachten nicht darauf, dass alle in Weihnachtsstimmung sind, nur weil an Silvester alle in Silvesterstimmung sind.

Er sah nach oben, kein Stern zu sehen. Er blieb stehen und starrte hoch, um einen einzigen Stern zu entdecken; einer schaffte es doch immer, einen Lichtstrahl zu senden, auch wenn er schon erloschen war seit hundert Lichtjahren. War das nicht eine gute Nacht, um sich an die Weisheiten eines Walter Serner zu erinnern und ihn zu beklauen, wo sich heute kein Mensch mehr aufregen würde, wenn man einen 1942 in Theresienstadt ermordeten Juden beklaute, mit 7) Die Welt wird immer kleiner. Vergiss es nicht. Sonst kann es dir passieren, dass du meinst, weit vom Schuss zu sein, und du stehst vor dem Pistolenlauf. Und sofort 8) Unterschätze nie die Macht der Gewohnheit, deren stärkster Machtfaktor ist, dass sie unterschätzt wird.

Mann, er hatte acht Punkte, ohne genauer darüber nachgedacht zu haben, das bedeutete, dass die Idee gut war, er würde sie verfolgen. Er ging langsam weiter, versuchte eine Entscheidung zu treffen, ob er zu ihr fahren und vermutlich vor schwarzen Fenstern dumm dastehen würde (dabei garantiert grübelnd, ob das nicht ein Zeichen dafür war, dass sie heulend drinnen hockte, gefesselt und so weiter) oder besser nach Hause gehen sollte.

Er sah die Straße rauf und runter.

Selbst die große Kreuzung vor dem Hauptbahnhof war tot.

Und in der anderen Richtung sah er den Krüppel, der auf seinem Brett mit Rädern kniete und sich mit den Händen antrieb. Er kam aus der nächsten Querstraße und hetzte über die leere Kreuzung. Fallner kapierte zuerst den hellen Fleck nicht, der unter ihm hin und her flackerte – klar, er hatte keine Handschuhe an.

Fallner sah nach oben. Seltsam, dass nur in den obersten Etagen immer noch einige lichte Fenster waren. Wieso hatte sich Armin nicht gemeldet? Der angeblich sein letzter guter Freund war. Gab es eigentlich schlechte Freunde? Die gab es. Er war bei seiner durchgeknallten Marylin-Imitation zu Hause versackt und arbeitete daran, ihr ein Kind in den Bauch zu schieben, der ohne medizinische Manipulation zu alt für einen Braten war. Das musste man so direkt sagen. Das waren also seine sozialen Kontakte, eine schwarze Türsteherin, die Afrobeat für Macho-Funk-Shit hielt, eine Ostzonen-Polizistin, die ihm nicht sagte, wo sie wohnte, und ein Punkveteran, der für seine Freundin den Affen machte. Und der letzte Mann auf der Straße war ein Krüppel, der in der Endphase einer eisigen Winternacht auf seinem Brett mit Rädern kniete und sich mit den nackten Händen antrieb.

Wenn das ein Symbol für die Zukunft war – dann gute Nacht. Wer war er, dass er diese Botschaft nicht beachtet hätte? Also nach Hause. Und auf dem Weg weitere Weisheiten sammeln. Und sich nach den Ereignissen der letzten Nächte fragen, wer diesmal in seinem Bett lag. Die Macht der Gewohnheit, er rechnete mit allem. 9) Rechne immer mit allem.

Ach was. Unsinn. Das war zu billig, das war nicht zu verwenden. Das war nur eine dieser Floskeln, die bedeutend klangen, und wenn man die Tür eintrat, war nichts dahinter. Er hatte sofort eine bessere Idee. Nicht von ihm, aber gut genug.

9) Es gibt nur einen Plot. Der Schein trügt.

Pling

Als er das schwarze Loch der Einfahrt neben sich bemerkte, kam der Schlag in die Leber, der so hart war, dass er sofort nach vorn kippte.

Auf dem Weg nach unten bekam er Schläge in die Seite und an den Hinterkopf.

Er bewegte automatisch die Arme, wusste zugleich, dass es sinnlos war, und spürte in diesem Matsch aus Schmerzen und der Panik, totgeprügelt zu werden, die wahnsinnige Wut, dass er geschlafen hatte und nichts mehr tun konnte.

Im Absacken in die Besinnungslosigkeit hörte er sein Telefon, dieses helle *Pling* für schriftliche Nachrichten. Und es brummte und zitterte an seinem Herz.

Vorbei

komm vorbei

Satansbraten

Er bewegte sich nicht, als er wieder zu sich kam. Machte nur die Augen auf. Sein Kopf dröhnte, er versuchte die Schmerzen zu lokalisieren. Es fühlte sich an wie gebrochene Rippen und ein Ziehen in Milz oder Niere, dass er sich kaum zu atmen traute.

Es war ziemlich finster, aber am Ende der Finsternis ein dunkelgraues Viereck – Mülltonnen, daneben Plastiksäcke, ein graues Garagentor, ein halbes graues Garagentor, ein Hinterhof. Anscheinend hatten sie ihn in diese Einfahrt geschleift. Wenn jetzt einer verpennt rausfuhr. Er hatte Dreck am Mund. Kein Blut, nicht am Mund. Er hatte absolut nichts gesehen.

Er hörte kein menschliches Geräusch. Er bewegte sich nicht. Versuchte herauszufinden, ob jemand still neben ihm stand. Sein Kopf dröhnte, er konnte nichts Verdächtiges hören.

Sofort wieder die Wut, sich vollkommen dumm verhalten zu haben. Es war nicht zu fassen. Er sollte ein Selfie machen und es sich reinschieben. Mit Benzin übergießen, reinschieben und anzünden.

Er konnte nicht einschätzen, wie lange er weg gewesen war. Hörte sich die Geräusche an, die die Stadt machte. Er bemerkte kaum eine Veränderung zu vorher, das Rauschen vereinzelter Autos an der Kreuzung am Bahnhof, aber das war noch nicht der erste Frühverkehr.

Er bewegte sich – und hörte sofort damit auf. Er musste weg hier – und hörte sofort wieder auf damit.

Dann ein aufgedrehter Motor, kreischendes Bremsen an seiner Einfahrt, Scheinwerfer. Jemand kam angerannt und rief seinen

Vornamen. Jaqueline war das nicht. Beruhigende Hände auf seinem Rücken, die gefühlte Sicherheit war gut. Und wurde von seinem Bruder bestätigt.

»Alles ist gut. Beweg dich nicht, kannst du sprechen? Wo hast du Schmerzen? Beweg dich nicht, sag mir, wo du Schmerzen hast.«

»Hilf mir auf.«

Er hievte ihn auf die Beine, hielt ihn fest, sah sich gleichzeitig um. Fallner stöhnte, obwohl er nicht stöhnen wollte. Es war nötig, dass ihn sein Bruder stützte auf dem Weg zu seinem Sport Utility Vehicle, in das er ohne seine Hilfe nicht reingekommen wäre.

Er zerrte mühsam sein Telefon heraus, »komm vorbei«, hatte Achim geschrieben, um vier:einundfünzig, vor zwanzig Minuten.

Hansen rangierte raus und rückwärts wieder rein. Erst mal abwarten. Er beobachtete seinen kleinen Bruder. Und wollte ihn in ein Krankenhaus bringen.

»Quatsch«, presste Fallner heraus, »geht gleich wieder.« Er musste etwas Luft einziehen und sich erholen, ehe er wieder was sagen konnte: »Woher hast du gewusst?«

»Mann, spinnst du? Was denkst du, wieso du ein Handy von uns bekommen hast? Unsere Nachtschwester hat mich sofort rausgeholt, als ihr was komisch vorkam, glaubst du, ich bezahl die, damit die schläft? Hast du irgendwas mitbekommen?«

Der Nachtdienst der Firma hatte ihn verständigt, weil ihr irgendeine Bewegung oder Nichtbewegung verdächtig vorkam, und er war aus dem Bett gesprungen und hatte sich in seinen Geländewagen geworfen. Vielleicht liebte er ihn wie nichts, ein seltsames Gefühl, unwirklich, eine Fotografie, auf der schon fast nichts mehr zu erkennen war.

»Null. Zack, aus dem Nichts«, sagte Fallner.

»Oh Mann, hast du gepennt, warst du besoffen?«

»Gab keinen Grund.«

»Das darf doch nicht wahr sein, es gibt immer einen Grund, wenn du im Dienst bist, das muss ich dir doch nicht sagen, du machst mich fertig. Ich dachte, ich kann dir eine ruhige Kugel rüberschieben, ehrlich, ich habe nicht damit gerechnet, dass du dermaßen neben der Kappe bist.«

»Fick dich.«

»Du übernachtest bei uns, und morgen gehst du zu unserem Arzt, keine Diskussion.«

»Fick dich.«

Er erinnerte sich daran, wie sein Bruder damals ihrem Vater einen Kinnhaken verpasst hatte. Es war das Ende seiner Macht gewesen. Ein Befreiungsschlag für die ganze Familie, etwa ein Jahr bevor die Mutter über den letzten Fluss geflogen war. Sein Bruder war ein harter Brocken. Es war gut, ihn neben sich zu haben.

»Ich denke, das hat mit ihr zu tun. Ich kann dir nicht sagen, warum. (Pause.) In dem Laden ist ein Foto von ihr mit drei Männern, sie sagt, einer ist der Vater von ihrem Sohn. (Pause.) Aber sie weiß nicht, wer. Behauptet sie.«

»Kann passieren.«

»Der eine ist tot, verdammt (Pause: in der ihm einfiel, warum sollte der tote Bahnhofsviertelkönig nicht der Vater sein?), an den anderen bin ich dran.«

»Was soll das mit ihrem Stalker zu tun haben?«

»Werden wir sehen. Ich bin sicher, dass es zwei sind. Fahr los, wir fahren zu ihr. Sie geht seit Stunden nicht mehr an ihr Telefon. (Pause.) Ich habe kein gutes Gefühl.«

»Fick dich mit deinem Gefühl.«

»Und dann fahren wir zu dir, ich schlaf mich aus. Aber nur, wenn ich bei deiner hübschen Frau schlafen darf.«

»Klar. Wir sind doch Familie!«

Hansen fuhr los, und er gab ihm die Adresse, die er in sein Navigationsgerät eingab. Am ErotiCenter war jetzt die Schrift *It's a Man's World* ausgeschaltet. Es war nicht viel los auf den Straßen.

»Was ich dich mal fragen wollte, wie war unsere Mutter, bevor ich gekommen bin?«

»Daran hast du gedacht, während du dich geprügelt hast? Mann, ich hab da nicht viele Erinnerungen. Hast du so viele Erinnerungen an die Zeit bis fünf?«

»War sie anders?«

»Sie war auch nicht anders als die Frau, die du gekannt hast. Nicht dass ich wüsste.«

Am nördlichen Seitenausgang des Bahnhofs wurde immer noch diskutiert und getrunken. Man musste sich bewegen bei der Kälte. Ein paar Meter weiter ein Streifenwagen. Die Diskussion war nicht so laut, dass man aussteigen musste.

»Ehrlich, wie fühlst du dich?«, sagte Hansen.

»Ich fühle mich wie der Vogel in 'nem Computerspiel, auf den alle ballern«, sagte Fallner.

Das machte seinen Bruder glücklich. Wenn er solche Sätze konstruieren *und* herausbringen konnte, könne es nicht so schlecht um ihn stehen, und das erinnere ihn außerdem daran, dass er ihm an Weihnachten von seinem Plan erzählt habe, ein Buch zu schreiben mit seinen Erfahrungen, großartige Idee für einen Mann, der um diese Uhrzeit in dieser Gegend blind durch die Straßen torkelte und sich zusammenschlagen ließ.

»Doch, ich finde, du bist so'n Talkshowtyp, Bruder, jetzt schlaf mir nicht ein, du wolltest unbedingt deinen Satansbraten besuchen. Die würden dich lieben, vielleicht mit dem Dings zusammen, mir fällt der Name nicht ein, also der kam von der anderen Seite. Ich hab's auf Youtube gesehen, wie Romy Schneider zu ihm sagt: Sie gefallen mir, Sie gefallen mir sehr. Die war nicht trocken im Höschen, ich schwör's dir, kennst du das? Ladies love outlaws.

Was hat der denn gemacht, ich glaube, der hatte mal eine Bank überfallen, lebt der noch? Schlaf nicht ein, Kleiner, das waren die Siebziger, Mann, Titten auf den Tisch und Geld her, du solltest mir ewig dankbar sein, dass du das mit meiner Hilfe noch ein wenig mitbekommen hast.«

»Dafür darfst du mich mal knallen.«

An einer Kreuzung schossen ein weißer BMW und ein schwarzer Audi vorbei. Exakt nebeneinander. Wie ein Fetzen aus einem Traum. Eine gute Uhrzeit für ein Rennen.

»Brüderchen, was soll das heißen, willst du behaupten, ich bin schwul oder was?«

»Du bist schwul und du stehst auf deinen Bruder, und wenn der nicht da ist, lässt du dich von 'nem Judennigger knallen.«

In diesem Auto fühlte man sich so sicher wie in einem Panzer, sie glitten dahin wie ein Containerschiff auf ruhiger See, und man hatte nicht den Eindruck, dass einem die Außenwelt irgendwas konnte. Die Außenwelt sah aus, als wäre sie in einem Kino eingesperrt.

»Große Worte«, sagte Hansen, »es gibt Typen, die würden dich dafür erschießen.«

»Aber ich bin schneller.«

»Auf jeden Fall.«

Im Auto fühlte es sich an, als würden sie geräuschlos durch das hübsche und friedlich schlafende Viertel fahren, in dem die Schauspielerin seit vielen Jahren lebte. Kein Hund wurde ausgeführt, in keiner Bäckerei gegen den Hunger gekämpft, niemand auf der Suche nach leeren Flaschen, kein helles Fenster, kein Geheul aus keinem Keller.

»Ist hier nicht irgendwo dieses Nazihotel?«, sagte Fallner.

»Das ist etwa eins Komma fünf Kilometer nordwestlich«, sagte sein Bruder.

»Wieso weißt du das so genau?«

»Weil ich Zeitung lese.«

»Oder hat das mit deinem Problem zu tun, von dem du nichts erzählen willst?«

»Ganz genau, Mann, du hast's erfasst.«

»Ein linker Millionenerbe hat dich beauftragt, du sollst denen mal bisschen Feuer machen, und die Mexikaner räumen jetzt auf.«

»Der ist echt gut, den muss ich mir merken.«

Sie schienen sich kaum vorwärtszubewegen, und die Augen von Hansen schwenkten unablässig hin und her. Sie schlichen sich in das Viertel dieser guten Bürger rein wie der Spähtrupp ihrer Albträume.

Es war acht:achtzehn, als Fallner aufwachte, weil jemand an sein Fenster klopfte, und sein erster Blick ging zur Uhr. Es war unglaublich. Bedeutete das, dass er endlich in seinem neuen Job angekommen war?

Er wusste eine Sekunde nicht, in was er reingeraten war. Wieso sah die Frau in der Scheibe wie Jaqueline aus? Wieso hatte er Schmerzen, wenn er sich zu ihr drehte? Wieso war sie hier und wieso lief sie ihm nach? Wo war sein Bruder? Was musste man im Cockpit dieser dämlichen Kiste unternehmen, um die Scheibe zu versenken?

»Woher weißt du, wo ich bin?«

»Ich war bei 'ner Wahrsagerin. Was ist passiert?«

»Wusste sie das nicht?«

Sie sagte nichts und beobachtete die Straße in beide Richtungen, als würde sie erwarten, dass es jeden Moment losging. Sie wurde nicht enttäuscht, ein solider Mittelklassewagen rollte vorsichtig aus einer Einfahrt und ließ einer Frau mit einem kleinen weißen Hund den Vortritt. Der Hund war in Kampfstimmung, wollte stehen bleiben und es mit der Maschine aufnehmen, aber er war schwächer als sein Frauchen und wurde weggezerrt. Bei Tag war hier einiges geboten.

Er hatte sich bei Jaqueline untergehakt, als sie (langsam) zum Haus gingen, wie ein Paar, das ein Paar besuchte. Es war etwas früh für ein Paar, das ein Paar besuchte, aber es war nicht irgendein Paar, und tatsächlich hatten sie als Paar nie die alte Sitte des Paar-besucht-Paar-Besuchs gepflegt. Die Nachbarn würden sie für die Steuerfahndung oder etwas Ähnliches halten, von dem die schrille Schlampe verdientermaßen heimgesucht wurde. Jaqueline blieb an der Pforte stehen und sah sich wieder um. War hier noch nie gewesen und kam sich vor wie in einer fremden Stadt. Sie kannte den nahe gelegenen Schlosspark, diese unauffällige Siedlung nicht; gab keinen Grund herzukommen, wenn man niemanden kannte und niemand gegrillt worden war. Sie erstellte sofort das Profil, dass hier Millionäre lebten, von denen viele jedoch nicht so flüssig waren, dass sie jemanden für die Gartenarbeit anstellen konnten.

»Du fällst hier mit deinem Anzug auf, Chérie«, sagte sie, »du hättest dich für dein Trachtenjäckchen entscheiden sollen.«

»Mir kommen die Tränen.«

»Aber du hast doch deine Heimat so gerne.«

»Du kannst dir deine Heimat sonst wohin.«

»Wieso *meine* Heimat, wir hatten im Osten keinen Strom und keine Heimat.«

Sie gingen den schmalen Weg an den Garagen vorbei in den Garten. Jaqueline sah sich um. War beeindruckt. Als hätte sie ein Ziel für ihre Jahre ab vierzig gefunden.

»Das ist ja vielleicht schön hier. Ich komm mir vor wie im Wald. Was meinst du, sind das diese Leute, die einen verklagen, weil man sich ein paar Hühner gekauft hat? Oder bringen die ihrer illegalen armenischen Putzfrau Suppe, wenn sie krank ist?«

»Jedenfalls holen sie die Bullen, wenn sie deine Ossisprüche mitbekommen.«

»Wie ist die zu diesem Haus gekommen, ich denke, die hatte nur so eine halbe Karriere?«

»Weiß ich noch nicht.«

»Würdest du hierher umziehen, wenn du die Möglichkeit hättest?«

»Was machen Sie hier!«, rief jemand.

Auf dem Balkon stand Jonas Bürger in einem schwarzen Morgenmantel mit einem goldenen Zeichen vor dem Herz, das für den Laien nach einem chinesischen Schriftzeichen aussah. Fallner murmelte, das sei der Sohn seiner Klientin.

»Die Dame ist von der Steuerfahndung«, sagte er laut, »ich dachte zuerst auch, das ist eine Nutte, die sich verlaufen hat, aber sie hat nach Ihnen gesucht.«

»Packen Sie Ihre Zahnbürste ein«, sagte Jaqueline.

Seine Frau tauchte neben Jonas auf – verdammt, er hatte vergessen, sich über sie zu informieren – und ehe Fallner kapierte, was sie in der Hand hatte, hatte sie schon Fotos von ihnen gemacht, und ehe er etwas sagen konnte, war sie wieder verschwunden.

»Seine Frau, Journalistin bei so ’nem Drecksblatt«, flüsterte er. »Hat übrigens auch Wind von der Sache letztes Jahr bekommen, ich habe ihr das nicht erzählt.«

»Vielleicht wäre das eine Lösung«, sagte Jaqueline, »wenn sie mich wegen Amtsanmaßung suspendieren.«

Sie stiegen durch das Fenster ein, in das noch keine neue Scheibe eingesetzt war. Hansen und das Satansmädel beachteten sie kaum. Sie waren beschäftigt. Saßen dick angezogen nebeneinander auf dem Sofa, konzentriert auf den Film, den sie sich auf dem großen Bildschirm ansahen.

Fallner erkannte die Szene sofort. Der Anfang der zweiten, dunklen Hälfte des Films. Jeder, der die Szene einmal gesehen hatte, würde sie nie wieder vergessen.

Von Rauchschwaden umwabert lag die nackte Simone Thomas auf einem Altar. Gefesselt. Die Hand einer schwarz verhüllten Gestalt bog ihren Kopf an den Haaren nach hinten über den Rand des Altars. Sie bewegte sich nicht, hatte ein Messer an der Kehle, die Augen weit geöffnet. Dazu raunender elektronischer Krautrock, als sollten die Nibelungen erwachen.

Jaqueline stöhnte – war das vielleicht eine Uhrzeit für solche Filme?

»Man sieht überhaupt nichts«, sagte das Opfer vom Altar vierzig Jahre später, »nicht mal meine Brustwarzen, kein Schamhaar, das waren noch Zeiten.«

Eine zweite dunkle mönchische Gestalt näherte sich ihrem Gesicht. Schob ihr eine Hostie in den Mund. Dann waren in den Nebelschwaden nur noch vage Bewegungen zu erkennen, aber man wusste, was da vor sich ging. Auch wenn man nicht wusste, dass es eine satanistische Symbolhandlung war, eine Hostie mit Sperma zu beflecken.

»Der wollte das in echt machen«, sagte sie, »das muss man sich vorstellen, er hat auf den Regisseur eingeredet, aber ich bin wirklich sauer geworden. Der Typ war vielleicht hinter mir her, der war schon fast besessen. Vielen Dank. Der war Mitte dreißig, ich hatte keine Lust auf einen alten Sack mit einem dicken Sprung in der Schüssel. Vor dem hatten alle Mädchen Angst. Dem lief der Sabber raus, wenn wir gefesselt waren. Wir hatten echt Angst, dass die uns in ihrem Drogentran mal vergessen, und dann bist du allein und gefesselt und der Typ taucht auf. Der Regisseur hatte ja so einen Wahn, dass möglichst viel echt sein muss, also echt gefesselt, echte Verzweiflung und so.«

Die Szene lief immer noch und steigerte sich, als die zweite Gestalt auf den Altar stieg, um die Missionarsstellung einzunehmen.

»Der Regisseur war nah dran, das auch in echt zu machen, aber da war die Grenze, dann wären wir abgehauen. Da waren auch sehr süße Jungs dabei, aber mit dem ekelhaften Kerl, wirklich nicht.«

Dann kam der Schnitt, und Simone lag mit einem anderen Satansmädel in einer Zelle, sie küssten sich heftig, jetzt war viel mehr und gestochen scharf zu sehen.

»Ich hab den ja vor vier, fünf Wochen auf der Straße getroffen«, sagte sie, »der ist jetzt über siebzig, aber noch ganz rüstig. Wie der mich gemustert hat, mir wurde gleich wieder schlecht, und Simone, hat er gesagt, wenn du mich damals erhört hättest, wäre mein Leben glücklicher verlaufen, dafür erwarte ich, dass du mich jetzt endlich mal besuchen kommst, ich finde, ich habe ein wenig Freundschaft von dir verdient, ich dachte, ich hör nicht recht.«

Das dachte Fallner ebenso und sah sie nur an – und sie rollte mit den Augen und sagte, sie hätte es vergessen, ihm zu erzählen, weil sie keine Lust hatte, über diesen perversen alten Arsch nachzudenken, ja, sie hatte es verdrängt, war das denn so schwer zu verstehen?

Fallner nickte, er hatte so viel Verständnis, dass er unter der Last fast zusammenbrach. Hansen rieb sich die Augen und hatte Sehnsucht nach seinem normalen Telefonjob.

Jaqueline setzte sich zwischen die beiden aufs Sofa und haute ihr aufs Knie und sagte: »Bei allem Respekt vor Ihrer legendären Filmkarriere, aber sind Sie so blöd oder einfach nur gaga? Nehmen Sie immer noch Drogen, außer Gin Tonic?«

Sie richtete sich auf, sah Jaqueline an, als wollte sie sie ohrfeigen, schien zu bemerken, dass sie das bei dieser Frau besser nicht riskieren sollte, und fing zu weinen an.

Als es an der Tür klingelte, sprang sie auf und rannte los. Niemand kam auf die Idee, ihr hinterherzulaufen. Sollte sie der Mönch abholen. Fallner setzte sich in einen der Sessel. Auf dem Bildschirm schlug ein kreischendes nacktes Mädchen mit den Fäusten gegen eine Eisentür, und auf der Terrasse erschienen vier vorsichtige Männer mit der riesigen neuen Fensterscheibe.

Simone machte den Film aus (Fallner hatte erwartet, dass sie ihn weiterlaufen ließ). Hansen und Jaqueline hauten ab. Der Prozess, wie ein neues Riesenfenster eingebaut wurde, interessierte sie nicht. Und eine Art gemütliche Dick-und-Doof-und-das-neue-Fenster-Episode fing an, die zu dieser Jahres- und Tageszeit besser passte.

Vampire

Als er in ihrem Bett aufwachte, saß sie aufrecht neben ihm und hatte ein Buch vor dem Busen. Sie war nicht mehr dick angezogen, sie hatte nicht viel an. Aber eine elegante Brille, die sie ihn zum ersten Mal sehen ließ.

Er war bis zum Bauchnabel zugedeckt, hatte nur sein Hemd an, spürte, dass er keine Hose anhatte und an den Füßen nur noch Strümpfe. Sie sah auf ihn runter. Von den Fenstermachern war nichts zu hören. Er wusste nicht, seit wann sie allein waren, und er konnte seine Unterhose nicht spüren.

»Was lesen Sie da?«

»Wussten Sie, dass der Vater von John F. Kennedy nicht nur ein ehrbarer Banker war? Der Dynastie-Gründer war während der zwanziger Jahre Hollywoods Number-One-Schnapsdealer, also nichts anderes als ein Heroindealer heute.«

»Sie meinen, man sollte das Kennedy-Attentat neu bewerten?«, sagte Fallner.

Ihre Antwort war, dass sie an ihrem Büstenhalter an der Stelle herumfummelte, die er groß vor Augen hatte. Er hatte gedacht, er würde langsam anfangen, sie zu verstehen, aber er verstand nicht viel von dieser Frau.

»Dann hat er sich Kinoketten gekauft – möchten Sie mir nicht ein Kinokettchen schenken, Fallner? Joe Kennedy kreuzte genau zur richtigen Zeit auf der Hollywooder Szene auf: der Wohlstand war drei Meter über normal. Ich liebe dieses Buch! Der Wohlstand war drei Meter über normal!«

»Versteh ich nicht.«

»Nehmen Sie mich nicht immer auf den Arm, das kann auch mal ins Auge gehn.« Sie schnippte vor seiner Nase mit den Fingern. »Joe Kennedy hat Geld gerochen, sich rangepirscht, zwei kleine Studios gekauft, und so landete er im Netz des kleinen Vamps Gloria Swanson, die kaum größer als bis knapp über ihre Muschi war, echt jetzt. Papa Kennedy war, ich zitiere, außer sich vor Gier, und so pumpte er sein Geld in Gloria Swanson und ihre Gloria Productions. Warum ist mir das nie passiert, warum waren bei mir immer die Falschen außer sich vor Gier, können Sie mir das sagen?«

»Sie haben doch ein schönes Haus«, sagte Fallner, »in guter Lage. Das war doch sicher eine große Erleichterung als alleinerziehende Mutter? Wie haben Sie das denn hinbekommen?«

»Das Haus? Das Haus habe ich ganz allein meiner eigenen Gier zu verdanken. Also, jetzt wird's interessant mit Papa Kennedy und Gloria. Er schenkt ihr den Film, den sie mit dem erotisch exzentrischen Regisseur Erich von Stroheim, ich sage nur Marlene Dietrich, drehen möchte, die Geschichte eines im Kloster aufgewachsenen Mädchens, das eine afrikanische Bordellkette erbt. Ist das nichts? Ein billiger Witz, den ich Ihnen nicht ersparen kann, Kommissar Fallner, möchten Sie mir nicht lieber ein Bordellkettchen schenken?«

Würde er tun, sagte er, wenn's der Wahrheitsfindung diente.

»Kurz gesagt, der Film ging unvollendet in Glorias Hose, die Joe Kennedy nicht mehr ausziehen wollte, nachdem er viel Geld verbraten hat. Und nachdem er mit einem weiteren Kinokettchen, das er mit kriminellen Methoden kaperte, erneut auf die Schnauze fiel, zog er sich schließlich aus dem Filmgeschäft zurück. Um was zu tun? Die letzte Zuflucht eines Halunken ist die Politik! Kenneth Anger, *Hollywood Babylon.*«

»Kenn ich nicht. Aber ich kann mich erinnern, dass dieser Kenneth Anger einen der Killer von Charles Manson beauftragt hat, einen Soundtrack für einen seiner Filme zu machen, und dass er der größte Fan des Satanisten Aleister Crowley ist. Die Fans von Durchgeknallten wie Manson oder Aleister Crowley haben einen Dachschaden, das ist sicher.«

Sie sah ihn an, als hätte er auch einen – ein Polizist, der zur Welt gekommen war, als Sharon Tate ermordet wurde, erzählte ihr was von Kenneth Anger und Charles Manson, der seinen kranken Jüngern den Auftrag gegeben hatte, die Frau von Roman Polanski abzuschlachten? Daran konnte er sich erinnern?

»Daran kann ich mich erinnern, weil ich mich mit einigen solchen Fällen beschäftigt habe.«

Und sie konnte sich daran erinnern, dass ihr Regisseur damals stundenlang von Kenneth Anger und seinen Filmen, Charles Manson und Woodstock erzählte. Sie konnte sich jedoch nicht daran erinnern, dass der Regisseur mehr von ihr gewollt hätte, als er von ihr bekam. Und Fallner konnte sich nicht erinnern, was dazu geführt hatte, dass sie in ihrem Bett landeten. Er schob eine Hand unter die Decke, um Genaueres herauszufinden.

»Falls was fehlt – ich war es nicht«, sagte sie. Stuppte ihn ans Kinn. »Soll ich mal nachsehen? Oder ist dafür nur diese blonde Schreckschraube zuständig?«

Sie machte ihn nervös, und sie wusste es. Sie spielte damit. Sie hatte nicht mehr so viel Publikum. Aber noch genug Fans, die sie immer noch gut fanden. Oder gut genug. Oder auch besser denn je. Aber er wollte damit nichts zu tun haben. Ausgeschlossen. Sie durfte sich nicht erhoffen, dass er auf ihre elegante Brille abfuhr.

»Sie wollten mir erzählen, warum Sie glauben, dass Ihnen jemand nicht nur schaden, sondern Sie töten will. Was ist da passiert?«

»Einmal ein Auto, das mich überholt hat und mich von der

Straße schieben wollte, einmal hätte mich fast eines erwischt, als ich über die Straße gehen wollte, das waren wirklich nur ein paar Zentimeter, ich blieb stehen, weil ich etwas in meiner Tasche suchen wollte. Und einmal, das war alles nachts, in einem Parkhaus, ich bin mir sicher, dass jemand hinter mir her war.«

»Wie war das genau im Parkhaus?«

»Der war ganz schwarz vermummt und wollte mich am Auto erwischen, aber ich hab ihn vorher gesehen, weil er sich in einer Scheibe gespiegelt hat. Ich rannte sofort zum Aufzug zurück, er hinter mir her, und in dem Moment kamen einige Leute aus dem Aufzug, und an die hab ich mich gehalten, die haben mich zu meinem Auto begleitet und aufgepasst.«

Konnte sie sich einen Grund vorstellen? Das konnte sie. Sie konnte sich viel vorstellen, sagte sie genervt. Weil es immer etwas mit Autos zu tun gehabt hatte, wollte sich vielleicht jemand rächen, dem sie einen Parkplatz weggeschnappt hatte.

»Ich habe heute Nacht im Café Lessing Ihren Ex getroffen, der Sie zum Abschied verprügelt hat. Könnte er einen Grund haben, hinter Ihnen her zu sein?«

Sie hob beide Hände und ließ sie auf *Hollywood Babylon* herabstürzen. Atmete tief durch. Also noch einer, an den sie nicht gedacht hatte, war das denn die Möglichkeit, hatte sie jemals an irgendeinen gedacht?

»Mir fällt kein Grund ein. Außer dass Jimmy ein Psychopath ist. Der hat immer einen Grund, und wenn er keinen hat, dann geht er auf dich los, weil du ihm keinen geben willst, und das ist dann der Grund: Du ignorierst ihn, eine schlimme Beleidigung. Er hat mich geschlagen, weil ich ihm den Kopf gewaschen habe, und dann, weil ich mir das nicht gefallen lassen wollte. Aber das ist ein paar Jahre her. Glauben Sie, der will sich an mir rächen?«

»Wäre möglich, so wie Sie das erzählen.«

»Er schuldet mir noch Geld, das stimmt. Er will mir Angst machen, damit ich nicht auf die Idee komme, mir die Kohle zurückzuholen, das könnte sein. Aber dafür müsste ich ja wissen, dass er mein Stalker ist. Jedenfalls kann er's nicht gewesen sein, der mich gestern Nacht mit Anrufen bombardiert hat, Festnetz, Handy, hat nichts gesagt, nur so gelacht, wie ein Clown auf einer Kinderparty in einem Horrorfilm. Bis ich um zwei alles ausgestellt habe. Dreckschwein. Das mit der Scheibe würde zu Jimmy passen. Aber er hätte mir irgendein Zeichen gegeben, damit ich's auch weiß, sonst ist das doch totaler Blödsinn.«

Dafür, dass sie nicht an ihn gedacht hatte, dachte sie ziemlich gut darüber nach. Und hatte Feuer gefangen: »Oder es ist ein Zeichen, von dem er annimmt, dass ich's kapiere, aber ich kapier's nicht. Aber der ist zu blöd für ein subtiles Zeichen, das passt einfach nicht zu ihm. Und wenn sie ihn erwischen, würde er diesmal wahrscheinlich mehr Ärger kriegen, und davor hat der Schiss. Aber weiß man's, Mensch, der hat damals nichts als 'ne blöde Geldstrafe bekommen. Schuldet mir Geld und schlägt mich und kriegt 'ne Geldstrafe. Toll. Andererseits ist der genau der Arsch, der sich über jede Presse freut, das können Sie mir glauben. Das war damals ein Traum für ihn, er kam gut aus der Sache raus und hatte jede Menge Presse.« Sie hämmerte auf das Buch in ihrem Schoß. »Wenn der das ist ... Vielleicht will er mich fertigmachen. Sonst nichts. Der ist ein Psychopath, ich weiß es, ich habe in meinem Leben einige Psychopathen kennengelernt. Er hasst es, dass er jemandem was schuldet, das ist eine Beleidigung. Er ist der Meinung, ich würde *ihm* was schulden, ich sollte ihm unendlich dankbar sein, aber ich beleidige ihn. Vielleicht hat jemand eine Bemerkung zu ihm gemacht, das könnte sein, er denkt, ich laufe durch die Stadt und erzähle, dass er mir immer noch Geld schuldet und sein Geld nicht wert war. Außerdem bin ich schuld, dass er kein Rockstar geworden ist, ich habe sein Leben zerstört. Wenn das wirklich Jimmy ist, müssen Sie ihn stoppen … sonst … würden Sie das für mich tun?«

Sie sah auf ihn runter, aber er hatte keine Lust, zu ihr hochzusehen. Sie wollte irgendwas hören, was zum Tagessatz passte, den sie für ihn bezahlen musste, und sie war so stolz darauf, dass er sich diesen Blödsinn, den sie sich zusammenreimte, konzentriert anhörte, dass er sie nicht enttäuschen konnte.

»Ich würde im Notfall alles für Sie tun«, sagte er. »Obwohl es nicht mein Job ist. Ich bin nicht Ihr Bodyguard.«

»Das wollte ich doch nur hören«, sagte sie mit ihrer speziellen Im-Grunde-bin-ich-immer-noch-ein-schutzbedürftiges-Mädchen-aus-der-Kleinstadt-Stimme, mit der sie auch in den frühen Filmen einige Herzen erobert hatte. Erobert und gebrochen. Erobert, gebrochen, entfernt. Und dann zerhackt, gebraten, gefressen. Als Satansmädel hatte sie einige Inspirationen bekommen.

»Wir kriegen das hin«, sagte er, »wir machen jetzt eine Liste mit Ihren abgelegten Ehemännern, Liebhabern, Freunden, Möchtegernliebhabern und allen anderen, die jemals einen Grund gehabt haben könnten, sich als Opfer zu sehen.«

Sie fing zu lachen an. Sie lachte, als hätte sie selten so gelacht. Er fragte sie nach dem Grund, und sie lachte, als würde sie erst bei Sonnenuntergang langsam wieder leiser werden. Er erklärte ihr, dass achtzig Prozent der Stalker in irgendeiner Beziehung zum Opfer stünden und sie deshalb eine gute Chance hätten, dass er auf ihrer Liste auftauchte.

»Das sind die Fakten«, sagte er.

»Fakt ist, dass Sie jetzt in meinem Bettchen liegen dürfen, aber glauben Sie bloß nicht, dass Sie jetzt 'ne Woche hier liegen bleiben können.«

»Ich glaube, dass Sie eine kleine Angeberin sind.«

»Das werde ich nicht überleben.«

Er rutschte halb aus dem Bett und griff nach seinem Jackett, um nach neuen Nachrichten zu sehen. Er forderte sie auf, inzwischen endlich anzufangen, mit dem Namen ihres alten Partners aus dem Satansmädelsfilm, den sie kürzlich getroffen hatte, und dann mit den Namen aller beteiligten Männer, die für den Film Pseudonyme benutzt hatten.

Sie machte keine Bewegung.

Fallner wurde mitgeteilt, dass er ihre Ex-Ehemänner vergessen konnte, der erste war tot, der zweite führte in Neuseeland seit vielen Jahren ein völlig anderes Leben, und er bemerkte, dass sie keine Bewegung machte. Was sollte er tun, um sie zur Mitarbeit anzuregen, was war der (bildlich gesprochen) passende Tritt in den Arsch? Die nächste Information, die ihm Nico geschickt hatte, betraf das Café Lessing.

»War der alte Maurer eigentlich auch einer der Psychopathen in Ihrem Leben?«

»Wie kommen Sie auf diesen Quatsch, ich habe Ihnen gesagt, dass ich ihn praktisch nicht kannte, aber er war kein Psychopath, das kann ich Ihnen versichern, außerdem ist er längst tot.«

»Sie waren betrunken und haben sich einmal in Ihrem Leben ein wenig mit ihm unterhalten, aber das können Sie sagen, also bitte, *das* ist Quatsch.«

»Das verstehen Sie nicht.«

Aber er hatte das Zauberwort gefunden. Gottes größtes Geschenk an die Menschheit. Das selbst der beschissenste Alki seinem Kind einprügelte.

»Bitte«, sagte er, »helfen Sie mir.«

Sie stöhnte, denn die Probleme der Welt lasteten auf ihr, wälzte sich herum, wühlte im Regal neben dem Bett, während Fallner auf sein mobiles Büro konzentriert blieb, und kehrte mit einem voluminösen schwarzen Fotoalbum zu ihm zurück, auf dem in goldenen Klebebuchstaben eine römische I und Jahreszahlen standen. Das Album hatte offiziellen Charakter, es begann mit ihrem neuen Leben in der Stadt im Sommer 1971, mit einem lächelnden Mädchen mit langen Haaren und in einem gelben Minikleid, das in einem Park von einem Fotografen angesprochen worden war. Nach den Parkfotos kamen Studiofotos, auf denen sie weniger, und einige, auf denen sie nur noch einen Slip anhatte und dabei immer noch als unschuldiges, fröhliches, ein Folkliedchen trällerndes Mädchen rüberkam.

»Das Studio war natürlich kein Studio«, sagte sie, »sondern eine Ecke in einer ganz einfachen kleinen Wohnung. Ich dachte mir überhaupt nichts dabei, okay, an die zwanzig Mark dachte ich schon, und mehr ist nicht passiert. Mein erstes Geld als Model. Und über ein Jahr später, als ich's schon wieder vergessen hatte, dachte ich, ich träume.«

Sie überschlug ein paar Seiten bis zu einem sorgfältig eingeklebten Artikel aus einem Hochglanzmagazin, eine Riesensache über *Diese neuen Mädchen*, und auf einem der Riesenfotos und einigen kleineren war sie dabei.

»Was ist los, Fallner, dachten Sie, ich habe immer so ausgesehen wie heute? Das fröhliche, so frühreife wie unschuldige Mädchen: das war meine Eintrittskarte. Ich glaube, der Fotograf hat für seinen Zwanziger gut was rausbekommen, aber ich war ihm dankbar. Jetzt zu Ihrer Frage, nein, der Mann lebt nicht mehr. Tote Männer stalken nicht. Weiter im Text.«

Sie überschlug wieder einige Seiten, blätterte, kicherte, stieß Fallner in die Seite, »Sabbern Sie nicht«, und da war der Mann, der ihn im Moment am meisten interessierte. Er war der Älteste in einer Gruppe von jungen Leuten mit vielen Haaren und bunten Kleidern, die sich auf einer grünen Wiese für ein Teamfoto aufgebaut hatten. Im Hintergrund Kühe und sanfte Hügel vor den Bergen. Am rechten Rand die Kapelle, in der sie die schwarzen Messen für *Die Satansmädels von Titting* inszenieren würden.

»Gekifft habe ich aber schon vorher«, sagte sie.

Er hatte den Älteren, dem sie kürzlich begegnet war, und zwei Männer, an deren Namen sie sich erinnerte, fotografiert und ins Büro geschickt, als ihre Schwiegertochter in der Tür stand.

»Na, ihr zwei«, sagte sie, »spielt ihr Star und Stalker oder wird das was Ernstes?«

Die Schwiegermutter stellte sie einander vor. Fallner als ihren persönlichen Privatdetektiv. Sie hieß Natascha, und das Magazin, für das sie arbeitete, hieß *intim*. Sie betreute die Seite mit den neuesten Sprüchen von Prominenten, aber sie »kann alles machen, wenn's brennt«, sagte Simone Thomas, die die junge Frau offensichtlich mochte und stolz auf sie war.

Fallner wusste, was man bei *intim* als brennend einstufte. Nico hatte angefangen, ihn zu unterstützen und ihm einige Hintergrundinformationen geschickt, darunter die neueste Reportage von Natascha Sladek über eine Schlagersängerin, deren Hund einen anderen gebissen hatte und die nun in Gefahr war, ihren Hund zu verlieren; die Journalistin hatte im Wohnzimmer recherchiert und dann mit der Sängerin den Tatort aufgesucht, an dem ihr Hund den anderen, kleineren Hund gebissen hatte und sie zu weinen anfing, aus Angst, man könnte ihr ihren Hund wegnehmen oder sogar, weil ihr Hund schon mehrmals zugebissen hatte und sie der behördlichen Anweisung, ihn nicht mehr frei laufen zu lassen, nicht nachgekommen war, einschläfern.

Fallner bemühte sich, nicht an diese Story zu denken (aber was hatten die Cramps eigentlich mit ihrem Song »Can your Pussy do the Dog?« gemeint?), um eine Chance zu haben, mit Natascha Sladek ein sachdienliches Gespräch zu führen.

»Sie können froh sein, dass Sie gestern nicht in die Diskothek reingekommen sind«, sagte er, »es wurde ein öder Abend.«

»Tatsächlich? Mein Facebook sagt was ganz anderes.«

»Was war denn in welcher Diskothek?«, fragte Simone.

»Und ich dachte, es ist was dran an dem Gerücht, dass Facebook schon wieder out ist«, sagte Fallner, »aber ich muss zugeben, ich hab da nicht viel Ahnung, dafür sind in unserer Firma andere Kollegen zuständig. Wenn ich zu denen sage, kannst du das mal für mich rausfinden, dann wissen die mehr über das Kind des Ministerpräsidenten als er selber, noch bevor ich eine Zigarette rauchen kann, das ist schon fast unheimlich.«

Simone Thomas fragte ihr Schätzchen, ob sie einen Kaffee oder etwas anderes wollte, aber das Schätzchen ignorierte sie. Wollte sich von Fallner nicht ablenken lassen.

»Wo Sie auftauchen, scheint es immer eine Menge Ärger zu geben, kann das sein?«

»Das bringt leider mein Job so mit sich.«

»Stimmt es, dass Sie heute Morgen im Café Lessing auch noch Ärger gemacht haben?«

Das kam überraschend, dass sie so schnell war, obwohl ihm, seit er von ihr gehört hatte, klar gewesen war, dass sie einen Artikel über *Das Satansmädel und die Stalker* schreiben würde. Sie hatte die Story im Haus, die mehr hergab als der Killerhund der Schlagersängerin. Ihr Mann Jonas würde ihr sowas erzählen wie dass seine Satansmädelmutter schon früher eine fatale Schwäche für gewalttätige Männer gehabt hatte, und nun wurde sie von einem Ex-Bullen betreut, der vor kurzem jemanden unter nicht besonders klaren Umständen erschossen hatte und fast auch noch ihren Ex-Lover Jimmy. Mehr Glück konnte eine Journalistin nicht haben (außer vielleicht ein Interview mit einem Kanzlerkandidaten, der sie anschließend zu einem gemütlichen Beisammensein einlud).

»Nein«, sagte er freundlich, »ich habe keinen Ärger gemacht. Ich habe den Ex-Freund Ihrer Schwiegermutter höflich gefragt, ob ich ihn etwas fragen könnte, und er ist ausgerastet.«

»Haben Sie ihn so höflich gefragt wie den Jungen, den Sie erschossen haben?«

»Dem Jimmy darfst du doch nichts glauben, Natascha, der erzählt Scheiße, wenn er den Mund aufmacht«, sagte Simone.

Die Journalistin nickte – und richtete ihr iPhone auf das Pärchen im Bett. Die Schauspielerin protestierte, sie wollte nicht zulassen, dass man sie fotografierte, ohne sich zurechtgemacht zu haben.

»Simone, du siehst toll aus, vertrau mir einfach, du weißt, dass ich nie irgendwas machen würde, das dir schaden könnte, oder ohne dich vorher zu informieren.«

Fallner kamen die Tränen – und er wusste, dass er nichts gegen Fotos machen konnte. Sie würden ihm einen kleinen schwarzen Balken aufs Auge nageln, das hatte einen stärkeren Effekt, als seinen Kopf zu verpixeln. Vielleicht sollte er die beiden neuen mexikanischen SIS-Kämpfer fragen, ob sie nicht auf ein Foto vorbeikommen könnten.

»Ich würde Sie bitten, im Moment nichts zu veröffentlichen«, sagte er. »Es würde nichts bringen, sondern Frau Thomas und meinen Ermittlungen nur schaden, glauben Sie mir. Sobald wir irgendwas in der Hand haben, informiere ich Sie zuerst, versprochen.«

»Sie meinen, ich habe die Story als Erste? (Er nickte.) Sie denken, weil ich nicht so aussehe wie die ARD-Korrespondentin aus'm Bundestag, bin ich etwas doof?«

»Mach bitte, was er sagt, Natascha. Du wirst die Story bekommen, das ist doch klar.«

Sie nickte – und machte ein paar Fotos mehr. Wenn sie kein Profi war, dann war sie nah dran. Dann setzte sie sich neben ihre Story aufs Bett, und Fallner dachte, es ist also eine Story. Sie kuschelten wie an Weihnachten, wenn man sich mit Mutti ins Bett legte, um sich mal wieder das alte Album anzusehen.

»Damals war es noch leicht, einen gescheiten Skandal hinzukriegen«, sagte Mutter Diva. »Leider war nur halb so viel los, wie sich das diese Bauerntölpel ausgemalt haben, aber die Hälfte war auch nicht schlecht.«

Die Journalistin hörte ihr zu und nahm sie auf, und Fallner war sich nicht sicher, ob seiner Kundin klar war, dass sie aufgenommen wurde. Auch egal. Er interessierte sich mehr für die Informationen, mit denen er von Nico eingedeckt wurde.

a) Das Vorstrafenregister von ihrem Lover Jimmy konnte man leicht mit dem ihres Sohnes Jonas verwechseln. Es war ebenfalls ein Dokument der Dummheit und planlosen Aggression eines gelangweilten Mittelschichtjungen, allerdings bei Jimmy mit stärkerer Ausprägung zu häuslicher Gewalt (womit er ausnahmslos davongekommen war) und dem besonders intelligent ausgeführten Coup, eine Politesse zu ohrfeigen. Fallners Fragen dazu waren, was diese Parallele der beiden Mitte-dreißig-Männer über Simone Thomas und was sie selbst dazu sagte, und wann diese beiden Nervensägen endlich auf einen schlecht gelaunten Richter trafen.

b) Mehr Informationen zu Jonas Bürger: Sie wussten, dass er einen Film mit Mama und einige Videos für Bands produziert und/oder gemacht hatte. Aber das alles war wenig zeitraubend und dabei wirkungslos gewesen. Fallner wollte wissen, ob der Produzent noch ein anderes Hobby und aktuell etwas am Laufen hatte. Er produziert angeblich eine neue Frauenrockband, hatte ihm Nico gemeldet. Ohne jedoch Details finden zu können. Ich kriege das raus, antwortete ihm Fallner, nur um Ihnen eine Freude zu machen. Seine Fragen dazu waren, ob Jonas Bürger von Beruf Sohn von Simone Thomas war, ob sich jeder Idiot Produzent nennen konnte und wie er einen kühleren Blick auf den Mann hinbekommen könnte.

Die erste Frage, die er dem Sohn stellte, als er wenig später mit dem Agenten hereinkam und den Anblick des mütterlichen Schlafzimmers nicht amüsant fand, lautete also: »Wie heißt denn diese Band, die Sie zurzeit produzieren?«

Der Sohn war wütend und fragte sich, was dieser Scheiß denn jetzt sollte, von diesem Typ, der leicht bekleidet neben seiner leicht bekleideten Mutter im Bett lag, und stemmte die Fäuste in die Hüften und trat mit einem Bein auf der Stelle und sah von einem zum andern, als wollte er zuerst Verständnis für einen Wutausbruch einholen.

»Guns 'n' Roses. Wieso?«, blaffte er. »Was geht Sie das an? Berechnen Sie das eigentlich, wenn Sie hier meine Mutter ficken?«

»Reiß dich zusammen«, sagte sie scharf.

Und Fallner spürte, dass sie sich mit aller Kraft zusammenriss. Leider. Hätte ihn interessiert, was herauskam, wenn sie sich gehenließen.

Und dann sagte sie zu Fallner: »Er produziert eine tolle neue Girlgroup. Die Aufgeregten Killerbienen. Mit meiner Wenigkeit als Gast übrigens. Wie finden Sie das? Finden Sie, ich bin zu alt für sowas?«

Fallner sagte nichts.

Er hörte, wie in China ein Schmetterling verzweifelt mit seinen zarten Flügeln schlug. Ein quälendes Geräusch. Er konnte nicht sprechen.

Wenn man hören musste, wie in China ein Schmetterling verzweifelt mit seinen zarten Flügeln schlug, in der vergeblichen Hoffnung, sein Leben zu retten, konnte man nicht sprechen. »Wird natürlich auch ein Video geben«, sagte sie, »das wird auch von Jonas produziert. Jonas hat damals ein Video für die Band von seinem lieben alten Freund Jimmy produziert, das sehr erfolgreich war. Für mich leider weniger.«

»Sie haben den Freund Ihres Sohnes bei diesem Video kennengelernt«, sagte Fallner.

»Ja, ich weiß, dass das …«

»Hör doch endlich auf mit diesem alten Scheiß«, sagte Jonas.

Er stand neben ihr, beugte sich zu ihr runter und zeigte mit ausgestrecktem Arm auf Fallner. Es war ihr unangenehm, dass er so nah an sie rankam, mit seinem Arm vor ihrem Gesicht.

»Dieser Typ verdächtigt Jimmy, verstehst du? Was Jimmy damals getan hat, war nicht in Ordnung, aber dass er jetzt hinter dir her sein soll, ist vollkommen idiotisch. (Der Agent legte ihm eine Hand auf die Schulter, aber er schüttelte sie ab.) Jimmy hat eine Frau am Start, bei der er's nicht nötig hat, dich oder irgendeine Tante zu stalken. Jimmy hat seit dem Tag, als er seine Strafe bezahlt hat, nicht mehr an dich gedacht. Also hör auf, ihm Scheiße zu erzählen. Und lass ihn mal lieber seine Arbeit tun.«

»Ich habe ihm die Fakten erzählt, die er für seine Arbeit haben will, und sonst nichts. Was er damit macht, ist seine Sache. Wenn dein Freund zu blöd ist, ihm ein paar Fragen …«

»Dieser Typ ist zu blöd, seinen Job zu machen. Genau wie die anderen. Liegt mit dir im Bett rum. Während wir alle Angst haben, dass dir was passiert. Kannst du vielleicht mal an uns denken, oder ist dir das zu viel?«

»Kümmern Sie sich um Ihren eigenen Job, Herr Bürger«, sagte

Fallner, »und sagen Sie Ihrem Kumpel, dass ich ihn sprechen will, und wenn er denkt …«

»Einen Dreck tu ich.«

»Wie meinen Sie das, allgemein oder speziell?«

Jonas Bürger dachte darüber nach – und seine Mutter und seine Frau sagten seinen Namen, und der Agent sagte ebenfalls seinen Namen und fügte hinzu, es würde jetzt reichen.

»Was soll das denn hier werden?«, sagte der Agent. »Simone, ich dachte, ihr kümmert euch um die Story?«

»Wir kümmern uns doch um die Story«, sagte Natascha Sladek, »wir sehen uns Fotos an.«

»Im Moment wird's keine Story geben«, sagte die Schauspielerin, »Fallner sagt, im Moment bringt das nichts, es würde mir nur schaden, es gibt noch nichts Handfestes, wir müssen abwarten.«

Der Agent verdrängte Jonas von seiner Position am Bett, um auf sie loszugehen: »Hast du sie noch alle! Wir haben das doch besprochen. Was soll das denn jetzt? Wir müssen abwarten?! Wir machen das wie besprochen. Was ist denn los mit dir, Simone, drehst du jetzt völlig durch?«

»Was willst du, kannst du mich nicht in Ruhe lassen, bis der Scheiß vorbei ist?«, schrie seine Klientin. »Soll ich dir vielleicht auch einen blasen? Von mir aus, ich habe ja sonst nichts zu tun!«

Sie verkroch sich unter der Bettdecke. Man hörte, dass sie weinte. Fallner meldete Nico den erfolgreichen Teil seiner Ermittlungen und warf sein Telefon ans Bettende.

»Wenn Sie uns jetzt bitte wieder allein lassen würden«, sagte er. »Wir haben wieder zu tun.«

Kann man das so sagen? (7)

»Natürlich wusste ich als kleine Provinzmaus von achtundsechzig nicht viel, als ich mit meinem eigenen Protestmarsch anfing. Da war ich vierzehn. Man hatte es instinktiv gespürt, die Kleidchen wurden kürzer und was »Streetfighting Man« bedeutete, hat man schon irgendwie verstanden, und dass es irgendwie auch gegen die Alten ging.

Das Echo von '68 war '72 immer noch sehr stark. In der Szene waren die Helden von achtundsechzig die Chefs. Ich war nur ein nettes Mädchen, das tanzen konnte, mit dem man durch die Nächte ziehen konnte und das nur aus seinem Gefühl heraus selbstbewusst war und ein Symbol für eine neue Zeit.

Sex and Drugs and Rock 'n' Roll. Da musste man nicht viel diskutieren. Nach meiner Meinung zu Willy Brandt hat mich niemand gefragt.

Aber man konnte mit mir über *Die Angst des Tormanns beim Elfmeter* diskutieren oder *Aguirre, der Zorn Gottes*, die neuen Filme von diesen neuen Filmemachern, Wim Wenders und Werner Herzog. Den einen habe ich vermutlich nicht verstanden, aber fand ihn irgendwie schön traurig, und bei dem anderen saß ich mit offenem Mund da und habe ihn dreimal angeschaut. Bei Herzog war ich dann einmal in der Statisterie, aber immerhin etwa drei Sekunden sehr schön im Bild. Ich würde mich heute noch vor seine Wohnungstür legen und mit den Beinen strampeln und kreischen, um bei einem Film mitzuspielen.

Warum ist jemand neugierig und ein anderer lebt schon ab zwanzig nur noch so vor sich hin? Man hatte es mir nicht in die

Wiege gelegt. Vielleicht war es eher wie ein Geruch in der Luft, den der eine schmeckt und der andere nicht beachtet.

Ich war sofort im Kino, als von Fassbinder *Wildwechsel* und *Angst essen Seele auf* rauskam. Davon habe ich mehr gelernt als von dem, was mir der oder jener über Politik erzählt hat. Seine Fernsehserie *Acht Stunden sind kein Tag* war auch zu dieser Zeit im Fernsehen, und kürzlich habe ich in einem Interview mit dem amerikanischen Produzenten einer berühmten Serie gelesen, dass sie diese Fassbinder-Serie als Vorbild genommen haben. Für mich war er der Größte, auch der Schärfste irgendwie.

Einige Schauspieler aus seiner Familie habe ich später sogar kennengelernt. Aber das mit der Familie war mir nicht besonders sympathisch. Von dieser Art Familie, in der einer der Bestimmer war, hatte ich die Nase gestrichen voll. Und außerdem war ich eine Frau mit Kind. Mit dem Meister selbst saß ich einmal eine Nacht lang an einem Tisch. Wir waren beide bedröhnt. Ich glaube, er mochte mich. Er wusste, dass ich in Sexfilmchen mitgespielt hatte, von denen einige nicht ganz so dumm waren.

Wenn man es genau nimmt, hat er auch einige Sexfilmchen gemacht, die nicht dumm waren, aber so nennt man das beim großen Fassbinder natürlich nicht.

Er hat damals *Querelle* vorbereitet, was dann sein letzter Film sein sollte. Simone, hat er gesagt, da spielst du mal mit, da brauche ich nämlich einige Nutten. Da haben wir drüber gelacht. Seine Göttin war natürlich Jeanne Moreau. Ich habe zu ihm gesagt, gib mir doch eine Sexszene mit der Moreau, wenn du dich traust. Das hat er sich nicht getraut. Er kam ja auch aus dieser blöden Provinz. Was man ihm auch angemerkt hat. Und er hat schon von seinem nächsten Film geredet, *Kokain,* womit er sich bekanntlich gut auskannte. Da hätte ich auch eine Rolle bekommen sollen.

Obwohl ich also so neugierig war und so interessiert an Film, wurde ich meistens nicht ernst genommen. Zuerst war ich die Achtzehnjährige, die man flachlegen wollte, dann die flippige Tussi, die in Oben-ohne-Filmchen ein paar dumme Sätze plapperte. Jedenfalls hatte ich es nicht nötig, später Schmuck zu basteln. Für High-Society-Blödsinn habe ich mich nie interessiert, und nach Indien wollte ich auch nicht. Da hat es mir mehr Spaß gemacht, ganz normal zu arbeiten. Eine Nebenrolle im *Kommissar* mit vier Drehtagen, ein Barmädchen im *Derrick*, das zwei Sätze mit dem Mörder redet und ihm schöne Augen macht, wovon ich im nächsten Kapitel ein wenig aus dem Nähkästchen plaudern werde.

Da hat man oft Schauspieler getroffen, die den Traum hatten, einmal eine große Shakespearerolle zu bekommen. Hamlet! Macbeth! Die meinten, das könnten sie, und allein mit der Behauptung haben sie so angegeben, dass alle anderen im Boden versinken sollten.

Ich wusste, dass ich keinen Shakespeare spielen könnte, aber der Punkt ist, dass ich auch nie einen spielen wollte. Viele, die ihn spielen möchten, wissen nicht, dass sie es nicht können, und viele, die ihn spielen, sollten wissen, dass sie besser etwas anderes tun sollten. Ich habe genug Shakespeare-Stücke gesehen, um das beurteilen zu können.

In einem Filmgenre, in dem es fast nur auf hübsche Mädchen ankommt, ist Durchhalten eine bei Frauen seltene Eigenschaft. Aber als Schauspielerin ist Durchhalten alles, könnte man sagen. Ich war geduldig, das war eine meiner guten Eigenschaften. Ich bin nicht, wie die meisten, verschwunden, als ich älter wurde. Und wenn du denkst, du musst jetzt vielleicht bald dein Haus verkaufen, kommt eine gute Rolle in *Die Damen vom Knast*, und niemand hatte auf der Rechnung gehabt, dass die Serie neun Jahre lang durchhält. Wissen Sie, was ich zu hören bekam, als ich eines Tages von der Polizei angehalten wurde? Wenn Sie einmal ein echtes Problem haben, melden Sie sich bei mir!«

Eine Sekunde Pause.

»Kann man das so sagen?«

»Mir gefällt es sehr gut. Vielleicht könnte man einiges ausführlicher erzählen. Das mit Fassbinder. Ich meine, vielleicht hat Fassbinder an diesem Abend viel mehr erzählt. Der Mann ist ja leider tot, das wissen nur Sie, was er alles erzählt hat.«

»Sie meinen, er hat gesagt, Simone, jetzt gehen wir zu mir heim? Ich bin heute mal wieder bi und ich lese dir danach was aus *Kokain* vor? Und so haben wir's dann gemacht?«

»Sie übertreiben. Aber es gefällt mir, wenn Sie übertreiben.«

»Können Sie das beweisen?«

Ein Mord, den nicht jeder begeht

»Einen Star verlässt man nicht. Niemals«, sagte sie.

Fallner nickte. Es war nicht geplant, dass er sie an seiner Seite hatte. Aber er hatte keine Möglichkeit gesehen, es zu verhindern. Er wollte nicht riskieren, dass sie sich kreischend an ihn klammerte und er auf die Straße ging und sie hinter sich herschleifte. Er hatte sogar die Tasche, die sie in nullkommanichts vollgestopft hatte, zum Auto getragen.

»Wenn man sich einen Star angelt, ist das die Kehrseite der Medaille, dass man einen Star nicht verlässt«, sagte sie.

Er nickte. Er beobachtete den dichten Verkehr stadteinwärts, sagte *absolut* und nickte und sagte *logisch*, er überlegte, wie er sie loswerden könnte und ob es sich lohne, in diese Lücke links reinzuzischen, und nickte und ließ es sein und nickte.

»Sie kennen also nicht *Sunset Boulevard* von Billy Wilder?«

Er schüttelte den Kopf, und sie schlug schockiert die Hände zusammen – mit was für Männern war sie nur gezwungen in einer Hartz-IV-Blechkiste zu sitzen! Ein Skandal! Und sie hatte eigentlich völlig recht damit, denn die Polizeiausbildung wies erhebliche Lücken auf, eine alte Geschichte, die spätestens am 8. Mai 1945 angefangen hatte. Ein Skandal, an dem sich bis heute niemand die Finger verbrennen wollte.

Sunset Boulevard war eine Art bizarre Fußnote zur bizarren Geschichte um Gloria Swanson und Erich von Stroheim und ihr Bordellfilmprojekt, finanziert vom Ganoven und Spitzenpolitikererzeuger Joe Kennedy, die sie ihm vorgelesen hatte. Konnte er sich vielleicht wenigstens daran erinnern? Er nickte.

»In *Sunset Boulevard* spielt die gealterte Gloria Swanson einen ehemaligen und gealterten Stummfilmstar, der mit dem Tonfilm sozusagen abgemeldet wurde, und Erich von Stroheim spielt ihren Diener. Verstehen Sie den Witz? Der echte Regisseur von Stroheim, der keine Jobs mehr bekam, spielt den Diener der Schauspielerin, deren Regisseur er in echt gewesen war.«

»Verehrte Frau Thomas«, sagte er, »ich prahle ungern damit, aber ich habe Abitur und ein Studium abgeschlossen, was mich nicht nur in die Lage versetzt hat, Fassbinder-Filme verstehen zu können, sondern auch beidhändig aus einem Auto zu schießen, das ich selbst fahre. Ich finde den Witz unglaublich, fahren Sie bitte fort.« Er fragte sich, ob sie den Witz mitbekommen hatte, aber er wollte sie nicht fragen.

»Gerne. Sie lebt in ihrer mit altem Krempel ausstaffierten Villa und in der Illusion, immer noch ein Star zu sein, Geld genug hat sie, und Stroheim schützt diese Illusion, indem er ihr ständig Fanpost schreibt. Eines schönen Tages verheddert sich ein armer junger Drehbuchschreiber aus Hollywood in diesem unheimlichen Netz. Er lässt sich kaufen, sie arbeiten an einem bekloppten Drehbuch von ihr, sie hält ihn aus, er bleibt bei ihr. Wie sehr er sich kaufen lässt, sieht man allerdings nicht, aber man kann sich seinen Teil denken, wobei sie übrigens erst fünfzig ist, aber dieser hinterhältige Billy Wilder lässt sie eher wie eine gut erhaltene Siebzigjährige rüberkommen.«

»Warum erzählen Sie mir das? Gibt's ein Remake und Sie bekommen die Hauptrolle?«

»Natürlich«, sagte sie lächelnd, »kommt der Drehbuch schreibende Gigolo irgendwann hinter den ganzen Wahn, und der Diener Stroheim gesteht ihm, dass er der erste Regisseur und Ehemann von Gloria Swanson war, ehe es mit seiner Karriere den Bach runterging und er ihr mit Haut und Haaren verfiel und ihr

Diener und Fanpostschreiber wurde, um ihre Illusionen zu beschützen. Als sich der Schreiber auch noch in eine Hollywoodsekretärin verliebt, hält er es in diesem Irrenhaus endgültig nicht mehr aus. Der ehemalige Filmstar will ihn natürlich nicht ziehen lassen, sie droht mit Selbstmord, aber er bleibt standhaft, er packt seine Koffer, wirft ihr den Schmuck hin, mit dem sie ihn gefickt hat, und erzählt ihr zuletzt, was für ein Schlag ins Gesicht, dass es ihr Diener ist, der ihre Fanpost schreibt. Das Spiel ist aus.«

Er fragte sich, wo er sie abgeben könnte. Er konnte nicht weitermachen und sie zugleich im Auge behalten. Er musste die Sache hinter sich bringen. Und er fragte sich, warum sie ihm das erzählte.

»Am Ende flüstert sie mit weit aufgerissenen Augen: Einen Star verlässt man nicht. Niemals.«

Er nickte. Das klang nach einem guten Film. Oder nach einem guten Drehbuchschreiber. Jemand, der wusste, was dem Leben alles einfallen konnte und warum Kain von Gott ins Lande Nod verbannt worden war.

»Und dann? Was glauben Sie, passiert dann?«

Sie erhob beide Hände mit gespreizten Fingern, während er auf diesem Boulevard nach einer Lösung suchte, um schneller voranzukommen.

»Keine Ahnung.«

Er steuerte auf eine Ampel zu, an der zwei Nonnen standen, die konzentriert ihr Signal beobachteten, und als er Vollgas geben wollte, bekam er Rot. Er wartete darauf, dass hinter den beiden die anderen fünfzig Nonnen auftauchten, die er vor einigen Jahren getroffen hatte, aber diesmal waren sie nicht dabei. Als die Betschwestern und der ganze Pulk der Wartenden losging, entdeckte er hinter ihnen einen jungen Mann mit langen Haaren in einem weiß-roten Trainingsanzug, der die Abfallkörbe durchwühlte. Er wippte dabei hin und her wie ein Basketballspieler.

»Erschießt er sie.«

»Erschießt sie ihn!«

»Sie werden einen Riesenerfolg damit haben«, sagte er.

»Ich würde alles für die Rolle tun«, sagte sie.

Jeder Fortschritt weist einige Details auf, die als Rückschritte zu werten sind

»Was völlig normal ist«, sagte Nico. »Das ist ein Gesetz wie das Trägheitsgesetz.«

Sie hatten ihre erste Besprechung in ihrer Basis, und Nico hatte erreicht, dass der Chef zwei Leute mehr für den Fall bewilligte. Was Fallner verblüffte, wenn man an den finanziellen Hintergrund dachte. Und er hätte lieber allein weitergearbeitet und nur gelegentlich Anfragen an das Büro geschickt.

Hinter der Scheibe eines Zimmers, das mit allem ausgerüstet war, um dort ein paar Tage zu verbringen, konnten sie Simone Thomas bei einem Tobsuchtsanfall verfolgen, mit dem sie zweifellos vermittelte, dass sie lieber sterben als hierbleiben würde, und obwohl es im Großraumbüro hektisch war, konnten sie sie hören, wenn sie selber schwiegen. Auch Theresa, in ihrer Rolle als dienstbare Sekretärin, bestaunte die Vorstellung schweigend, die sie mit einer Handbewegung beenden konnte, wenn es ihr reichte.

»Das Problem dabei ist«, sagte Nico, »dass du auf den Fortschritt als Ganzes konzentriert bist, das heißt, du freust dich über den Fortschritt, den du bei einer Sache endlich gemacht hast, und übersiehst diese negativen Details dabei, die du als kleine Rückschritte oder auch Mängel erkennen müsstest. Wenn du also Pech hast, dann killen diese negativen Details, die du nicht korrigierst, dein ganzes Fortschrittdings und es fliegt dir um die Ohren.«

Das war Nicos Überlegung, nachdem Fallner das Team über den Stand der Dinge informiert und gesagt hatte, er habe den Eindruck, dass man im Fall Simone Thomas endlich von Fortschritten sprechen könnte. Um gute Laune zu verbreiten.

»Was soll dieser Bullshit?«, sagte der Kollege, mit dem Fallner schon vor einigen Jahren aneinandergeraten war. Für Fallner war der Ex-Polizist Landmann ein negatives Detail, das den Fortschritt ihres Falls allein durch seine Anwesenheit gefährdete.

Für einen Moment drehte ihr Star die Lautstärke in ihrer neuen Unterkunft auf, und sie unterbrachen ihre Besprechung. Man musste sich Sorgen um Theresa machen. Es würde teuer werden, wenn sie zuschlug und damit das Projekt Sunset-Boulevard-Remake torpedierte.

Simone Superstar hatte Fallner erklärt, dass sie auf keinen Fall allein in ihrer Wohnung bleiben würde und dass es keine Rolle spielte, ob ihr Sohn und seine Frau im Haus wären, in deren Wohnung sie ebenfalls auf keinen Fall bleiben wollte. Sie fühlte sich in ihrem Haus nicht mehr sicher, sie würde krepieren vor Angst. Er hatte Verständnis für ihre Angst; und selbst wenn ihre Angst übertrieben war, blieb die Wirkung dieselbe, Angst fühlte sich immer an wie Angst. Deshalb war sie an seiner Seite geblieben und sollte das sicherste Zimmer der Welt bekommen, wo sie auch nachts jemanden in der Nähe hatte.

Man konnte nicht verstehen, was gesprochen wurde, aber es schien keine beruhigende Wirkung zu haben, Simone brüllte weiter, und jetzt stach ihr Zeigefinger nach draußen, direkt in Fallners Gesicht … das konnte sie vergessen.

»Die Tusse hat doch ’nen Vollschatten«, sagte Ex-Polizist Landmann.

»Sie hat Angst«, sagte Fallner, »schon mal davon gehört? Sie überspielt es meistens ziemlich gut, aber sie hat inzwischen verdammt große Angst. Hat es nicht mehr unter Kontrolle, wie man sieht. Ich frage mich, ob irgendwas passiert ist, was sie mir nicht erzählt hat, und wenn ja, warum?«

»Tolle Idee«, sagte Landmann, »wenn du’s rausfinden willst,

musst du dich beeilen, ehe die komplett überschnappt. Wieso erschießt du sie nicht einfach? Sie hat eine Mitarbeiterin bedroht, ich kann die Schere bis hierher erkennen.«

»Der ist nicht schlecht«, sagte Nico.

Die junge Frau, die ihr Team vervollständigte, sagte auch jetzt nichts. Fallner hatte sie noch nie gesehen. War sie neu oder vom Skiurlaub in Aspen, Colorado, zurück und hatte vergessen ihre Sportkleidung abzulegen? Sie suchte im Gerät auf ihren Beinen nach geheimen Botschaften. Er erinnerte sich an eine Weisheit seines alten Punkfreunds: Wer nur was vom Hacken versteht, versteht auch davon nichts, aber es ist immer noch besser, als mit 'ner Scheißpistole das Knie zu treffen, auf das du gezielt hast. Musste man ihm glauben, denn er kannte sich in beiden Disziplinen aus.

Fallner beobachtete das Team mit den Mexikanern, in dem offensichtlich das Rentnerpaar der Firma, das ihm schon am ersten Arbeitstag aufgefallen war, das Kommando über ein Dutzend Leute hatte. Sie sahen sich auf einem großen Bildschirm in Zeitlupe einen Aufmarsch von Glatzköpfen an, die nur auf den ersten Blick wie Designer, Künstler und Architekten daherkamen. Die ältere Dame, die scheinbar wie eine Omi aussah, stand auf, das Bild blieb stehen, und sie zeigte auf eine Person und erklärte ihrem Team etwas. Ihre Gesten und ihr Blick, der über ihre Leute hin und her wanderte, waren energisch wie die eines Dirigenten.

An manchen Tagen verdoppelte sich die Belegschaft der Firma, wenn ein Pulk von freien Mitarbeitern angeheuert wurde, um als Verstärkung zu fungieren, für einen Tag, eine Woche, für einen elektronischen Angriff oder einen Straßenmarathon, bei dem man sich zu dieser Jahreszeit den Tod holen konnte und weniger pro Stunde verdiente als eine studentische Hilfskraft in einem mittelmäßigen Restaurant.

Fallner hatte keine Ahnung, warum an diesem Nachmittag

mehr als dreißig Leute im Raum waren. Aber es war eine mögliche Antwort auf die Frage, wie es gekommen war, dass *intim*-Reporterin Natascha Sladek wusste, dass er bei einem Einsatz jemanden erschossen hatte und der Unfall (wie es seine Therapeutin so liebevoll nannte) unter dem Teppich gehalten worden war; ob sie wusste, dass er nicht suspendiert worden war und den Dienst quittiert hatte, nachdem sich seine Unschuld herausgestellt hatte, wusste er nicht. Es waren Leute hier, die der Firma weniger verpflichtet waren als Festangestellte; Leute, von denen man nicht immer mit absoluter Sicherheit wissen konnte, wie zuverlässig sie waren und in welchen Verbindungen sie zusätzlich arbeiteten. Das waren die negativen Details in seinem Privatfall, der in den letzten Wochen einen sensationellen Fortschritt gemacht hatte. Was hatten Nicos Forschungen ergeben? Wenn du also Pech hast, dann killen diese negativen Details, die du nicht korrigierst, dein ganzes Fortschrittdings und es fliegt dir um die Ohren?

»Ich würde versuchen, die beiden Typen, die uns im Moment am stärksten interessieren, festzunageln«, sagte Landmann, an den sich Fallner irgendwie gewöhnen musste.

»Tatsächlich«, sagte er. »Ist das nicht etwas zu einfach?«

»Was haben Sie erwartet«, sagte Nico, »so 'ne Art skandinavischen Krimi? Irgendwelche chinesischen Geheimzeichen aus dem dreizehnten Jahrhundert, die der Täter in die Magenschleimhaut des Opfers geritzt hat, um mit den Ermittlern Kontakt aufzunehmen?«

»Ich schätze, wenn wir uns zuerst um die beiden kümmern, erkennen wir schnell, ob wir noch nach jemand anderem suchen müssen«, sagte Landmann.

Fallner musste gestehen, dass das vernünftig klang. Aber er würde den Teufel tun und ihm das sagen.

»Klingt vernünftig«, sagte Nico.

»Ich weiß nicht«, sagte Fallner.

»Man weiß immer erschreckend wenig, ehe man's rausgefunden hat«, sagte Nico. Der wahrscheinlich im Rollstuhl saß, dachte Fallner, weil es ihm irgendwann jemand heimzahlen musste.

»Nach meiner Einschätzung sind das die beiden«, sagte Landmann. »Wir müssen das alles überprüfen, aber ich bin ziemlich sicher, hinter jedem von den beiden steckt erheblich mehr Potential, als wir im Moment übersehen können, und einer von den beiden kommt seit Monaten dem Punkt, an dem er direkt auf das Objekt seiner Begierde losgehen wird, immer näher. Alles spricht dafür, dass wir es mit einem schüchtern-verliebten Stalker, ihrem lästigen, aber harmlosen Filmfan, und einem aggressiven Stalker, der alte Perverse, zu tun haben. Er hat die Scheibe eingeschmissen, sich aber noch nicht getraut reinzukommen.«

»Ich werde dich zum Mitarbeiter des Monats vorschlagen«, sagte Fallner, »du weißt, ich habe gute Verbindungen. Ich aktiviere sie ungern, aber das ist ein Grund.«

»Ich unterstütze den Vorschlag«, sagte Nico.

Die Tür des Zimmers für besondere Fälle wurde zugeschlagen, und Simone Thomas blieb allein zurück. Sie presste sich mit erhobenen Händen an die Scheibe und sah die Truppe an, die ihr helfen sollte.

»Kann mir jemand erklären, wieso diese durchgeknallte Stripperoma nur zwei Stalker haben soll?«, sagte die junge Frau, die Fallner nicht vorgestellt worden war.

Fallner sah sie ratlos an. Endlich zeigte sie Engagement. Mit einem kurzen Satz voller Rätsel, die interessante Fragen aufwarfen. Was wollte sie damit sagen? Hatte sie etwas von dem mitbekommen, was sie gesprochen hatten? Hatte er selbst etwas von dem kapiert, was sie gesprochen hatten?

»Sie sagen es«, sagte er.

Anschlag

»Was soll das denn?«, rief sie, als Fallner auf der Straße mit Tempo abmarschierte, ohne auf sie zu achten.

»Warten Sie auf mich.« Er war nicht der, der auf sie wartete. »Was ist denn los!« Um solche Fragen zu beantworten. »Was habe ich denn getan!« Oder ähnliche. »Was habe ich Ihnen denn getan!«

Als er nach ihr sah, war sie vor dem Eingang stehen geblieben. Sie versuchte ein Kopftuch zu befestigen, das lieber mit dem Wind spielen wollte.

Er winkte ihr, sie solle ihm folgen, und ging weiter. Er hatte ihr nichts zu befehlen, sie konnte stehen bleiben, wo immer es ihr gefiel. Dann hörte er das schnelle Klicken ihrer Absätze, und sie jammerte hinter ihm her. Wo war denn sein Auto? Es stand ihnen nicht mehr zur Verfügung. Aber ein Taxi! Er hatte keine Lust ihr zu erklären, dass ein Taxi für den Fußweg um diese Uhrzeit vermutlich doppelt so lang brauchen würde.

Er ging einfach weiter zum südlichen Eingang des Bahnhofs, in seinem Rücken die Frage, was sie ihm denn getan hätte und warum er und weshalb sie und ob er nicht … wie eine Schallplatte, die bei zu vielen Umdrehungen hängen geblieben war.

Sie gingen durch das Spalier der auf irgendwas Wartenden – er kam hier fast täglich vorbei und hatte den Eindruck, es wurden immer mehr, die auf bessere Zeiten warteten – die Treppe zum Seiteneingang hoch, um über den zentralen Platz vor den Gleisen zur anderen Seite durchzugehen. Von einer Sekunde zur nächsten trieben sie im dichtesten Gedränge. Sie rannte, um neben ihm zu sein, und klammerte sich an seinen Arm.

»Was machen wir denn hier?«, rief sie.

»Wir gehen in die Lessingstraße rüber.«

»Was soll ich denn da, wollen Sie mich in einen Puff nach Pakistan verkaufen?«

Sie zerrte an seinem Arm. Er ließ sich nicht aufhalten, zog sie weiter, gegen die Masse Mensch, die gegen sie vorzurücken schien. Sie ging ihm nicht nur auf die Nerven, sie mussten raus hier.

Die neuesten Meldungen auf einem riesigen Bildschirm ... Supermarkt Berlin: 140 Kilo Kokain in Bananenkisten aus Kolumbien ... V-Mann packt aus: Festnahme des NSU-Trios von Verfassungsschutz verhindert?

Dann konnte er ihre Hand nicht mehr spüren. Er fuhr panisch herum, entdeckte sie schnell, sie war nicht weit gekommen. Sie stand im Haupteingang zur Schalterhalle. Sie stand da wie eine Statue und streckte den Arm in die Halle.

»Da war früher das Kino«, sagte sie.

Sie starrte die Stelle, wo nichts mehr an ein Kino erinnerte, wie eine Sehenswürdigkeit an, nach der man sich sein ganzes Leben gesehnt hatte und für die man um die halbe Welt gereist war und die einen jetzt so enttäuschte, dass man nicht wusste, was man tun sollte, außer dastehen und abwarten und hoffen, dass es bald wieder vorbeiging. In ihrem hellen Mantel und dem Kopftuch, das sie wie eine Frau umgebunden hatte, die 1945 Kriegstrümmer abräumte. Eine ältere Frau, die nicht mehr wusste, wo sie war. Und wo all die anderen waren, die sie irgendwann in ihrem Leben begleitet hatten. Zum ersten Mal machte sie ihn traurig.

»Da haben wir uns oft meine Filme angeschaut«, sagte sie. »Das AKI im Hauptbahnhof. Ich glaube, einige liefen auch nirgendwo sonst. Wann haben sie denn das AKI geschlossen? Ich war schon ewig nicht mehr hier.«

»Als ich hergezogen bin, gab's das noch«, sagte Fallner, »aber nicht mehr so lange. Was heißt denn AKI? An einen Heidi-Film kann ich mich erinnern. Heidi Heida, das Heidi lässt sie alle jodeln oder so ähnlich. Leider weit unter meinen Erwartungen. Das ist so zwanzig Jahre her.«

»Es gab einige Heidi-Filme.

IM WALD UND AUF DER HEIDI

war Teil eins, ich weiß nicht mehr, wer sie gespielt hat. Da war ich nie dabei. Der erste war noch ganz witzig, das herangewachsene Heidilein kann zeigen, was es gelernt hat. Von Rocky und Rambo waren doch auch nur die ersten gut.«

»Das stimmt«, sagte Fallner.

»Das ist heute alles nur noch komisch. Damals war das unglaublich heiß, also ein bisschen heiß war es jedenfalls.«

»Ich glaube, ich wollte einfach nur in einem großen Kino sitzen. Und im Bahnhof war es irgendwie spannend, weil die Filme nonstop durchliefen und man nicht wusste, wo ist jetzt der Film.«

»Ja, das war immer was Besonderes. Eine seltsame Stimmung. Das ständige Kommen und Gehen. Und selbst die Monsterfilme waren irgendwie verrucht. Alles war verrucht, schlechte Filme, schlechter Geschmack, nichts, was Vati und Mutti gefällt, das darf man auch nicht vergessen.«

»Lassen Sie uns gehen, wir müssen weg hier.«

»Manchmal war es so leer, dass ich fast Angst hatte. Und wenn man sich dann noch selber sieht. Und jemand kommt rein und setzt sich in die Reihe hinter dir.«

Er machte einen Schritt, und sie machte eine Bewegung, als würde sie mit ihm gehen, und er ging los. Aber wenige Meter weiter spürte er, dass er sie wieder verloren hatte, und als er sich nach ihr umdrehte, war sie tatsächlich verschwunden. An der Stelle, wo sie gestanden hatte, ballten sich Passanten. Fallner drängte sich durch.

Sie lag auf dem Boden, krümmte sich vor Schmerzen, presste die Hände an den Bauch, bekam keine Luft. Fallner schrie, was denn passiert wäre, aber die Umstehenden glotzten nur. Blut entdeckte er nicht. Er riss sich den Mantel herunter und legte ihn unter ihren Kopf.

Sie hatte sich mit seiner Hilfe wieder aufgesetzt und konnte atmen, als Bundespolizisten bei ihnen waren und Platz schafften. Sie sagte was von Schwächeanfall, und es würde gleich wieder gehen. Sie wirkte betrunken. Die Beamten blieben bei ihnen, bis sie überzeugt waren, dass die ältere Dame mit dem Kopftuch nicht besoffen war und wieder stehen konnte und der Mann sich um sie kümmerte. Sie blieben hinter ihnen, als sie langsam weitergingen.

»Jemand hat mir«, sagte sie mühsam unter Schmerzen, »voll in den Bauch geschlagen.« Sie weinte und versuchte, sich zusammenzureißen, presste ihren Kopf an seine Brust. »Aber ich habe nichts gesehen.«

»Wir nehmen ein Taxi«, sagte Fallner.

Sie traten aus dem Bahnhof – und der eisige Wind schlug ihnen ins Gesicht, und das Spalier der an der Treppe am Nordausgang auf irgendwas Wartenden stand dicht aneinandergedrängt mit gesenkten Köpfen, und ein Krankenwagen ließ seine Sirene aufheulen, weil er in der Kreuzung festhing, und dann die Herde der beige-gelblichen Taxis, deren Anblick einen an einem düsteren Wintertag runterziehen konnte, wenn man nicht oben war, und der Anruf aus dem Lessing, der nicht kam, und dann sah Fallner Bruno mit dem Akkordeon auf dem Rücken auf der anderen Straßenseite eilig dahintippeln, und außerdem der immer größer werdende Berg an Videoaufnahmen, an die sie irgendwie rankommen mussten, und dann auch noch der Taxifahrer, der in den Rückspiegel sah und grinste.

»Heute sind Sie aber schon ganz schön dick angezogen, verehrte Frau Thomas, zu meinem großen Bedauern, möchte ich mit allem Respekt gesagt haben.«

Sie legte den Kopf auf Fallners Schulter und machte die Augen zu. Fallner nannte die Adresse in einem, wie er dachte, abweisenden Tonfall.

»Aber gut«, säuselte der Fahrer weiter, »der Winter, es soll ja der wärmste Januar seit ewigen Zeiten sein. Ich sag's Ihnen ehrlich, Frau Thomas, ganz unter uns Tittingmädels, wer's glaubt, wird selig, und wer's nicht glaubt, kommt auch in d' Höll.«

Sie lag im Bett und sah elend aus. Er machte ihr Tee, packte sie warm ein, strich ihr über die Stirn, hielt ihre Hand.

»Und alles für eine Frau, die Sie nicht leiden können«, flüsterte sie, und er sagte, sie solle aufhören, Unsinn zu reden.

Als sie aufhörte, irgendwas zu sagen, und nur noch das Fenster ansah und in ihren Gedanken untertauchte, machte er sich ernsthaft Sorgen um sie.

Sie dämmerte weg. Betrachtete schweigend das Fenster. Und dämmerte wieder weg. Er war sich sicher, dass sie nicht richtig schlief, aber er sprach sie nicht an.

Es wurde langsam dunkel. Fallner machte kein Licht, und sie schien keines zu brauchen. Nur Feuer für Zigaretten.

Sie rauchte, schlief ein, er nahm ihr die Zigarette aus der Hand. Sie lächelte und flüsterte etwas, das er nicht verstehen konnte. Er fragte nicht nach. Sie war wieder eingenickt. Sie döste ein paar Minuten, sah wieder ins Leere, sagte nichts oder sagte was.

»Es tut mir leid, dass ich so ekelhaft zu Ihrer Kollegin war.«

»Kein Problem. Sie hat das nicht persönlich genommen.«

»Ich hatte wirklich Angst.«

»Kein Problem. Sie können hierbleiben, das ist auch besser so. Mein Fehler, dass ich nicht sofort dran gedacht habe.«

»Das war keine Show.«

»Ich bin so furchtbar müde.«

»Schlafen Sie, ich bin bei Ihnen, ich bewege mich nicht vom Fleck.«

»Mein Sohn hasst mich. Ich weiß, dass ich alles falsch gemacht habe. Ich bin schuld, dass er nichts hinbekommt.«

»Das sind Sie nicht. Wenn einer nichts hinbekommt, dann ist das nie allein die Schuld der Mutter. Das ist zu einfach.«

»Alles geht immer schief.«

»Das stimmt nicht, und das wissen Sie auch.«

»Glauben Sie, der hatte es auf mich abgesehen?«

»Ich weiß es nicht.«

»Oder einer, dem es egal war, wen er zusammenschlägt.«

»Das ist auch möglich. Es war mein Fehler, ich hätte besser aufpassen müssen, es tut mir leid.«

»Sie konnten nichts dafür.«

»Was sind das für Geräusche?«

»Züge. Güterzüge. Nachtzüge. In der Nacht hört man sie gut, und wir sind nicht weit weg.«

»Die Geräusche in der Nacht. Ganz anders als bei mir (flüsterte sie vor sich hin) … und es gibt immer jemanden, der den letzten Zug verpasst … und dann geht man in ein Lokal am Bahnhof, um auf den ersten Zug zu warten … und trifft die anderen, die den letzten Zug verpasst haben.«

Er hörte, dass sie fest eingeschlafen war. Er blieb im Sessel neben ihr sitzen, die Füße auf dem Bett bei ihren Füßen.

Er wachte erst auf, als sie ihn fragte, ob er was zu trinken da hätte.

Eine Stimme in der Nacht, die er im ersten Moment nicht einordnen konnte.

Er machte Licht mit seinem Handy, dann die Nachttischlampe an und sich auf den Weg. Er hatte am Bahnhof einkaufen wollen und es natürlich vergessen. In seiner Grabkammer war noch eine halbe Flasche Arbeiterwhisky, die er seinen Gästen an Silvester nicht spendieren wollte. Sie war für Notfälle wie diesen.

Sie schien sich besser zu fühlen. Oder sie hatte sich fest vorgenommen, daran zu arbeiten.

Er hatte nicht diese kugelsicheren Whiskygläser wie sie, aber man konnte damit anstoßen. Sie kippten einen guten Schluck, und sie sagte, es ginge ihr etwas besser, sie hätte so tief geschlafen wie lange nicht, und dann, dass sie ihm so bald wie möglich eine Flasche besseren Whisky schenken würde, und daran merkte er, dass sie wohl die Wahrheit sagte.

Sie bat ihn, ihr ihre Tasche zu geben. Er stellte die Tasche neben sie aufs Bett, und sie holte den gebundenen Ausdruck ihrer unvollendeten Lebenserinnerungen heraus. Sie ließ sie geschlossen und fuhr mit dem Glas darauf herum.

»Das ist etwas, das ich nicht erzähle. Oder noch nicht erzählt habe, ich bin mir nicht sicher. Es ist seltsam, manche Sachen will ich aufschreiben, aber ich tu's nicht. Ich fange einen Satz an, aber es geht nicht weiter. Mein Problem damals war, ich konnte Babyschreien nicht ertragen. Es hat mich gequält, als würde man mein Baby foltern. Es hat mich wirklich fertiggemacht. Ich habe mehr gearbeitet, damit ich mir ein Kindermädchen leisten konnte. Rund um die Uhr. Sie war natürlich bald die Mutter für Jonas. Bettina hat bei uns gewohnt, acht oder neun Jahre lang. Es war unkompliziert, irgendwann haben wir es gut hinbekommen, obwohl wir überhaupt nichts miteinander anfangen konnten, ich war ja auch nicht ständig unterwegs. Ich war auch nicht eifersüchtig, sondern froh, dass es mit den beiden so gut funktionierte. Ich habe ihren Namen vergessen. Vor ein paar Jahren hatte ich mal das Gefühl, dass Jonas immer noch Kontakt mit ihr hat.«

»Und hat er?«

»Ich habe ihn nie gefragt.«

»Warum nicht? Wäre das so schlimm?«

»Es hat mir Angst gemacht. Meinen Sie, sie will mich fertigmachen, damit sie endlich wieder bei ihrem Baby sein kann?«

»Klingt ziemlich verrückt.«

»Sie war auch etwas verrückt. Es war ein Drama, als ich ihr gekündigt habe. Aber Jonas war kein Baby mehr und ich wollte sie nicht mehr im Haus haben. Beide haben mich gehasst dafür.«

»Dann werden wir ihn fragen, wie die Dame heißt, und sie uns genauer ansehen.«

Sie hielt ihm das Glas hin, und sie stießen an, und sie sagte, ach ja, das hätte sie fast vergessen, sie hätte ihm etwas mitgebracht. Und holte seine Makarow aus der Tasche.

Wog sie in der Hand und sah ihn dabei an. Und warf sie ihm zu. Sie traf so genau, dass er nur die Hand aufhalten musste.

»Im Frauenknast habe ich alles gelernt«, sagte sie, »absolut alles, das würden Sie nicht glauben.«

Er war zu müde, um darüber nachzudenken, wovon sie glaubte, dass er es nicht glauben würde.

Von vorne

»Denken Sie auch manchmal darüber nach, noch mal ganz von vorne anzufangen?«

»Nein. Schlimm genug, dass es nicht geht.«

»In letzter Zeit oft. Man möchte alles anders machen. Ich finde nicht, dass alles schlecht war, aber es gab ein paar falsche Entscheidungen, die ich nicht mehr verstehen kann.«

»Versuchen Sie zu schlafen.«

»Sie waren damals nicht wirklich falsch, aber ich dachte nicht darüber nach, was daraus folgt. Wie eine Kettenreaktion, und mit jedem neuen Glied in der Kette wird es falscher. Wenn man jung ist, erkennt man das nicht. Und jetzt habe ich Angst davor, alt zu werden. Ich habe Angst, allein zu sein. Meine zwei besten Freundinnen haben sich im letzten Jahr verpisst. Keine Zeit mehr, so viel zu tun. Ich habe gemerkt, dass ich ihnen mit meinen Problemen auf die Nerven gehe, aber ich konnte nichts dagegen tun. Die denken, dass ich das alles nur erfinde. Wahrscheinlich denken das alle. Nur Sie nicht.«

Zwei Güterwaggons donnerten.

»Stimmt es eigentlich, dass bei einem Verhör die Verdächtigen einschlafen, die schuldig sind, wenn man sie allein im Raum sitzen lässt, und die, die unschuldig sind, wach bleiben, auch wenn sie völlig kaputt sind?«

Nicht die Polizei

Sie lag am äußersten Rand auf der anderen Seite des Betts, hatte ihm den Rücken zugekehrt und war bedeckt bis an die Haare. Hatte sich im Schlaf nicht an ihn geklammert oder im Halbschlaf auf ihn gelegt. Ein gutes Zeichen, sie fühlte sich sicher.

Für einen Ex-Polizisten, der von seiner Frau nicht wusste, ob sie noch etwas von ihm wollte, war es jedoch ein schlechtes Zeichen, dass er neben einer Frau von ihrem Schlag gelegen hatte, ohne ihr näherzukommen. Es war ein Zeichen dafür, dass er immer noch seinen früheren Gesetzen verhaftet war. Es war unnötig, dass er die alten Gesetze auf seinen neuen Job übertrug. Das war kein Nachteil, aber sein Leben hätte sich besser angefühlt, wenn er eine ihrer Einladungen angenommen und sich ein paar Minuten an sie geklammert hätte. Es gab kein Gesetz, das es einem Mann, der für eine private Sicherheitsfirma arbeitete, verboten hätte; selbst wenn sie Safety International Security hieß.

Er hatte das Gesetz ein Mal gebrochen. Nach einem Einsatz spätnachts hatte er eine Drogenfrau, die nicht mehr voll zurechnungsfähig war, zu ihrer Wohnung gefahren und dort nach einer schlingernden und gelallten Danke-du-bist-ja-so-süß-Umarmung ins Bett gebracht und gevögelt. Er war so geil auf sie, dass er nicht bemerken wollte, ob sie noch genau mitbekam, was passierte. Wie er sich später eingestehen musste. Sicher war nur, dass sie sich, als er sie am Tag danach aufsuchte, an nichts erinnerte. Jaqueline hatte ihn angebrüllt, ins Gesicht geschlagen, eine Woche nicht mit ihm gesprochen und einen Monat nicht berührt, nein, er hatte sie wohl nicht vergewaltigt, aber wenn er Derartiges noch einmal wagen sollte, würde sie ihm ein Verfahren an den Hals hängen. Er schämte sich, wenn er sich daran erinnerte.

Ob sie noch lebte? Wieso schafften es manche Frauen, sich mit Drogen abzuschießen, ohne ihre Schönheit zu verlieren? Wie lange ging etwas gut, das nicht gutgehen konnte? Wann machte ihm die Frau neben ihm etwas vor, und warum stöhnte sie jetzt?

»Haben Sie vielleicht etwas, womit Sie mir den Rücken massieren könnten? Ich habe Schmerzen. Würden Sie das bitte für mich tun?«

Als Fallner aus dem Bad mit einer Flasche Öl zurückkam, lag sie auf dem Bauch, sittsam bis über den Po bedeckt, sodass er nicht mehr als den Schatten am Anfang der Falte sehen konnte. Er kniete sich neben sie aufs Bett, kippte etwas Öl auf ihren Rücken und fing an, sie zu massieren. Sie stöhnte leise, es schien ihr gutzutun, und sie murmelte, dass es sich unglaublich gut anfühlte. Sie bewegte sich, und die Decke wanderte langsam nach unten.

Als er seine Hände wegnahm, drehte sie sich um, ehe er weglaufen konnte. Sie dankte ihm, streckte sich, verschränkte die Arme hinter dem Kopf.

»Wie haben Sie das hinbekommen?«, sagte er. »Haben Sie dem Teufel dafür Ihre Seele versprochen?«

»Heroin, Alkohol, Zigaretten. Alles in Maßen natürlich.«

»Interessante Methode. Sie sollten Vorträge halten.«

»Was glauben Sie, sind die echt?«

»Ich glaube, es spielt keine Rolle, wenn es so aussieht, und ich glaube, Sie sollten sich was anziehen, wenn Sie mich begleiten möchten, es eilt nicht, ich muss zuerst in meine Hose reinkommen, wenn nicht, können Sie natürlich so bleiben, wie Sie sind.«

»Soll ich warten oder wird's mal wieder spät?«

»Ich kaufe nur was zu essen ein.«

Sie wollte lieber allein in seiner Wohnung bleiben. Sie hatte ein gutes Gefühl und freute sich darüber. Sie wollte mit dem Bettzeug vor den Fernseher ziehen. Er sollte sich beeilen, weil sie hungrig war. Falls ihm etwas passierte, sollte er sich um seine Wohnung keine Sorgen machen, sie würde darauf aufpassen und alles schön in Ordnung halten. Falls sie einen Wolf an der Tür hörte, würde sie seine Pistole benutzen.

Fallner wusste nicht, womit er anfangen sollte, als sie vor dem Fernseher lagen und frühstückten. Er wollte ihr die gute Laune nicht nehmen. Aber er wurde nicht dafür bezahlt, sie bei Laune zu halten.

»Wer hat denn das Foto auf Ihrer Geburtstagskarte gemacht?«

Ihre Natascha hatte das gemacht. Er erklärte ihr, dass sie den Fall bis dahin sicher erledigt hätten, dass sie jedoch mit derartigen Fotos grundsätzlich vorsichtiger sein müsste.

»Jawohl«, sagte sie.

»Ich möchte Sie über den Stand der Dinge informieren, also hören Sie mir bitte zu.«

Sie sah ihn mit ihren großen Spielfilmaugen an und hörte zu kauen auf. Was hatte sie erwartet, dass er mit ihr schäkerte wie ihr Masseur?

»Es sieht gut aus«, sagte er, »es sieht so aus, als hätten Sie es so gut wie überstanden. So gut wie, das heißt, es wird sich nur noch um ein paar Tage handeln. Nach unserem Ermittlungsstand haben wir es mit zwei Stalkern zu tun.«

»Sie machen Witze.«

»Sie werden von zwei Typen elektronisch angegriffen. Es sind natürlich mehr, das ganze Zeug, das Sie per Mail oder Facebook reinbekommen, das ist klar, Sie sind eine Legende, und Sie bedienen den Socialmediascheiß ziemlich gut, muss man sagen, Sie sollten mit dem Scheiß aufhören, egal, aber es sind zwei, die ernsthaft hinter Ihnen her sind. Und wir haben den begründeten Verdacht, dass vor allem diese beiden auch diejenigen sind, die Sie mit dem Zeug in Ihrem Keller bombardieren, was wir sicher bald beweisen können, ebenso, dass mindestens einer in den letzten Wochen damit angefangen hat, Sie direkt in Ihrem häuslichen Umfeld anzugreifen.«

Er wartete darauf, dass sie loslegte, aber sie sah ihn nur an. Als würde er ihr etwas vorrechnen, das sie zu registrieren vergessen hatte.

»Der aktuelle Stand ist sehr gut, wir haben unsere Zielpersonen, verstehen Sie? Wir wissen, auf wen wir jetzt losgehen. Ist nur eine Frage der Zeit, bis wir die nötigen Beweise eingesammelt haben, und die Zeit wird relativ kurz sein.«

»Wer sind diese Dreckschweine, Sie haben Ihre Namen? Kenne ich die?«

»Sie kennen die beiden. Wir haben sie den guten und den bösen Stalker genannt. Der gute ist Ihr totaler Filmfan, den Sie schon mehrmals getroffen haben, Sie finden ihn ja auch ein bisschen sympathisch, aber eben nicht genug. Was Sie nicht wissen, er belagert Sie mit zwei weiteren Falschnamen, das sind die Typen mit dieser immer auch fiesen Freundlichkeit, also der verfolgt Sie unter insgesamt drei Namen, und er hat seinen Einsatz eindeutig erhöht.«

»Oh mein Gott«, sagte sie, »ich habe es irgendwie geahnt, aber ich wollte es nicht wahrhaben. Er kennt sich so gut aus, er ist ernsthaft interessiert, er sammelt die Fotos, die Filme, wie ein Filmprofessor, er hat so schöne Artikel über mich geschrieben, Interviews, er ist ein netter, zurückhaltender Kerl. Ich weiß, dass er mich immer ... klar, er will mich einfach endlich flachlegen und für immer bei mir sein, er will mich auf Händen tragen, aber wenn ich dann einmal mit einem anderen Mann ausgehe, wird er uns beide töten und anschließend selber in der Badewanne verbluten und sich dabei meine Platte anhören und um mich weinen, der gute Stalker. Wenn du gut zu ihm bist, ist er ein lieber Junge, ist es so?«

»So ungefähr kann man das sehen, ja. Falls man jemals gut genug zu ihm sein kann. Kann auch sein, dass er unfähig wäre, Ihre Nähe zu ertragen, weil er Sie so bewundert, und dass ihm jetzt diese Differenz zwischen Sehnsucht und Realität bewusst wurde. Das ist eine böse Mischung, wenn dir klar wird, dass du mit dem, was du haben willst, nichts anfangen könntest, wenn du es bekommen würdest. Aber wir haben noch kein genaues Profil von ihm.«

»Und wer ist mein böser Stalker?«

Sie hatte Angst vor der Information. Sie schien mit allem zu rechnen, und es interessierte ihn brennend, wen sie sich vorstellen konnte. Er musste es anders herausbekommen.

»Ihr alter Freund vom Satansmädelsfilm, der Sie nie vergessen hat, den Sie kürzlich getroffen haben, das war kein Zufall, sondern eine Annäherung. Er schreibt den Hass. Er schickt Ihnen vermutlich mit der Post die verfaulte Ratte. Der nette Junge schickt Ihnen ein Drei-Euro-Höschen, in das er ein Loch geschnitten hat, aber von ihm kommt das Foto mit den Schnitten im Gesicht, wir sind uns fast absolut sicher. Er hat Ihnen nie verziehen, dass Sie nichts mit ihm zu tun haben wollten. Wir haben ihn eindeutig herausgefiltert, er ist scheißaggressiv, zu ihm würden die jüngsten Angriffe passen. Das Problem ist, ich kann mir nicht vorstellen, dass der Mann mit seinen siebzig Jahren das schaffen kann.«

»Der hat sich jemanden gekauft. Der war schon immer so, der wollte immer alles kaufen, der wollte gar nicht rausfinden, ob er's vielleicht geschenkt bekommt, immer nur kaufen.«

»Das werden wir sehr bald wissen, wir sind an ihm dran, Sie müssen vor dem Arsch keine Angst mehr haben, das kann ich Ihnen garantieren.«

Sie nickte, sie dachte nach, es schien sie nicht zu überraschen. Aber es hatte ihr die Sprache verschlagen. Er wartete, aber sie sagte nichts.

Sie hatte den Schmerz von gestern vergessen und die Demütigung, die man bei jedem Schlag erfuhr, den man einstecken musste, ohne ihn parieren zu können. Die Schläge, die man nicht kommen gesehen hatte, waren die härtesten. Man konnte den Schmerz vergessen, aber die Demütigung würde sich immer wieder melden.

»Ich will ehrlich zu Ihnen sein«, sagte Fallner. »Nichts von dem, was wir bisher herausgefunden haben, reicht aus, dass sich die Polizei in Bewegung setzen würde, fast nichts davon ist juristisch verwertbar. Aber die gute Nachricht ist: Wir sind nicht die Polizei. Und deshalb haben wir, was wir haben wollten, verstehen Sie? Und den Rest holen wir uns jetzt. Auch ohne Gottes Hilfe.«

»Ich möchte kotzen«, sagte sie. »Ich habe das Gefühl, ich kann nie wieder zurück in mein Haus. Egal, wer da war, es ist einfach so ein Gefühl. Ich werde für den Rest meines Lebens auf dem Sofa sitzen und darauf warten, dass etwas passiert.«

Sie griffen fast gleichzeitig zu ihren Telefonen. In einem Film hätte man alle vier Gesprächsteilnehmer gezeigt. Das hätte besser ausgesehen als im echten Leben.

Simone Thomas war mit ihrem Sohn Jonas verbunden. Sie sagte immer wieder: »Die können in meine Wohnung und in den Keller«, und einige Male ergänzte sie, die könnten da tun, was sie wollten.

Fallner war mit Nico verbunden, der sich beschwerte, dass er mit seinen Leuten nicht in das Haus von Simone Thomas reinkam, um gewisse Dinge zu untersuchen, weil »dieser bekloppte Tussensohn« sie nicht reinlassen wollte.

Als die Frau, in deren Interesse sie handelten, ihren Sohn anzuschreien anfing, sagte Fallner zu Nico, er sollte abwarten, sie würden in den nächsten Minuten reinkommen und ihre Arbeit tun können.

»Wage das nicht!«, schrie sie. »Wenn du glaubst, du kannst mich fertigmachen, dann täuschst du dich … ja, du mich auch! … Ach, leck mich doch!«

Sie ging hin und her und schwenkte ihr iPhone, als wollte sie es an die Wand schleudern.

»Wieso will er sie denn nicht reinlassen, er müsste doch wissen, dass das in Ihrem Interesse ist?«

»Woher soll ich das denn wissen. Wahrscheinlich kapiert er nicht, dass das keine Bullen sind, und hat irgendwo in meinem Keller ein Gramm Koks vergessen.«

»Ich dachte, das Zeug ist vollkommen out.«

»Bei euch vielleicht.«

»Er wird doch wohl kapieren, dass wir nicht die Polizei sind und dass wir vor allem diese Sachen in Ihrem Keller genauestens durchsuchen und analysieren müssen.«

»Das müssen Sie mir doch nicht erzählen. Vielleicht hat der Idiot auch ein Kilo rumliegen. Ich habe keine Ahnung. Dieser dumme Junge bringt mich eines Tages noch ins Irrenhaus.«

»Trauen Sie ihm sowas zu, in der Größenordnung?«

»Woher soll ich das denn wissen! Glauben Sie, der erzählt mir sowas?«

»Ich dachte, Sie haben bei Drogen vielleicht eine vertrauensvolle Beziehung zu ihm. Die Sängerin von Velvet Underground hat sich mit dem Sohn auch den Stoff geteilt, ich meine ja nur, kann doch vorkommen unter erwachsenen Menschen. Mein Alter hat mir auch mit zehn den ersten Schnaps gegeben.«

»Sie Arschloch.«

Fallners Telefon machte Pling.

»Alles gut«, sagte er.

»Alles gut«, sagte sie.

Machte ihn verblüffend gut nach. Wie man Worte in den Dreck wirft. Und dann drauftritt.

Sie sahen sich den Fernseher an, schliefen ein, aßen etwas, hörten Deborah Harry, dämmerten weg, sie presste sich an ihn, sie fingen zu trinken an, er hatte eine neue Flasche gekauft, wieder nur billigen Arbeiterwhisky. Weil er sie damit umbringen wollte! Weil er ihr Stalker war, der sie keinem anderen gönnte! Sie lachten.

Und sie weinte.

Sie weinte oft.

Sie weinte beim geringsten Anlass.

Sie sagte, dass sie es nicht unter Kontrolle hatte und dass sie früher fast nie geweint hätte. Und dass es sie wütend machte. Die Wut, dass es jemand geschafft hatte, dass sie oft weinte. Es war ihr nicht peinlich, aber sie fühlte sich dabei wie eine Fremde, und Heulsuse war doch nichts, worauf man stolz sein konnte.

Er hatte etwas für sie, hatte er vergessen, sein Einsatzleiter Nico hatte einen Song für sie gefunden, er war bei der Arbeit ihr Fan geworden, Tatsache, auch von der Platte, die sie damals aufgenommen hatte.

»Ach Gottchen, diese Platte«, sagte sie.

»Machen Sie das nicht runter, die Killerbienen lieben die Platte doch auch, sonst würden sie nichts mit Ihnen machen. Sie haben mehr echte Fans, als Sie denken.«

»Von mir aus«, sagte sie. »Was ist das?«

»Keine Ahnung, die Band heißt Die Regierung und der Song ›1975‹.«

»Sehr witzig«, sagte sie, »Sie reduzieren meine Arbeit auf diesen einen Film, kann das sein? Weil es der erste Film war, in dem Sie eine nackte Frau gesehen haben, die nicht Mutti war.«

»Nein, tu ich nicht.«

War ihr auch egal. Er sollte nur aufdrehen. Denn wenn es etwas gab, das sie nicht ausstehen konnte, dann war das leise Musik.

Gitarren, Bass und Schlagzeug krachten auf sie nieder, dann kam der Sänger: »1975, und du magst keine Polizisten, und du magst keine Männer in Anzügen, und du hasst dieses ganze Schweinesystem, und du siehst aus wie der junge Brian Eno, du siehst aus wie der junge Brian Eno an einem guten Tag.« Fallner blieb an der Anlage stehen. »Und es gibt diese Bar, und du bist jede Nacht da, und wenn du nach Haus gehst, gehst du nie allein. Und du schläfst mit Männern, und du schläfst mit Frauen, und du schläfst mit jedem, der mit dir schlafen will, um die Angst zu verlieren, um die Fesseln zu lösen.«

Er drehte sich zu ihr um. Sie lag da, einen Unterarm über den Augen, und bewegte den Kopf leicht hin und her.

»Und du liest, wie alles anfing, und du flirtest mit Heroin, und du hörst diese geile neue Band: Supertramp. Und es ist 1975.«

Sie hatte sich eingerollt und die Hände vor dem Gesicht.

Sie weinte.

Sie weinte oft.

Sie weinte beim geringsten Anlass.

Und sie weinte bei einem Lied, das sie ins Herz traf.

Es war neununddreißig Jahre später, als sie sich um neunzehn: zehn, nachdem sie sich sorgfältig zurechtgemacht hatte (»für mich, nur für mich«), auf den Weg machten und ihn die Geräusche, die sie beim Runtergehen auf der Treppe machte, an einen Witz erinnerten, den ihm Jaqueline erzählt hatte. Er wollte sie etwas aufmuntern. Ein Versuch war nie verkehrt und ein Schuss ins Blaue immer eine Chance.

»Kennen Sie den?«, sagte er, während sie vorsichtig, bei ihm untergehakt, Stufe für Stufe nahm (das Licht im Treppenhaus war schwach). »Autokontrolle: Fahrzeugpapiere und aussteigen, Sie sind doch betrunken, sagt der Polizist zur Blondine. Die Blondine entrüstet: Herr Wachtmeister, ich versichere Ihnen, ich habe nichts getrunken! Na dann machen wir einen kleinen Test, sagt der Polizist, stellen Sie sich vor, Sie fahren im Dunkeln auf einer Straße, da kommen Ihnen zwei Lichter entgegen, was ist das? Ein Auto, sagt die Blondine. Gut, sagt der Polizist, aber welches, Mercedes, Audi oder BMW? Kann ich nicht erkennen, sagt die Blondine. Also doch betrunken, sagt der Polizist.«

»Soll ich mich jetzt auch noch totlachen«, sagte sie. Ging langsam, weil sie immer noch Schmerzen hatte.

»Die Blondine protestiert, das kann doch keiner erkennen! Und sie schwört, dass sie nichts getrunken hat. Der Polizist ist kein Unmensch: Also gut, noch ein Test. Sie fahren im Dunkeln auf einer Straße, da kommt Ihnen ein Licht entgegen, was ist das? Ein Motorrad, sagt die Blondine. Sehr gut, sagt der Polizist, aber das hätte ich schon gerne etwas genauer: Honda, Kawasaki oder Harley?«

»Finden Sie lieber mal den Motorradfahrer, der die Scheibe zertrümmert hat, das kann doch nicht so schwer sein, der ist doch sicher in die Stadt reingefahren, der muss doch auf irgendeiner Kamera sein«, sagte Simone.

»Kann ich nicht erkennen, sagt die Blondine. Weil Sie betrunken sind, sagt der Polizist. Jetzt frage ich Sie mal was, Herr Kommissar, sagt die Blondine: Eine Frau steht am Straßenrand, sie hat sooo einen Ausschnitt, sie trägt einen Minirock, Netzstrümpfe und hochhackige Schuhe, wer ist das? Eine Hure natürlich, sagt der Polizist. Korrekt, sagt die Blondine, aber das hätte ich schon gerne etwas genauer: Ist das Ihre Tochter, Ihre Frau oder Ihre Mutter?«

»Danke, Fallner«, sagte sie, »ich habe schon bemerkt, dass Sie auf intelligente Unterhaltung stehen.«

»Meine zukünftige Ex steht auf Witze«, sagte er, »ich kann mir eigentlich keinen merken.«

»Das passt zu dieser Schreckschraube. Die trägt sicher Schlüpfer, auf denen *open* steht, in einem Smiley.«

Wird wieder werden

Es sah aus wie ein Detail innerhalb des Fortschritts, das man als Rückschritt betrachten musste. Ein Rückschritt, der nicht viele interessierte; ein Detail, das den Fortschritt erheblich behinderte.

Fallner blieb schon in der Tür stehen und sagte: »Scheiße. Was ist passiert?«

Die beiden Tische, die sonst neben dem Eingang von Bertls Eck standen, waren beiseite- und aufeinandergestellt, um Platz für einen Scherben- und Trümmerhaufen zu schaffen. Die Regale hinter der Theke wiesen große Lücken auf, Gläser und Flaschen, die auf dem Scherbenhaufen gelandet waren, zusammen mit Teilen von Stühlen, zerrissenen Karten und Fotos, die an den Wänden gehangen, und Kitschfiguren, die auf der Theke gestanden hatten. Der Kopf des Münchner Kindls war abgerissen, die Tür zur Toilette hing schief im Rahmen.

Simone Thomas sagte nichts. Sie spürte, dass er getroffen war. Diese Kaschemme, in der er nur kurz etwas erledigen wollte, gefiel ihr nicht. Als sie die Jukebox entdeckte, nahm sie ihr Kopftuch ab und ging langsam darauf zu.

Am anderen Ende des Raums stand Armin neben der Jukebox an der Theke. Er schien sich festhalten zu müssen, um nicht umzukippen, und reagierte nicht auf Fallner. Er zeigte keine Regung, als die Schauspielerin an ihm vorbeiging, obwohl er Fallner erzählt hatte, dass sie in seinem Leben eine gewisse Bedeutung gehabt hatte. Das war nicht seine Art.

Der alte Bertl saß auf einem Stuhl an der Wand neben dem Eingang. Fallner gab ihm die Hand. Er war seit Wochen kränklich, hatte meistens seinen Enkel das Lokal führen lassen und war jetzt nicht hier, weil er wieder gesund war.

»Dirty Harry«, sagte er, »kaum warst du gestern einmal nicht da, haben uns Hooligans besucht. Wenigstens haben sie keinen zusammengeschlagen.«

»Ich war ja auch nicht hier herin«, rief Armin eindeutig betrunken und schlug mit der flachen Hand auf die Theke.

Fallner schüttelte den Kopf – Hools waren eingelaufen? Zu einer Zeit, als es keine Spiele gab? In ein Lokal ohne Fernseher? In ein Lokal, für dessen Zerlegung ihnen keiner ihrer Oberärsche einen Orden geben würde?

»Nein!«, rief die Frau an der Musikbox. »Heart of Glass!« Als wäre es verschollen gewesen.

»Wie geht's dir denn?«, fragte Fallner, und eine Münze fiel in den Schacht.

»Die ist auch kaputt«, sagte Bertl zu ihr, »es geht so, man wird halt alt.«

»Krieg ich schon wieder hin«, sagte Armin.

»Das wird wieder werden«, sagte Fallner, »mach dir nicht ins Hemd, du musst dich einfach mal richtig auskurieren, aber du lässt dir ja nichts sagen. Dieses Mistwetter macht jedem zu schaffen.«

Er ging hinter die Theke und nahm sich ein Bier aus dem Kühlfach. »Was waren denn das für Hools? Die Typen sind alle bescheuert, aber die hatten ja gar nichts drauf. Wie viele waren das?« Bertl sagte nichts.

Armin hatte sich an Simone Thomas herangewagt und gab ihr eine Führung durchs Programm, da waren die Clash, da die Beatles, über Marilyn war Madonna, »hier auch etwas vom deutschen Schlager, da sind wir nicht so, wenn es ganz schlimm kommt, dann ist die Toleranz mit einem Augenmaß gefragt, also jetzt natürlich kaputt, wie Sie sehen können, aber sollten Sie wieder …«

Fallner ging zu ihnen, und Bertl fiel ihm um den Hals und sagte dann zu Simone Thomas: »Ich sage Ihnen etwas, dieser Mann ist mein Lieblingspolizist, ganz ehrlich, ich hatte ja in meinem Leben einige Probleme, aber dieser Herr hier ist, auch wenn man es ihm vielleicht nicht ansieht, wenn ich …«

»Was gibt es denn Neues mit Marilyn?«, sagte Fallner.

Armin dachte kurz nach: »Nichts.«

»Ihr müsst doch über irgendwas geredet haben.«

»Natürlich haben wir das. Ich möchte es so formulieren, eine Adoption kommt eher nicht in Frage, die Alternativmöglichkeit ist dann diese medizinische Lösung. Wobei ich dabei meine Bedenken geäußert habe.«

»Und wie soll's weitergehen?«

»Ich werde mich zuerst einmal sehr kritisch informieren. Das ist eine wichtige Sache und kein Wunschkonzert, habe ich zu ihr gesagt.«

»Pass auf, wir beide müssen los, aber wir besprechen das die Tage in Ruhe, mach keinen Unsinn bis dahin.«

Armin grinste Simone an: »Frau Thomas, das ist er, mein Lieblingspolizist. Manchmal ist er etwas …«

Fallner ging zurück, Frau Thomas blieb bei ihrem Fan stehen. Schließlich hatte er guten Stoff für eine neugierige Frau von sich gegeben.

»Also sperr doch ein paar Tage zu«, sagte Fallner zu Bertl, »das pressiert doch nicht. Oder lass es deinen Enkel machen. Der macht sich gut, auf den kannst du dich verlassen (deswegen musste er noch ein ernstes Wort mit ihm reden). Und du kurierst dich richtig aus.«

Bertl nickte und zündete sich eine Zigarette an.

»Wir müssen los. Aber wenn ich dich in der Woche hier noch einmal sehe, kannst du drei Kreuze machen, falls du dich erinnern kannst, was das ist.«

Er rief die Frau, die er massiert hatte, und sie stöckelte los und gab dem Alten die Hand. Bertl sah zu ihr auf. Er fragte sich, was diese elegante Madame in seine Hütte geführt hatte und warum sie ihm bekannt vorkam.

»Ich weiß, wie Sie sich fühlen«, sagte sie, »vielleicht können Sie es positiv sehen, es war der kostenlose Beginn einer Renovierung.«

»Das ist jetzt auch wieder wahr«, sagte er.

»Wir sehen uns!«, rief ihr Armin nach.

Als sie auf der Straße standen, suchte Bertls Enkel irgendeinen Platz für seinen Pick-up, um den Schutt aufzuladen. Die Straße war zugeparkt, der Gehsteig zu schmal.

Fallner hatte keine Lust, ihn abzupassen, um mit ihm über die Gefahren bei der Vermittlung von Waffendeals zu diskutieren. Wenn es seine Begleiterin mitbekam, bestand die Gefahr, dass es ihre Schwiegertochter schneller in die Schlagerpresse brachte, als jemand Nikolai Fjodorowitsch Makarow buchstabieren konnte. War er paranoid? War nicht jeder vernünftige Mensch paranoid, seit eine Jungfrau ein Kind bekommen hatte? Hier waren Hools eingelaufen? Zu einer Zeit, als es keine Spiele gab? In ein Lokal ohne Fernseher? In einen Laden, aus dem niemand ein Unentschieden rausholen konnte? Besser, wenn es nur verblödete Hools gewesen waren – und keiner von denen, die in dieser Stadt glaubten, bei dem, was sie Fortschritt nannten, Gas geben zu müssen, und ein paar Hools einen Schein in die Hand drückten, damit sie die Tür eintraten, durch die sie ihren gierigen Fortschrittarsch schieben konnten. Denn kein Häuschen war so mickrig, dass sie es nicht haben wollten, und kein Schein so klein, dass sie ihn nicht begehrten.

»War das Ihre Stammkneipe?«, sagte sie.

»Könnte sein«, sagte er.

»Bitte nicht so schnell, ich habe die falschen Schuhe an.«

Er ging langsamer. Ein Mann, der den falschen Job hatte, hatte Verständnis für Probleme mit falschen Sachen. Auch wenn sie keineswegs die falschen Schuhe anhatte, wenn man es genau betrachtete.

Sie blieb an der nächsten Kreuzung vor einem Eckhaus stehen, das seit Jahren unverändert aussah, als würde es morgen abgebrochen werden. An der Wand über der Eingangstür der verblichene Name einer alten Wirtschaft. In den Fenstern Licht, sie hatten geöffnet, wofür auch immer. Ein Haus weiter die nächste Kneipe in einem Getränkemarkt, aus der Gebrüll und Schlagertechno dröhnte, davor zwei rauchende Betrunkene, die sich an gestapelten Bierkästen festhielten und die Frau mit den Stöckelschuhen ins Auge fassten.

»Hedu Schnucki«, sagte einer.

»Aber küssen ist nicht drin«, sagte Fallner, ohne stehen zu bleiben, und sie bekamen was nachgerufen, was am nächsten Haus in orientalischem Ballersound unterging. Die Leute hier schienen dem Wetterbericht ihren ganzen Glauben zu schenken.

»Was ist denn das für 'ne Ecke«, sagte die begehrte Simone. »Ich dachte, sowas gibt's in München nicht mehr.«

»Ist nicht meine Schuld«, sagte Fallner.

Die alten Geschichten

Seine Mutter hatte fast nichts gesprochen. Sie war nicht schweigsam gewesen, sondern krank. Das Gegenteil von Tourette. Was ihm jedoch erst nach ihrem Tod langsam bewusst geworden war. Eine Krankheit, die sich seines Wissens in keiner anderen Form geäußert hatte und deshalb unauffällig gewesen war. In den Siebzigerjahren hing die Unterschicht in der tiefsten Provinz immer noch so stark in der frühen Nachkriegszeit, dass man eine Frau, die nicht mehr reden wollte, nicht zum Arzt schickte.

Simone Thomas nickte. Das war ein Lied, das sie auch singen konnte.

Im Gegensatz dazu hatte einer seiner Freunde eine auffällige Mutter gehabt, erzählte er ihr. Die Frau hatte eine kaputte Hüfte, ein verkürztes Bein, einen steifen Arm, einen Sprachfehler und ungelogen auch noch furchtbare Narben im Gesicht, weil sie genau genommen nichts anderes getan hatte, als mit ihrem Mann im falschen Moment zu viel reden zu wollen.

»Wenn die kam, gingen viele auf die andere Straßenseite. Allein schon ihr Gang war unfassbar. Ich glaube, der Mann hatte drei Monate auf Bewährung. Der war ganz unauffällig, aber wenn er was gesoffen hatte, ein Monster.«

»Wenigstens war Ihre Mutter keine so miese und bösartige Schlampe wie meine Mutter«, sagte sie, »dieses Dreckstück, bei dem ich groß werden musste.«

»Sie war liebevoll. Und sie hat viel gesungen. Nicht nur für sich selbst, sondern für mich. Als wollte sie sich auf die Art mit mir unterhalten. Ich habe nichts vermisst. Sprechen nein, Singen ja.

Erst nach ihrem Tod dachte ich, das ist doch ein Widerspruch, und viele Jahre später dachte ich, dass an der ganzen Geschichte irgendwas nicht stimmt.«

Sie gingen vorsichtig bergab Richtung Bahnhof. Sie tippelte wie ein Go-go-Girl in einem Vierzigerjahrefilm, das in der nächsten Szene auf einer Glückssträhne stolpern und sich den Knöchel verstauchen würde, um endlich von einem melancholischen Millionär in den Hafen der Ehe getragen zu werden. Sie fand es spannend, dass er etwas erledigen musste, das persönliches Erscheinen verlangte, und sie ihn dabei begleiten konnte. In seiner Wohnung länger allein wollte sie auf keinen Fall bleiben. Das konnte er vergessen. Er nahm sie allerdings nur mit, hatte er ihr eingeschärft, wenn sie keine große Klappe riskierte oder dumme Fragen stellte. Auf ihre falschen Schuhe hatte er nicht geachtet.

»Wieso glauben Sie, dass mit Ihrer Mutter irgendwas nicht gestimmt hat?«

»Weil mein Bruder sagt, dass sie vor meiner Geburt anders war. Und behauptet, nicht zu wissen, was passiert ist. Was ich ihm nicht abkaufe, er weicht aus, irgendwas ist ihm peinlich. Aber das ist nur so ein Gefühl.«

»Ich glaube, das hat irgendwas mit dem Jungen zu tun, den Sie erschossen haben und von dem Sie immer wieder träumen. Vielleicht fühlen Sie sich ein wenig wie dieser Junge. Aber das ist auch nur so ein Gefühl. Oder finden Sie mich zu emotional?«

»Sie reden wie meine Therapeutin. Sie hätte mich natürlich nicht gefragt, ob ich sie zu emotional finde.«

»Was sagt die denn dazu? Die findet diese Träume sicher interessant. Hat sie eine Idee, wie Sie das loswerden können?«

»Hat sie nicht.«

»Sie nehmen an, dass ich in Therapie bin, stimmt's? Das denken die meisten. Das scheint zu mir zu passen, aber nein, das war ich nie. Vielleicht sollte ich das versuchen, schlimmer wird's nicht, habe ich gehört.«

Sie waren fast am Ende der Bayerstraße. Auf der anderen Straßenseite wieder die Versammlung am Nordbahnhof. Mit mehr Bewegung und Geschrei als üblich und zwei Streifenwagen. Fallner blieb stehen. Die Macht der Gewohnheit. Vielleicht sollte er rübergehen und den Bullen seine nicht registrierte Makarow übergeben, um den berühmten reinen Tisch zu machen. Er spürte, wie sie in seinem Arm zitterte.

»Meine Therapeutin hat mir vorgeschlagen«, sagte er und beobachtete die Szenerie weiter, »ich sollte zu seinen Eltern gehen und ihnen sagen, dass es mir leid tut, dass ich ihren verdammten Sohn erschossen habe. Und wahrscheinlich würde ich das dann, bewusst oder nicht spielt keine Rolle, als Abschluss annehmen können.«

Ein dritter Streifenwagen kam an. Wieso waren bei diesem Wetter nicht alle Menschen in ihren oder sonstigen Unterkünften? Wieso standen sie in der Kälte und wollten mit den Bullen diskutieren? Wieso wollten die Bullen um neunzehn:fünfzig mit Leuten diskutieren, die nichts anderes zu tun hatten, als in der Kälte auf bessere Zeiten zu warten?

»Aber es tut Ihnen nicht leid«, sagte sie, »das ist das Problem.«

Sie sah sich um, als sie weitergingen, und gab ihm dann einen Kick mit der Hüfte: Er würde sie doch nicht in dieses Café Lessing um die Ecke schleifen wollen. Das konnte er vergessen, sie würde den alten Drecksladen nie wieder betreten, und er sollte sich besser um ihre verdammten Stalker kümmern und nicht um ihre geheimsten Intimprobleme, die damit nichts zu tun hatten, dafür bezahlte sie ihn nicht.

»Sie haben nichts zu befürchten«, sagte er. »Sie können sich an nichts erinnern, und die alte Dame, die wir besuchen, die ihr Sohn eine alte Hure nennt, ist senil.«

Sie riss sich von ihm los, baute sich auf, breitbeinig, Hände in den Hüften, bereit für den *money shot* und Rauchwolken, für die allein er die Verantwortung trug.

»Ich bin keine alte Hure«, schrie sie.

Passanten kamen vom Weg ab und glotzten sie an, die Stadt ging in Deckung, Sterne erblassten, und er tat das, was man in einer Metropole bei Nacht erwarten konnte – er packte sie mit beiden Händen und küsste sie.

Aber sie waren in keinem alten Schwarz-Weiß-Film, in dem ihre Träume aus einem vorbeifahrenden Auto zerschossen wurden. An ihrem Bildrand flackerten grelle blaue Lichter, und der Mann, der scheinbar von seinen Gefühlen überwältigt worden war, sagte zu der Frau mit den verhängnisvollen Lippen, sie könnte tun und lassen, was sie wollte – ihn begleiten, in der Bar, in der sie schon früher drei Männer beglückt hatte, auf ihn warten oder sich hier an den Gehsteig mit ausgestreckten Händen setzen. Wusste sie das nicht?

Sie war vollkommen frei in einem freien Land.

Wenn dieser Walter Maurer wie sein Vater wäre, würden sie sich später im Krankenhaus wiedersehen, falls sie dann noch was sehen könnten. Weil der Sohn des ehemaligen Zuhälterkönigs Fallner nicht angerufen und ihm keinen Termin bei seiner Mutter gegeben hatte und sie ohne Anmeldung eigenmächtig zu ihr gingen.

»Man wird im Leben nicht immer angemeldet«, sagte er.

»Typen wie der finden sowas nicht lustig.«

»Ich dachte, Sie kennen ihn nicht.«

»Ich kenne ihn nicht, aber glauben Sie bloß nicht, der ist so ein braver Wirt wie der liebe Opa aus Ihrer Stammkneipe. Und wenn ich mich nicht an den dritten Mann vom Foto erinnern kann, dann die Veronika auch nicht.«

Er gab einen Schuss ins Blaue ab, von dem er nichts erwartete: »Ich dachte, sie war dabei, als Sie später mit den drei Jungs noch ein wenig im Hotel weitergefeiert haben.«

»Wie bitte? Sind Sie übergeschnappt, wofür halten Sie mich? Außerdem war die Veronika sowas wie die Hausfrau vom alten Maurer, fürs Geschäft und die Freizeit hatte er andere Weiber.«

Er sagte nichts dazu. Sie baute ihre Behauptung, sie wüsste so gut wie nichts über den Laden und den Chef von damals, endlich etwas aus. Obwohl er sie eigentlich nichts fragte.

Sie standen auf der Straßenseite gegenüber, weil Fallner das Café ein paar Minuten beobachten und seinem Freund, dem glücklichen Zufall, eine Chance geben wollte. Falls er nicht kam und er noch ein paar Minuten länger wartete, würde sie an ihre Erzählung vielleicht noch etwas dranbauen.

Manchmal war es besser, wenn man sich nicht anmeldete und nichts fragte – das Problem war, dass man nie wusste, wann.

Die alte Zuhältersgattin war immer noch neugierig. Ihr Sohn hatte Fallner zwar nicht angekündigt, aber von seiner Suche nach dem dritten Mann erzählt und ihr das Foto gezeigt. Und nach etwas Rumlabern in die Sprechanlage summte die Tür.

Veronika Maurer, gute siebzig, war bereit für eine Spritztour im offenen Sportwagen. Weißer Hosenanzug, rosa Bluse, ein rosa Seidentuch um Kopf und Haare gebunden. Eine Halskette mit dicken roten Perlen. Sie war nicht mehr gut zu Fuß, jedoch noch kräftig genug, dass sie vom Gewicht der Ringe an ihren Fingern nicht zu Boden gerissen wurde.

Das Licht im Hausflur war ausgegangen, als sie bei ihr im zweiten Stock ankamen, und sie hatte sich sofort umgedreht und gesagt, sie sollten ihr folgen. Erst in ihrem Wohnzimmer – eine Orgie in Weiß, dominiert von weißem Leder, mit ein paar schwarzen Tupfern – sah sie sich ihren Besuch genauer an und fasste sich an die Brust.

»Das ist ja eine Überraschung, die Simone besucht mich. Brauchst du Arbeit oder hast du gedacht, langsam wird's vielleicht Zeit für einen letzten Besuch?«

»Also bitte, sieh dich doch an, wie gut du aussiehst!«

»Das mach ich manchmal sogar, mein Schätzchen, aber ohne Brille!«

»Da sagst du was!«

Die Damen gaben sich Küsschen. Simone stotterte einige Sätze dahin, so oft habe sie sich vorgenommen, aber dann wieder dies und dann jenes, und sie habe außerdem auch Abstand gebraucht, aber das müsste sie ja ihr nicht erzählen.

Sie setzten sich. Fallner wurde angewiesen, sich um die Bar zu kümmern. Sie unterhielten sich zuerst über Zeiträume und einigten sich auf ungefähr Anfang 1980, das müsste hinkommen. Fallner rechnete mit; wenn das stimmte, war der Zeitraum zwischen dem Foto und ihrer letzten Begegnung zwei bis drei Jahre. Das war so interessant wie der Abstand, den Simone gebraucht hatte.

Die schon etwas gebrechliche Veronika, die von ihrem Sohn gegenüber einem Mann, den er nicht kannte, eine alte Hure genannt worden war, brach das Gesäusel mit ihrer so lange abgetauchten Bekannten ohne ein Anzeichen abrupt ab und sagte scharf: »Also, junger Mann. Mein Sohn hat mir gesagt, dass Sie für eine Sicherheitsfirma tätig sind und dass Simone ein Stalkerproblem hat. Was wollen Sie von mir?«

Erst jetzt konnte er sich ein Bild von der Frau machen, die sie mal gewesen war ... Bei vielen alten Menschen konnte man sich keine

Jahrzehnte jüngere Version vorstellen: Diese zitternde Oma hatte achtundsechzig Bullen in die Eier getreten? Dieser liebe Uropa, mit beiden Beinen im Grab und einem Baby auf dem Schoß, hatte Juden aufgeschlitzt, um seine Überlegungen zur Nierentransplantation zu überprüfen? … Und die Lessingmutter mit den kaputten Beinen hatte mit Girls wie der jungen Simone Küsschen und Blondie-Singles ausgetauscht und was man von den Männern, die hier herumliefen, wissen sollte, und die Girls wenn nötig an den Haaren gepackt und auf die Lessingstraße rausgeschleift und ihnen einen Tritt in den kaum bedeckten Arsch gegeben, wenn sie auf dem Boden wegzukriechen versuchten.

War diese Einschätzung Blödsinn? Möglicherweise. Vielleicht hatten sie keine Blondie-Singles ausgetauscht.

»Frau Thomas hat zwei Stalker, an denen wir dran sind«, sagte Fallner, »aber ich habe den vagen Verdacht, dass es noch ein Problem gibt. Das könnte auf dem Foto sein. Ich möchte das nur überprüfen, sonst nichts. Frau Thomas sagt, dass einer der drei Männer der Vater ihres Sohnes ist, ohne zu wissen, wer. Zwei der Männer konnten wir identifizieren, Ihren Mann und diesen Boxer, an den dritten kann sie sich nicht erinnern. Das ist meine Frage, können Sie mir sagen, wer das ist?«

Sie schüttelte den Kopf, trank einen Schluck Brandy, sah das alte Satansgirl an, sah Fallner an, verfluchte ihre Beine, die verhinderten, ihnen ins Gesicht zu springen, verfluchte sich selbst, weil sie die Tür geöffnet hatte, und Gott, der sie vor vielen Jahren den Weg mit dieser Frau hatte kreuzen lassen. Und hörte dann auf das Kommando ihrer inneren Stimme, in dieser Situation besser ruhig zu bleiben.

Das war irgendeine alte Schule, die Fallner in zwanzig Polizeijahren äußerst selten erlebt hatte.

»Das kann ich«, sagte sie. »Und ich kann Ihnen auch sagen, dass

Sie dieser dummen Nutte nichts glauben sollten – halt dein verdammtes Maul«, zischte sie.

»Ich kann mich an den Namen nicht erinnern, aber mein Mann hatte gute Kontakte. Er war vom Ordnungsamt. Ganz oben. Er war einer, der einem Lokal oder Bordell oder einer Peepshow die Lizenz erteilen konnte oder auch nicht. Und dann verkehrte er bei uns. Ging mit meinem Mann zu Boxkämpfen. Essen, Partys. Mein Mann konnte mit Leuten wie ihm gut umgehen, er war ein seriöser Geschäftsmann. Er hat keine Mädchen verprügelt, die nicht mehr arbeiten wollten. Er ist mit seinen Jungs nur im Notfall aufgetreten. Spaß hat ihm sowas nicht gemacht, und deshalb war er der, der meistens die Lizenz bekommen hat, die er haben wollte. Er hat diesen Mann sicher nicht geschmiert, er hat sich mit ihm angefreundet, er war nett zu den Leuten, die er mochte. Er hat immer Partner gesucht, keine Feinde, oder siehst du das anders, Simone? Halt deine Klappe. Dann hat der sich in dich verknallt, und du hast dir gedacht, das kann ja nichts schaden, so war's doch. Mir fällt sein Name nicht ein, aber ich weiß, dass er immer noch irgendwo ganz oben sitzt, du weißt das genau, Simone, stimmt's? Und deinem Bullen hast du erzählt, du hast die drei auf dem Foto gevögelt und weißt nicht, wer der Vater ist? Was willst du von mir, Geld? Ich hatte damals nichts mit Geld zu tun und heute auch nicht. Und du warst damals schon eine verlogene Schlampe.«

»Ich will doch kein Geld von dir, es ist …«

»Halt dein Maul und verschwinde. Sonst komme ich noch auf Gedanken. Du hättest es wirklich verdient, du dumme Nutte. Und erzähl deinem Bullen mal den Rest, bevor ich auf meine alten Tage noch anfange, mit Bullen zu reden.«

Sie standen auf und gingen, ohne noch ein Wort zu sagen. Du sollst schon morgen zur Hölle fahren, hätte Simone gesagt, wenn sie etwas gesagt hätte.

Und im Treppenhaus sagte sie, er sollte nicht alles glauben, was diese Schlampe erzählt hatte. Sie ruderte mit den Armen, schaffte es kaum ihre Stimme zu dämpfen, machte ruckartige Bewegungen.

»Ich glaube nie alles«, sagte Fallner. »Von dem, was Sie mir jetzt erzählen, würde ich gerne die Hälfte glauben, kriegen Sie das hin?«

»Es ist nicht so, wie Sie denken.«

»Das habe ich kapiert, ich bin auch nicht ganz blöd.«

Sie hakte sich wieder bei ihm ein. Es bereitete ihr Schmerzen, die Treppe runterzugehen. Man hatte sie zusammengeschlagen. Sie zitterte vor Wut.

»Ich weiß auch, dass es kompliziert ist«, sagte er. »Und Sie sollten wissen, dass ich auf Ihrer Seite bin. Sie bezahlen mich dafür, dass ich auf Ihrer Seite bin, ich bin Ihr Anwalt, Sie haben keinen Grund, an meiner Loyalität zu zweifeln. Es ist immer so, dass unangenehme Sachen rauskommen, wenn wir zu arbeiten anfangen, das ist unvermeidlich, aber das heißt nicht, dass ich nicht auf Ihrer Seite bin.«

»Diesen Scheiß kenne ich.«

»Es stimmt trotzdem.«

»Was erwarten Sie? Dass ich sage, könnten Sie mich bitte einfach nur mal kurz in den Arm nehmen?«

»Ich erwarte nichts, und ich würde nicht drauf reinfallen. Sie sind unglaublich gut im Harte-Schläge-Wegstecken. Sie wären ein guter Boxer geworden. Und wo die Boxer sind, sind die schönen Frauen, und wo die schönen Frauen sind, sind die Männer mit dem Geld, und noch mehr schöne Frauen schauen dann vorbei und noch mehr Männer mit Geld. Facebook und Instablabla hin oder her, daran wird sich nichts ändern. Boxen, Formel Eins, der Schlagerkönig, der gefeierte Regisseur, der große Politiker.

Zwanzigjährige Sexbomben, die in die Kamera sagen, dass sie den achtzigjährigen Millionär wegen seiner Denke als Mensch lieben. Irgendwelchen Dealern ist es scheißegal, ob sie Chemiedreck verkaufen, von dem kein Mensch eine Ahnung hat, oder reinen Dreck aus Afghanistan. Und manchmal kommt es vor, dass der Mann vom Ordnungsamt ganz oben neben dem Schlagerkönig sitzt, wenn Sie wissen, was ich meine.«

»Ich weiß, dass mein Geld gut bei Ihnen angelegt ist.«

»Ich finde es mittlerweile vollkommen unverständlich, dass Sie keine große Karriere wie Blondie Deborah haben, ganz ehrlich, das sage ich nicht nur so dahin.«

»Ich weiß. Aber ich falle nicht drauf rein.«

Sie mussten damit aufhören, als sie ins Erdgeschoss kamen. Zwischen Treppe und Hinterausgang fummelte Walter Maurer am Reißverschluss seiner Hose, und Fallners gute Bahnhofsbekanntschaft Frau Hallinger hatte den Rock ganz oben und brachte ihr Höschen in Ordnung. Sie war außer Atem. Sie sahen sich in die Augen.

»Machen Sie nur so weiter«, sagte er.

»Wir sand schon fertig«, sagte sie.

»Man ist doch nie fertig«, sagte Simone Thomas.

»Was machen Sie hier?«, sagte der Mann, mit dem die Frau, die an ihrem Höschen fummelte, zum Glück fertig war.

»Ich habe leider nur Ihre Mutter gefickt«, sagte Fallner.

Im Interesse der Sicherheit

Der Mann auf dem Foto hieß Dr. Ernst Bacher, kam aus einer wohlhabenden und traditionsreichen Familie und wollte kein anderes Leben mit dieser jungen Frau haben, die in Filmen mitspielte, mit denen sie sich, aber er sich nicht brüsten konnte. Er wollte nichts mit ihrem Kind zu tun haben, denn er hatte schon alles, eine kaum ältere Frau, die man überall zwischen Fußballstadion und Jahresempfang der Staatsregierung vorzeigen konnte, und zwei kleine Kinder.

»Er hat gesagt, ich soll es wegmachen lassen, aber wenn ich nicht will, soll ich mir wegen Geld keine Sorgen machen, er wird mich unterstützen, und das hat er auch«, sagte sie.

»Bis heute«, sagte Fallner.

»Schön wär's.«

Sie saßen im Café Lessing in der Ecke an der Wand, an der ihr Foto fehlte. Sie hatte sich geweigert, das Café zu betreten, und er musste ihr klarmachen, dass sich die Zeiten geändert hatten und sie nicht mehr in einem freien Land lebte, sie musste da rein, keine Diskussion.

Sie hatte ihre Identität äußerst wirkungsvoll verborgen. Sie trug ihr Kopftuch und eine große dunkle Sonnenbrille. Sie wurde ständig angestarrt.

Fallner fragte sich, wie die Frau von Dr. Ernst Bacher heute aussah. Oder ob er sie durch ein jüngeres Modell Simone Thomas ersetzt hatte. Er war immer noch in der obersten Etage der Stadtverwaltung tätig. Mehr war mit ein paar Klicks nicht herauszufinden. Ein Politiker, dem es im Hintergrund offensichtlich besser gefiel. Er gab die Informationen an seinen Einsatzleiter Nico weiter. Falls Dr. Ordnungsamt in jungen Jahren eine Anhalterin mitgenommen hatte, die zwei Wochen später vermisst gemeldet und nie gefunden und er als Zeuge nicht befragt worden war, würde er es herausfinden. Falls nicht, würde Fallner seinen flüchtigen Bekannten, den Vermisstenfahnder Süden dazu befragen; das Problem war nur, dass er keine Ahnung hatte, wo der Ex-Bulle abgeblieben war.

Wie Jaqueline zu sagen pflegte: Von allen Ex-Männern sind Ex-Bullen die schlimmsten.

Frau Hallinger stützte sich mit beiden Händen vor Fallner auf den Tisch und pustete sich die Haare aus dem Gesicht. Sie wusste, dass sie damit das Bild von vorhin nicht ganz verdrängen konnte.

»Denken Sie nicht schlecht von mir, Herr Fallner, oder sand Sie jetzt beleidigt?«

»Ich bin vielleicht beeindruckt, aber nicht beleidigt.«

»Ich habe Ihnen doch gesagt, dass eine Frau ein Geheimnis haben muss. Oder Frau Baronin? Sie sehen aus wie das personifizierte Geheimnis, an dem die Männerherzen verbluten, Marlene Dietrich im *Blauen Engel* oder so. Kennen Sie den Film? Nach Heinrich Mann, nicht Thomas, Simone, sondern Heinrich Mann, Regie Josef von Sternberg, neunzehndreißig. Die Nazis wussten genau, dass Marlene der Dolchstoß in den Unterleib der deutschen Mutter war, aber damit will ich Sie jetzt nicht belästigen, ich bin nur eine Bedienung, die zu viel vor dem Fernseher sitzt. Also ein Bier für den Herrn, der heute Nacht an mich denkt, und was darf ich der Frau Baronin bringen?«

Sie sagte nichts.

Und Juliane Hallinger war eine Frau, die wusste, wann sie Öl ins Feuer gießen musste: »Frau Baronin reden nicht mit Bedienungen, die sich vom Chef zu einem kleinen Ausritt einladen lassen?

So sand sie halt, die Frauen vom Film und Fernsehen. Deswegen kommen ihre …«

»Es reicht jetzt«, sagte Fallner, »bringen Sie ihr einen Gin Tonic.«

Sie brauchte einen, sie sah nicht so aus, als könnte sie sich im Moment gegen irgendwen oder irgendwas verteidigen. Er fragte sie, ob es hier noch so wie damals aussah. Sie spielte mit einer Zigarette. Das Publikum hatte doch sicher nicht den Glamour von damals. Oder war es damals nur an bestimmten Abenden glamourös gewesen?

»Ich wollte nicht abtreiben, ich glaube, ich wollte, aber ich war zu dumm dazu. Ich flatterte nur so planlos durch die Welt. Und trallala, das Baby ist da. Als ich langsam fett wurde, habe ich auch langsam kapiert, dass es nicht so einfach werden würde. Was es heißt, damit allein zu sein. Vollkommen eingespannt. Und dann auch noch Film. Ich war vierundzwanzig, es lief gut, ich war selbständig, ich hatte keine Lust auf den ganzen Mist, der auf mich zukam. Natürlich habe ich mich an ihn drangehängt, der sollte nicht glauben, dass er so leicht vom Haken kommt. Es war nicht fair.«

»Wie lange waren Sie mit ihm zusammen?«

»Wir waren nicht zusammen. Wir haben uns ein- bis dreimal im Monat getroffen. Ein halbes Jahr vielleicht. Als das Baby da war, kam er immer noch hin und wieder. Er mochte mich schon sehr. Er hing schon gut am Haken. Und ich wollte eine Sicherheit haben, ich finde es nicht in Ordnung, wenn die Frau die Rechnung allein bezahlen soll. Ich möchte rauchen.«

Sie hatte ihren Mantel anbehalten, und als Fallner seinen Mantel anzog, kamen die Getränke, und sie standen sich alle im Weg.

»Er findet mich alt und hässlich«, sagte die Schauspielerin zur Bedienung, die sie mit *Baronin* heruntergeputzt hatte, »also müssen Sie mich nicht mehr so blöd anmachen.«

Die Bedienung legte ihr eine Hand auf die Schulter und flüsterte ihr etwas ins Ohr.

»Und welchen Sinn sollte das haben?«, sagte sie.

Die junge Frau gab ihr einen Schlag auf den Hintern und sagte, die Welt hätte doch schon genug Probleme mit all den Sachen, die die Menschen für sinnvoll hielten, und schaukelte davon, und sie gingen raus mit ihren Zigaretten.

Sie blieben vor dem hell bestrahlten Eingang stehen. Es schneite leicht. Ein immer noch früher Dienstagabend, einige der großen Gemüseläden hatten um zwanzig:vierzig immer noch die Ladentür offen und man würde etwas bekommen. Auch deswegen gab es genug Deutsche, die behaupteten, in dieser Gegend wäre es nicht mehr besonders deutsch. Obwohl es immer noch genug deutsch war. Vielleicht sogar immer noch zu deutsch. Und andere behaupteten, dass Drogen und Prostitution wieder stärker auftraten; Fallner kannte sich hier zu wenig aus, um das bestätigen zu können, es war nicht seine Ecke. Angeboten hatte er nichts bekommen, aber die zuständigen Beamten wussten in der Regel immer noch genau, wie sich das Gebiet veränderte. Und immer noch eine Menge Leute, die vom oder zum Bahnhof unterwegs waren, die meisten gingen schnell. Auch die Bettler hatten ihre Arbeit beendet, die meisten waren abgeholt worden.

Sie packte seine Hand, als er ihr Feuer gab.

»Im Interesse der Sicherheit ...«, sagte Fallner.

Auf der anderen Straßenseite hielt eine weiße Jaguar-Limousine, die heute nicht mehr gebaut wurde. Ein jüngerer Mann in einem roten Trainingsanzug stieg aus, schüttelte dem älteren Mann, der im Eingang des Hotels gewartet hatte, die Hand, nahm seine beiden Taschen und verstaute sie im Kofferraum. Die beiden stiegen ein (der Jüngere öffnete dem Älteren nicht die Tür, wie Fallner erwartet hatte). Der Jaguar blieb stehen. Sie besprachen etwas. Fuhren immer noch nicht weg. Warteten. Auf einen Partner. Den Kaiser von China. Die Herren Heckler und Koch. Oder auf die Oma mit der Bibel.

»Im Interesse der Sicherheit«, sagte er, »hat der Doktor Bacher vom Ordnungsamt Ihnen dann das Haus übergeben. Ich schätze, die hatten einige Häuser. Er hat es so gedreht, dass es wie ein normaler Verkauf aussah. Teil des Deals war, Jonas darf nie erfahren, wer sein Vater ist. Die Sache muss beendet sein.«

»So ungefähr«, sagte sie.

»Und das Ganze war für Sie ein Job, den der gute alte Oberboss Maurer eingefädelt hat.«

Eine Bemerkung, mit der sie nicht gerechnet hatte – sie riss die Augen auf und schlug ihm ins Gesicht.

»Aber ich liege richtig«, sagte er.

»Quatsch«, sagte sie. »Ich war keine Nutte.«

Fallner bekam einen Anruf. Sie verzog den Mund, weil sie seinen Klingelton widerlich fand. Er hörte es sich an, berichtete knapp, was sich bei ihnen getan hatte und wo sie waren.

»Ist nicht nötig, sieht nicht so aus«, sagte er.

»Gibt's was Neues?«, fragte Simone.

»Erstens: Ihre ehemalige Babysitterin hat nichts damit zu tun. Zweitens: Geben Sie mir bitte Ihr Handy.«

Sie gab es ihm. Er zerlegte es in seine Einzelteile und steckte es in seine Tasche. Eine Anweisung seines Einsatzleiters, er machte eine Tut-mir-leid-aber-ich-kann-nichts-machen-Geste.

»Was soll das? Geben Sie mir sofort mein Telefon!«

»Vergessen Sie Ihr Telefon. Wenn Sie Pizza und Zigaretten bestellen wollen, kriegen Sie meins. Kennen Sie die Geschichte vom Traktor? Ein alter Mafiaboss. Hat in einer kleinen beknackten Holzhütte gelebt und verkehrte mit seinen Leuten nur über Zettel, auf die er seine Anweisungen kritzelte. Kein Telefon. Die haben zwanzig Jahre gebraucht, bis sie das Schwein endlich hatten und wegsperren konnten. Der eigentliche Punkt, den ich nicht verstehe, ist: Wieso lebt ein Typ, der über Leichen und Drogenberge geht, um seine scheiß Millionen zu machen, in einer beknackten Holzhütte? Was wollte der denn mit seinem Scheißgeld, eine solide Ausbildung für seine Scheißkinder?«

Sie klammerte sich wieder an seine Hand, als er ihr Feuer gab, und sagte: »Man raucht sofort immer die nächste, wenn man schon mal draußen ist, um eine zu rauchen.«

Fallner sah, dass im Halteverbot dreißig Meter weiter ein Motorrad stehen blieb, ohne dass der Fahrer Scheinwerfer und Motor abstellte. Er kannte sich nicht mit Motorrädern aus und hatte keine Ahnung, ob der Scheinwerfer zu einer Honda, Kawasaki oder Harley gehörte.

»Aber ich habe Sie unterbrochen, tut mir leid, es ging nicht anders, was wollten Sie sagen?«

»Nichts mehr. Ich habe Ihnen alles gesagt. Sie wissen mehr, als Natascha je erfahren darf.«

Er bedankte sich. Und erinnerte sie daran, dass er auf ihrer Seite war. Man konnte es nicht oft genug sagen. Sie waren nicht die Polizei. Sie waren für sie da und sonst nichts. Sie konnte alles sagen, sie konnten alles vergessen.

»Als Jonas älter war und ich merkte, dass es ihn immer wieder beschäftigte und er mir nicht glauben wollte, dass ich nicht wusste, wer sein Vater ist, wollte ich es ihm sagen. Er hatte manchmal einen richtigen Hass auf mich. Und ich dachte, dass ihm doch nichts fehlt. Wahrscheinlich hat er gespürt, dass ich eine Mutter war, die keine große Lust hatte, Mama zu spielen. Erst viel später.«

»Aber Sie haben es nicht geschafft.«

»Ich hab's nie geschafft. Ich wollte es ihm immer sagen. Aber ich hatte Angst.«

»Wovor hatten Sie Angst?«

Der junge Bettler, der keine Beine mehr hatte, raste auf seinem Brett mit Rädern an ihnen vorbei. Ein hartes Geräusch. Diesmal hatte er Handschuhe an.

»Hat Ihr Ex-Freund ein Motorrad?«

»Weiß ich doch nicht. Damals hatte er eines.«

Fallner rannte los, um sich den Motorradfahrer anzusehen.

Der Motorradfahrer schaltete zu langsam. Er hatte geschlafen, ehe er ihn kommen sah und aufdrehte. Und er wollte nicht in die Richtung abdüsen, aus der ihm Fallner entgegenkam. Er wollte wenden und in die andere Richtung. Was in der engen Straße nicht so einfach war.

Fallner wäre schneller gewesen. Aber er rutschte im Schneematsch aus und knallte auf den Asphalt und schlitterte halb unter ein Auto.

»Das war sehr gut«, rief Simone Thomas, »wir machen noch eine, die wird perfekt.«

Er lag im Dreck. Sie kam zu ihm und sah auf ihn runter, nicht wie auf jemanden, der auf ihrer Seite war, sondern auf einen, der die Klappe besser nicht aufreißen sollte. Er richtete sich auf, bog den Rücken durch und verzog das Gesicht.

Die weiße Jaguar-Limousine, die nicht mehr gebaut wurde, stand immer noch vor dem Hotel gegenüber, und die Männer unterhielten sich immer noch.

Über den wärmsten Januar aller Zeiten.

Über die Probleme des Jüngeren mit seiner lahmen Ente von ewig nörgelnder Ehefrau.

Über die Qualitäten des Boxers Prinz von Homburg und die als Schauspieler in Hollywood.

Über den Vorwurf des Alten, dass sich der Jüngere endlich mal ohne seine Hilfe durchboxen musste.

Über die Vorteile und Nachteile des Internets unter spezieller Berücksichtigung von Facebook.

Über die Einweihung des Mahnmals für verfolgte sexuelle Minderheiten in Tel Aviv.

Über die Frage, warum ein guter Kommunist keine Jaguar-Limousine fahren und sich nicht in eine Stripteasetänzerin verlieben sollte.

Über den Vorwurf des Jüngeren, der Alte mit seinen alten Geschichten, gab's keine neuen, hallo?

Über die Beschwerde des Jüngeren, der Alte sollte endlich aufhören, sich einzumischen.

Über die Putzfrau, die damals jeden Mittwoch gekommen war und alle genervt hatte, weil sie so laut gewesen war, und die sie vermisst hatten, als sie nicht mehr kam.

Über das letzte Buch von Elmore Leonard, der es selbst im hohen Alter nicht nötig hatte, mit Kübeln voller Spielblut um sich zu werfen, obwohl er vom illegalen Handel mit Nieren erzählte, abgefahren, kaum zu glauben.

Über die Probleme in der Schule, wenn viele Kinder in der Klasse sind, die kaum Deutsch können, und ob ein deutsches Kind dann eines Tages gut genug Deutsch können könnte, um auf einer deutschen Universität eine deutsche Karriere starten zu können, die einen alten Arsch in einem Topaltersheim finanzieren konnte.

Über diesen neuen Roman, der behauptete, es gebe nur den einen Plot, der Schein trügt, und von wem das geklaut und ob da was dran war.

Über die Arroganz des Jüngeren, der meinte, der Alte sollte endlich aufhören, seine Zeit mit Scheißromanen zu verschwenden.

Über die Probleme, die man endlich nicht mehr endlos durchkauen sollte.

Über die Frau, die von drei Münchner Bullen in der Zelle übel zugerichtet worden war, weil sie diese Superbullen mit ihrem sagenhaften Kampfgewicht von fünfzig Kilogramm bedrohte, obwohl sie fixiert war.

Über die Formschwankungen von Wayne Rooney, der wie Paul Gascoigne enden würde, wenn er nicht verdammt aufpasste.

Über den speziellen Reiz alter Sexfilme, mit denen das gewisse Etwas verlorengegangen war.

Über diesen neuen Film mit Stallone, De Niro und Kim Basinger, die im allerdings schon zwanzig Jahre zurückliegenden Remake von *Getaway* besser rausgekommen war.

Über die Stadt, die auch nicht mehr das war, was sie mal gewesen zu sein schien.

Über diese Drecksislamtypen, die ihre Frauen verpackten, vom Rest in ihren kranken Gehirnen ganz zu schweigen, die Typen verstanden doch nur eine Sprache, aber die war ja zum Glück international.

Über die Vorteile der Glock28, die für weniger kräftige Schützen ideal war und mit einem 19-Schuss-Magazin optimiert werden konnte.

Über die Probleme des Alten mit dem Alter und der Alten und dem alten Schwanz und diesen verdammten Verbrechern in Brüssel.

Über die Zubereitung der Bolognese, deren Rezept die Oma mit ins Grab genommen hatte, der Herr sei ihr gnädig.

Über diesen Motorradfahrer, der mehr Glück als Verstand gehabt hatte.

Über irgendwas, von dem kein Mensch eine Ahnung hatte, es sei denn, sie wurden abgehört.

Home-Office is killing Outdoor-Entertainment

Fallner war der Hausmeister. Seine Aufgabe war es dabei nicht, kaputte Wasserleitungen zu reparieren oder dafür zu sorgen, dass kein Kinderwagen im Hausgang stand, sondern anzutreten, wenn jemand echten Ärger machte. Er zahlte deswegen weniger als die Hälfte der normalen Miete. Den Posten hatte er sich selbst erarbeitet, und Jaqueline hatte recht mit ihrer Einschätzung, dass es ein Traumjob unter Traumbedingungen war. Dass der Mann, der ihm diese Sonderstellung verschafft hatte, seit vielen Jahren tot war, bedauerte niemand und war nicht Fallners Schuld.

Der pensionierte Polizist hatte das ganze Haus terrorisiert. Im Sommer hatte er Glasscherben im Hinterhof ausgestreut, weil ihm Kinder auf die Nerven gingen. Ein massiges Ekel, das niemand in den Griff bekam. Fallners gutes Zureden, sie waren doch praktisch Kollegen, hatte keine Wirkung. Das brachte ihn auf die Idee, und er besuchte die Hausbesitzerin, eine sehr alte Dame, die im romantischen Umland lebte und von diesem Mieterterror bereits massiv gestört wurde. Er machte ihr klare Vorschläge. Der Vertrag wurde per Handschlag abgeschlossen. Seinen Teil erledigte er schnell und gut.

Seitdem passte er auf das Haus auf, aus dem bei einer Renovierung alle rausfliegen und nie zurückkehren würden, und konnte in seiner Wohnung tun, was er wollte. Die Anzeichen häuften sich, dass er bald einen Massagesalon eröffnen würde. Eine Filmschauspielerin hatte er bereits als Kundin, und seine neue Assistentin Simone stand jetzt in seinem Morgenmantel hinter ihm und massierte seine Schultern. Er hatte sie nicht davon abhalten können, aber sie machte es nicht schlecht, obwohl sie hauptsächlich seinen Bildschirm beobachtete.

Sie hielt es für einen schlechten Witz und einen Angriff auf ihre Rechte als Frau, Bürgerin und Auftraggeberin, dass sie den Tag in seiner Wohnung verbrachten und sie ihn bei seiner angeblichen Home-Office-Betätigung nicht stören sollte. Sie tarnte ihren Protest mit der Behauptung, sie würde ihm behilflich sein.

Fallner saß an seinem Schreibtisch im Dienstmädchenzimmer und war ununterbrochen auf irgendeine Art mit Nico im Büro verbunden. Mit ihren Leuten arbeiteten sie alles auf, was sie in die Finger bekamen. Eine Herde Planierraupen, die den Dreck wegräumten; kein exakt passendes Bild, weil sie dabei so gut wie unsichtbar auftraten und keinen Lärm machten.

Ihre Hilfe sah etwa so aus, dass sie ihm ein bisschen die Schultern knetete, sein Zimmer durchsuchte und vor sich hin plapperte – man konnte von den beruflichen Leistungen des längst in seinem Grab verrotteten Zuhälterkönigs, der nicht wie sein Sohn auf dicke Hose gemacht, sondern eine getragen hätte, halten, was man wollte, aber er hatte ihr einmal zehntausend geliehen!

»Das war damals ziemlich viel Geld. Und er wollte dafür nichts von mir, außer das Geld natürlich irgendwann zurückbekommen, jedenfalls nicht das, was ich erwartet hatte und was Sie jetzt denken. Er hatte was für die schönen Künste übrig. Also nicht für das Zeug, für das du studiert haben musst, um die Hälfte zu kapieren. Film, Popmusik, Fotos. Sie haben ja eine richtige Sammlung über Serienkiller, war das Ihr Spezialgebiet?« Sie nahm ein Buch aus dem Regal und blätterte. »Wo die Boxer sind, sind die hübschen Mädchen, und wo die hübschen Mädchen sind, sind die Männer mit dem Geld, und wo die Männer mit dem Geld sind, sind die Künstler, hat er gesagt.«

»Mir kommen die Tränen«, murmelte Fallner. »Mann«, sagte

er laut, »ich weiß es auch nicht, aber jemand muss an dem dranbleiben, wieso ist das denn so schwierig?« Er wollte raus, auf die Straße, ins Büro, mehr tun als nur noch auf sie aufzupassen.

»Du kriegst bei mir immer einen Job, Simonchen, hat er gesagt. Ich glaube, sechsundsiebzig habe ich zum ersten Mal in einem seiner Clubs getanzt, nur drei oder vier Nächte, ich hatte nichts zu tun und musste was tun, ein Anruf und am selben Abend ging's los. Ich geb's zu, es hat Spaß gemacht. Ich hatte immer eine schwarze Perücke auf, weil ich Schiss hatte, damit auch noch in die Zeitung zu kommen, weil es hat sich schon ein bisschen herumgesprochen. Ab und zu habe ich das gemacht … *Die Umsetzung mörderischer Phantasien in fiktionalen Werken unterscheidet sich von deren Umsetzung in die Realität* … Sind Sie auch dieser Ansicht, Fallner? … *Fiktionale Realisierungen bleiben sowohl für die phantasierenden Individuen als auch ihre Umgebung folgenlos* … Vielleicht nicht immer, oder? … *Was die Gemüter einer Gesellschaft hingegen zu bedrohen scheint und wofür Begründungen gesucht werden, ist die Tatsache, dass mörderische Phantasien von Individuen im Rahmen von realen Tötungshandlungen ausgeführt werden, für die gesellschaftliche Regeln sowie moralische und rechtliche Normen offensichtlich keine Gültigkeit zu besitzen scheinen* … Haben Sie das, Herr Fallner, kommen Sie mit? Immer noch zu schnell? Was machen Sie denn die ganze Zeit, mein Lieber, Taschenbillard?«

»Frau Thomas, ich weiß …«, sagte er und hatte es sofort wieder vergessen und war woanders.

»Ich geb's ja zu«, sagte sie, »ich hatte auch einmal eine Schicht in seiner Peepshow, aber ich fand's ekelhaft, komisch, andere fanden Peepshow gut und Striptease ekelhaft. Die meisten Menschen haben sicher keine Ahnung, was der Unterschied ist, aber Sie wissen, was ich meine, oder, Fallner? Hören Sie mir überhaupt zu?«

»Ich höre Ihnen zu, Sie waren die Stripperin, in die er verliebt war, deshalb mussten Sie die Zehntausend nie zurückzahlen.« Er setzte sich einen Kopfhörer auf und fing zu reden an.

»Sie sind ein stark phantasierendes Individuum«, sagte sie. »Für mich war das eher so eine Art Training, und seine Clubs waren immer sehr elegant. Das fand ich oft sogar schöner als Film, beim Film sitzt du immer so viel herum, und es gab meistens einen, der unbedingt mit mir in Ruhe irgendwas besprechen wollte. Ja, Sie haben recht, ich habe dann auch ein paar andere Jobs von ihm angenommen. Aber es waren nur ein paar und wirklich nichts Schlimmes, nicht das, was Sie denken. Nur etwas speziell. Eigentlich fast schon ein Wunder, dass mir der Herr Doktor Bacher etwas angehängt hat.«

»Hat er das Foto?«, sagte Fallner.

»Er hat kein Foto«, sagte sie.

»Ist nicht so wichtig«, sagte er, »aber wenn er es schafft, wär's natürlich besser.«

»Aber ich. Und das ist besser so«, sagte sie. »Ich war schon immer ein Mädchen, das etwas Sicherheit haben wollte.«

»Er darf ihn nicht verlieren.«

»Das Dumme ist nur, dass ich's grade nicht mehr finden kann.«

»Er kann ihm eine verpassen, aber er *muss* nicht. Du musst ihm das einschärfen, wenn er das tut, muss er äußerst vorsichtig sein, er bekommt keine Rückendeckung von der Firma, du musst ihm das einschärfen, verstehst du, Nico? Es wäre wahrscheinlich das Beste, was passieren kann, aber er muss dieses Risiko nicht eingehen, wir kriegen das auch anders hin. Oder bist du anderer Meinung?«

»Das ist komisch, denn ich war eigentlich immer sehr vorsichtig damit.«

Er nahm den Kopfhörer ab: »Was haben Sie gesagt?«

»Ob Sie heute Abend mit mir ins Kino gehen.«

»Sind Sie wahnsinnig?«

»*Zwei vom alten Schlag*. Brandneu. Stallone, De Niro, Kim Basinger. Ich habe extra einen Film ausgesucht, der Sie interessieren müsste.«

»Was glauben Sie eigentlich, was wir hier tun?«

»Home-Office is killing Outdoor-Entertainment«, kicherte sie. Stützte sich mit dem Kinn auf seine Schulter. »Finden Sie nicht auch, ich bin die deutsche Kim Basinger? Nein, eher die deutsche Sharon Stone. Die kann besser ordinär. Ich spiele Ihnen mal was aus *Basic Instinct* vor, kann ich auswendig, dauert nur zwanzig Sekunden, passen Sie auf.«

»Das werden Sie nicht tun!«

»Waren Sie schon immer so spießig? Man darf keinen Sex mit jemandem haben, mit dem man arbeitet! Wer hat das denn erfunden, der gute Adolf? Ihre Ex ist doch auch bei der Polizei, aber für die Bullen gilt das Gesetz mal wieder nicht. Stimmt es eigentlich, dass bei den Bullen überdurchschnittlich viele Neonazis sind?«

»Ich weiß es nicht, Frau Thomas, passen Sie …«

»Aber mal ernsthaft, und ich erwarte, dass Sie ehrlich zu mir sind, glauben Sie, dass meine Karriere noch mal losgeht, wenn ich mit diesen anderen Idioten auf diese Berghütte gehe? Mein Agent sagt, wenn der Artikel von Natascha kommt, dann die große Ausstellung nächste Woche, dann das Video mit den Killerbienen, wenn ich dann auch noch bei dem Berghüttenspektakel dabei bin, dass es dann noch mal richtig losgehen wird.«

Fallner drehte sich vollständig zu ihr um: »Er sagt was?!«

»Was dachten Sie denn?«, sagte sie. »Aber es ist mir egal, wie viel das bringt, weil die mir hundertfünfzig bezahlen, nur dass ich überhaupt antrete. Das ist nicht schlecht für ein altes Weib, das keinen Job mehr kriegt und allein dasteht. Ingrid van Bergen war älter als ich, als sie bei diesem Dschungelscheiß mitmachte, und sie hat gewonnen. Kennen Sie nicht? Sie hat ihren Lover erschossen, bam-bam-bam (sie stupste ihn an die entsprechenden Körperstellen), und war im Knast, und erst durch das Camp ging es bei ihr wieder richtig los. Wenn ich meinen Ex-Lover umlegen würde und Sie machen alles so, damit es nach Notwehr aussieht, würde mein Preis hochgehen. Ach, immer diese Preise, das ist doch furchtbar. Was würden Sie denn für mich bezahlen?«

Er schob sie weg, als sie sich bereit machte, sich auf seinen Schoß zu setzen, und sagte: »Sie bezahlen *mich*, und deshalb verschwinden Sie endlich.«

»Ich bezahle Sie, damit *ich* verschwinde? Wofür halten Sie mich, für so 'ne Art B. Traven? Glauben Sie, Sie sind was Besseres, nur weil Sie zwei Arschlöcher erschossen haben?«

Fallner gab auf. Versicherte ihr, dass sie unschlagbar war. Und dass ihre Karriere, wie auch die jüngste Mitarbeiterin aus seinem Team prophezeit hatte, garantiert noch mal durch die Decke gehen würde. »Aber nur, wenn es uns gelingt, den Typen aus dem Verkehr zu ziehen, von dem wir annehmen müssen, dass er sein Stalking weiter intensivieren wird. Wir versuchen rauszufinden, wer dieser eine ist. Denn das ist nicht Ihr Fan, der sich jeden Tag einen Ihrer Filme ansieht und Ihnen Dessous schickt, verstehen Sie?«

»Nein, ich bin zu blond, doof und verdorben«, sagte sie – und kehrte ihm tatsächlich den Rücken.

»Und während wir uns«, rief er ihr nach, »durch diesen Dschungel kämpfen, der um Sie herum ist, erzählen Sie mir plötzlich, was Ihr Agent dazu sagt. Wenn Sie mir endlich die Hälfte von dem erzählen würden, was Sie vergessen haben, hätten wir Ihren verdammten Stalker.«

Aus seinem Wohnzimmer kamen klickende Geräusche. Sie durchsuchte seine DVD-Sammlung. Er wartete auf einen Aufschrei.

»Ich dachte, es ist mein alter Satanspriester«, sagte sie.

»Das hoffen wir«, sagte er.

»Er ist es, und ich glaube, mein Agent bezahlt ihn. Dem können Sie alles zutrauen. Deswegen ist er mein Agent. Wie finden Sie das?«

»Und angefangen hat alles damit, dass Sie ihn gebeten haben, sich mal was für Ihre Karriere einfallen zu lassen?«

Sie stand in der Tür: »Davon wollte ich Sie die ganze Zeit ablenken, aber ich war nicht gut genug, weil Sie so gut sind.«

»Endlich«, sagte er, »ich dachte schon, ich kriege Sie nie dazu, es endlich zu sagen.«

Sie warf sich vor ihm auf den Boden: »Lassen Sie uns verschwinden und irgendwo ein neues Leben anfangen. Ich habe Geld. Es ist noch nicht zu spät.«

»Es ist immer später, als man denkt«, sagte er.

Sie kam zu ihm gekrochen, streckte ihm die Hand hin und sagte: »Erfüllen Sie mir nur noch einen letzten Wunsch: Geben Sie mir Ihr Telefon.«

Dann bestellte sie Pizza und Zigaretten. Sonst nichts. Dann machte sie sich »ein bisschen schöner«. Dann aß sie Pizza und sah sich *Copland* an. Mit Stallone, De Niro und Deborah Harry.

Sie bereitete sich nämlich immer vor, wenn sie ins Kino ging, und sie würde den Teufel tun und unter diesen Umständen etwas daran ändern.

Die neuesten Meldungen

Der Entscheidungskampf zwischen den legendären Boxern Stallone und De Niro, zu dem es nie gekommen war, wird dreißig Jahre später zur medialen Sensation. Zwei vom alten Schlag rechnen endlich ab. Die halbe Welt hat darauf gewartet.

Es gibt auch eine weniger bekannte alte Rechnung: De Niro hat damals Stallone Kim Basinger für eine Nacht ausgespannt, dabei einen Sohn gezeugt und die Ehe zerstört.

»Die ist ein paar Monate älter als ich«, sagte Simone Thomas, als Kim Basinger die Leinwand betrat.

De Niro geht aus dem Boxstudio. Und da steht wieder dieser junge Mann und sagt, ob sie sich kurz unterhalten könnten. De Niro fragt ihn, warum er ihn auf Schritt und Tritt verfolge, und er sagt, weil er sein Sohn sei. Sie gehen ins Café.

Der junge Mann erzählt De Niro, dass ihm seine Mutter, Kim Basinger, erst letzte Woche erzählt habe, wer sein Vater sei. De Niro erklärt unfreundlich, dass er damals an einer Vaterschaft kein Interesse gehabt hätte. Sein Sohn sagt, er sei sauer auf die Mutter gewesen, weil sie ihm seinen Vater verheimlicht habe, aber jetzt glaube er zu wissen, warum.

»Sie haben gesagt«, flüsterte Fallner, »Sie hatten Angst, es Ihrem Sohn zu sagen. Warum hatten Sie Angst?«

Sie sagte nichts.

Stallone kommt nach dem Lauftraining vor seinem Haus an und wird von Kim Basinger gestoppt. Sie sagt, sie habe dreißig Jahre gebraucht, um ihm das sagen zu können, sie wolle sich bei ihm entschuldigen und es tue ihr aufrichtig leid.

Stallone sieht sie lange an und sagt, es ist okay.

»Und Sie haben den Film für mich ausgesucht?«

Sie sagte nichts.

Als sie nach dem Kino nach Hause gingen, kamen am Bahnhof um achtzehn:dreißig die Zeitungsverkäufer an, und Fallner kaufte ein Boulevardblatt. Er warf im Weitergehen einen Blick auf die Titelseite. Er hatte die richtige Zeitung erwischt. Er blieb stehen.

»Gratuliere«, sagte er, »Ihr Name kommt schon auf Seite eins.« Sie sagte nichts. Er blätterte auf Seite zwanzig und sagte: »Jesus.«

DAS SATANSMÄDEL UND IHR KOMMISSAR

Dieses Miststück hatte die Story nicht nur an eine Tageszeitung verkauft, sondern sehr viel mehr zu berichten, als sie je erfahren durfte. Sie riss ihm die Zeitung aus der Hand, und er ging zurück und kaufte drei Exemplare.

Er fing zu telefonieren an. Sie waren früh ins Kino gegangen, und er war offensichtlich der erste aus ihrer Truppe, der es mitbekommen hatte. Während auf ihrem Telefon sicher der Teufel los gewesen wäre.

»Was soll denn daran Ihren Ermittlungen schaden können?«, sagte sie. »Mein guter Ruf ist nicht in Gefahr, das steht fest.«

Er beachtete sie nicht. Sie band sich ihr Kopftuch um und setzte die Sonnenbrille auf. Und sah exakt wie auf einem der Fotos aus. Wenn sie wie auf einem der anderen Fotos ausgesehen hätte, wäre sie nicht weit gekommen.

»Dürfte ich vielleicht auch mal telefonieren?«

Er hob die Hand.

»Ich verlange mein Telefon zurück! Ich habe Ihre dummen Spielchen satt!«

»Halten Sie jetzt die Klappe«, sagte er ruhig.

Sie wurde lauter: »Ich lasse …«

Er holte aus – und ihr Körper machte die Bewegung, als hätte er zugeschlagen. Als würde ihr Körper die Bewegung gut kennen.

Er packte sie und zog sie an sich und umklammerte sie. Sie weinte, und er sagte, dass es ihm leid tat. Und dass sie doch wusste, dass er sie niemals schlagen würde. Sie schien sich zu beruhigen. Als hätte sie den Spruch schon oft gehört und als hätte sie sich darauf verlassen können.

Ein Stück weiter stand der Transporter in zweiter Reihe. Die Scheinwerfer blitzten zweimal auf. Fallner winkte, ohne sie loszulassen.

Sie hatten in kurzer Zeit viele Stunden zusammen verbracht, doch Fallner hatte sie nie professionell erlebt. Das wurde ihm bewusst, als sie zwei Abende später die kleine Halle auf dem ehemaligen Kasernengelände betraten, in der sie sich mit den Aufgeregten Killerbienen traf.

Bei der Ausstellungseröffnung in wenigen Tagen präsentierten sie sich zum ersten Mal der Öffentlichkeit. Der Auftritt war nicht angekündigt, sondern als Überraschung für die geladenen Gäste gedacht; falls jemand nicht raffte, dass sie eine der Hauptpersonen der Ausstellung war, konnte er es damit kapieren. Als Fallner von dieser Überraschung erfahren hatte, fragte er sie, ob sie diesen Abend in einer Menge von fünfhundert Menschen nicht lieber sausen lassen und stattdessen mit ihm einige Tage in einem netten Landgasthof verbringen würde. Sie hatte nichts dazu gesagt, aber ihr Blick sagte, dass sie ihm eher die Augen auskratzen würde, und er hatte die Idee sofort fallengelassen. Auch von seinen Leuten verstand niemand, warum ihm ihre Teilnahme an dieser Gala Sorgen machte, und er konnte es ihnen nicht genau erklären; sicher, sagten sie, man musste sie natürlich mit erheblicher Verstärkung begleiten, doch weshalb die Sache absagen? Der Kollege Ex-Polizist Landmann brachte es auf den Punkt: die Lady war doch nicht John Lennon! Das klang für alle verständlich, obwohl die Aussage, wie viele, die angeblich verständlich waren, keine Logik enthielt.

»Schon mal hier gewesen?«, fragte er sie, als sie vom Parkplatz über schlecht beleuchtetes Gelände zwischen Baracken und Hallen gingen.

»Wir haben im Dezember hier geprobt«, sagte sie, »es ist ekelhaft, aber auch ziemlich schick. Sie müssen keine Angst haben, die Mädels sind ganz nett. Wie alle Killerbienen natürlich etwas schrill. Also machen Sie bloß keine dummen Bemerkungen.«

»Wofür halten Sie mich? Glauben Sie, ich frage aufgeregte Bienen, ob sie schwanger sind?«

Er öffnete ihr die Tür und verneigte sich leicht, und sie lächelte ihn an, und als er hinter ihr die Halle betrat und sah, wie sie reinging, bemerkte er, dass sie sich veränderte. Er blieb an der Tür stehen, und sie ging zum hellen Ende der kleinen Halle, wo die Gruppe und ein paar mehr standen.

Sie ging nicht schnell und nicht langsam.

Sie ging, als würde sie nur durch- und auf der anderen Seite der Halle wieder rausgehen.

Alle hörten zu reden auf.

Alle sahen ihr dabei zu, wie sie durch die Halle auf sie zuging.

Alles schien sich in Zeitlupe zu verwandeln.

In Zeitlupe und Stille.

Sie kam nur in Jeans und dicker Jacke und festen Schuhen auf sie zu, aber alle mussten es sich ansehen.

Sie nahm ihre Mütze ab.

Sie schüttelte ihre Haare.

Sie sah zu ihm zurück und lächelte.

Er nickte und hörte Bobby Womack auf Streichern gebettet »Across 110th Street« singen.

Und er dachte, dass er noch nicht damit aufhören sollte, jederzeit auch mit schönen Momenten zu rechnen.

Erst als sie bei ihnen war, hatte Fallner wieder einen Ton. Sie wurde von den Musikerinnen laut begrüßt und umringt, und er erkannte, wer außer ihnen dachte, hier etwas verloren zu haben. Zu seiner Überraschung niemand vom Killerbienen-Fanclub.

»Was macht denn der Mann aus der Zeitung an der Tür hier?«, fragte sie jemand.

»Er zieht seine Kanone, wenn jemand böse zu mir ist«, sagte sie und alle lachten.

Auch Simones Agent, ihr Sohn mit seiner angetrauten Journalistin Natascha (die Umarmungsfotos machte) und ihr Ex Jimmy, der sagenhafte Classicrockdiskjockey. An diesem Abend jagte ein schöner Moment den nächsten. War doch immer ein schöner Moment, zufällig die Leute zu treffen, mit denen man dringend etwas besprechen musste und keinen Termin bekam. Und dann winkte ihm seine beste Silvesterfreundin Anita mit beiden Armen zu und freute sich, ihn wiederzusehen, und er winkte zurück.

Als die Thomas auch von ihren Verwandten umarmt worden war und die Lage sich beruhigte, legte ihr Agent los.

»Wieso meldest du dich nicht, wieso gehst du nicht an dein Telefon«, blaffte er sie an. »Wir machen gute Arbeit und dir ist alles egal. Ich bin stocksauer auf dich, das kann ich dir sagen.«

»Erstens rede nicht so mit mir, und zweitens muss er hier verschwinden«, sagte sie und deutete auf den Mann, der sie verprügelt hatte.

»Liebe Mutti«, sagte Jonas mit einem fiesen Unterton, »dieser Mann wird hierbleiben, weil er mir beim Video für diese Supergroup assistieren wird. Damit wirst du klarkommen müssen.«

»Einen Scheiß muss ich«, sagte sie aufgebracht. »Du hättest mir das sagen müssen, dann hätte ich dir gesagt, dass das mit diesem Arsch nicht geht, und das weißt du ganz genau.«

Die Frauen der Band warteten auf den Moment, um sich einzumischen, man traf sich ja nicht, um sich Mutter-Sohn-Kram anzuhören, und Fallner kam langsam näher.

»Und ich hab dir schon mal gesagt, dass du das mal langsam vergessen sollst, außerdem hast du dabei überhaupt nichts mit ihm zu tun, also reg dich wieder ab.«

»Das kannst *du* vergessen!«, schrie sie.

»Dann such dir jemand anders für dein Video«, sagte er.

»Das dürfte kein Problem sein«, sagte die junge Freundin von Anita, die mit ihr in Fallners Bett geschlafen hatte.

Fallner stand jetzt neben seiner Klientin und wusste, dass das Problem komplizierter war. Sie wollte, dass ihr Sohn den Job hatte, weil sie wollte, dass er etwas zu tun bekam und vielleicht ein bisschen Erfolg und eine Chance.

»Mir egal, sie kann das bestimmen, sie bezahlt das Ding«, sagte Jonas. Er durchschaute das Mutterproblem und konnte klar erkennen, dass er gute Karten hatte.

»Wenn sie es möchte«, sagte Fallner, »soll er verschwinden.«

Was wie geplant Jimmy anlockte. Er drängte sich in den innersten Kreis bis vor Fallner. Er hatte sich zurückgehalten und jetzt reichte es ihm. Er war schneller als die anderen, die etwas dazu sagen wollten.

»Wer hat dich denn gefragt, Mister Honk!«

Sein Kopf schoss dabei vor, und Fallner erwartete einen Zeigefinger an die Brust, aber es war noch nicht so weit.

»Ich bin nicht hier, damit mir jemand Fragen stellt«, sagte er.

»Dann halt die Klappe und geh wieder an die Tür.«

»Sie werden das jetzt tun.«

»Das geht Sie wirklich nichts an, halten Sie sich raus«, sagte Jonas.

»Wenn sie es möchte, dann wird er jetzt verschwinden«, sagte Fallner.

»Das geht dich einen Scheiß an!«, schrie Jimmy.

Fallner bemerkte, dass um sie herum einiges in Bewegung geriet. Er beachtete es nicht. Er hatte sich länger nicht schlagen müssen und fragte sich, ob er es noch draufhatte; ob er mithalten konnte, wenn er auf jemanden traf, der es konnte. Die Frage war nicht mehr wichtig, als Jimmy ausholte und ihm zeigte, dass er keine Ahnung hatte.

Er holte mit der rechten Faust so weit aus, dass man in Gefahr war, einzuschlafen, bis seine Faust am Zielort ankam. Fallner wählte den kürzesten Weg, und als Jimmy umfiel, hatte er ihn keinesfalls mit voller Wucht am Kinn getroffen.

Er war nicht bewusstlos, er war nur erledigt. Musste von seinem Freund Jonas betreut werden. Während sich Simone Thomas und Anita an Fallner klammerten, als befürchteten sie, er würde auf einen am Boden Liegenden eintreten. Während Fallner eines klar war: Jemand, der keine Ahnung vom Schlägern hatte und wissentlich auf einen Ex-Bullen losging, war gefährlich. Was man auf dem Handyfilm, den Natascha gedreht hatte, nicht unbedingt erkennen musste.

»Hören Sie mir gut zu, ich sage es nur einmal«, sagte er zu ihr, »wenn Sie noch einmal irgendeinen Scheiß über mich schreiben oder sonst wie verbreiten, dann haben Sie ein Problem. Denken Sie daran, dass ich nicht mehr bei der Polizei bin.«

Sie wollte sich das nicht bieten lassen und baute sich auf, aber er drehte sich nur um und ging, wie es sich Jimmy gewünscht hatte, wieder an die Tür.

Simone Thomas redete noch ein paar Takte mit den Aufgeregten Killerbienen, die offensichtlich keinen Schock fürs Leben hatten. Was Fallner auch nicht in Betracht gezogen hätte. Frauen, die sich einen derartigen Bandnamen zulegten und die in Bertls Eck kamen und eine bedeutende lange Nacht dort verbrachten, waren nicht so leicht zu schocken. Nur der Agent sah etwas ratlos aus. Und Fallner überlegte, was der Typ an sich hatte, dass er es ständig schaffte, ihm zu entkommen. Sie hatten ihn durchleuchtet und nichts zu fassen bekommen. Keinen Hinweis auf die Frage, ob er diesen Artikel, dessen Wirkung über die Stadt hinausging, angeschoben hatte – und die Umstände, ohne die es ihn nicht gegeben hätte. Das waren die Fakten.

Als sich die Hauptdarstellerin auf den Weg machte, winkte Anita wieder Fallner, diesmal nur mit einer Hand. Die andere machte zuerst eine Geste des Bedauerns, dann das Telefon am Ohr. Er zeigte ihr den Daumen. Wenn der Fall Thomas abgeschlossen war, würde er sich um sie kümmern. Sie hatte ihm erzählt, dass sie endlich einen Skandal brauchte. Damit kannte er sich besser aus als mit diesen feigen und widerlichen Stalkern, und es schien ihm etwas Spaß zu verheißen.

»Sie haben Ihren Job nicht gut gemacht«, sagte sie zu ihm auf dem Weg zum Auto, »Sie sollten Ihre Kanone ziehen, wenn jemand böse zu mir ist.«

»Ich hatte den Eindruck, es geht auch so.«

Sie hängte sich bei ihm ein. Sie war angeschlagen, ihrer Energie beraubt und genervt.

»Ist es ein Problem, dass Ihre letzte Probe geplatzt ist?«

»Wir haben genug geprobt«, sagte sie. »Proben ist was für Weicheier.«

Angst

Sie war schlicht gekleidet. Allein das Wort tat ihm weh. Wie ein Essay vor dem Zahnarzt: Versuch über das Schlichte in schrillen Zeiten.

Schlicht war nicht das Zeug, das den Bedürftigen vom Sozialamt zugewiesen wurde, sondern das, was besonders teuer war. Das Teure, das nicht rumbrüllte, dass es teuer war (im Interesse der Sicherheit). Und wenn es nicht ganz so teuer war, dann war es geschmackvoll. Das Schlichte hatte den Stil, den man sich nicht kaufen konnte, und das Aufgedonnerte war billig. Selbst wenn das Aufgedonnerte an russischen Multimillionärsdamen unfassbar teuer war, war es billig. Und bei den Russengattinnen (die wie saudi-arabische Multimilliardärsgattinnen besonders gern in die Stadt kamen, falls sie nicht in Zürich landeten) war es besonders billig. Sagte das Gesetz. Und die Gesetze hier machten immer noch die, die sich schlicht kleideten. Oder so geschmackvoll, dass es dem echt Schlichten täuschend ähnlich sah.

Wie auch immer, er war enttäuscht. Er hatte gehofft, sie würde sich etwas aufdonnern. Er hatte eine Stunde bei ihr zu Hause auf dem Sofa gelegen und in Filmzeitschriften geblättert – und die Belohnung war irgendwas Schlichtes?

Seine Jaqueline hatte schon immer behauptet, er wäre, auch in dieser Hinsicht, mehr Ossi als sie, die echte Ossi; denn Ostfrauen, das könnte man schon im deutschsprachigen Osten beobachten, hatten einen deutlichen Drall, sich für mitteleuropäische Verhältnisse aufgedonnert zu kleiden (»von diesen beschissenen Nazibräuten mal abgesehen«).

Aber er kapierte ihre Taktik sofort. In der Zeitung gingen ihre Fotos durch die Stadt und im Netz inzwischen durch die halbe Welt, und Tausende von Männern zwischen zehn und hundert wurden von diesen Fotos zu allem Möglichen animiert, und was machte sie? Stellte alle Erwartungen auf den Kopf und kam schlicht. Züchtig und schlicht wie die Jungfrau Maria in einem Film ab null. Wie zur Hochzeit ihres Sohns, dem sie versprochen hatte, nicht aufzufallen. Mit keinem Wort, mit keiner Tat und mit keinem giftgrünen Handtäschchen.

Das Problem war, dass es nichts Schlichtes gab, mit dem sie nicht aufgefallen wäre … Sie sah aus, als würde sie in einem Film mit Humphrey Bogart Humphrey Bogart durcheinanderbringen, und er konnte nicht anders, als sofort aufzustehen und mit einem *na endlich* vorauszugehen.

»Sie sehen umwerfend aus«, sagte er, als sie nebeneinander hinten in ihrem Sport Utility Vehicle saßen und Ex-Polizist Landmann den Motor anließ.

»Ich habe trotzdem Angst«, sagte sie.

»Sie müssen keine Angst haben«, sagte Nicos Freundin. Sie beugte sich weit zu ihr nach hinten. Sie sah völlig anders aus als bei ihrem ersten Treffen im Büro, und Fallner hätte sie auf der Straße nicht erkannt.

Sie strahlte Simone an und hielt ihr die Hand hin: »Ich heiße Linda, und ich verspreche Ihnen, dass Ihnen keiner was tun wird, Sie müssen keine Angst haben.«

Das war eindeutig Nicos Idee, er hatte bei ihrer Verwandlung in das Mädchen Linda aus der Smartphonewerbung Regie geführt.

»Liebe Linda, es ist schön, dass Sie das sagen, aber das sagen Sie so leicht«, sagte Simone.

»Ist aber so«, sagte der Fahrer, »wenn Sie ihr nicht glauben, dann glauben Sie uns beiden, sie ist Linda, ich bin Heinz, bitte verwechseln Sie uns nicht. Und hören Sie nicht auf das Gequatsche von dem Herrn neben Ihnen. Der ist etwas neben der Spur, seit er groß in der Zeitung war. Vorher war er einen Meter neben der Normalspur, jetzt hat er keinen Sichtkontakt mehr.«

»Du hast dieser blöden Kuh den ganzen Scheiß über mich erzählt, stimmt's?«, sagte Fallner.

Großes Gelächter von Heinz. Und der Hinweis, es wäre ganz große Werbung für die Firma, so müsste man das sehen und nicht anders.

»Fahr mal etwas langsamer«, sagte Linda.

»Was ist los?«, sagte Simone Thomas.

»Von uns sind heute Abend jede Menge Leute an Ihrer Seite, Frau Thomas«, sagte Heinz, »deswegen können Sie uns glauben, dass Sie so sicher sind wie, keine Ahnung, ich sag mal Putin.«

Langsam wurde er Fallner ein wenig sympathisch. Oder es war nur der stärker werdende Respekt unter Fachleuten. Die beste Basis, wenn man zusammenarbeiten musste. Vielleicht bekamen sie eines Tages einen Fall, bei dem sie zu zweit losgehen mussten, und nicht nur gegen Stalker, mit denen man sich nicht unterhalten konnte.

»Wenn's anders wäre, würden Sie heute nicht zu dieser Eröffnung gehen, das dürfen Sie uns wirklich glauben«, sagte Linda.

»Ich weiß«, sagte Simone, »an dem Abend, als mich mein Stalker fast erschlagen hätte, waren zehn von euch in meiner Nähe, plus Fallner, der den Motorradfahrer fast erschossen hätte.«

»Ich habe Ihnen doch gesagt, Sie sollen nicht auf das Gequatsche von Fallner dem Jüngeren hören«, sagte Heinz.

»Du hast ihr das ganze Zeug über mich erzählt«, sagte Fallner.

»Mensch, einer musste den Job doch machen. Du weißt doch,

wie's ist, wenn ich's nicht mache, macht's ein anderer, und für dich bleibt's doch gleich.«

Linda redete in einer anderen Stimmlage vor sich hin, Fallner zog planlos sein Telefon aus der Brusttasche, Simone zündete sich eine Zigarette an und fragte Heinz Landmann, ob er tatsächlich mit Natascha über Fallner geredet hatte. Er trommelte gut gelaunt auf dem Lenkrad – aber nein, er hatte nur Spaß gemacht, sie glaubte doch nicht im Ernst, dass er seinen Job riskierte und einer Zeitung Geschichten über den Bruder des Chefs erzählte?

»Wieso denn nicht, das könnte Ihnen doch sicher keiner beweisen.«

»Wenn Sie wüssten, was wir alles beweisen können, wenn der Tag lang ist.«

»Sie wollten mir erzählen, warum Sie Angst hatten, es ihm zu sagen«, sagte Fallner.

»Finden Sie, das ist der richtige Zeitpunkt?«

»Schwer zu sagen. Wir versuchen nur, Sie ein wenig in Bewegung zu halten, das ist meistens nicht schlecht. Also warum nicht? Sie können das Angebot natürlich auch ablehnen.«

Sie sah aus dem Fenster. Wie die Lichterkette mal schneller, mal langsamer vorbeizog und dabei gut aussah. Sie fuhren in einen Abend, an dem sie eine Hauptrolle hatte. Doch sie schien traurig zu sein. Als bekäme sie nicht das, was sie haben wollte. Oder als wollte sie das nicht mehr haben, was sie bekommen würde.

»Als Jonas älter war, siebzehn oder achtzehn, und es ihn immer wieder stark beschäftigte, dachte ich, er könnte das alles verstehen. Auch dass es diesen Deal gab, seinen Vater nicht damit zu belästigen. Aber ich hatte immer Angst, dass er es doch nicht verstehen würde. Und dass er plötzlich bei seinem Vater vor der Tür steht. Wie hätte ich ihn aufhalten sollen?«

Er zündete sich eine Zigarette an und gab sie ihr und zündete sich dann eine für sich selbst an.

»Ich wusste einfach nicht, ob er ein Problem damit hatte. Es gab immer wieder Probleme, ich weiß nicht, ob das was damit zu tun hatte, vielleicht wollte ich es nicht sehen. Er hat gesagt, alle haben doch immer Ärger mit ihrem Alten, dann lieber keinen Alten, das hat er öfter gesagt, und ich hab's natürlich gern gehört. Und Jahre später, Sie haben recht, unter Erwachsenen könnte man das mal klar besprechen, aber dann hatte ich eine andere Angst. Ich hatte Angst, wenn ich's ihm sagen würde, könnte er einen Blödsinn machen. Ihn erpressen oder sowas in der Art. Weil das der Scheiß war, in den Jonas immer wieder reingeraten ist. Also nicht Erpressung, aber Dummheiten eben. Ich weiß auch nicht genau. Vielleicht habe ich's auch nur so gesehen, weil mir die Umstände peinlich waren. Obwohl ich, als er älter war, nie vor ihm zu verheimlichen versuchte, was ich alles gemacht habe. Hat doch sowieso keinen Sinn. Er war zwölf, als er aus der Schule kam und mir erzählte, dass ein Freund zu ihm gesagt hat, deine Mutter zeigt ihre Titten in so Filmen, Mama, stimmt das?« Sie lachte verächtlich. »Ja, aber das ist nichts Schlimmes, sag ihm das, und es ist schon ein paar Jahre her. Sag ihm, er soll seine Mutti fragen, was sie mit dem Papa und den anderen Männern alles gemacht hat, und sag ihm, er soll das Maul halten.«

Draußen die Stadt, die Lichter.

Sie sah in die Nacht, als wollte sie an der nächsten Ampel aussteigen und für immer verschwinden.

»Ich finde, Sie haben das mit der Erziehung gut gemacht.«

»Sie mich auch.«

»Ihre Wohnung gefällt mir übrigens. Bisschen schlicht, aber irgendwie doch geschmackvoll.«

»So soll es sein.«

»Haben wir genug Zigaretten, ich glaube, meine sind aus. Ich ertrage es nicht, wenn ich keine Zigaretten habe. Ich muss nicht ständig rauchen, aber wenn ich keine habe, dann muss ich ständig dran denken.«

»Haben wir. Damit schaffen Sie den Weg bis zur Hölle.«

»Sehr witzig, Fallner. Finden Sie eigentlich nicht, wir könnten uns langsam vielleicht mal duzen?«

»Alles, was Sie wollen.« Er hielt ihr seine Hand hin.

»Ich hab's mir anders überlegt.«

»Die Stadt sieht gut aus, wenn man nachts durchfährt. Viel schöner als am Tag. Ich bin früher oft alleine herumgefahren, aber jetzt traue ich mich alleine nicht mehr raus.«

Lindas Kopf erschien vor ihnen: »Frau Thomas, ich höre gerade, dort ist ziemlich viel los, also viel mehr als erwartet, verstehen Sie?«

»Was soll ich verstehen?«

»Na ja, es könnte …«

»Es ist mir egal, was es könnte.«

»Unser Einsatzleiter meint nur …«

»Legen Sie bitte eine von meinen CDs ein. Aber nicht die klassische, die da rumliegt. Die hat jemand vergessen. Und dreh etwas auf, Schätzchen.«

Fallner fragte sich, ob das Schätzchen tatsächlich dachte, dass Nico der Einsatzleiter war, nur weil er so tat, als wäre er es, und ob er selbst nur so tat, um Nico einen Gefallen zu tun, und ob die beiden ein Paar waren oder ein ehemaliges Paar, das es aufgrund eines Unfalls geschafft hatte, Freunde zu bleiben, und ob er nur so wenig über sie wusste, weil er unaufmerksam gewesen war.

»Ah ah ah«, sagte Debbie Blondie Harry.

»Yeah«, sagte Heinz.

»Ahhhh«, sagte Simone.

»Don't touch me«, sagte Debbie.

»Yeah«, sagte Simone.

»Ahhhh«, schrie Heinz.

»You are too hot«, sagte Blondie.

»Too hot to handle«, sagte Simone.

»I wanna hoochie coochie with you«, schrie Heinz.

»Needless to say«, sagte Debbie.

»I want you«, schrie Simone.

»Baby, I want you«, schrie Debbie.

»French kissing in the USA«, sagte Simone.

»Yeah«, sagte Heinz.

»You got me in trouble«, sagte Simone.

»Wo seid ihr, wir sind da«, sagte Linda.

»Schade eigentlich«, sagte Fallner.

»Was?«, sagte Linda. »Ja, verstanden.« Sie drehte sich lächelnd zu ihnen um und hielt die Hand auf: »Herr Fallner, Sie sollen mir Ihre Waffe geben, die bleibt heute hier.«

»Wer sagt das?«

»Herr Fallner.«

»Der kann mich.«

»Mich auch. Aber was soll ich machen?«

»Ihm die Wahrheit sagen. Ich lege sie hier unter die Bank. Gott ist mein Zeuge.«

»Bleiben Sie bitte kühl«, sagte Simone, klappte ihre schwarze Handtasche auf und hielt ihm einen militärgrünen Flachmann hin. »Wenn ich nicht immer nett zu Ihnen bin, heißt das noch lange nicht, dass ich Sie nicht mehr brauche. Ich brauche Sie sogar sehr.«

»Mir kommen die Tränen.«

Simone Thomas hatte sich bei ihm eingehängt, als sie durch den Torbogen den Hof betraten, um zum leuchtenden Eingang des Hauptgebäudes zu gehen. Es war kein Filmpalast, sondern ein Museum. Es war nicht Hollywood, aber ein paar Leute standen herum. Zu viele, um sich jeden anzusehen. Es waren fünfzig Meter bis zum Eingang.

Sie waren in der Zeitung abgebildet, wie sie zusammen im Bett lagen, und es sah so aus, als hätten sie sich nicht für die Zeitung ins Bett gelegt, also warum sollten sie nicht eingehängt durch das Spalier reingehen?

Nach ein paar Schritten musste sie das erste Autogramm geben. Ein rundlicher Mann um die fünfzig. Hielt ihr ein Foto hin, auf dem sie fast nichts anhatte, und fragte, ob er sie bitten dürfte.

Sie war nicht freundlich, nur gnädig. Unterschrieb mit einer schnellen Bewegung, ohne sich von ihrem Begleiter zu lösen. Ihre Begleiter dezent hinter ihnen. Kaum Zeit genug für einige Schneeflocken, auf dem Foto zu landen.

Fallner war nicht damit einverstanden, dass sie an diesem Abend so massiv auftraten. Seine Argumente waren gegen die Kollegen und die Interessen der Firma nicht angekommen, und ihr Agent war ebenfalls für einen maximalen Auftritt. Man musste nicht Event Management studiert haben, um zu erkennen, was die Stunde geschlagen hatte. Der Agent wusste, dass es Aufmerksamkeit erregen würde, dass ihre Entourage nicht nur aus Familie und Freunden bestand, auch wenn die meisten davon nicht zu erkennen waren.

Die Wirkung bekamen sie in Wortfetzen mit, als sie langsam durchgingen – hey, der Typ an ihrem Arm ist doch der aus der … die deutsche Jayne Mansfield, dass ich nicht … war das nicht Kokain? … denn keinen Jüngeren … von Titting, glaub ich … betrunken aus dem Flugzeug … auch einen Stalker mit … drei oder vier umgelegt … die deutsche Kim Novak ist aber … sieh mich an, Satansmädel Simone, ich will dich … man könnte auch Killer … Striptease auf Junk ist aber … die sollte sich mal …

Sollte ihn bloß keiner dumm anquatschen. Sollte sie bloß keiner dumm anquatschen. Sie waren nervös. Hinter ihm ein Ex-Bulle, der nicht weniger nervös wurde. Beruhigend. Sie waren Spezialisten für Nervosität.

Sie ignorierte weitere Autogrammwünsche, ehe sie die kurze Treppe zum Foyer betraten und Berechtigungsscheine vorzeigten. Eine Welle aus Gedränge und Lautstärke schlug ihnen ins Gesicht, und der Abend startete dem Anlass angemessen rasant.

»Bringen Sie mich zu einer Toilette!«, schrie sie ihn an.

Er hoffte für sie, dass es sich eher um eine längerfristige Planung als um ein Bedürfnis handelte.

Wer war wer

Sie bekamen einen angenehmen Platz auf dem breiten Balkon, der um den Saal führte. Nachdem sich Simone mit einem Aufschrei gelockert hatte, als sie den Raum mit einem Blick streifte, der als Garderobe und Backstage zur Verfügung stand, jedoch nichts weiter war als das Büro des Museumsdirektors. Auch ein Aufschrei, weil sie dadurch auf dem Boden ihres realen Status als Star landen musste. Sie rauschte wütend ab, ohne dass sich jemand vor ihr auf den Boden geworfen hätte, und Fallner gab telefonisch die Alternative durch, die längst geplant war, weil niemand von ihr etwas anderes erwartet hatte.

Man konnte auf dem Balkon keinen Platz reservieren, aber der Agent hatte eine Sektion sozusagen besetzt, die sie gut kontrollieren konnten. Der Agent hatte sich um alles gekümmert, an alles gedacht, und weitere Mitarbeiter der Firma Safety International Security, die leider keine Kampfanzüge mit diesem Schriftzug bekommen hatten, schleusten sie schnell nach oben durch. Vor ihnen machten die beiden mexikanischen SIS-Killer den Weg frei, hinter ihnen Heinz und Linda. Wer keine Ahnung hatte, würde sie eher als Gesandtschaft eines drittklassigen Schurkenstaats einstufen. Auf ihrem Balkongebiet, das man in einem städtischen Museum nicht als VIP-Bereich wie in einem Diskothekenpalast à la *Maintenant* absperren durfte, war immerhin eine Toilette in Reichweite. Sie hatte das Problem inzwischen jedoch vergessen oder verdrängt.

Ihr Agent war glücklich, dass sie da war, dass er bei ihr war, dass sie eine Hauptrolle in der Ausstellung und an diesem Abend hatte, dass sie es mit den Killerbienen allen zeigen würde. Fallner hatte den Eindruck, dass seine überschäumende Freude echt war. Er war ihr größter Fan. Er hatte für sie gearbeitet und immer alles gegeben, jahrelang mit wenigen Scheinwerfern, jetzt strahlte endlich wieder eine ganze Batterie mit voller Kraft.

Ihr Sohn und seine Frau Natascha umarmten sie. Plus einige Leute aus dem Filmgeschäft möglicherweise. Sie war zurückhaltend und löste sich von jedem schnell. Die Journalistin wich Fallner aus, diese miese Scheißkuh. Seit dem Unfall (wie es seine Therapeutin so mitfühlend nannte) mit dem Jungen war kein Jahr vergangen, und durch ihren Artikel war er nun für seine Kumpels und Cousins auf der Bildfläche erschienen und sie konnten ihn zu einer sachlichen Unterredung einladen, falls sie sich etwas Mühe gaben.

Sie behielten Simone im Auge, ohne nah ranzugehen. Sie waren da, die meisten von ihnen verdeckt, einige nur für diesen Abend und fünfzehn Euro die Stunde angeheuert, auch das ein Grund, weswegen Fallner der Planung misstraute. Etwas abseits Nico im Rollstuhl, ein exzentrischer Millionärssohn, der die großformatigen Fotos kaufen würde, ehe die Geisterstunde anbrach, und hinter ihm seine Betreuerin Theresa, bereit für einen Einsatz als KGB-Monster in einem James-Bond-Film. Sie verkörperten perfekt die lässige Kunstwelt, die scharf auf jede Explosion und ihr gewachsen war. Neben ihnen Hansen Fallner, der Boss, imposant, der Boss der Deutschen Bank möglicherweise. Wenn die Fotos gekauft waren, kaufte er den ganzen Schuppen, städtisch hin oder her, Städte brauchten Geld und er ein schnuckeliges Kunstmuseum, die sollten die Schnauze halten und dankbar sein.

Fallner hätte nicht vorgeschlagen, diesen Betriebsausflug für Simone Thomas zu machen, rein sachlich gedacht, aber nun gut, es ging auch hier ums Geld und um die gefühlte Präsenz für den

Auftraggeber. Es war nichts anderes als die gefühlte Sicherheit im öffentlichen Raum: das Gefühl musste stimmen. Ob die reale Sicherheit gewährleistet war, war dabei unwichtig. Das Problem, das in den letzten Jahren verstärkt in den Vordergrund rückte, war das zunehmende Gefühl von Unsicherheit, besonders in Gegenden, in denen es todsicher war. Sie mussten hier für sie ein Gefühl von Sicherheit verbreiten. Obwohl sie das mit einigen Stühlen und Sesseln ausgestattete kleine Stargebiet auf dem Balkon nicht absperren konnten, machten sie ihre Sache großartig – es dauerte mehr als fünf Minuten, bis ihre Stalker bei ihr waren.

In Front ihr lieber Stalker. Der Fan ihrer Filme, der für die Ausstellung sogar als Berater tätig war. Er überreichte ihr einen großen Strauß Blumen. Aber ehe er richtig anfangen konnte, ihr seine Einschätzung der Lage zu schildern – die Satansqueen des deutschen Trashfilms als Inspiration für ein neues Autorenkino? –, folgte ihm ihr böser Stalker und versuchte, ihn zu verdrängen. Der alte Satanspriester von 1975, in der Rolle seines Lebens, ganz in Schwarz, überreichte ihr ein Kuvert. Mit einer tiefen Verbeugung. Ein energiegeladener Siebzigjähriger, der als Freddy-Krueger-Imitation durch die Comedyshows ziehen konnte.

Den lieben Blumenstalker hatte sie angelächelt. Wie sie ihn selbst eingeschätzt hatte, wollte er sie heiraten, für immer vor ihr auf Knien sein, und wenn sie ihn nicht erhörte, würde er ihr niemals etwas antun, sondern nur auf ewig um sie werben. Sie hatte keine Angst vor ihm.

Ihr Schauspielerkollege und Verehrer von damals ging jedoch nah an sie ran. Nah genug, um etwas zu flüstern, das nur sie verstehen konnte. Und sie wich zurück, sie hatte Angst, sie ruderte mit den Armen, glaubte allein zu sein, ausgeliefert.

Sie befanden sich in einem städtischen Museum. Falls ihre Stalker sie nicht körperlich angingen, konnten sie nichts gegen sie machen. Sie hatten kein Recht, zu ihnen zu sagen, sie sollten nach unten verschwinden, und sie konnten ihnen nicht verbieten, in ihre Nähe zu kommen und sie anzusprechen. Jeder hatte das Recht, sie anzusprechen und so nah an sie ranzukommen, dass er ihr seine Zunge fast ins Ohr schieben konnte. Bis ein Platzverweis gegen einen Stalker ausgesprochen wurde, war die Frau schon in eine Nervenheilanstalt umgezogen. Niemand kennt die Gesetze so gut wie Stalker. Wenn sie Simone nicht anfassten oder massiv bedrängten, konnten sie ihnen nichts.

Aber sie waren eben nicht die Polizei.

Simone Thomas steckte nicht so in der Klemme wie Frauen, die nicht das Geld hatten, eine Firma zu bezahlen, die ihr Problem lösen konnte – und Linda war sofort bei ihr, als sie die Fresse des Satanspriesters dicht am Gesicht hatte, sie stieß ihn weg und brüllte ihn an: »Quatsch mich nicht so scheiße an, verpiss dich, du alte Drecksau oder ich ruf die Bullen! Schaffen Sie diesen Mann raus!«

Sie trat ihm aus Sicherheitsgründen ans Schienbein. War eine klare Sprache. Und war schwer, wenn er beweisen wollte, dass er sie nicht belästigt hatte. In seinem Gesicht Hass. Man wendete unsaubere Methoden gegen ihn an! Das war alles illegal, er hatte nichts getan, durfte er die Nutte in diesem freien Land vielleicht nicht ansprechen? Wenn sie ihre Ruhe haben wollte, musste sie in ihrem Zimmer bleiben.

Er wusste genau Bescheid, er trat nur einen Schritt zurück und hob beide Arme. Er war ein Unschuldslamm, was hatte er denn getan?

Nichts. Außer die Arschkarte gezogen. Sich mit den falschen Leuten eingelassen. Die bezahlt wurden, ihn auszuschalten. Linda brüllte weiter – er entfernte sich von ihr, aber sie blieb an ihm dran, sodass es den Anschein erweckte, er würde an ihr dranbleiben, und sie wendete damit die beliebte Stalkermethode an, das Opfer wegen Stalking anzuzeigen –, denn sie wurde von ihm bedrängt, massiv, verbal, (gefühlt) körperlich, und Fallner ging dazwischen und stieß ihn weg und sagte, er sollte diese Frau in Ruhe lassen, du mieses Schwein.

Sie waren wunderbar auffällig. Aber es war eben ein Event und sie waren nicht zum Spaß hier, sie wurden fotografiert, sie mussten was tun für ihr Geld.

Der alte Mann ging nur einen Schritt zurück. Mit erhobenen Händen. Keiner konnte ihm was. Fallner hatte lange nicht mehr so große Lust gehabt, jemandem eine reinzuschlagen. Diese dumme Ich-bin-ein-unschuldiger-alter-Mann-Fresse, die auf perverse Art glaubte, im Recht zu sein. Er schnellte auf ihn zu, fasste ihn an den Schultern und flüsterte ihm ins Ohr: »Pass auf, alter Mann, du kommst damit nicht durch, unser Job ist es, Typen wie dich fertigzumachen, und du kannst mir glauben, dass wir uns nicht an alle Gesetze halten. Hau einfach ab, bevor wir schlechte Laune kriegen.«

Als sich der Alte von ihm lösen wollte, umklammerte er ihn, presste ihm eine Hand an den Hinterkopf und schrie fröhlich über seine Schulter: »Ist doch kein Problem, alter Freund, alles gut, Mann!« Er ließ ihn sein Knie an seinen Oberschenkeln spüren. Er sollte nicht auf die Idee kommen, dass ihn sein Alter schützte. Dann gab er ihm einen leichten Stoß.

Das Ergebnis der Aktion: Der Alte stand immer noch da. Und grinste. Sollten sie ihm doch zeigen, was sie draufhatten. Eine Gefahr ging von ihm nicht aus. Das sah jeder. Er war einer wie diese Hools, die einen auslachten, wenn man sie nicht packte, und nach ihren Rechten brüllten, wenn man es ihnen zeigte.

Simone Thomas fühlte sich sicher, aber das machte es nicht besser, sie war nicht glücklich. Sie schien sich an den beschaulichen Landgasthof zu erinnern, den Fallner ihr stattdessen vorgeschlagen hatte.

»Lassen Sie uns ein wenig spazieren gehen, bevor Sie auf die Bühne müssen«, sagte er, »machen Sie sich keine Sorgen, Sie sehen ja, wir sind alle für Sie da.«

»Spazieren gehen war immer der Albtraum«, sagte sie.

»Das waren andere Zeiten«, sagte er.

»Ich zeige Ihnen ein Foto, das Sie bestimmt nicht kennen«, sagte der liebe Stalker.

»Da bin ich gespannt«, sagte der böse Stalker hinter ihm.

Eine bunte Truppe aus Freunden und Feinden machte sich mit ihr auf den Weg, und die Leute, die nichts mitbekommen hatten, würden nicht erkennen, wer wer war.

Das Problem war, dass sich auch Fallner nicht sicher war, ob er wusste, wer wer war – das Wer-ist-denn-hier-eigentlich-wer-Problem war ein wahrer Freund fürs ganze Leben. Nur das war sicher.

Fallner sagte das, was alle sagten, die eher selten zu großen Ausstellungseröffnungen gingen: »Ich muss mir das alles mal in Ruhe ansehen.«

Von den 100 × 200 großen Fotos sah man vielleicht die obere Hälfte, und an die kleinen und die Glaskästen, in denen Objekte und Dokumente lagen, kam man nicht ran. Von zwei etwa 250 × 300 großen Fotos strahlten ihr Gesicht und die Haare und der nackte Busen über den ganzen Saal.

Die Siebziger, die Mädchen, die Mode, die Stadt, die Jugend, ihre Discos und Bikinis, ihre damals provokativen, heute amüsierenden Filme, die Oben-ohne-aber-charmant-unschuldig- und die Wir-haben-alle-so-manchen-Joint-geraucht-Fotos, die langen Haare, die wild wuchernden Haarbüschel, die Filmplakate und

Plattencovers. Es war keine Ausstellung über Sex & Drugs & Rock 'n' Roll, sondern sexy Spaß & netten Pop. Es war sicher auch seltsam für sie, ihre Jugend so ausgestellt zu sehen. Sie hatte sich gut gehalten und hatte den mit der berufsbedingten Geltungssucht gepaarten Mut, sich gleich einem Härtetest zu unterziehen, auf ein Risiko zu setzen, wie es nicht viele wagten – aber diese Bilderflut aus den guten alten Tagen war auch ein Schlag ins Gesicht.

Sie sah nicht glücklich aus.

Obwohl sie keine Angst zu haben schien. Und nicht, weil sie das Stripteasefoto von ihr gestört hätte. Ein Foto aus der Geheimschublade für die geheimen Orte des Underground. Ein schlechtes Schwarz-Weiß-Foto, das als Beweis vor Gericht vielleicht nicht durchgekommen wäre. Was die Faszination verstärkte. Von ihrem guten Stalker präsentiert wie eine Sensation; die auch auf sein Konto ging.

Und sie war nicht freundlich oder erfreut, wenn sie bei ihrem Spaziergang Fotos, Kataloge und ein paarmal sogar ihre damals kaum beachtete Single und die Langspielplatte signierte. Ganz wie man es von einer Diva erwarten durfte. Einen agilen älteren Herrn, der eine Menge Zuspruch von ihr erwartete, ignorierte sie und erklärte Fallner, das Schwein habe ihre Karriere verhindert, und falls er je wieder etwas von ihr wollte, müsste er mehr bieten, als ihr seine Visage in aller Öffentlichkeit blasiert vorzuhalten. Sie war herablassend und arrogant, als sie bei einigen Frauen in ihrem Alter stehen blieb, Hände schüttelte, sich an die Wangen hauchen ließ, Komplimente ertrug und verteilte.

»Ich habe keine Freundinnen mehr«, sagte sie dann im Weitergehen, »ist Ihnen das schon aufgefallen?«

»Ich dachte, das wird sicher nur eine Phase sein«, sagte er.

»Ich habe den Eindruck, die Phase geht schon vierzig Jahre.«

»Vielleicht sehen Sie deshalb so gut aus.«

»Vielleicht hätten Sie öfter mit Ihrer Frau so reden sollen.«

»Sie können Sie heute fragen, wenn Sie wollen.«

»Aber erst nach der Show.«

»Sie kann zu ihrem Bedauern erst nach der Show, sie ist irgendwo da draußen.«

Sie pflügten sich durch die Menge. Sie waren Aufsehen erregend, mit Rückendeckung und einer Planierraupe vor ihnen. Sie blieb an ihn geklammert.

»Ich habe immer gern gearbeitet und bis heute«, sagte sie, »aber dieser Scheiß hier interessiert mich nicht wirklich.«

»Sie können stolz auf sich sein«, sagte er, »nehmen Sie es einfach mit. Das gehört doch dazu. Ich habe in meinem Leben nichts gemacht, das man präsentieren könnte. Sie schon. Und es ist hier. Und es gibt vielen Leuten was.«

»Vielleicht hätten Sie Lehrer werden sollen, Fallner. Sport und Ethik.«

Neben der viel zu unauffälligen Bühne eine Art Container. Rot verkleidet, am Eingang dicke schwarze Vorhänge, bedruckt mit großen Lettern: Eintritt nur ab 18!

Den Zutritt kontrollierte eine etwa Fünfundsechzigjährige in Uniform, die sich ihrer Verantwortung bewusst war. Vor ihr eine lange Schlange.

»Hast du auch genug Handtücher dabei, Simone?«, rief der böse Stalker.

Er bekam eine Menge Gelächter.

Ich bin nur ein Foto

Es wurde dunkel. Blauer Nebel auf der Bühne, darüber Flackern und Glitzern. Dann Gitarrengewitter.

Der Nebel lichtete sich: Simone Thomas auf einem Thron, ganz in Schwarz.

Eingerahmt von den Aufgeregten Killerbienen in rotem Leder und gelben Stiefeln. Zwei Gitarren, Bass und zwei Schlagzeugerinnen, die im Stehen spielten. Eine breitbeinige und gewaltige Fraueneingreiftruppe.

»Ich bin nur ein Foto«, deklamierte Simone mit tiefer Stimme.

Die deutsche Version des Discohits von Amanda Lear. Mehr war nicht zu verstehen. Aber es sah toll aus. Und sie sagte es immer wieder und noch mehr. Unterhaltungsmusik aus dem Herz der Finsternis. Hämmernd und brutal, und Fallner erinnerte sich an die Killerbienen, die bei ihm nach Silvester übernachtet hatten.

Sie machten aus dem Song einen Track, von dem man keine Ahnung hatte, ob er fünf oder vierzig Minuten dauern würde. Man ging weg oder ließ sich einsaugen, und wenn man aus diesem eleganten Inferno wieder auftauchte, hörte man Simone »Ich bin von Kopf bis Fuß auf Liebe eingestellt« stöhnen. Interpretiert wie ein Fuß auf einem Nacken.

Sie auf ihrem Thron und die Killerbienen lässig hart am Arbeiten. Sie hatten etwas vom Robotertraum aller einsamen Männer an sich. Schöne Roboterfrauen, die einem das Leben zum Traum machten.

»Ich finde, ich könnte nach Hause gehen«, brüllte Ex-Polizist

Landmann Ex-Polizist Fallner ins Ohr, »ehrlich, die Alte ist nicht John Lennon, oder meinst du, ich sollte hierbleiben?«

»Keine Ahnung«, sagte Fallner, »aber du weißt ja, dass es nach dem Konzert backstage weitergeht.«

»Madonna«, sagte Landmann.

Es war zu laut, um darüber zu diskutieren. Es war zu laut, um den Mann im Ohr hören zu können. Es war zu laut, um einen klaren Kopf zu behalten. Es sah zu gut aus, um nicht von Sinnen zu sein.

Simone erhob sich von ihrem Thron und schwebte die kleine Treppe herab, um in der Mitte der Killerbienen zu landen.

Sie klatschte den beiden Frauen neben ihr auf den Po und sang: »Blonde Schlampe, sei mein Deutschland.«

Aber es war viel zu laut, um sich nicht verhört zu haben. Vielleicht irgendwas mit »blonde Schlampe in meiner Hand«? Passte auch besser zu ihr.

Er kannte die Nummer nicht.

War kein Hit.

Sie machte obszöne Handbewegungen.

Würde ein Videohit werden.

Falls der Videodirektor nicht blind, taub und unfähig war.

Als Fallner um einundzwanzig:fünfundzwanzig in den Raum kam, der sich für Stunden Backstage nennen durfte, wurde er sofort von den Killerbienen bestürmt. Allerdings nicht, weil sie sich freuten, ihren alten Freund von der schwungvollen Silvesterfeier wiederzusehen. Sie waren wütend, weil Fallners Kollegen den Backstageraum sorgfältig abgedichtet hatten und ihre Freunde, Lover, Männer, Manager, Mütter, Produzenten, zukünftige Babysitter, Kontakte, Fotografen, Journalisten, Dealer und Gitarrenhändler nicht reinkamen.

Die Mexikaner an der Tür sahen aus, als hätten sie die AK-47 umgehängt, die sie nicht brauchten, um die Tür zu sichern. Außer der Band waren nur noch Simones Sohn Jonas und seine Natascha und ihr Agent anwesend, plus Fallner und sein Team und Nicos Betreuerin Theresa.

»Bitte«, sagte er, »ihr müsst das verstehen. Es ist 'ne Ausnahmesituation, es wird nie wieder vorkommen.«

»Scheiß Bullen«, sagte Anita.

»Ex-Bullen«, sagte Fallner, »wir haben hier mindestens vier Ex-Bullen, wenn ich richtig informiert bin.«

»Sag den Tussis, sie sollen die Klappe halten«, sagte Linda.

Fallner stellte sich mit erhobenen Armen vor sie: »Feiert doch einfach hier 'ne Viertelstunde, ich schätze, dann wird's draußen ziemlich leer sein und dann geht's ja woanders weiter.«

Sie sahen ein, dass sie mit ihrem Protest heute nicht durchkamen, und kümmerten sich schlecht gelaunt wieder um die Getränke. Und Fallner sah, dass Simone Thomas allein dasaß. Unbeachtet von ihrer neuen Musikfamilie, und Sohn und Schwiegertochter diskutierten mit ihrem Agenten.

Er setzte sich neben sie und sagte, sie wäre sensationell gewesen und wunderbar und einzigartig und umwerfend und sexy und überzeugend und faszinierend und abgründig und funky. Erst aus der Nähe sah er, dass sie feuchte Augen hatte.

»Was ist los?«

»Nichts.« Sie wedelte mit beiden Händen. »Ich … ach, nichts, gar nichts … Es ist nur …«

»Kann ich irgendwas tun? Sollen wir Sie sofort wegbringen? Wir machen alles, was Sie wollen, Sie müssen es mir nur sagen.«

»Wenn es draußen leer ist, gehen wir«, sagte sie.

Ihr Agent kam mit großen Gesten zu ihnen: »Simone, ich habe

doch ein paar Tische reserviert, das wird richtig gefeiert, was dachtest du denn!«

»Geht doch schon mal vor, wir kommen nach.«

Er ging zu den Killerbienen weiter, die seine Nachricht mit großer Lautstärke aufnahmen. Wahrscheinlich waren sie inklusive ihrer Freundinnen, Lover, Gitarrenhändler, Manager und so weiter eingeladen. Und sie alle zogen dann ziemlich schnell ab. Während nur noch Simone und ihre Sicherheitsleute abwarteten, bis es draußen leer war.

Nico informierte sie, dass überall, innen und außen, alles in Ordnung war. Sie hatten fast alles überstanden, und es sah so aus, als könnten sie alle Berechnungen und Vermutungen in den Wind schießen. Sie hatten das erhoffte klare Resultat nicht bekommen. Konnte man als gut oder schlecht interpretieren. Es hatte nichts damit zu tun, dass jemand einen Fehler gemacht hätte.

Alles, was sie haben wollten, würden sie mit Detailarbeit bekommen. Eine Antwort auf die Frage, ob das, was sie haben wollten, denjenigen betraf, den sie sich greifen mussten, nicht unbedingt.

Im Moment gab es nur noch eine Problemzone.

Auf der Straße

Sie gingen, wie sie gekommen waren. Vorneweg der besoffen-behinderte Millionär Nico im Rollstuhl mit seiner Gouvernante Theresa, die nicht zu ihnen gehörten, und mit etwas Abstand der schlicht gekleidete Möchtegern-Comebackstar Simone Thomas und ihr Aufpasser in Begleitung des auf den ersten Blick nicht zusammenpassenden Pärchens, das miteinander viel Spaß hatte.

Auf dem Weg nach draußen wurde Fallner durchgegeben, dass Jonas Bürger und der Agent mit ein paar anderen immer noch in der Straße herumstanden, immer noch knapp davor, endlich aufzubrechen. Keine Störung, nur zur Information.

Und am Anfang der nur etwa zweihundert Meter langen und kaum befahrenen Einbahnstraße stand ein Motorrad, mit laufendem Motor. Der Fahrer schien dort zu stehen, weil er telefonierte. Ob es sich um irgendein oder um das Motorrad handelte, das schon öfter in ihrer Geschichte vorgekommen war, konnte man nicht sagen, weil bekanntlich nur Fallner die Maschine gesehen und keine Ahnung hatte.

Fallner gab die Information an das nicht zusammenpassende Pärchen weiter, und Linda steckte eine Hand in ihre Handtasche. Sie gingen über den Asphalt durch den Hof zum Tor des Museumskomplexes, das Landmann aufzog und für alle aufhielt.

An der Straße blieben sie stehen und zündeten sich Zigaretten an. Nur ein paar Meter weg von Simones Geländewagen. Es war eine Nebenstraße ohne Geschäfte, und gegenüber des Gebäudes waren keine Häuser, nur ein kleiner Platz, der vollständig von Autos umzingelt war.

Kein Mensch unterwegs. Fallner sah sich nicht um, wo ihre Leute postiert waren. An der nächsten Ecke stand Jonas mit dem Agenten und winkte seiner Mutter, und sie winkte zurück.

Der Ex-Polizist Landmann und Simone stiegen zuerst ein, er wieder am Steuer, Simone hinter ihm, am Fenster zur Straße. Fallner und Linda hatten ihre Türen geöffnet, waren dann aber doch nicht eingestiegen, sondern standen immer noch auf dem Trottoir herum und hatten, wie das halb Betrunkene so machen, noch etwas wahnsinnig Wichtiges entdeckt und diskutierten über das historische Gebäude, an dem sie hochsahen.

Man hatte das Geräusch, das das parkende Motorrad machte, nicht gehört. Jetzt fuhr es los. Unspektakulär. Nichts, weswegen man darauf achten musste.

Sie drehten sich erst um, als es fast auf gleicher Höhe mit dem SUV war – dessen hintere Scheibe zersplitterte, an die Simone, hoffte der Motorradfahrer, ihr Gesicht drückte. Aber sie war auf Kommando von Landmann sofort auf die andere Seite gerutscht und rausgekommen.

Jetzt drehte der Motorradfahrer voll auf. Es war zu spät, und er wäre auch nicht entkommen, wenn er an dieser Stelle mit einem anderen Plan schneller gewesen wäre. Er wurde schon von ihren Autos blockiert und war damit komplett von Autos umzingelt.

Endstation.

Landmann war als Erster bei ihrem Mann und riss ihn von seiner Maschine runter. Sie rannten alle auf die Straße, Fallner ließ die Hand von Simone Thomas nicht los. Landmann zerrte dem Fahrer den Helm ab – es war Simones Ex-Freund Jimmy, und Jimmy kreischte und trat so lange um sich, bis ihm Heinz einen Tritt in die Seite gab, ihn auf den Asphalt stieß und ihm dann einen Fuß auf die Brust stellte. Nach einer kurzen Beruhigungspause holte er ihn wieder auf die Beine.

Als Jimmy erkannte, dass er nicht mehr rauskommen würde, schrie er weiter. Man verstand nur die Hälfte, aber es war genug … doch nur etwas erschrecken wollen … es war alles Jonas seine Idee … um Geld von seiner Scheißmutter rauszuholen … und verschwinden sollte sie … er hatte doch nur … und es sollte doch nichts passieren.

Sie starrte ihn an und hielt sich beide Hände vor den Mund.

Kollegen kamen jetzt mit Jonas. Sie hatten ihn in die Mitte genommen, mussten ihn schleifen und ziehen, bis er neben dem Mann stand, der ihn beschuldigte.

Jonas brüllte, der Typ erzähle völligen Blödsinn und sie hätten kein Recht, ihn festzuhalten und so weiter. Aber die Mexikaner verstanden ihn nicht. So wie er nicht mehr verstand, warum er so blöd gewesen war, noch länger hier herumzustehen und nicht sofort zu verschwinden.

Simone sah ihren Sohn an. Was für ein Blick.

Und Fallner sah, dass ihr Sohn sie weder ansprach noch ansah. Er tobte weiter und versuchte, um sich zu schlagen. Bis er den Bogen überspannt hatte und nach einem Tritt in den Unterleib zu Boden ging und sich auf der Straße krümmte.

Sie rannte zu ihm und warf sich heulend über ihn.

Während Fallner der Chef das machte, worauf er spezialisiert war: Er telefonierte.

Während sie die Straße wieder freimachten und aufpassten, dass niemand verschwand, der bleiben sollte.

Während Jaqueline und ein paar andere Bullen ankamen, um die Geschichte juristisch abzusichern.

Während Motorrad-Jimmy schon wusste, dass man alles an ihm aufhängen und aufrollen würde, und entschlossen war, es nicht alleine auszubaden. Hallo? Er hatte ein paar Scheiben eingeschmissen, fickt euch, ihr Scheißbullen.

Während Natascha, nachdem man sie nicht zu ihrem Mann gelassen und sie jede Menge Fotos gemacht hatte, mit dem Agenten am Rand des Geschehens stand. Sie flüsterten aufeinander ein und schienen zu überlegen, was zu tun war. Um aus dem Schlamassel das Beste zu machen? Was sollte man denn sonst damit anstellen?

Während sich Schneeflocken vorsichtig auf Simone Thomas legten, die mit ausgebreiteten Armen über ihrem Sohn lag.

»Ich hatte ewig keinen Fall, bei dem so wenig passiert ist«, sagte Fallner, »kein Mord, kein Blut. Nur ein kleiner Trottel, der ein Geschäft für Steine aufmachen sollte und keinem den Schädel eingeschlagen hat. Aber ich kann mich an kaum einen Fall erinnern, der so mies war.«

»Ja«, sagte Landmann, »geht mir genauso.«

»Mann«, sagte Fallner.

»Ich glaube, ich brauch jetzt was zu trinken«, sagte Landmann. »Es gibt nichts zu feiern, aber du kannst mitkommen.«

Dann sah Fallner auf der anderen Seite im Park den bösen ihrer Stalker stehen.

Und er sah ihm in die Augen und sagte so leise, dass nur er selbst es hören konnte: »Hau ab und verhalte dich still für immer.«

Warum nicht?

»Was soll ich machen?«

»Ich kann Ihnen nicht mehr sagen. Vielleicht das, was ich Ihnen vorgeschlagen habe?«

»Frau Doktor, was heißt vielleicht?«

»Vielleicht in diesem Fall: Warum nicht?«

Die verdiente Erholung

»Ich kann dir genau ah sagen, wie – das passiert ist. – Ein kleines Vögelchen ist – aus dem ah Nest gefallen – und ich habe es wieder – zu seiner ah Mutter gebracht«, sagte Fallner.

Er gab seinem Bruder die Gelegenheit, etwas dazu zu sagen, doch der starrte nur aus dem Fenster. Konnte sich nicht mal ein müdes Lächeln ins Gesicht setzen. Konnte man die Leute nicht abschaffen, die aus dem Fenster starrten, während man mit ihnen redete?

»Obwohl ich ah, verdammt, sicher bin, dass es – auf der Welt kein – Lebewesen gibt, das Mütter – verstehen kann.«

Viele Worte für jemanden, der beim Sprechen Schmerzen hatte. Sein Bruder sagte nichts dazu. Als wollte er ihn zum Sprechen animieren, weil es ihm Schmerzen bereitete.

Sein Plan war durchsichtig: Fallner sollte quatschen, bis er die Besinnung verlor, damit sein Bruder endlich wieder seinen Geschäften hinterhertelefonieren konnte. Es spielte eigentlich keine große Rolle, wo sein Bruder war, er hatte seine ganze Firma in seinem Telefon. Wie die Typen im Knast, die ein Telefon hatten.

Sein Plan war gut: Fallner gab sich noch ein oder zwei Sätze, ehe er sich in eine längere Erholungsphase verabschieden musste. Und sagte zu seinem Bruder, er müsste nichts mehr zum Thema Mutti sagen, denn er habe es aufgegeben, irgendwas von ihm über ihre Mutter wissen zu wollen.

»Wie bitte?«, sagte sein Bruder. »Darum geht's jetzt?«

»Trinken«, schaffte Fallner dann auch noch.

»Wie kann man nur so dumm sein«, sagte Fallner der Ältere und hielt ihm die Plastikflasche vorsichtig an den Mund. »Das verstehe ich einfach nicht, ausgerechnet du verhältst dich dümmer, als die Polizei erlaubt, anders kann man's nicht sagen, und das ist noch mit all meiner Bruderliebe ausgedrückt.«

»Wenn du 'ne Therapeutin hättest, würdest du auch tun, was sie sagt«, sagte Fallner der Jüngere, so leise und verschwommen, dass sein Bruder kein Wort verstehen konnte.

»Wahrscheinlich hatte deine Psychomutti diese komplett verblödete Scheißidee, und genau deshalb hast du keinem was davon gesagt, du Vollidiot, wenn du was gesagt hättest, hätte ich dich doch begleitet, du verdammter Idiot«, sagte sein Bruder, so laut, dass er fast wieder aufgewacht wäre.

Fallners Psychotherapeutin Dr. Vehring hatte ihm geraten, er solle doch die Eltern des achtzehnjährigen Maarouf besuchen, den er vor acht Monaten erschossen hatte. Dann könnte er vermutlich – »das ist kein Versprechen, nur eine Chance, verstehen Sie?« – mit der Angelegenheit abschließen. Sie endlich sozusagen wie in eine Kiste packen und wegstellen.

Was hatte er denn zu verlieren, dachte er – ehe jemand aus Maaroufs Kreis auf die Idee kam, dass man ihn jetzt mal suchen und besuchen sollte.

Also besuchte er die Leute ein paar Tage nachdem sich Simone Thomas weinend auf ihren Sohn gestürzt hatte, um ihnen zu sagen, dass es ihm unendlich leid tat, ihnen den Sohn genommen zu haben. War keine große Sache. Unangenehm, aber nicht die Welt. Er hatte in zwanzig Polizeijahren unangenehmere Sachen überstehen müssen.

Er hatte nur etwas Pech gehabt.

Die Eltern waren nicht allein gewesen, sondern hatten Besuch von einem von Maaroufs Brüdern, zwei Cousins und einem

Freund. Und nach einem kurzen Gedankenaustausch, der von Unverständnis und Missverständnissen geprägt war, schlugen sie ihn zusammen. Schlugen und traten ihn zusammen, bis die Mutter schrie, sie sollten damit aufhören, sie würden ihn umbringen.

Die Mutter des Jungen, den er erschossen hatte, hatte ihm das Leben gerettet.

Seit einer Woche bekam er seine »verdiente Erholung«, wie es Jaqueline nannte. Und als er wieder aufwachte, stand sein Bruder immer noch am Fenster und hielt Ausschau nach weiteren Verfolgern. Wenn er schon keinen Uniformierten vor der Tür sitzen hatte.

Mit seiner guten Hand zappte Fallner durch die Fernsehkanäle. Es war dreizehn:dreißig und er konnte sich nicht entscheiden. So schwer hatten sie ihn dann doch nicht erwischt, dass er sich Tierfilme ansehen wollte. Dann lieber lustige Nutzfahrzeuge mit riesigen Reifen.

»Ich möchte dir etwas sagen«, sagte sein Bruder, nahm ihm die Fernbedienung ab und machte aus.

»Sie können ihn jetzt sprechen, aber ich gebe Ihnen nicht mehr als drei Minuten, er ist noch sehr schwach.«

»Halt die Klappe«, sagte sein Bruder und blieb auf seiner Position mit Blick aus dem Fenster stehen.

»Ich glaube, es war damals so, dass dich unsere Eltern adoptiert haben. Unser Alter hat mal so eine Bemerkung zu mir gemacht, zwei, drei Jahre nach ihrem Tod. Ich hab damals nichts mitbekommen, aber ich hatte schon lange das Gefühl, dass da irgendwas ist. Er hat gesagt, der Robert ist nicht von uns, der gehört nicht zu uns, aber die blöde Sau hat sich einfach nicht abbringen lassen. Das erklärt Einiges. Wie er sie behandelt hat. Uns alle. Und er hat so eine Bemerkung über ihre Schwester gemacht, die kurz nach deiner Geburt gestorben ist. Über die wir so gut wie nichts wissen. Ich glaube, das ist die Verbindung. Warum haben wir nie was von ihrer Familie mitbekommen? Ich weiß es nicht. Unser Alter hat nur Scheiße geredet, und die Mutter nie. Dafür haben wir uns eigentlich nicht schlecht gehalten, oder?« Er setzte sich zu Fallner aufs Bett, es schien ihm mehr zu schaffen zu machen als ihm. »Du wolltest es unbedingt wissen, jetzt weißt du's. Warum ich dir das nie erzählen wollte, weiß ich nicht. Es ist doch auch vollkommen egal, oder?«

»Nicht schlecht«, sagte Jaqueline, als er es ihr am Abend erzählte.

»Ja, komisches Gefühl«, sagte er, »man möchte die Zeit noch mal zurückdrehen und mit seiner Mutter reden, aber es gibt nur noch den debilen Alten, der mich nie leiden konnte.«

»Würdest du deine richtigen Eltern gerne kennen?«

»Der Witz ist ja, dass wir uns so ähnlich sehen. War immer sonnenklar, dass wir Brüder sind.«

»Das passt alles«, sagte Landmann, »er wollte seiner Mutter endlich eine Lektion erteilen. Bisschen guten alten Hass rauslassen. Und sie so gefügig machen, dass sie mehr Kohle rausrückt. In ihrer Not wird ihr Sohn immer mehr zu ihrem größten Schutzmann und darf deshalb tun und bekommen, was er nur will. Und wenn's noch besser läuft, bringt er sie so weit, dass sie woanders hinzieht und ihm das Haus überlässt. Wenn das keine kranken Pläne sind. Das ist ungefähr so bescheuert, wie wenn sich ein Stalker vorstellt, dass ihn die Frau lieben wird, wenn er sein Programm durchgezogen hat. Übertreibe ich?«

Fallner sagte nichts.

»Ich sag dir, was passieren wird. Nichts von dem Scheiß wird bewiesen, und Jimmy kriegt ein paar Monate. Ob der Agent Bescheid wusste und ihnen auf die Schulter geklopft hat, wirst du nicht rauskriegen. Bezahlt uns jemand, dass wir weitermachen? Das wird dir dein Bruder beantworten. Und aus deiner Idee, dass sie diesen Doktor vom Ordnungsamt seit damals erpresst, wird nichts. Niemand bezahlt uns, dass wir ins Blaue ermitteln, und für deine Polizeikumpels hast du nichts in der Hand. Unsere Kumpels sagen, du spinnst. Liege ich richtig?«

Fallner sagte nichts.

»Sie müssen nichts sagen, es genügt, wenn Sie ein Auge bewegen, einmal zwinkern ist ja, schließen ist nein.«

»Bist du sauer auf deinen Bruder?«, fragte ihn Jaqueline beim nächsten Besuch. Sie besuchte ihn jeden Tag und er konnte es keinen Tag erwarten.

»Bin ich wirklich nicht«, sagte er.

Sie hatte was zu trinken mitgebracht, und sie tranken einen Schluck.

»Aber es beschäftigt mich. Es ist, als würde aus deiner Vergangenheit 'ne Hand kommen und dich reinziehen.«

»Glaub nicht, dass ich deswegen wieder bei dir einziehe.«

»Was muss denn noch alles passieren!«

»Irgendwelche Klan-Schweine, die ich noch nicht kenne, entführen mich und du holst mich raus.«

Sein Telefon spielte das alte, dumme Lied. Jaqueline sagte »Fallner, Hosnicz am Apparat« und hörte zu. Dann sagte sie zu jemandem, den sie duzte, er solle warten.

»Das ist ein Mädchen, die meint, du hast zu ihr gesagt, du hilfst ihr, wenn sie mal Probleme hat. Klingt wie dreizehn, aber ich verstehe nur die Hälfte, sie ist ziemlich neben der Kappe. Irgendwas mit Mutter und Freund und Leipzig.«

»Toll«, sagte er.

»Warte kurz, Schätzchen, bleib dran, ich muss den Robert nur kurz was fragen, leg nicht auf.«

»Ich habe sie letztes Jahr in Leipzig an einem Tatort getroffen, den ich mir angesehen habe. Dieser Serienkiller, von dem niemand weiß, ob's ihn wirklich gibt. Sie hatte Probleme mit ihrer Mutter. Ich hab ihr meine Karte gegeben und gesagt, sie kann mich anrufen, wenn sie mal Probleme hat. Was ist los?«

»Bleib, wo du bist, Schätzchen, ich bin in einer Viertelstunde bei dir, bleib bei der Information stehen, rühr dich nicht vom Fleck, ich bin gleich bei dir, verstanden?«

»Sie ist hier.«

»Sie ist hier.«

»Das darf nicht wahr sein, wo ist sie?«

Die Kleine stand dort, wo – wie ein berühmter deutscher Dichter geschrieben hatte – alle besseren Geschichten anfingen.

Am Bahnhof.

Er hatte es allerdings zu einer Zeit geschrieben, als ein Zug noch schwarz war und wie ein Ungeheuer aus dem Kinderbuch Dampfwolken ausstieß; zu einer Zeit, als Güterzüge noch ausschließlich Güter transportiert hatten.

Die Zeiten hatten sich geändert.

Niemand wusste, ob eine Geschichte, die heute am Bahnhof anfing, besser werden würde.

Kann man das so sagen? (8)

»Er war schließlich immer noch mein Sohn, und ich hatte ihm schon verziehen, als er dort auf der Straße lag. Was hatte er denn getan? Er hatte nur etwas zu wörtlich genommen, was mein Agent gesagt hatte, nachdem ich es zu ihm gesagt hatte: Man müsste mich wieder ins Gespräch bringen. Was wir natürlich anders meinten.

So gab eine missverständliche Bemerkung die andere. Und am Ende dieser Kettenreaktion stand wieder einmal ein gekränkter Liebhaber, der Jonas benutzte, um sich an mir zu rächen und ihn dann mit in diese ekelhafte Sache hineinzuziehen.

Das sind die kleinen Katastrophen, die ich immer wieder herausfordere. Mit dem Resultat, dass ich selbst einen ehemaligen Bullen am Hals hatte, der mit seinem paranoiden Übereifer alles noch viel schlimmer machte. Als ich das bemerkte, war dieser Chaot nicht mehr zu stoppen.

Auf dem Höhepunkt dieser dummen Geschichte fand ich mich auf einem Zeitungsfoto mit ihm in einem Bett und freute mich zu erfahren, dass dieser Held wohl mein neuer Freund war. Es war zum Kotzen. Für einen Kerl, der zwei Menschen abgeknallt hatte, war ich mir doch etwas zu schade.

Immerhin konnte ich dabei eine wichtige Erfahrung machen. Dass ich mit Bullen nicht konnte, wusste ich. Und jetzt lernte ich, dass Ex-Bullen die schlimmsten von allen waren.«

Eine Sekunde Pause.

»Kann man das so sagen?«

»Das müssen wir unseren Anwalt fragen.«

Ein neues Lied

Er saß am Fenster und beobachtete die Menschen auf der Straße. Er hatte den Eindruck, dass einerseits immer mehr Leute schneller zu einem Ziel unterwegs waren, und andererseits immer mehr dastanden und auf etwas warteten.

Vielleicht war es nur eine gefühlte Tendenz. Vielleicht war es nur die Sonne.

Was konnte man dagegen tun? Eine Menge. Sich einen zweiten Kaffee bestellen. Vor die Tür gehen, um zu rauchen. Jaqueline anrufen und fragen, wo sie blieben. Ein Wasser bestellen. Die Toilette aufsuchen. Genauer darüber nachdenken. Den nächsten Kaffee bestellen. Die Auskunft anrufen und fragen, welche Kapelle heute auf dem falschen Dampfer spielte.

Direkt vor ihm auf dem Trottoir tänzelte eine sehr runde ältere Dame elegant hin und her und machte dazu mit beiden Händen rhythmische Bewegungen. Sie trug rote Schuhe, schwarze Strümpfe und einen rosa Umhang, der in einer anderen Zeit als Segel für ein Piratenschiff getaugt hätte. Er sah sie nur von hinten und konnte nicht erkennen, ob sie Geld oder Spaß haben wollte. Als sie sich umdrehte, war sie ein Mann. Der nah ans Fenster kam und ihm die Zunge herausstreckte. Fallner grinste und zeigte ihr den Daumen. Sie war wohl neu hier.

Sein Telefon spielte das alte Lied. Es war eine Person, von der er nichts wissen wollte. Und seinen Klingelton hatte er ebenfalls satt. Er hatte den Unsinn schon zu lange ertragen und löschte endlich »Spiel mir das Lied vom Tod« an einem guten Tag.

Quellenhinweise (Auswahl)

Eine Zusammenstellung von Werken, auf die ich mich im Verlauf des vorliegenden Romans ausdrücklich oder stillschweigend bezogen habe oder haben könnte; verzeichnet sind auch Werke, deren Kenntnis nichts weiter als einen generellen Hintergrund besorgt (formuliert nach Oswald Wiener).

Allen/McGrath: Bullets over Broadway. R: Woody Allen. USA, 1994
Althen/Graf: München – Geheimnisse einer Stadt. R: A./G. D, 2000
Anger, Kenneth: Hollywood Babylon. Reinbek, 1999
Armstrong/Hoven (alias Casstner/Parker): Hexen bis aufs Blut gequält. R: Michael Armstrong. BRD, 1970
Au/Wai: Mad Detective. R: Johnnie To. HK, 2007
Baldauf/Weingartner: Lips Tits Hits Power? Wien/Bozen, 1998
Bakiner, Tamer: Der Wahrheitsjäger. München, 2015
Bayerisches Staatsministerium des Inneren (Hg.): Häusliche Gewalt. München, 2010
Beeber, Steven Lee: Die Heebie-Jeebies im CBGB's. Mainz, 2008
Berger, Senta: Ich habe ja gewusst, dass ich fliegen kann. Köln, 2006
Bergren/De Vore/Kazan: Frances. R: Graeme Clifford. USA, 1982
Blondie: Plastic Letters. LP Chrysalis, 1978
–: at Madison Square Garden June 27, 2015. Auf: Youtube.com
Boorman, John: The Tiger's Tail. R: J.B. IRE, 2006
Brinkmann, Rolf Dieter: Westwärts 1&2. Reinbek, 1975
Büsser, Martin: Historischer Bruch oder doch nur Rock'n'Roll Schwindel? In: Pop & Kino. Mainz, 2004
Carrière/Fleischmann: Dorotheas Rache. R: Peter Fleischmann. BRD, 1974
Conway/Ricci: Marilyn Monroe und ihre Filme. München, 1980
Cronenberg, David: Videodrome. R: D.C. USA, 1983
Damenkapelle: Aus München. LP Echokammer, 2012
Div.: Hinter Gittern – Der Frauenknast. R: Div. TV, RTL 1997ff.
Dobler, Franz: Pech und Glück mit Nashville Pussy. In: *Playboy* Nr. 03/2016
Doering, Christine: Stalking-justiz.de

Engelmann, Sylvie: Das aktuelle Interview. In: *SigiGötz-Entertainment* Nrn. 24/25, 2014
Enke, Werner: Zur Sache, Schätzchen. R: May Spills. BRD, 1968
Farin, Michael (Hg.): Polizeireport München. München, 1999
Fassbinder/Fröhlich/Märthesheimer: Die Sehnsucht der Veronika Voss. R: Rainer Werner Fassbinder. BRD, 1982
Fauser, Jörg: Blues für Blondinen. Frankfurt/Berlin/Wien, 1984
Finkelstein, William: Bad Lieutenant – Cop ohne Gewissen. R: Werner Herzog. USA, 2009
Fitz, Lisa: Der lange Weg zum Ungehorsam. München, 2011
Franco, Jess: Frauen für Zellenblock 9. R: J.F. CH, 1978
Frank/Murray/McNeil: Ein Goldfisch an der Leine. R: Howard Hawks. USA, 1964
Funke, Hajo: Staatsaffäre NSU. Münster, 2015
Gaschler/Vollmar: Dark Stars. München, 1992
Giesen, Rolf: Kino – wie es keiner mag. Berlin/Wien, 1984
Godard, Jean-Luc: Pierrot le fou. R: J-L.G. F/I, 1965
–: Einführung in eine wahre Geschichte des Kinos. Frankfurt, 1984
Graf, Dominik: Homicide. Zürich/Berlin, 2012
Günter, Michael: Gewalt entsteht im Kopf. Stuttgart, 2011
Hampton, Christopher: A Dangerous Method. R: David Cronenberg. C/G/UK, 2011
Hanck/Nemeczek/Schröder: Romy Schneider und ihre Filme. München, 1980
Harry, Deborah: Def, Dumb & Blonde. LP Chrysalis, 1989
–: Blondie's Debbie Harry with Chris Stein and Anthony DeCurtis May 28, 2014 at 92nd Street Y. Youtube.com
Hecktor, Mirko (Hg.): Mjunik Disco. München, 2008
Heinikel, Rosemarie: Rosy Rosy. Frankfurt, 1971
Heller, Günther: Schulmädchen-Report 10. R: Walter Boos. BRD, 1976
Herzog, Werner: Stroszek. R: W.H. BRD, 1977
–: Stroszek – audio commentary. Youtube, 2014
–: Jeder für sich und Gott gegen alle. R: W.H. BRD, 1974

Kelleher/Rothmann: Zwei vom alten Schlag. R: Peter Segal. USA, 2013
King, Stephen: Misery. München, 1987
Klick, Roland: White Star. R: R.K. BRD, 1983
Klix, Bettina: Verlorene Söhne, Töchter, Väter. Berlin, 2010
Kroske, Gerd: Der Boxprinz. R: G.K. D, 2002
Langhans, Rainer: Ich bin's. München, 2008
Lear, Amanda: I am a Photograph. Auf: Amanda Lear, LP Ariola, 1977
Lederer/Loos/Fields: Blondinen bevorzugt. R: Howard Hawks. USA, 1953
Leonard, Elmore: Elmore Leonard's 10 Rules of Writing. New York, 2007
-/Tarantino: Jackie Brown. R: Quentin Tarantino. USA, 1997
Lindwedel, Martin: Disco, Dekadenz und Porno-Kings. In: Pop & Kino. Mainz, 2004
Lutz, Christiane: Adoptivkinder fordern uns heraus. Stuttgart, 2014
Lydon, John: Anger is an Energy. München, 2015
Mahlknecht, Ulrike: Der Stalker im Nacken. Bozen, 2011
Mann, Michael: Der Einzelgänger. R: M.M. USA, 1981
Mannes, Ulrich: Alpenglühn 2011. Berlin, 2012
–: (Hg.): *SigiGötz-Entertainment* Nr.13/2008 ff.
Marischka/Tomek: Dirndljagd am Kilimandscharo (bzw. Das verrückte Strandhotel). R: Franz Marischka. BRD, 1983
Mars Needs Women: Mars Needs Women, CD B/sploitation, 2014
Mattei, Bruno: Private House of the SS Girls. R: B.M. I, 1977
Mattes, Eva: Wir können nicht alle wie Berta sein. Berlin, 2011
Nashville Pussy: Live! in Hollywood. MVDvisual, 2008
Nogueira, Rui: Kino der Nacht. Berlin, 2002
O'Brien/Savage: Naked Vinyl. London, 2002:
Palzer, Thomas: Der unsichtbare Dritte. In: *Spiegel special* 100 Jahre Kino, 12/1994
Piccardi, Patrizia: Griechische Feigen. R: Siggi Goetz (alias Sigi Rothemund). BRD, 1977
Piratetreasure.tumblr.com: Webseite, 2011 ff.

Programm Polizeiliche Kriminalprävention: Stalking.
www.polizei-beratung.de
Puchner/Henman: Pornorama. R: Marc Rothemund. D, 2007
Regenstein/Schweer: Erwin C. Dietrich im Gespräch (1991/92).
Auf: Splatting-image.com
Robertz/Thomas: Serienmord. München, 2004
Rock, Mick: Debbie Harry and Blondie picture this. Bath, 2010
Roehler, Oskar: Herkunft. Berlin, 2011
–: Die Unberührbare. R: O.R. D, 2000
-/Novotny/Richter: Jud Süß – Film ohne Gewissen. R: Oskar Roehler. D, 2010
Roggenkamp, Viola: Ich bin nämlich ein Mann. In: *Die Zeit* 46/1993
Rosten, Leo: Jiddisch. München, 2002
Rossmy, Tilman: 1975. Auf: Die Regierung/Unten. CD L'age d'or, 1994
S. (Schleinstein), Bruno (Hg. Miron Zownir): Und die Fremde ist der Tod. Berlin, 2003
Sarde/Setbon: Détective. R: Jean-Luc Godard. F, 1985
Sautet, Claude: Das Mädchen und der Kommissar. R: C.S. F, 1971
Schelbert, Corinne: Sexbomben und Unschuldsengel. In: *du*, Nr. 697/1999
Scherf/Wegner: Wem gehört die Stadt? München, 2013
Scherpe, Mary: An jedem einzelnen Tag. Köln, 2014
–: Erfahrungen mit Stalking. Webseite: eigentlichjedentag.
tumblr.com
Schmidt, Eckart (Hg.): *S!A!U!* Nr. 1/1978 ff.
–: Der Fan. R: E.S. BRD, 1982
Schwehm, Oliver: Cinema Perverso. R: O.S. D, 2015
Serner, Walter: Letzte Lockerung. München, 1984
Sitler, Susann: Geschwister. Stuttgart, 2014
St. John, Nicholas: Dangerous Games. R: Abel Ferrara. USA, 1993
Strugazki, Arkadi/Boris: Stalker. R: Andrej Tarkowskij. UdSSR, 1979
Thériault, Barbara: The Cop and the Sociologist. Bielefeld, 2013
Thieme, Andreas: Der einsame Tod der Ballerina. In: Münchner Merkur, 6. 8. 2012

Thompson, Jim: Muttersöhnchen. Zürich, 1995
Trivas, Victor: Die Nackte und der Satan. R: V.T. BRD, 1959
Völker, Markus: T.D. aus A. In: *taz*, 23. 4. 2012
Wiener, Oswald: Die Verbesserung von Mitteleuropa, Roman.
Reinbek, 1969
Wilder/Brackett/Marshman: Sunset Boulevard. R: Billy Wilder. USA, 1950
Winkelmann/Getty: The Twins. Berlin, 2010
Wittenberg, Arndt: Lange war ich unsichtbar. TV, BR 2016
Wondratschek, Wolf: Einer von der Straße. München, 1991
Zahnd, Suzanne: Blonde – Sounds Interesting. In: *du*, Nr. 697/1999
Zibaso, Werner P.: Krankenschwestern-Report. R: Walter Boos. BRD, 1972
Zihlmann, Max: Detektive. R: Rudolf Thome. BRD, 1969
Zulawski/Frank: Nachtblende. R: Andrzej Zulawski. F/I/BRD, 1974

Inhalt

Abdruck des Songtexts »1975« mit freundlicher Genehmigung von Tilman Rossmy.
Der Autor bedankt sich außerdem bei allen, die ihn mit Erfahrungen, Informationen und anderen Mitteln unterstützt haben; bei Tom Kraushaar (und allen im Verlag) und Lektorin Natalie Buchholz; und, besonders in diesem Fall, bei seiner Familie.